CATHERINE HUNTER

Die Masken des Todes

Buch

Ein atemberaubender spannender Psychothriller: Kelly Quirks Mann James hat sich vor über einem Jahr das Leben genommen, und langsam gewinnt die junge Frau wieder Boden unter den Füßen. Bis zu dem Tag, als sie den ersten Telefonanruf bekommt – von ihm. Als dann auch noch James' Sachen und seine Zeichnungen verschwinden, beginnt Kelly, an ihrem Verstand zu zweifeln. Doch es kommt noch schlimmer: James' Bruder Darl wird auf der Autobahn überfallen und schwer verletzt. Kelly bleibt nichts anderes übrig, als Darls Sohn Alex bei sich aufzunehmen, da sie ihn nicht seinen Großeltern überlassen will. Sie weiß, dass die beiden einst ihre eigenen Söhne missbrauchten. Kurzerhand gibt sie den Jungen als ihren eigenen Sohn aus und flieht mit ihm nach Minneapolis, wo sie bei einer Theaterproduktion als Kostümbildnerin arbeiten kann. Aber auch da geschehen seltsame Dinge, die beweisen, dass ihr Neffe in Gefahr ist. Als eine Serie von Morden beginnt, entschließt sich Kelly zu handeln: Sie kehrt nach Winnipeg zurück. Und langsam wird ihr klar, dass die Familie ihres Mannes ein schreckliches Geheimnis verbirgt …

Autorin

Catherine Hunter lebt mit ihrer Tochter als Dozentin, Lektorin, Kritikerin und Autorin in Winnipeg. Sie ist die vielfach preisgekrönte Autorin mehrerer Romane und Gedichtbände.

Von Catherine Hunter bei Goldmann lieferbar:

Tod um Mitternacht. Roman (45386)

Catherine Hunter

Die Masken des Todes

Roman

Übersetzt
von Heidi Lichtblau

GOLDMANN

Die Originalausgabe erschien 1999
unter dem Titel »Where Shadows Burn«
bei Ravenstone/Turnstone Press

Umwelthinweis:
Alle bedruckten Materialien dieses Taschenbuches
sind chlorfrei und umweltschonend.

1. Auflage
Deutsche Erstveröffentlichung November 2003

Umschlaggestaltung: Design Team München
Umschlagfoto: Photonica/McDonough
Satz: deutsch-türkischer fotosatz, Berlin
Druck: Elsnerdruck, Berlin
Verlagsnummer: 45613
SR · Herstellung: Sebastian Strohmaier
Made in Germany
ISBN 3-442-45613-4
www.goldmann-verlag.de

Für meine Mutter, Doreen Hunter,
die mir half, meinen ersten Roman
im Alter von elf Jahren zu schreiben,
und damit fing alles an.

Eurydice

Hättest du mich mit den Toten ruhen lassen,
hätt' ich dich vergessen …

Warum hast du dich nach mir umgedreht?
Warum gezögert in jenem einen Augenblick?
Warum neigtest du dein Gesicht,
das beschienen war vom Licht der Oberwelt
über mein Gesicht?

H. D.

1

Wie eine Giftschlange hielt Kelly Quirk den schwarzen Telefonhörer von sich weg. Ungläubig schüttelte sie den Kopf. Dann hob sie den Hörer vorsichtig wieder ans Ohr.

»Hallo?«

Keine Antwort. Nur ein fernes Geräusch – Verkehr vielleicht, oder Meeresgeplätscher. Weißes Rauschen. Sie lauschte eine Weile, zu lang, ehe sie den Hörer auflegte.

Das konnte einfach nicht wahr sein. Und doch war die Stimme deutlich zu hören gewesen. Zuerst die elektronische Ansage: Ein R-Gespräch von … und dann der Name.

Der Name.

Ganz genau hatte sie diese Silben gehört, gesprochen von jener tiefen, vertrauten Stimme. »James Grayton.«

Sie sank aufs Sofa und schaute eine Weile verstört um sich. Mit den weichen Polstern, den vielen Vorhängen, Teppichen und Kissen war dieses Zimmer eine Art Zufluchtsstätte für sie. Sanfte Erdfarben, keine scharfen Kanten. Oberflächlich betrachtet wirkte es so warm und behaglich wie immer, und doch war nichts mehr wie zuvor. Sie ließ den Blick durch den Raum wandern, über die vielen Gemälde und Schnitzereien, die James eigenhändig gemacht hatte.

James Grayton. Geliebter James. Wenn sie die Augen schloss, hatte sie sein jugendliches Gesicht vor sich, seine dunkelgrünen, goldgesprenkelten Augen.

Ihren Mann.

Ihren verstorbenen Mann. Tot seit anderthalb Jahren. Seit sechzehn Monaten und zehn Tagen.

Darl Grayton versuchte, seinen sechsjährigen Sohn in einen übergroßen Tigeranzug zu stecken und drückte dem Jungen ungeduldig den Arm durch einen der gestreiften Ärmel.

»Dad! Du tust mir weh!«

»Entschuldige, Alex. Entschuldige! Aber wir müssen los, okay? Du musst um fünf bei Angel sein, wenn du in der Nachbarschaft Süßigkeiten einsammeln willst, und Dad hat vorher noch einen Haufen Sachen zu erledigen.«

»Was denn für Sachen?«

»Sachen eben!« Darl stand auf und lächelte seinen Sohn an. »He, du siehst ja ziemlich niedlich aus!«

Alex runzelte die Stirn. »Also Tante Kelly hat gesagt, ich seh Furcht ein …, ich seh furchtbar aus.«

»Furcht einflößend«, sagte Darl. »Sie hat gesagt, du siehst Furcht einflößend aus. Na komm, lass uns gehen.« Er ergriff Alex' Übernachtungstasche und eilte mit seinem Sohn aus dem Haus. Im Truck half er Alex rasch beim Angurten und Türenschließen, und los ging's.

Den ganzen Nachmittag über fuhren sie durch Winnipeg und erledigten Botengänge. Es war schon reichlich spät, als Darl den Truck durch ein Schlaglochlabyrinth zu Angels heruntergekommener Straße bugsierte. Er parkte ordentlich und zog von hinten zwei große Einkaufstüten nach vorn.

»Muss ich wirklich zu Angel?«, fragte Alex. Er zottelte hinter seinem Vater her zur Haustür, seinen schweren Rucksack über den Kiesweg schleifend.

»Ja.«

»Könnte ich denn nicht zu Kelly?«

»Aber Kelly und ich gehen doch heute zusammen aus. Na komm, Alex. Das letzte Mal hat's dir hier doch gefallen, erinnerst du dich?«

»Nein«, erwiderte Alex. Doch Darl hörte es nicht. Er klopfte auf die abblätternde Farbe der Haustür.

Kelly war klar, dass sie aufstehen sollte. Sie sollte das Haus aufräumen, ihre Näherei beenden und sich für die Party fertig machen.

Ja, sie musste wirklich mal wieder Ordnung schaffen. Nichts mehr war zu finden. Ihr Haus, normalerweise tipptopp aufgeräumt, zeigte Anzeichen der Hektik der vergangenen Woche, der Teppich war voller Flusen und wahrscheinlich auch Nadeln, der Couchtisch voller Teetassen, halb gelesener Bücher und den umgeworfenen Figuren eines Schachspiels, das Darl und sie vor Tagen abgebrochen hatten. Eine feine Staubschicht bedeckte die Schachfiguren, einschließlich der leeren Garnrolle, die sie als Ersatz für den weißen Springer genommen hatten. Die letzten unfertigen Teile des Kostüms, an dem sie gearbeitet hatte, lagen auf der Couch.

Sie nahm die Maske in die Hand, die sie am Abend tragen wollte. Das traurige Gesicht einer schönen, jungen Frau blickte sie an, an deren Wange zwei helle Tränen glitzerten. Der letzte Schliff fehlte noch – etwas Glitter auf den Augenlidern. Kelly wusste, dass sie in ihrem Nähkästchen einen hatte.

Aber sie rührte sich nicht.

Angel öffnete mit einem vagen Lächeln die Tür. »Hi, Tiger! Oh, Darl, danke!« Sie nahm ihm eine der Einkaufstüten ab und zockelte durch den Flur zur Küche. Als Darl ihr folgte, blieben seine Schuhe auf dem Linoleum kleben. Er musste einen Stapel schmutzigen Geschirrs beiseite räumen, um die Lebensmittel auf dem Küchentisch abstellen zu können.

»Wo ist Paul?«

Angel deutete auf die Kellertreppe. »Er lebt praktisch da unten. Weiß der Himmel, was er tut.«

Darl zog eine Grimasse. Sowohl Kelly als auch ihre Schwester Angel hatten sich labile Männer ausgesucht. Kelly hatte Darls Bruder James geheiratet, und Angel Paul. Paul war ein Problem. War es schon immer gewesen. Als Paul auf der Highschool wegen Einbruchs verhaftet worden war, hatte Darl Angel ins Gewissen geredet, aber sie wollte nicht hören. Sie hatte ihr Leben verpfuscht, und nun kaufte Darl für sie ein, während ihr Mann im Keller Trübsal blies.

»Nun«, meinte er, »und das mit Alex heute Nacht geht klar?«

»Japp. Wir werden an jede Tür in der Nachbarschaft klopfen und uns mit den Süßigkeiten voll stopfen!« Sie lächelte Alex an, der noch immer zögernd in der Tür stand. »Das wird bestimmt lustig, hm?«

Hoffentlich, dachte Darl. Manchmal hatte er Bedenken, Alex herzubringen, aber Angel liebte Kinder, das wusste er. Alex' Gegenwart schien ihr Auftrieb zu geben, schien den Nebel zu lichten, der sie umgab, seitdem sie vor fast vier Jahren das eigene Kind durch plötzlichen Kindstod verloren hatte. Wenn Darl in der Riverside Clinic die Mitternachtsschicht übernahm oder hin und wieder mal abends mit Freunden ausging, übernachtete Alex im alten Zimmer des verstorbenen Jungen.

»Du schaust dir die Süßigkeiten an?«, erkundigte er sich.

»Aber ja, natürlich. Ab mit dir, du Sorgenfritze! Ich dachte, du hättest eine heiße Verabredung mit meiner

Schwester?« Angel zog ihn am Ärmel nach draußen und brachte ihn zum Auto.

»Und du hast auch sicher alles, was du brauchst?«, wollte er wissen.

»Alles bestens. Los jetzt! Amüsier dich!« Sie winkte und machte dann kehrt.

»Ich habe auch Steaks besorgt«, rief er ihr nach. »Und Brokkoli. Achte bitte darauf, dass er Brokkoli isst!«

Darl beobachtete, wie Angel im Haus verschwand. Durch ihr T-Shirt hindurch zeichneten sich ihre Schulterblätter deutlich ab. Sie hatte sich den Hinterkopf rasiert, und ihr knochiger Hals lugte aus dem Kragen hervor, wie bei einer Stockpuppe. Er hoffte, das Steak würde sie reizen.

Im Garten sah es aus wie Kraut und Rüben, und er wusste, auch da sollte er was tun. Alles war von Unkraut überwuchert. Diesen Sommer hatte Angel nicht einmal versucht, etwas anzupflanzen. Lass doch den Wind einfach Samen herwehen. Ein paar Mohnblumen hatten gekeimt und geblüht, doch ansonsten waren bloß Löwenzahn, Fingergras und Disteln gewachsen. Nun war alles verfilzt und verrottet. Vermutlich würde das den ganzen Winter über unter dem Schnee so bleiben. Vielleicht bekam Angel im Frühling ja wieder Aufwind, doch Darl bezweifelte das.

Das war ein Missverständnis gewesen. Bestimmt war es ein Missverständnis gewesen. Vielleicht jemand, der James Grayton *anrufen* wollte. Irgendein Handelsvertreter oder Versicherungsmakler mit einem veralteten Telefonbuch. Das war in den ersten Monaten nach seinem Tod ein-, zweimal vorgekommen.

Oder es handelte sich um irgendeinen Witzbold mit einem kranken Humor.

Oder vielleicht hatte Kelly sich das nur eingebildet. Ihr Hirn hatte die Nachricht durcheinander gebracht, so dass sie dachte … Nein. Darüber war sie hinaus.

Hoffte sie zumindest.

Ein ganzes Jahr nach James' Tod hatte sie partout nicht von der Vorstellung ablassen wollen, er könne noch am Leben sein. Gequält von Visionen, sah sie ihren Mann überall, in der Stadt, in Restaurants, in vorbeifahrenden Autos. Mitunter folgte sie einem völlig Fremden, weil er James ähnelte. Sie fuhr in Stadtteile zurück, wo sie ihn gesehen zu haben glaubte, und suchte dort die Straßen ab. Aber das war, wie ihr nun klar war, eine Art des Wahnsinns.

Mit Hilfe von Dr. Leon Chartrand hatte Kelly schließlich eingesehen, dass es sich um Halluzinationen handelte. James gab es nicht mehr. Dennoch brauchte sie lange, um die immer wiederkehrenden Träume loszuwerden, dass James noch am Leben war. Manchmal konnte sie in diesen Träumen spüren, wie sie von süßer, fast unerträglicher Erleichterung erfasst wurde. Dann wachte sie auf und wollte am liebsten sterben. Wollte auf eine Brücke laufen und sich hinunterstürzen. Sich ein Messer ins Herz stoßen, die ganze verdammte Welt in Brand setzen und mit sich in die Hölle ziehen.

Solche Träume gebe es bei Hinterbliebenen häufig, erklärte Leon Chartrand ihr. Solange ihr der Unterschied zwischen Träumen und Realität klar sei, sei das okay. Doch das war Kelly ein schwacher Trost. Jede Nacht träumte sie, James wäre am Leben, und jeden Morgen musste sie erneut erfahren, dass es ihn nicht mehr gab. Allmorgendlich war die Trauer heißer, heftiger.

Kelly konnte sich gut an diesen Schmerz erinnern. Davon hatte sie ein für alle Male genug. Es hatte all ihre Kraft gekostet zu akzeptieren, dass das Leben auch ohne James weitergehen musste. Aber sie hatte es geschafft. Schließlich hatte sie die Besuche bei Dr. Chartrand eingestellt. In den letzten Monaten hatte sie gespürt, wie sie wieder zu Kräften kam.

Und nun das.

Zu Hause angekommen, schleppte Darl die eigenen Lebensmittel ins Haus. Ehe er sich für Sams und Lilas Party umziehen konnte, musste er noch einiges erledigen. Er freute sich schon darauf, Kelly zu sehen, obgleich von einer »heißen Verabredung«, wie Angel das nannte, kaum die Rede sein konnte. Kelly sah er dieser Tage kaum noch. Immer war sie unterwegs, arbeitete viel zu viel, war mit ihren Näharbeiten beschäftigt. Oder vielleicht traf sie sich auch wieder mit Joe Delany.

Nein. Diesen letzten Gedanken verwarf er auf der Stelle. Dafür kannte er Kelly zu gut, kannte sie schon seit Kindertagen. Er sprach täglich mit ihr. Unvorstellbar, dass sie sich ohne sein Wissen mit jemandem traf. Und Joe Delany hatte seine Chancen bei Kelly dadurch verspielt, dass er zu viel Druck machte.

Bei Kelly musste ein Mann vorsichtig sein. Bloß kein Druck! Darl hatte gemerkt, wie sie darauf reagierte. Zwar war sie diesen Sommer mit ein paar Typen ausgegangen, aber sobald es einer ernst meinte, machte sie einen Rückzieher. Sie war viel zu dickköpfig, oder, nein, sie war scheu. Wie ein nervöses Fohlen. Gegenüber Männern – und der Liebe – war sie vorsichtig, und das aus gutem Grund.

Beim Einräumen des Gemüses verfluchte Darl nicht zum ersten Mal seinen jüngeren Bruder. Er hatte ihnen allen das Leben versaut! Einen Haufen Scherben hinterlassen.

Er ging ins Wohnzimmer und sammelte Alex' Spielsachen vom Boden auf. Alex hatte mit den Wasserfarben gemalt, die Kelly ihm zum Geburtstag geschenkt hatte; ein großes Bild von einem kleinen Jungen, der vor einem Apfelbaum mit riesigen, roten Äpfeln stand, dazu eine gelbe Sonne. Ein Selbstporträt, dachte Darl.

Er räumte alles vom Kaminsims herunter und wischte mit einem feuchten Tuch darüber. Dann stellte er die ganzen Nippes – hauptsächlich Fotos, die er Alex zuliebe aufbewahrte – wieder hinauf. Die Illusion einer Familie.

Er ergriff die größte der gerahmten Fotografien, die am Tag von Alex' Geburt gemacht worden war. Da waren sie alle miteinander, drängten sich in dem Krankenhauszimmer. Glücklichere Tage. James und Kelly. Angel und Paul. Sam und Lila. Er selbst und Diane. Die launenhafte Diane, die er aus einem Impuls heraus geheiratet hatte, ohne die Chance gehabt zu haben, sie kennen zu lernen. Er seufzte. Zugegeben, ganz unschuldig war er nicht daran. Er neigte dazu, Druck auszuüben, inzwischen wusste er das. Aber das hatte er zu spät gemerkt. Diane war fort. Fürs Familienleben war sie nicht geschaffen, meinte sie, oder zumindest nicht für ein Familienleben mit Darl. Alex war erst drei, als sie Darl wegen eines anderen Mannes verlassen hatte. Noch dazu wegen eines Profiwrestlers. Dem »Hooded Masher« oder so ähnlich.

»Klingt wie eine Küchenmaschine«, hatte James gesagt.

Zum Teufel mit ihm!

Als das Telefon erneut klingelte, saß Kelly noch immer gedankenverloren auf der Couch. Beim ersten Klingeln fuhr sie hoch und merkte, dass es bereits dunkel wurde.

Sie packte den Hörer und schrie beinahe hinein.

»Wer ist dran?«

»Kelly? Was ist denn los?« Es war Lila.

»Nichts. Ich bin … nichts. Was gibt's denn?« Kelly warf einen Blick auf ihre Uhr. Sechs Uhr. Eigentlich hätte Lila bis über beide Ohren in Vorbereitungen für die heutige Party stecken müssen.

»Oh, hier sieht's aus, als hätte eine Bombe eingeschlagen. Du kannst es dir nicht vorstellen. Ich wollt dir nur rasch erzählen, dass ich heute mit Taylor Grant gesprochen habe und mir dabei eine fabelhafte Idee gekommen ist!«

Lila war berühmt für ihre fabelhaften Ideen. Die Party an diesem Abend, durch die Gelder für die Kunstgalerie ihres Mannes locker gemacht werden sollten, war das letzte von zahlreichen Projekten, die sie sich einfallen ließ, um Freunden und ihrer Familie zu helfen. Kelly schwante, dass sie als nächstes an die Reihe kommen könnte.

»O nein«, sagte sie.

»Nein, wirklich. Sie ist toll! Du brauchst Arbeit, das weißt du doch, und …«

»Ich habe Arbeit!«, fiel Kelly ihr ins Wort.

»Ich meine *richtige* Arbeit. So eine, wie du sie machen solltest. Nicht diese Kinkerlitzchen, Kinderaufführungen und Aufträge für Kostümwerkstätten. Ich spreche von richtigem Theater. Shakespeare. Den guten alten Tagen. Na komm!«

»Was für ein Stück denn?«

»*Das* Stück. *Hamlet.*«

»Wow! In Minneapolis?« Kelly wusste, dass Lila danach lechzte, in Taylor Grants bevorstehender Hamlet-Produktion den Job der Kostümbildnerin zu ergattern.

»Allerdings! Ich habe den Job. Taylor sagt, ich soll mir eine Gehilfin suchen, und ich will dich!«

»Mich?«

»Dich. Ich hab Taylor gesagt, dass ich das meiste allein machen kann, aber dich für das Ausgefallene, Besondere brauche. Wie damals bei Caliban und Ariel, du weißt schon, das bringst nur du so hin!«

Der Sturm. Das war zwei Jahre her. Ewigkeiten. Ehe Kelly der Ehrgeiz abhanden gekommen war.

»Ich hab ihm gesagt, dass ich dich vor allem für den Geist brauche«, fuhr Lila fort. »Niemand bekommt diese unirdischen Sachen so hin wie du. Außerdem ist das eine zu große Produktion, und damit mein ich, wirklich groß. Eine echte Chance, mit deinen Talenten zu wuchern und deine Karriere wieder anzukurbeln. Und was meinst du wohl, wer eine Hauptrolle spielt? Michael Black!«

Lila wartete auf eine Reaktion, aber umsonst.

»Kelly? Erinnerst du dich an Michael Black? Den aus New York?«

»Er stammt aus New York?«

»Nein, aus … ach, keine Ahnung, irgendwo aus Europa. Aber wir haben ihn in New York getroffen, weißt du nicht mehr? Am Set von *Rising Heat?*«

»Ach, der Kinostar!«

»Jesses! Kell! Du wirst dich doch noch erinnern, dass er mit dir ausgehen wollte?«

»Das war vor vier Jahren«, sagte Kelly. In New York hatten viele Männer mit ihr, der jungen aufstrebenden Designerin, ausgehen wollen. Aber sie war zu sehr mit James beschäftigt gewesen, um auf andere zu achten.

»Wie auch immer, ich muss mich beeilen. Hier geht's drunter und drüber. Kann ich Taylor sagen, dass du einverstanden bist?«

»Ich denk drüber nach«, erwiderte Kelly.

»Aber bitte gründlich!« Lila legte auf.

Hamlet. Vielleicht keine schlechte Idee, überlegte Kelly. Leise Erregung beschlich sie. Ein gutes Zeichen.

Sie trug noch den Glitter auf die Maske auf, breitete ihr

Kostüm aus und ging unter die Dusche. Wenn sie sich beeilte, war sie bei Darls Ankunft fertig. Sie holte tief Luft und ließ sich das Wasser übers Gesicht laufen. Sie war bloß müde, sagte sie sich, weil sie immer bis tief in die Nacht hinein arbeitete, über das Skizzenbuch oder die Nähmaschine gebeugt. Zu viel Stress. Heute würde sie sich entspannen und amüsieren.

Nach dem Duschen fühlte sie sich besser. Erfrischt. Sie trocknete sich ab und langte dann in den Schrank nach ihrem bequemsten Hemd. James' abgetragenem Jeanshemd, das ihr bis zu den Knien reichte. Das, das sie so oft geflickt hatte, dass es inzwischen wie eine Patchworkarbeit aussah. Sie zog es oft in kalten Nächten an, und nun hatte sie ein Bedürfnis danach.

Aber es war nicht da. Es hätte zwischen ihren Nachthemden hängen müssen, wo sie es erst tags zuvor noch gesehen hatte.

Noch immer ins Handtuch gehüllt, lag Kelly auf ihrem Bett und rollte sich zusammen. Wie konnte das Hemd verschwunden sein? Was hatte sie damit gemacht?

Sie wollte dieses Hemd mehr als alles andere auf der Welt. Sie wollte alles, was James einmal gehört hatte. Sie wollte James zurück.

Sie versuchte dagegen anzukämpfen, aber sie verlor. Der Schmerz erfasste sie mit der Wucht einer Flutwelle.

2

Schließlich zwang Kelly sich dazu aufzustehen. Dabei wäre sie eigentlich am liebsten zusammengerollt auf dem Bett liegen geblieben, aber sie wusste, das war gefährlich.

Zu leicht konnte sie wie ihre Schwester Angel werden, das blasse Gespenst einer Frau, die in der Vergangenheit lebte.

Sie stellte sich vor den großen Spiegel ihres Schlafzimmers und begutachtete ihr Kostüm. Heute Abend war sie eine Meerjungfrau in einem langen, fließenden Gewand aus dunkelgrünem Samt, das reich mit Schuppen aus smaragdgrünen Ziermünzen geschmückt war. Von ihren Schultern fielen duftige Streifen aus Seide und Chiffon. In ihre langen, dunklen Locken schmiegte sich ein perlenbesetzter Kamm. Sie rückte die Perlenketten um ihren Hals zurecht. Sie trug übertrieben viel Schmuck, und die Perlen waren aus Plastik, aber an diesem Abend legte Kelly auch keinen Wert auf echten Glamour. Sie wusste, dass die Theaterleute für wahren Glamour sorgen würden, und sie würde sich nicht wohl fühlen, wenn sie sie mit ihren eigenen Mitteln zu schlagen versuchte. Immer fühlte sie sich unter Lilas Freunden, allesamt schon älter und kultivierter, leicht nervös. Nett waren sie ohne Zweifel, erinnerte sie sich, aber sie gehörten einer anderen Welt an. Das ist eine Frage der Gesellschaftsschicht, hatte James immer gesagt. Ihr Hintergrund hatte sie nicht auf das gesellschaftliche Leben vorbereitet, das ihre Karriere manchmal mit sich brachte. Heute Abend fühlte sie sich nervöser als üblich. Es war die erste große Party, auf die sie seit James' Tod ging.

Nun, zumindest war es ein Kostümfest. Sie würde sich hinter ihrer Verkleidung verstecken können. Sie nahm die Maske und hielt sie vor ihr Gesicht. Die unglückliche Miene der Meerjungfrau hatte etwas Beklemmendes. Kelly erinnerte sich an die Geschichte der kleinen Meerjungfrau, die sie als Kind gelesen hatte. Wie passend, dachte sie sarkastisch. Die kleine Meerjungfrau hatte sich auch nicht einfügen können. Hatte nicht ohne Schmerzen gehen oder sprechen oder mit dem Mann zusammen sein können, den sie liebte.

Kelly senkte die Maske und betrachtete ihr Gesicht. Weiße Haut, selten der Sonne ausgesetzt. Blassblaue Augen. Eine gefurchte Stirn. Sie fuhr sich mit den Fingern über die Lippen und dachte dabei an ihren Mann. Wie er sie immer berührt hatte.

Die Türglocke schreckte sie auf. Sie lächelte noch mal probehalber ihr Spiegelbild an und ging dann, um Darl aufzumachen.

»Wow!«, sagte er, nachdem er sie von oben bis unten betrachtet hatte. »Du siehst umwerfend aus!« Langsam hob er die Hand und strich ihr zärtlich das Haar aus dem Gesicht.

»Du auch«, sagte Kelly. Sie drehte sich weg, um ihren Mantel aus dem Schrank zu nehmen, und verbiss sich dabei ein Grinsen. Trotz Darls schaurigem Vampircape und den Fangzähnen wirkte er wenig Furcht einflößend. Sein freundliches Gesicht machte die Wirkung völlig zunichte.

Auf der Party überließ Kelly Darl ihren Mantel und begab sich auf die Suche nach den Gastgebern. Schließlich entdeckte sie Sam in der Galerieküche, Lila aber nicht.

»Tolles Outfit!« Lächelnd küsste Sam Kelly auf die Wange.

»Danke! Wo ist deines?« Sam hatte einfach nur Hose und Pulli an. »Oder bist du bloß ein Künstler?«

»Sehr witzig«, erwiderte Sam. »Ich wollte eigentlich als Pirat erscheinen, aber zum Verkleiden bin ich nicht mehr gekommen. Sieh dir das an!« Er deutete auf die Hintertür, und Kelly sah mit Entsetzen, dass diese vollständig mit Brettern vernagelt war. »Letzte Nacht ist hier jemand eingestiegen. Als ich heute Morgen reinkam, entdeckte ich, dass die Tür aufgebrochen worden war.«

»Ist was gestohlen worden?«

»Keine Ahnung. Kann ich noch nicht sagen. Im Lagerraum herrscht heilloses Chaos. Ich bin auf der Suche nach Freiwilligen, die mir morgen dabei helfen, ihn wieder in Ordnung zu bringen. Den Bestand durchzugehen. Na, wie wär's?«

»Klar, Sam. Und euch geht's gut?«

»Ja. Na ja, wütend sind wir halt. Die Nachbarschaft hier ...«

»Ich weiß«, sagte sie. Die Galerie lag mitten in der Innenstadt, wo die Kriminalität stetig zunahm.

»Wie auch immer«, meinte Sam. »Ich musste Lila versprechen, dass ich mir erst ab morgen darüber Sorgen mache. Den Abend hat sie schon seit Monaten vorbereitet. Schnapp dir also einen Drink und amüsier dich. Wie hieß er doch gleich – Joe – ist auch schon da und sucht nach dir.«

»Joe Delany?«

»Genau der. Du triffst dich gar nicht mehr mit ihm?«

»Nicht sehr oft.« Eigentlich wollte sie Joe gar nicht mehr sehen, aber darüber ließ sie sich nicht aus. Sie goss sich einen Drink ein und ging in die Galerie zurück. Da war Joe, ließ den Blick über die Menge schweifen und sah jedes Mal zur Tür, wenn sie aufging. Kelly schlug die entgegengesetzte Richtung ein. Nicht, dass Joe nicht ein lieber Kerl und ein begabter Künstler gewesen wäre. Er war nur zu versessen darauf, einen Platz in Kellys Leben einzunehmen. Stellte zu viele Fragen über Kellys Kindheit, über ihre Ehe, ihre Zukunftspläne. Er gehörte zu jenen Männern, die einem etwas zu sehr auf die Pelle rücken. Sie drehte ihm den Rücken zu und betrachtete die Menschen um sich herum.

Alle waren elegant und extravagant gekleidet, und viele trugen Masken. Vermutlich kannte Kelly mehrere von ihnen, auch wenn sie kaum jemanden erkannte. Ob Taylor Grant da war? Etwas an dem ausgesprochen hoch gewachsenen Mann mit der Teufelsmaske und dem roten Cape kam ihr vertraut vor. Sie beobachtete ihn, wie er mit einer sehr überzeugenden Marilyn Monroe tanzte. Trotz seiner Größe bewegte er sich anmutig, wirbelte seine kleine Partnerin mit Leichtigkeit herum, bückte sich, um ihr etwas ins Ohr zu flüstern, sie zum Lachen zu bringen. Die beiden waren offensichtlich sehr vertraut miteinander, und Kelly wandte sich ab, gerade als Sam in der Tür erschien.

»Meine Damen und Herren!«, rief er dramatisch. »Wir haben Besuch!« Er deutete vielsagend auf das Studio hinter sich.

Fünf goldberingte Finger mit langen, roten Nägeln schoben sich langsam durch den Perlenvorhang. Lila erschien in einem langen, geblümten Kleid, einem schwarzen Schal und knallrot geschminkten Lippen. Sie trug riesige Goldohrringe, und an ihren Handgelenken klimperten Goldarmreife, als sie sich die Hände rieb.

»Wer kommt in mein Zelt und lässt sich die Zukunft vorhersagen? Wer traut sich?«, gackerte sie mit hoher Stimme.

»Dieses Zigeunerweib«, verkündete Sam, »hat an unsere Tür geklopft und gebettelt. Ich habe ihr gesagt, sie muss sich ihr Essen verdienen. Und da hat sie zu unserem Amüsement ihre schwarzen Künste angeboten.«

Lila winkte Kelly zu. »Komm, du mein Kind des Meeres!«

»O nein!«, lachte Kelly. »Bin ich das erste Opfer?«

Lila lächelte geheimnisvoll. Sie nahm Kelly am Ellbogen

und führte sie durch den Perlenvorhang in Sams dunkles Studio. Zunächst konnte Kelly nur schemenhafte Formen und undeutliche Schatten erkennen. Als sich ihre Augen umgewöhnt hatten, sah sie, dass über die Staffeleien und die Töpferdrehscheibe weiße Laken gehängt worden waren. In der Raummitte war Platz für zwei Stühle und einen Tisch gemacht worden, auf dem eine schwere Brokatdecke lag. Darauf standen flackernde Kerzen, eine Kristallkugel und ein Sparschwein.

»Äußerst schaurig«, sagte sie. »Wo hast du die Kristallkugel her?«

»Ein Familienerbstück.«

Kelly schaute genauer hin und entdeckte, dass es sich um ein mit Silberkonfetti gefülltes Goldfischglas handelte. Mit gerunzelter Stirn konsultierte Lila die Kugel. Sie umfasste sie mit beiden Händen und tat so, als erblicke sie etwas.

»Ah«, sagte sie. »Ich sehe einen Mann in dein Leben treten.«

»Das fehlte gerade noch!«

»Du zweifelst an der Macht der Liebe?« Lila wackelte mit den Augenbrauen und brachte Kelly damit zum Lachen.

»Nein, tu ich nicht«, erwiderte Kelly. »Bloß bin ich mir bei dem Mann nicht so sicher.«

»Ach, ihr jungen Mädels heutzutage! Ihr verhöhnt die Kräfte des Universums. Veränderungen stehen bevor, denen du nicht widerstehen kannst. Sie sind stärker, als du glaubst. Gib mir deine Hand. Nein, nein. Deine rechte Hand!«

»Aber ich bin Linkshänderin!«

»Dummes Ding! Das macht keinen Unterschied. Gib mir deine rechte Hand.«

»Aber man soll doch die Linke nehmen! Das habe ich in einem Buch über Handlesekunst gelesen.«

»Still, Kind. Du mischst dich da in Dinge ein, von denen du keine Ahnung hast. Ich muss mich jetzt konzentrieren. Diese Linie hier, die ist sonderbar. Das ist die Lebenslinie, und diese andere folgt ihr wie ein Schatten. Was das wohl zu bedeuten hat? Führst du ein Doppelleben? Zittere nicht, meine Kleine. Es gibt nichts, wovor du dich fürchten musst. Sie könnte auf einen Lebensgefährten hinweisen, einen Seelengefährten, der in dein Leben tritt. Siehst du, wie diese beiden Linien hier am Handgelenk zusammenlaufen? Ich hab dir gesagt, du wirst jemanden kennen lernen!«

»Ich habe Joe Delany gerade wieder gesehen«, meinte Kelly trocken. »Hoffentlich ist nicht er damit gemeint.«

»Was? Nein. Vielleicht ist es jemand, den du schon lange kennst, und der trotzdem …« Nun blickte Lila wirklich verdutzt drein.

»Was ist denn? Lila? Komm, hör auf damit!«

Doch Lila war es ernst. »Jemand, den du kennst und doch nicht kennst«, sagte sie.

»Oh, na toll.«

»Ja. Zwei Seelen, die einander nicht erkennen können. Aber, siehst du, hier? Da findet ihr endlich zueinander.« Lila lächelte.

Kelly blickte auf ihre Hand. »Die Linien vereinen sich«, sagte sie. »Aber schau – da trennen sie sich wieder. Was bedeutet das?«

»Das ist mysteriös«, gab Lila zu. Eine Minute musterte sie die Linien genau, schwieg aber. Dann wurde ihr Gesicht rot vor Verlegenheit.

Kelly erkannte mit Schrecken, dass Lila an James gedacht hatte. Natürlich. Lila verfluchte sich dafür, dass sie mit der dummen Geschichte angefangen hatte, die auf so lächerliche und schmerzvolle Weise wahr war. Nicht die Zukunft hatte sie gelesen. Nein, die Vergangenheit.

Nach einem langen Augenblick blickte Lila auf und sah Kelly an. In ihrem Blick lag eine Entschuldigung, aber James erwähnte sie nicht.

Kelly versuchte zu lächeln. »Ich hab doch gesagt, wir hätten die linke Hand nehmen sollen.«

»Vielleicht hast du Recht«, flüsterte Lila. Aber sie durchbohrte Kelly mit ihrem Blick, als würde sie vermuten, dass Kelly etwas vor ihr verbarg. »Kelly? Ich meine das wirklich. Von wegen Verhöhnung des Universums. Es sind Kräfte am Werk, die du nicht verstehst!«

Als Kelly zu einer langsamen, romantischen Melodie mit Darl tanzte, bemühte sie sich, die Gedanken an die Prophezeiungen ihrer Freundin zu verscheuchen. Lila nahm die eigene Schauspielerei ein bisschen zu ernst, es ging ja richtig mit ihr durch. Dennoch waren einige ihrer Äußerungen beunruhigend. Eine Linie, die ihrer eigenen Lebenslinie wie ein Schatten folgte? Das war seltsam, vor allem, weil Kelly in letzter Zeit die Gegenwart einer anderen Person förmlich spüren konnte. Manchmal hatte sie das Gefühl, beobachtet zu werden. In ihrem geistesabwesenden Zustand hatte sie so viele Dinge verlegt, dass sie allmählich argwöhnte, irgendeine unsichtbare Hand würde sie aus dem Haus entfernen. James' Hand? Hatte sie früher am Abend wirklich James' Namen am Telefon gehört? Unmöglich.

Sie legte den Kopf auf Darls Schulter. Schon klar, was er sagen würde. Das sei abergläubischer Unsinn. So etwas wie Geister gebe es nicht. Ihre Fantasie gehe mal wieder mit ihr durch.

Der vernünftige Darl. Sie drückte seine Hand, und er reagierte mit einem warmen Lächeln. In letzter Zeit war er stolz auf sie, und er war erleichtert, dass sie mit ihrem Leben wieder klar kam. Er durfte ja nicht wissen, dass nicht alles in bester Ordnung war.

Obwohl es auf der Party auch um Mitternacht immer noch hoch herging, war Kelly müde. Sie wollte nach Hause, aber Darl bestand darauf, vorher noch beim Buffet vorbeizuschauen.

»Hast du denn morgen keine Frühschicht?«, fragte sie.

»Du musst was essen«, erwiderte er. »Ich mach dir einen Teller zurecht!«

Jahrelange Erfahrung hatte sie gelehrt, dass man gegen einen Darl, der einen füttern wollte, nicht ankam. Während sie auf ihn wartete, beobachtete sie, wie die Tänzer sich zum »Tennessee Waltz« bewegten. Der Teufel tanzte noch immer mit Marilyn Monroe, die sich eng an ihn drückte. Kelly bewunderte die Einzelheiten ihres Kostüms, den Schönheitsfleck, das berühmte ärmellose weiße Kleid und die weißen Pumps.

»Marilyn lebt!«, bemerkte Sam, als er und Darl mit viel zu vollen Tellern wiederkehrten.

»Na ja, klar!«, witzelte Darl. »Es ist Halloween. Die Nacht, in der die Toten auf die Erde zurückkehren.«

Unvermittelt verspürte Kelly wieder diesen Schmerz und hätte beinahe den Teller, den er ihr gerade reichte, fallen lassen. Darl, der ihre Weingläser nachfüllte, schien es nicht zu bemerken. Kelly war dankbar. Sie hielt sich kurz die Hände vors Gesicht und versuchte sich zu fangen. *Die Nacht, in der die Toten auf die Erde zurückkehren.* Der Satz hallte in ihrem Kopf wider, übertönte das Stimmengeplauder. *Auf die Erde zurückkehren. Zurückkehren.*

Nein.

Sie durfte sich nicht gehen lassen. Sie musste sich aufsetzen, gesellig sein. Normal.

Als sie den Kopf hob, schaute sie dem Teufel direkt ins Gesicht, und er ihr scheinbar auch. Einen Augenblick lang hörte die Musik auf, und er stand da, die langen Arme verschränkt, den Kopf zur Seite geneigt, als würde er sie neugierig betrachten. Doch die Maske verbarg seinen Gesichtsausdruck, und als das nächste Lied einsetzte, wandte er seine Aufmerksamkeit wieder seiner Tanzpartnerin zu.

Kelly zupfte Darl am Ärmel. »Lass uns gehen!«

Er drehte sich zu ihr um. »Hast du was gegessen?«

»Ja«, log sie und schob den Teller außer Sichtweite.

Die Innenstadt Winnipegs war wie ausgestorben. Kalt und verlassen. Durch den Windkanal gläserner Bürogebäude flogen Papierfetzen. Ein Zug ratterte in den Bahnhof am Fluss. Als sie über den Fluss in ihren Stadtteil, St. Boniface, fuhren, blickte Kelly aus dem Fenster. Jenseits des schwarzen Flusses leuchtete das lange, gelbe Kreuz des Krankenhauses gegen den Nachthimmel. Dahinter konnte sie die riesige, runde Öffnung im Steinturm der Kathedrale sehen, wo ein Brand vor vielen Jahren einen leeren Steinring zurückgelassen hatte, der wie ein dunkler Mond über St. Boniface hing.

Sie fuhren am Krankenhaus vorbei, und wie immer blickte Kelly unwillkürlich zu den Fenstern des Ostflügels hoch. Zur psychiatrischen Abteilung. Sie erschauerte.

Darl ergriff ihre Hand. »Lass es«, sagte er sanft. »Lass es!«

3

Kelly träumte von James, als es an der Tür klingelte. Langsam löste er sich in Luft auf und zeigte dabei seinen vernarbten Körper. Sein Hals war nach hinten gebogen und die Arme baumelten schlaff herunter. Die Sonne strahlte herab, bleichte seine Haut, blendete Kelly. Sie sah, wie er den Kopf hob. Er bewegte die Lippen, sprach mit ihr.

»James!«, rief sie. »Was sagst du?«

Sie hörte ihre eigene Stimme. Sie war hellwach. Und doch bewegte James sich weiterhin, sein Körper wurde immer durchsichtiger, bis sie durch ihn hindurch sehen konnte. Dann war er fort. Sie starrte auf die Risse in der Zimmerdecke. Wieder ertönte die Hausglocke.

Wie in einem Nebel machte sie die Tür für Angel und Alex auf.

»Hi, Tante Kelly!« Alex warf die Arme um ihren Hals und küsste sie, erst auf die eine Wange, dann auf die andere. Ein Begrüßungsritual, das sie ihm beigebracht hatte, als er zwei gewesen war, und das er nie vergaß.

Alex setzte sich auf seinen Lieblingsplatz neben dem Regal mit den bunten Holztieren, die James geschnitzt hatte. Alex spielte gern mit ihnen, ließ sie essen, schlafen, Wettrennen und Kämpfe austragen.

Kelly und Angel gingen in die Küche, und Kelly setzte einen starken Kaffee auf. Sie musste die Traumfetzen verscheuchen, die sie noch immer vor Augen hatte. Als sie sich von Angel abwandte, hörte sie das Kratzen eines Streichholzes und roch dann den starken, unverkennbaren Geruch von Marihuana.

»Angel! Alex ist hier!«

»Dann blas ich den Rauch halt nach draußen«, erwiderte Angel. Sie zog das Fenster einen Spalt auf und lehnte sich mit der Stirn an das Glas. »Darl hat erzählt, in der Galerie sei eingebrochen worden?«

»Ja, armer Sam.«

»Aber ihr habt euch gut amüsiert?«

»Es war in Ordnung.«

Angel lächelte. »Es ist schön, dass ihr zusammen ausgeht. Endlich!«

»Nun, oft ist das nicht der Fall.« Kelly schenkte zwei Tassen ein und nahm gegenüber ihrer Schwester Platz. »Seitdem ich wieder zu arbeiten begonnen habe, sehe ich Darl – oder Alex – nicht mehr viel.«

Angel nahm einen letzten Zug und zerdrückte den Joint dann zwischen den Fingern. »Ihr zwei solltet euch zusammentun«, meinte sie.

Kelly seufzte. Das hörte sie nicht zum ersten Mal.

»Ich meine es wirklich so«, sagte Angel. »Worauf wartest du?«

»Angel, er ist mein Schwager!«

»Nicht mehr.«

»Es wäre nicht richtig.«

»In meinen Augen schon!« Angel zuckte mit den Achseln. »Das, was ihr beide durchgemacht habt, sollte euch zusammenschweißen. James würde es wollen.«

Was wusste Angel schon davon, was James wollen würde?, fragte sich Kelly. Angel wusste ja nicht mal, was sie selbst wollte. Wusste nicht mal, *wie* man was wollte, bloß, wie man etwas brauchte – einen Drink, eine Marihuanazigarette, einen Streit mit Paul.

Sie beobachtete, wie sich ihre Schwester an der trockenen Ellbogenhaut kratzte und mit den Händen durchs streichholzkurze Haar fuhr. Sie erinnerte sich an die Zeit, als Angels Haar lang und dicht gewesen war. Rotblond.

Ein blasser Abklatsch des mütterlichen Haars, wie Angel überhaupt ein blasser Abklatsch ihrer Mutter gewesen war.

Maggie Quirk.

Kelly konnte sie noch immer genauestens beschreiben, obgleich sie sie seit vier Jahren nicht mehr gesehen hatte.

Als Kind hatte Kelly vor Hotels gestanden und ihre Mutter immer und immer wieder beschrieben: den Brooklynakzent, das rötlich braune Haar, das flammengleich über die sommersprossige Stirn fiel, die etwas geröteten Wangen, als hätte sie Fieber. Haben Sie sie gesehen? Könnten Sie sie bitten, mal rauszukommen?

Wenn Maggie da war, kam sie gewöhnlich auch raus. Sie stand dann auf der Türschwelle, blinzelte, geblendet vom Sonnenlicht, und Kelly bat sie um einen Gefallen. Maggie gab ihr Geld für Lebensmittel oder unterschrieb eine Mitteilung der Schule und verschwand wieder in das kühle, dunkle Gefängnis des Pubs. Und Kelly ging in die Wohnung zurück, zum Saubermachen, zum Kochen. Zu Angel.

Arme, süße Angel. Kelly betrachtete ihre Schwester, die zum Fenster hinaus auf den ersten Schneefall des Jahres blickte. Die großen, weißen Flocken schwebten langsam durch die Luft. Als Kind hatte Angel den Schnee geliebt, hatte vor Entzücken in die Hände geklatscht, wenn es schneite. Aber nun war kein kindliches Staunen in ihrem Gesicht. Nun beobachtete sie die Schneeflocken mit einem trägen, hypnotisierten Ausdruck, einem leeren Blick.

Alex kam in die Küche und zerriss damit die Stille.

»Kelly, wo ist der Drache?«

»Der müsste bei den anderen sein.«

»Ist er aber nicht! Und dabei ist er meine Lieblingsfigur!«

Also sahen sie nach. Aber der kleine grüne Drache mit dem stacheligen Schwanz und den mit Schwimmhäuten versehenen Flügeln blieb verschwunden.

Kelly befragte Alex, vielleicht ein bisschen scharf. Hatte er ihn mit rausgenommen? Hatte er damit im Garten gespielt? Aber Alex blieb eisern. Er hatte den Drachen nie irgendwohin mitgenommen, sagte er. Es war Kelly schon aufgefallen, dass der Tiger fehlte, und auch das kleine gescheckte Pferd. Es schien, als seien bei jedem Abstauben der Menagerie weniger Tiere vorhanden. Nun der Drache. James' Lieblingstier.

»Na, mach dir keine Sorgen. Er wird schon wieder auftauchen«, sagte sie.

»Er taucht dann wieder auf, wenn du es am wenigsten erwartest«, meinte Angel.

Alex fand sich damit ab, mit den weniger exotischen Tieren zu spielen, und die Schwestern gingen wieder in die Küche.

»Wie geht's Paul?« Kelly versuchte, das Thema zu wechseln.

»Er ist verrückt«, erwiderte Angel. »Wird immer verrückter.«

Kelly dachte eine Weile darüber nach. »Gewalttätig?«

»Nein, bloß … sonderbar.« Angel sah Kelly an. »Weißt du, was er gemacht hat?«

»Was denn?«

»Er hat eine Pistole gekauft.«

»O Gott! Wofür denn um Himmels willen?«

»Er sagt, er würde Eindringlinge hören. Nachts. Sagt, jemand habe es auf ihn abgesehen – oder auf mich.«

»Das ist gefährlich«, sagte Kelly. »Er könnte damit aus Versehen jemanden erschießen. Du meine Güte, er könnte dich erschießen!«

Angel lachte. »Er ist davon überzeugt, dass wir Schutz brauchen. Weißt du, was er gesagt hat?«

»Was denn?«

»Er hat gesagt, als er, na du weißt schon, als er selber noch Einbrecher war, hätte er nie eine Waffe benutzt. Aber heutzutage haben sie alle eine – Kids mit Messern, die durchs Fenster steigen. Dein Freund Sam hätte bei dem Einbruch umgebracht werden können!«

»Man muss sich schützen, das stimmt schon«, sagte Kelly. »Aber eine Pistole!«

»Weiß schon. Immer verrückter.« Angel zog einen roten Faden aus der Tischdecke und wickelte ihn so fest um den Finger, dass der Fingernagel weiß wurde. Kelly betrachtete die zerfransten Nagelhäute, die Niednägel, und ihr Anblick machte sie zornig.

»Tja«, sagte sie. »Ich muss jetzt los. Sam möchte, dass ich ihm in der Galerie beim Aufräumen helfe. Bringst du Alex nach Hause?«

»Japp. Darl ist um drei fertig. Macht's dir was aus, wenn wir solange hier bleiben? Paul ist heute furchtbar mies drauf.«

»Nein, kein Problem«, sagte Kelly. »Natürlich.« Sie müsste mit Darl darüber sprechen, und zwar bald. Alex würde dann nicht mehr zu Angel gehen dürfen. Garantiert würde Darl es nicht erlauben, dass Alex auch nur in die Nähe einer Schusswaffe kam.

Beim Anlassen des Autos lächelte Kelly, als sie an Darls ernste Einstellung zur Vaterschaft dachte. »Mr. Verantwortungsvoll« hatte James ihn immer genannt. Und das passte. Darl hatte Alex allein großgezogen und seine Sache gut gemacht, obgleich er es nicht leicht gehabt hatte. Als Diane ihn verließ, hatte Darl notgedrungen das Medizinstudium abbrechen müssen. Nun sah er zu, wie er seinen Job in der Klinik, die Abendkurse in Pharmazie und, dachte sie schuldbewusst, Hunderte von kleinen Erledigungen für sie und Angel unter einen Hut brachte. Aber er hatte alles im Griff und trotzdem noch Zeit für seinen Sohn. Alex gedieh, er war gesund und glücklich. Und er war so brav, dass es fast schon nicht mehr normal war. Es gab nicht viele Männer, die liebende Vollzeitväter sein konnten. Oder falls doch, dann kannte Kelly sie nicht.

Ihren eigenen Vater kannte sie nicht, sah man von den Erzählungen Maggies ab, die sich einzig um sein blendendes Aussehen, die blauen Augen und das rabenschwarze Haar drehten, das Kelly geerbt hatte. Und die Erinnerung an Angels Vater verblasste auch immer mehr, verschwamm mit denen von Maggies anderen Freunden. Angels Vater hatte ihrem Leben seinen Stempel aufgedrückt, indem er mit ihnen von New York nach Winnipeg gezogen war – und dann verschwand.

Das einzig verlässliche männliche Wesen in ihrer Kindheit war Darl gewesen. Darl war Maggies einziger treuer Bewunderer. Vom ersten Augenblick an hatte er sie geliebt, als er mit elf auf dem Gehsteig vor ihrem Wohnblock einen Salto von seinem Fahrrad gemacht hatte. An diesem Tag war Maggie nüchtern und gut gelaunt gewesen. Ihr Haar schien rotgolden im Sommerlicht, als sie sich über den kleinen Jungen beugte, sein aufgeschürftes Knie mit ihrem Schal umwickelte und ihn für seine Tapferkeit bewunderte.

Von nun an war er häufig bei ihnen zu Gast, half Maggie beim Wäscheaufhängen, fegte im Winter den Schnee von den Stufen, begleitete die Mädchen zur Schule.

Als er in die Highschool ging, blieb er manchmal über Nacht bei ihnen, wenn Maggie abging. Kam sie dann betrunken heim, war es Darl, der mit ihr sprach, ihr ins Bett half, ihren unzusammenhängenden Leidensgeschichten lauschte. Durch die Wand ihres Zimmers, wo Kelly neben Angel lag und sie tröstete, konnte sie ihre Stimmen hören, Maggies scharfe, bittere Beschwerden und Darls sanfte Antworten. Morgens fand sie Darl dann schlafend auf dem Sofa, die sonst so makellosen Kleidungsstücke hoffnungslos zerknittert.

Schließlich hatte sich Darls Vernarrtheit in Maggie in Mitleid für sie verwandelt. Aber den Mädchen blieb er treu ergeben. Obgleich nur zwei Jahre älter als Kelly, wachte er mit väterlicher Besorgnis über sie und Angel, und dafür waren sie ihm dankbar. Er verbrachte fast genauso viel Zeit bei ihrer Familie wie bei seiner.

Kelly hatte das erst verstanden, als sie Darl zu Haus besuchte, in einem dunklen, kleinen Bungalow am Ende der Straße hinter der Kathedrale. Nun drosselte sie das Tempo, als sie auf dem Weg zur Brücke daran vorbeikam. Da war die windschiefe Veranda, auf der Adam gestanden und seine übel riechenden Zigarren geraucht hatte. Da war der Werkzeugschuppen, dessen verkohlte Wände noch immer standen.

Sie drückte aufs Gas. Darl hatte Recht. In der Vergangenheit zu leben hatte keinen Sinn. Aber sie konnte die Erinnerung an den einen Nachmittag, als sie in dem Garten zum ersten Mal ihren künftigen Mann erblickt hatte, nicht abschütteln. Es war ihr erster Schultag in der vierten Klasse, und sie wartete auf Darl. Sie musterte die Spinnweben, die über die Fensterscheiben des Werkzeugschuppens gesponnen waren. Davon schien es Hunderte zu geben, uralt und wolkig und so fest wie gesponnene Baumwolle. Inmitten der dichten Lagen lag ein mumifizierter Grashüpfer auf dem Rücken, als würde er sich in einer Hängematte ausruhen, die Beine über der Brust gefaltet.

Fasziniert trat sie näher und stieß dann, durch eine plötzliche Bewegung hinter der Scheibe erschreckt, einen Schrei aus. Eine kleine Hand hob den Rupfenvorhang des Schuppenfensters. Hinter der schmutzigen Scheibe erschien ein dunkles Gesicht und verschwand wieder.

»Wer war das?«, wollte sie von Darl wissen, als er aus dem Bungalow trat.

»Das ist mein Bruder James«, sagte Darl, während sie sich vom Haus entfernten. Er warf einen Blick über die Schulter nach hinten, um sich zu vergewissern, dass niemand zuhörte. »Er hat Hausarrest.«

Im Lagerraum der Galerie sah es schlimmer aus, als Kelly erwartet hatte. Sam, Lila und etliche ihrer Freunde, einschließlich Joe Delany, standen im Eingang und betrachteten die Bescherung. Kisten waren umgeworfen und aufgerissen, Gemälde aus den Regalen gezerrt und im Raum verstreut worden.

»Jesses, Maria und Josef!«, sagte Kelly, als sie eine Staffelei aufstellte und darunter eine ramponierte Madonna aus Pappmaschee zum Vorschein kam. »Wurde irgendwas mitgenommen?«

»Das wissen wir noch nicht«, seufzte Lila. »Nach dem Aufräumen kommt die Inventur. Bloß, wo anfangen?«

Einen Moment starrten alle auf das Durcheinander. Dann langte Sam hinüber und ergriff das andere Ende der Staffelei, die Kelly hielt.

»Wir können genauso gut damit anfangen«, sagte er.

Sie wandten sich der Pappmascheefigur zu. Ihr Kopf war eingedrückt, und eine Hand baumelte herab.

Eine Zeitlang arbeiteten alle stumm vor sich hin und stießen gelegentlich einen Fluch aus, wenn ihnen wieder etwas Zerstörtes in die Hände fiel.

»Wer *macht* so was bloß?«, wunderte Kelly sich laut.

»Irgendein neidischer Künstler?«, schlug Joe vor.

»Und wozu?«, fragte Sam. »Um zu versuchen, die Geheimnisse meines Erfolges zu ergründen? Ha!«

»Vermutlich irgendein Verrückter«, mutmaßte ein anderer. »Hat es ohne Grund getan – aus Wut auf die Welt.«

»Kids«, meinte Lila. »Kaum ist Halloween, schon schlagen sie alles kurz und klein.« Sie stöhnte. »Die viele Arbeit!«

Es war schon später Abend, als Sam die Liste der fehlenden Gegenstände schließlich fertig hatte, und sie war erstaunlich kurz. Es fehlten zwei Schmuckschatullen, die Kleingeldkasse und ein paar Zeichnungen. James' Zeichnungen.

»Die Bilder, die er von dem schiefen Haus gemalt hat«, sagte Sam. »Weißt du noch, Lila? Diese Reihe, an der er gearbeitet hat, bevor er ...« Er verstummte, als er sich daran erinnerte, dass Kelly dabeistand.

Aber Kelly wusste, was für Zeichnungen er meinte. Ein windschiefes Haus, dessen Vorderseite wie bei einem Puppenhaus offen stand. Eine Dämonenhand schlängelte sich wie eine Flamme über das Dach und suchte zwischen den schiefen Möbeln herum. Zwei kleine, verzerrte Figuren kauerten unter der Treppe. Die besten Zeichnungen, die ihr Mann in seinem kurzen Leben gemacht hatte.

»Ich muss gehen«, meinte Kelly. »Bin müde.«

»Ich fahr dich«, bot Joe an.

»Danke«, sagte Kelly. »Aber ich bin mit dem Wagen da.«

»Ruf mich wegen *Hamlet* an«, erinnerte sie Lila.

»Mach ich«, versprach Kelly.

Sam brachte sie zum Auto. Vor dem Haus erkundigte er sich, wie es ihr gehe.

»Gut«, erwiderte sie, unsicher, ob das stimmte oder nicht.

»Es dauert lange.« Er berührte ihre Schulter. »Tut mir Leid wegen der Zeichnungen. Aber weißt du, es wird immer Dinge geben, die ihn dir wieder in Erinnerung rufen.«

Stimmt, dachte Kelly. Wie das Atmen.

»Wir vermissen ihn alle«, sagte er.

»Ich weiß.«

»Die Heilung wird fortschreiten, Kelly. Glaub mir. Du kannst es dir nicht vorstellen, aber so wird es sein. Das Hirn ist eine wundersame Maschine.«

»Es ist eine gefährliche Maschine«, wandte sie ein. »Manchmal ...«

Er wartete. »Was?«

Eigentlich hätte Kelly sich gern ausgesprochen, doch etwas hielt sie zurück. Es war nicht nur, dass James nicht mehr da war, es war alles. Die Stille in der Telefonleitung, die Träume, die keine Träume waren, die Art, wie James' Sachen sich in nichts auflösten, als würden alle Beweise seines irdischen Lebens verschwinden.

»Ich weiß nicht«, sagte sie. »Das Hirn kann einem auch manchmal was vorgaukeln, weißt du?«

»Ich weiß. Du meinst James?«

»Nun, sein Hirn – aber mir meines bisweilen auch. Manchmal habe ich Angst.«

»Das geht uns doch allen so«, sagte Sam leise. Aber das war ein schwacher Trost.

»Danke, Sam. Bis bald!«

In gemächlichem Tempo fuhr sie nach Hause. Was in aller Welt ging vor sich? Waren James' Zeichnungen so wertvoll, dass jemand sie stahl? Er war so jung gestorben. Bestimmt waren sie nicht besonders wertvoll. Wer würde sie schon wollen, außer Sam oder sie selbst?

Oder James.

Wenn sie Sam das erzählte, würde er denken, dass sie wieder durchdrehte.

Sie ging den dunklen Bürgersteig entlang und betrat das Haus, fühlte sich sehr allein. Es gab niemanden, mit dem sie reden konnte. Niemanden, dem sie davon erzählen konnte. Sie dachte an jenen mumifizierten Heuhüpfer, der in seinem transparenten Leichentuch schwang. Sie stellte sich vor, wie sie selbst dort schwebte, gelähmt, und sich das dichte, weiße Netz langsam um ihre Kehle schloss.

Es war schon lange her, dass er so vor ihrem Haus gestanden und hineingesehen hatte. Er sah, wie in der Diele das Licht anging, dann im Wohnzimmer, schließlich in der Küche. Sie hatte die Angewohnheit, in jedes Zimmer zu spähen, wenn sie heimkam, vor allem nachts. Vor allem, wenn sie in aufgelöstem Zustand war. Und in letzter Zeit war sie das ziemlich häufig.

Sie machte die Lampe im Schlafzimmer an, die einen sanften, roten Schein verbreitete. Er sah, wie sie auf den Schrank zuging, dass etwas auf ihrem Bett lag.

Wahrscheinlich ein Nachthemd. Sie ging ins Badezimmer, und er wartete.

Im Warten war er gut. Das sollte er auch. Inzwischen sollte er ein wahrer Experte darin sein. Ein Zenmeister. Er lachte in sich hinein. Meister des Nichts, Meister der Abwesenheiten. Der Stille und der Schatten. Des Verschwindens.

Das Badezimmerlicht erlosch, dann das Wohnzimmerlicht. Sie wanderte durchs Haus, schaltete ein Licht nach dem anderen aus. Nichts außer dem Schein der roten Nachttischlampe. Sie zog ihren Pulli aus und knöpfte ihre

Bluse auf, hielt dann aber inne. Sie ging ans Fenster und zog die Vorhänge zu. Er konnte nichts mehr sehen.

Er wartete, bis auch ihr Schlafzimmerlicht ausging. Dann seufzte er. Er wünschte, er könnte heimgehen und schlafen, aber das ging nicht mehr. Er war zu einer Kreatur der Nacht geworden.

In dem Traum stand James groß und nackt in der Sonne. Sie konnte ihn deutlich erkennen, obgleich er weit über ihr auf einer Felsenklippe hoch über den Wolken stand. Die Sonne schien ihm auf die Schultern, und dann setzte er plötzlich zum Sprung an, und sie stürzte mit ihm hinab, und sie war wach, das Herz schlug ihr bis zum Hals, Blut rauschte ihr in den Ohren, sie setzte sich aufrecht und starrte in die Dunkelheit.

Ja, das Hirn war eine wundersame und gefährliche Maschine. Obgleich sie James nie an der Kante jener Klippe gesehen hatte, hatte sie das Bild so klar vor sich wie eine Fotografie. Den Wald, den Fluss, die Felsen.

James kompakter, muskulöser Körper.

Noch immer fühlte sie sich zu diesem Körper hingezogen. James hatte harte, drahtige Arme und starke Hände, die einen Baseball werfen oder anmutig auf einer Gitarre klimpern konnten. Sie hatte ihn wahnsinnig gern berührt, jeden Zentimeter seines Körpers erforscht, während er ihr die Geschichte jeder Kindheitsnarbe erzählte, die vier kleinen Kreise auf seinem Bauch, wo er auf einen Gartenrechen gefallen war, die Streifen auf seinem Rücken, wo die Äste ihn geschrammt hatten, als er vom Holzapfelbaum fiel. Sie berührte seine Augenlider, sein Schlüsselbein, die Knöchel, den hohen Rist seine Fußes …

Kelly langte zur Nachttischlampe und knipste sie an. Warum ließ die Vergangenheit ihr keine Ruhe?

Weil James im Juni vor einem Jahr seinen Körper fortgeworfen hatte, als besäße er ihn, als gehöre er ihm und er könne sich seiner nach Wunsch entledigen.

Sie lag in ihrem leeren Bett und erinnerte sich an die schrecklichen Ereignisse der Zeit, als James sie verlassen hatte.

4

Die ersten Anzeichen für James' Zusammenbruch blieben unbemerkt. In diesem Winter vor fast vier Jahren war Kelly in New York und arbeitete mit Lila am Set für *Rising Heat*, während James in Winnipeg seine erste Vernissage in Sams Galerie vorbereitete. Zwar war er erst dreiundzwanzig, für eine Ausstellung sehr jung, aber Sam hatte Vertrauen in ihn.

Noch nie zuvor hatten Kelly und James sich getrennt. Ihre Freunde wunderten sich über die Innigkeit ihrer Beziehung. »Ihr werdet am Hungertuch nagen«, warnte Darl, als sie so jung heirateten. Sogar Angel, selbst kaum ein Vorbild für verantwortungsbewusstes Leben, erklärte Kelly trocken, dass man allein von Luft und Liebe nicht leben könne. Aber die beiden hatten Glück. Auf Sams Empfehlung hin erhielt James ein Stipendium an der Kunstakademie, wo er bald den Ruf eines begabten und vielversprechenden Studenten hatte. Kelly machte an den örtlichen Theatern eine Ausbildung als Kostümbildnerin, und sobald sie genug Erfahrung hatte, nahm Lila sie zu Arbeiten außerhalb der Stadt mit. Der Trip nach New York war für Kelly eine Einstiegsmöglichkeit in die lukrative Kinowelt, und sie war entschlossen, das Beste daraus zu machen. Sie würde James vermissen, aber beide waren der Meinung, dass es das wert war.

Zuerst rief James sie jeden Abend an, voller Neuigkeiten von seiner Arbeit, von Freunden und Familie. Von Darls Fortschritten auf der Uni und seinen Hoffnungen auf ein Medizinstudium. Er hielt sie auf dem Laufenden über die Entwicklung ihrer beiden Neffen, dem Baby Allan und dem zweijährigen Alex. Kelly ihrerseits versorgte ihn mit Tratsch über die Reichen und Berühmten. Noch nie waren ihr so aufgeblasene Leute wie diese Kinostars begegnet. Und sie beschwerte sich über ihre Mutter, die sich für ihre Rückkehr nach New York ausgerechnet diese Zeit ausgesucht hatte und von Kelly Hilfe bei der Wohnungssuche erwartete.

Aber allmählich wurden seine Anrufe deprimierend und eintönig, James vermisste sie, wollte, dass sie nach Hause kam. Oft hatte er wenig mehr zu sagen. Dann stand er eines Abends vor ihrer Wohnungstür in Manhattan, unrasiert und wirr. Wenn er zu intensiv arbeitete, war er oft verwirrt, sagte sie sich. Er war einfach müde. Aber James konnte nicht schlafen. Die ganze Nacht klammerte er sich an sie.

Tags darauf tauchte er am Set auf, stand allen im Weg und verlangte, dass Kelly mit heimkam. Sie weigerte sich. War wütend. Zuerst hatte er sie die ganze Nacht wach gehalten, und nun machte er ihr eine Szene. Sie sagte ihm, er solle gehen, aber das machte alles nur noch schlimmer. James begann zu schreien, erklärte ihr, für alle gut hörbar, dass sie ihn nicht mehr liebe. Ein paar von den Hilfskräften mussten ihn rauswerfen.

Kelly wäre am liebsten im Erdboden versunken. Für den Rest des Tages arbeitete sie mit hängendem Kopf, konnte den anderen nicht in die Augen schauen. Als sie heimkam, fand sie einen Entschuldigungsbrief von James. Er sei erschöpft, sagte er. Der Druck, der wegen der bevorstehenden Vernissage auf ihm laste, bringe ihn um. Es tue ihm Leid. Er sei nach Winnipeg zurückgefahren und hoffe, sie verzeihe ihm.

»Ein süßer Brief«, sagte Lila, als Kelly ihn ihr zu lesen gab. »Aber irgendetwas stimmt mit diesem Jungen nicht.«

Danach rief James nur noch selten an. Sam berichtete, er würde nicht arbeiten. Er trank. Er brachte nichts zu Ende, und die Ausstellung musste schließlich abgesagt werden. Dann trank James eines Abends eine Flasche Whisky, schluckte ein paar Pillen und fuhr mit Pauls Motorrad geradewegs durch das Schaufenster eines Autohändlers in der Portage Avenue.

Kelly flog sofort nach Winnipeg.

Schmerzvoll erinnerte sie sich daran, wie verraten sie sich bei diesem ersten Selbstmordversuch gefühlt hatte. Dass James seinen schönen Körper, den Körper, der ihr gehörte, zerstören wollte, machte sie wütend. Den ganzen Heimflug über malte sie sich aus, was sie ihm sagen würde, wie sie ihn strafen würde. Aber bei ihrer Ankunft wurde ihr nicht erlaubt, James zu sehen. Sie durfte nur mit Dr. Chartrand sprechen.

Dr. Leon Chartrand war ein knochiger, nervöser Mann mit langen, schwarzen Haaren, und für einen Psychiater sehr jung. Man hatte ihn wegen seines Spezialgebietes zur psychiatrischen Beratung von der Riverside Clinic hinzugezogen. Aber da wusste Kelly noch nicht, was sein Spezialgebiet war.

Dr. Chartrand war freundlich, blieb aber eisern. James befände sich in einem Erschöpfungszustand, sagte er. Er brauche mindestens zwei Wochen absolute Ruhe. Keinen Besuch. Nicht einmal von Kelly.

»Ich bin seine Frau«, wandte sie ein. »Ich habe ein Recht darauf, ihn zu sehen. Ich habe ein Recht zu wissen, wie es ihm geht!«

»Er ist in guter körperlicher Verfassung«, sagte der Arzt. »Darüber hinaus kann ich mit Ihnen über diesen Fall nicht reden. Ich hoffe, Sie verstehen, Mrs Quirk, dass Ihr Mann gerade eine äußerst schwierige Zeit durchmacht. Wir müssen seine Wünsche respektieren.«

»Seine Wünsche?«

Leon Chartrand nickte. »Er lehnt jeglichen Besuch ab. Er möchte Sie nicht sehen«, erklärte er.

Kelly glaubte ihm nicht.

Aber es stimmte. Aus zwei Wochen wurden vier, und Kelly war vor Sorge außer sich. Zum ersten Mal in ihrem Leben wohnte sie allein, und James im Ostflügel des St. Boniface Hospitals. Jeden Tag ging sie hin und starrte zu den Fenstern der psychiatrischen Abteilung hinauf. Jeden Tag bat sie darum, ihn sehen zu dürfen – jedes Mal umsonst. Jeden Tag kehrte sie allein nach Haus zurück.

Als Alan in seinem Kinderbettchen starb und Angel sich in einen Zombie verwandelte, hatte Kelly niemanden mehr, an den sie sich wenden konnte. Angel machte sich endlose Vorwürfe wegen des Tods ihres Kindes, und Kelly versuchte ihr klarzumachen, dass sie keine Schuld träfe. Doch in Angels Augen sah sie ihr eigenes Schuldgefühl. Sie hatte die Warnzeichen übersehen. Gegenüber der einzigen Person, die sie über alles liebte, war sie blind gewesen.

Schließlich stimmte James einem Besuch Kellys zu. Leon Chartrand bestand darauf, bei ihrer Begegnung dabei zu sein.

Als James hereinkam, schlang Kelly die Arme um ihn. An ihrer Brust spürte sie die hervortretenden Knochen. Er roch nach Desinfektionsmittel. Was hatten sie mit ihm gemacht? Sie wollte ihn auf der Stelle mitnehmen, ihn baden und füttern und wieder zu sich bringen. Aber so einfach würde das nicht gehen.

James hielt sie locker in den Armen. Tröstend tätschelte er ihren Rücken, wie es ein geistesabwesender Vater bei seiner Tochter tun würde, machte sich aus ihren Armen frei und sagte: »Es tut mir Leid.«

Zum ersten Mal in ihrem gemeinsamen Leben spürte Kelly, dass er weit, weit von ihr entfernt war. Er wusste etwas, hatte etwas gesehen, ohne sie.

»Wo bist du gewesen?«, fragte sie.

»Ich war … in der Hölle.« Er benutzte das Wort nicht im üblichen Sinn. Er sprach von dem wahren Ort. Von dem Feuer, das brennt, ohne Licht zu spenden.

»Erzähl mir davon«, sagte sie.

James schüttelte den Kopf. »Ich nehme dich nicht mit hinunter.«

»Ich bin sowieso auf dem Weg dorthin.«

Langes Schweigen. Dann streckte James seine Hand aus. Nicht zu Kelly, sondern zu Leon.

Leon schloss seine Hand so eng um die von James, dass Kelly an seinem Unterarm die Venen hervortreten sah. Sie hielten einander fest. Leon sagte ihm, er solle tief einatmen. »Hier sind Sie in Sicherheit. Machen Sie weiter. Sprechen Sie mit ihr.«

Und so schritt sie mit James in die Unterwelt hinab.

Kam er nun von dort? Aus der Unterwelt, wo Schatten einem die Haut versengen und es keinen Himmel gibt?

Obwohl die Sonne noch nicht aufgegangen war, stand Kelly auf. Sie wanderte durchs Haus und machte alle Lampen an, als wolle sie den Geist ihres Mannes vertreiben.

Warum kehrte er jetzt zurück? Jede Nacht erschien er in ihren Träumen, und manchmal verfolgte er sie auch in wachem Zustand. Scheinbar wollte er ihr etwas sagen. Aber was war denn ungesagt geblieben? James hatte ihr zu Lebzeiten alles erzählt. Sie hatte ihn in den Armen gehalten und ihm gelauscht. Hatte zugehört, bis ihr die Galle hochgekommen war, heiß und feurig. Sie war ihm hinuntergefolgt, jeden einzelnen Schritt des heimtückischen Weges.

Zuerst kamen die Geschichten nur stockend. James erzählte sie ihr in distanziertem Ton. Nachdem Kelly nach New York gefahren war, hatten ihn Albträume geplagt. Er träumte, dass sein Vater, Adam, ihn jagte, und wachte zitternd vor Angst auf. Ständig träumte er davon, dass Adam ihm drohe, ihn mit einem Schwert zu köpfen. Aus Furcht, den Verstand zu verlieren, war James nach New York geflohen.

Wo Kelly ihn abgewiesen hatte.

Als James glaubte, es könne sich bei den Träumen um wahre Erinnerungen handeln, wollte er sich das Leben nehmen. Aber anstatt ihn zu töten, war der Versuch seine Rettung. Er führte ihn zu Leon, und Leon half ihm, der Wahrheit ins Gesicht zu sehen. Es war alles wahr. Alle Träume stimmten, selbst der mit dem Schwert. James und Leon erklärten Kelly, dass Adam all das getan habe, und ihr drehte sich der Magen um. Er hatte seinen jüngsten Sohn in einem Zustand ständigen Schreckens gehalten. Denn wenn Darl nicht zu Hause war, wenn Eleanor schlief, dann war Adam mit James zugange.

James lag mit Kelly im Bett und bewegte ihre Hand über die vier kleinen Narben auf seinem Bauch. »Mein Vater hat mich mit einer Heugabel gegen die Schuppenwand gedrückt«, sagte er. »Dem Arzt hat er erzählt, ich sei auf einen Rechen gefallen. Meine Mutter hat's geglaubt. Und Darl auch.« Er sah ihr in die Augen, die Wimpern tränenbenetzt. »Wie kam es, dass ich es schließlich auch geglaubt habe?«, flüsterte er.

Was in seinem Kopf, dieser wundersamen, gefährlichen Maschine vor sich ging, verwirrte ihn. Wie hatte er seine Lebensgeschichte so nahtlos mit einer anderen überdecken können?

Das sei Verdrängung, erklärte Leon. Starke Verdrängung. Nicht imstande, mit der Erinnerung an den Missbrauch fertig zu werden, ließ James sie in sein Unterbewusstsein sinken, maskierte sie in seinen Träumen, versuchte, sie mit Alkohol zu ertränken. Aber das rächte sich bitter, sobald er verletzlich war.

Ohne zu fragen wusste Kelly, was ihn verletzlich gemacht hatte. Sie hatte ihn verlassen, als er sie am meisten brauchte.

Dieser Sommer verschwamm zu einer endlosen Reihe von Krankenhausbesuchen. Jeden Abend verbrachte Kelly mit James und lauschte den Erinnerungen, die mit unerträglicher Geschwindigkeit auftauchten. Sie wollte es nicht hören, aber sie hörte zu. James brauchte ihre Hilfe.

Kelly brauchte auch Hilfe. Aber es gab niemanden, an den sie sich wenden konnte. James nahm ihr das Versprechen ab, dass sie die beschämendsten Einzelheiten für sich behalten würde, und sie hätte nicht im Traum daran gedacht, es zu brechen. Allgemein hieß es, James hätte einen »Nervenzusammenbruch«, ein vager Ausdruck, den aber alle schluckten. Niemand war besonders überrascht. James war schon immer überspannt gewesen, unsicher. »Übersensibel«, hatte Maggie ihn genannt.

Darl war mit eigenen Problemen beschäftigt, dem Druck durch Studium, ein kleines Kind und eine Frau, die selten daheim war.

Ihm wurde klar, dass Diane sich mit einem anderen traf, und er versuchte alles, seine Familie zusammenzuhalten.

Diane besuchte James oft. Kelly fühlte sich immer unbehaglich, wenn sie ins Krankenhaus kam und dort Diane traf, die James' Hand hielt. Leon dagegen betrachtete das als gutes Zeichen. Es sei nötig, dass James von der fixen Idee abließ, alles geheim halten zu müssen. Das würde nicht nur James helfen, auch Kelly würde dadurch etwas von ihrer Last abgenommen. Aber Kelly war eifersüchtig. Natürlich wollte sie, dass die Last geringer wurde. Andererseits wollte sie James aber nicht mit jemandem teilen. Besonders beunruhigt war sie, als Diane auch an ihren Sitzungen mit Leon teilnahm.

Eines Tages, so erzählte James, hätte seine Mutter ihm mitgeteilt, Darl sei tot. Adam habe ihn getötet, weil er nicht gehorchen wollte. Sie zeigte James ein Kalbsherz und behauptete, es sei das seines Bruders. Adam würde auch James töten, wenn er sich nicht benehme. James glaubte die Geschichte zwei ganze Tage lang. Zwei Tage der panischen Angst. Und Eleanor ließ ihn in dem Glauben. Als Darl schließlich zur Tür hereinkam, hatte sie gelacht.

»O Gott!« Diane begann zu schluchzen, und James umarmte sie. Kelly und Leon beobachteten stumm, wie sie einander in den Armen wiegten. Dianes Atem kam stoßweise. »Und wo war Darl?«, wollte sie wissen. »Wo *war* er?«

Kelly wusste genau, wo Darl gewesen war. Bei ihr zu Hause, hatte Angel beigebracht, sich die Schuhe zu schnüren, hatte Maggie bei der Hausarbeit geholfen, ohne zu wissen, was bei ihm zu Hause passierte.

Leon dankte Diane für ihr Kommen. Unterstützung seitens der Familie sei überaus wichtig, sagte er und sehr schwer zu bekommen. Normalerweise würden Familienmitglieder alles vehement von sich weisen, vor allem, wenn sie, wie Darl, den Missbrauch nie vermutet hätten. Diane konnte Darl nicht dazu überreden, an den Sitzungen teilzunehmen. »Er wird damit noch nicht fertig«, sagte sie, die Augen voller Tränen. »Er will nicht mal darüber sprechen!«

Aber mit Kelly sprach Darl darüber. Die Situation besorgte ihn zutiefst, obgleich sich seine Sorge mehr auf Kelly konzentrierte als auf James.

»Er macht dich kaputt, Kell. Du bist so mit ihm beschäftigt, dass du nicht mehr klar denken kannst. Steigerst dich viel zu sehr rein. Das war schon immer so.« Er seufzte. »Künstlerisches Temperament«, versetzte er spöttisch. »Das ist euch beiden gemein. James ist schon immer gleich ausgeflippt. Ich musste seine Hand halten. Himmel noch mal, jedes Mal, wenn Dad etwas lauter wurde, fing James an zu weinen. Er hat's nie gelernt, einen Bogen um Dad zu machen, und dabei sind sie – er und Dad – nie miteinander ausgekommen.«

»Nicht miteinander *ausgekommen*!«, rief Kelly.

»Okay, okay!« Darl hielt die Hände hoch. »Ich geb's ja zu. Dad hat ihn einfach nicht gemocht. Dad war ein Schwein, um die Wahrheit zu sagen. Er hatte eine gemeine Ader. Ich sprech ja selbst kaum mit ihm. Aber James ist … er ist immer noch davon besessen.«

Kelly musste an Leons Bemerkungen über die Verdrängung denken. Versuchen Sie nicht, es zu erzwingen, hatte er gesagt. Erwarten Sie nicht, dass die Familie es glaubt, nicht alles auf einmal, wenn überhaupt. Wenn es für Darl zu schmerzvoll war, der Wahrheit ins Gesicht zu sehen, warnte er, könne Darl sich ganz von James abwenden. Darauf konnte Kelly es nicht ankommen lassen.

»James muss sich davon freimachen«, sagte Darl.

Doch James konnte sich nicht davon freimachen. Zwar wurde er aus dem Krankenhaus entlassen, aber es dauerte Wochen, bevor er aufhören konnte, die entsetzlichen Geschichten des Missbrauchs zu erzählen, die ihn so mitnahmen. Kelly lauschte und lauschte, bis sie glaubte, nicht mehr zuhören zu können. Die Geschichten kamen so dicht und schnell, und manchmal waren sie so bizarr, dass sie beinahe glaubte, James würde sie erfinden oder halluzinieren. Er erwachte aus schrecklichen Albträumen, weinte und stöhnte vor Beschämung, ließ Kelly nicht in seine Nähe.

Dann, fast so unvermittelt wie die Hysterieanfälle begonnen hatten, endeten sie wieder. James schränkte die Sitzungen bei Leon ein. Die Geschichten hörten auf. Kelly bekam ihren Mann zurück, den Mann, in den sie sich verliebt hatte, den starken. Ihre Liebe heile ihn, sagte er, und sie glaubte es.

James erschien wieder in der Oberwelt. Licht und Luft. Er kaufte sich neue Malutensilien und begann wieder zu zeichnen. Die Arbeit, die er für die Vernissage geplant hatte, ließ er sein und begann stattdessen die Serie dunkler Zeichnungen des Hauses, der Folterkammer. Er drückte seinen Schmerz durch seine Kunst aus, und das war ein gutes Zeichen.

»James ist Künstler, er muss sich durch seine Bilder ausdrücken«, meinte Leon. »Die Gesprächstherapie stößt irgendwann an ihre Grenzen.«

Kelly war erleichtert. Sie hatte die Gesprächstherapie bis oben hin satt.

»Die Gesprächstherapie«, meinte Darl zweifelnd. »Verdrängte Erinnerungen. Ich weiß nicht, Kell. Ich hab mich da mal reinvertieft, an der Uni drüber gelesen. Man nennt es False Memory Syndrom. Der Therapeut sucht nach Missbrauch. Er möchte ihn finden, deshalb findet er ihn. Sie versetzen den Patienten in eine hypnotische Trance, geben ihm Medikamente. Chartrand hat James doch Valium gegeben, oder nicht? Und wenn sie hochempfänglich für so was sind, setzen die Therapeuten ihnen das in den Kopf.«

»Aber James erinnert sich an so viele Einzelheiten.«

»Allein das ist schon verdächtig, findest du nicht? Du weißt doch selbst, dass diese Einzelheiten fantastisch sind. Diane hat mir von einigen erzählt. Die Geschichte mit dem Kalbsherz stammt aus einem Märchenbuch, das wir zu Hause hatten. Schneewittchen. Und das Schwert? Direkt aus King Arthur. Bei diesen Geschichten über Ritter, Drachen und Maiden in Not ist James immer ausgeflippt.«

»Diese alten Geschichten haben ihm Angst gemacht?«

»Ihm hat alles Angst gemacht«, sagte Darl. »Er war hoffnungslos beeinflussbar. Und Chartrand hat das geschickt ausgenutzt. Die meisten dieser Geschichten bestehen doch aus Versatzstücken und … entspringen der lebhaften Fantasie meines kleinen Bruders.«

Kelly hielt sich mit ihrem Urteil zurück. Sie war sich nie sicher, ob James' Erinnerungen stimmten oder nicht. Aber, um ehrlich zu sein, war ihr die theoretische Seite des Ganzen ziemlich egal. Hauptsache, Leon hatte ihren Mann geheilt.

Für James und Kelly schien die Sonne wieder. Angel erholte sich so weit, dass sie wieder halbwegs in die Realität zurückfand. Vermutlich würde sie nie mehr ganz die Alte sein, aber zumindest brauchte Kelly keine Angst mehr zu haben, dass Angel vor Trauer umkam. Paul verarbeitete den Tod seines Sohnes auf seine Weise: Er schottete sich ab, verbrachte Stunden allein mit seinen Tonbändern und Aufnahmegeräten.

Dann war es an Darl zu leiden. Diane, die offenbar nicht mit ihren Mutterpflichten fertig wurde, zog zu Maggie nach New York, die sie als eine Art Schwiegermutter betrachtete. Kelly und Angel ärgerten sich darüber. Für die eigenen Kinder war Maggie nie verfügbar, Diane dagegen hieß sie mit offenen Armen willkommen. Darl allerdings war optimistisch. Er betrachtete Dianes Fahrt nach New York als sicheres Zeichen dafür, dass ihre Affäre vorbei war. Er fand nie heraus, wer der Mann gewesen war, aber er war so erleichtert, dass es ihm egal war. Trotz der zusätzlichen Arbeit, die er dadurch hatte, fand Dianes »Urlaub« seinen Beifall.

Dann rief Maggie an. »Du bewegst besser deinen Arsch hierher«, erklärte sie Darl. »Deine Frau betrügt dich mit einem anderen Mann.« Es war der Wrestler. Diane hatte ihn in der Nähe von Maggies Wohnung in einer Bar kennen gelernt. Eigentlich war er ein Freund Maggies, aber als Diane die ganze Nacht mit ihm wegblieb, siegte Maggies Treue zu Darl.

»Du nimmst dir besser eine Zeitlang frei, kommst her und klärst die Geschichte«, befahl Maggie.

»Ich kann nicht, Mags«, sagte Darl. »Ich bin mitten im Examen. Versuch doch bitte, sie zur Vernunft zu bringen, ja?«

In den Weihnachtsferien flog er nach New York, und James und Kelly kümmerten sich um Alex. Mit vielen Fotos von Alex im Gepäck, flog Darl voller Zuversicht davon. Doch im Januar kehrte er niedergeschlagen heim. Seine Ehe sei am Ende, gab er bekannt. Diane wollte ihn nicht, und Alex wollte sie auch nicht. Sie zog mit dem Wrestler zusammen, dem »Hooded Slicer«, oder wie immer er hieß, und hatte nichts dagegen, falls Darl die Scheidung einreichen wollte.

Darl schien daran zu Grunde zu gehen. Zunächst empfand er den Status als Alleinerziehender unheimlich hart. Er vernachlässigte sein Studium und verließ die Uni schließlich ganz. Kelly fühlte sehr mit ihm, aber James war Darl gegenüber kühl, bisweilen fast kalt.

»Was du brauchst, ist ein Job«, erklärte James seinem Bruder. »Raus aus dem Haus mit dir. In der Riverside Clinic wird gerade jemand gesucht. Geh hin und bewirb dich!«

Kelly wünschte, James und Darl kämen besser miteinander aus. Sie verstand ihre Einstellung zueinander nicht.

»Männer!«, bemerkte Angel. »Knallharte Burschen. Paul ist auch so.« Darauf konnte Kelly nur seufzen. Darl erhielt den Job in der Klinik, Telefonanrufe entgegenzunehmen, und es schien ihm gut zu tun. Allmählich besserte sich sein Gemütszustand wieder, und die beiden Brüder schlossen eine Art Waffenstillstand. Sie nahmen ihre regelmäßigen Angeltouren mit Sam und Paul wieder auf. Manchmal gingen sie zu dritt tanzen. Aber häufiger blieben sie zu Hause. Darl und James saßen dann stundenlang übers Schachbrett gebeugt, während Kelly mit Alex spielte. Sie war zufrieden. Sie hatte ihre beiden Männer zurück. Drei, wenn sie Alex dazurechnete.

Ein ganzes Jahr war Kelly glücklich.

Und dann wurde plötzlich alles in einer entsetzlichen Nacht zerstört.

An dem Tag, an dem James, Darl und Sam zum Angeln gehen wollten, verließ James in den frühen Morgenstunden das Haus, Kelly schlief noch, und tat das Unfassbare.

Während Adam wie üblich betrunken auf seiner Wohnzimmercouch lag, schlich James sich in den Bungalow, besprengte die Möbel mit Benzin und zündete ein Streichholz an. Das Feuer breitete sich rasch aus. Die Polster fingen Feuer, dann die Decken und schließlich Adams Hemd. Als der Feueralarm ausgelöst wurde, stand Adam bereits in Flammen. Der Nachbar berichtete, Eleanor sei hilfeschreiend und mit brennendem Nachthemd aus dem Haus gerannt. Sie hatte den schweren Adam nicht von der Couch heben können.

James verließ das brennende Haus, fuhr zu seinem Bruder, holte ihn verabredungsgemäß ab und fuhr dann weiter, um Paul und Sam abzuholen. Die vier Freunde fuhren Richtung Osten nach Ontario, und James schwieg die ganze Zeit über.

Als sie einen Campingplatz gefunden hatten, überließ James Paul und Sam den Zeltaufbau und die Feuerholzsuche. Er nahm Darl beiseite und gestand ihm alles. Dann stieg er durch den Wald immer höher hinauf, bis er an der obersten Stufe eines hohen, schmalen Wasserfalls stand, weit oberhalb der Stromschnellen.

Kelly konnte ihn sich dort vorstellen, konnte gar nicht aufhören, ihn sich dort vorzustellen. Die drei Männer, die – jeweils von einem anderen Standort – Zeuge davon geworden waren, hatten es ihr geschildert. Ihre Versionen deckten sich. James hatte wie ein verwundetes Tier gebrüllt. Ein letzter Schrei der Wut und Verzweiflung. Seine erschreckten Gefährten hatten sich umgewandt und aufgeblickt. Zu spät. James war bereits gesprungen. Alles, was sie – blitzartig – sahen, war eine herabstürzende Gestalt.

Alle kamen überein, dass er tot sein müsse. »Jeder Knochen in seinem Leib muss gebrochen gewesen sein«, sagte Sam. »Zertrümmert von den Felsen am Fuße des Wasserfalls«, meinte Paul. »In die Seen hinausgespült«, sagte Darl.

Kelly wusste nur, dass James fort war. Trotz ihrer Liebe zu ihm, der so genannten heilenden Kraft ihrer Liebe, war er dagestanden und hatte seine Scham siegen lassen, hatte sich einfach aufgegeben. Und wurde niemals gefunden. Vater und Sohn in der Hölle vereint.

Nur, dass Adam überlebte.

Adam hinkte nun, und sein wiederhergestellter Kiefer würde für immer durch ein gelbliches, transplantiertes Hautstück verunstaltet sein. Aber er würde niemals zugeben, dass James dafür verantwortlich war. Bei der gerichtlichen Untersuchung weigerte er sich, seinen Sohn damit in Verbindung zu bringen. Das Feuer sei ein Unfall gewesen. James sei an irgendeiner natürlichen Ursache gestorben. Oder James sei nur verschwunden, nicht tot. »Seitdem James verschwunden ist«, sagte er, als hätte James sich nur verlaufen und würde wieder zurückkommen.

In ihren schwächsten Momenten glaubte Kelly das auch.

5

Alex war völlig aus dem Häuschen. Den ganzen Heimweg über drückte er eine große Papiertüte an sich und ließ Kelly partout nicht hineinschauen, bis sie zu Hause waren. Dann konnte er mit seinen Neuigkeiten nicht länger an sich halten.

»Ich muss dir etwas sagen, Tante Kelly«, sagte er, während er eine Schneespur in die Küche legte.

»Momentchen«, meinte Kelly. »Gib mir erst mal dein Zeug und zieh die Stiefel aus!« Sie war bei Darl, um das Abendessen zu machen und Alex zu hüten, während Darl an seinem Abendkurs in Pharmazie teilnahm, und sie freute sich darauf. Sie wusste, dass sie Menschen um sich brauchte, Menschen, die sie liebte, um sich von ihrer morbiden Faszination an der Vergangenheit abzulenken.

Alex reichte ihr seine Lunchbox und eine Handvoll zerknüllten Papiers. Sie glättete es und betrachtete seine neueste Zeichnung. Mit Wachsfarben hatte er die Gestalt eines Jungen gemalt, der neben einem hellgelben Haus unter einem Apfelbaum stand. Der Junge war fast so groß wie das Haus. Er starrte den Betrachter mit einem merkwürdig stoischen Ausdruck an, eine Hand hinter dem Rücken, die andere über dem Mund.

»Das ist hübsch«, sagte Kelly und folgte ihm in die Diele hinaus. »Was tut der Junge?«

»Das bin ich«, erklärte Alex. Er versuchte, seinen Mantel aufzuhängen, schaffte es aber nicht. »Weißt du was?«

»Was denn?«

»In der Schule gibt es eine Weihnachtsvorführung, und Mrs Chan sagt, ich darf der Zauberer sein!«

»Ein Zauberer? Wow!«

»Japp, und ich hab Tricks und so was alles!« Er hielt die Papiertüte hoch.

»Zeig doch mal!«

Alex lief in sein Zimmer, um alles vorzubereiten; Kelly räumte unterdessen die Sachen weg und befestigte das Bild mit einem Magneten am Kühlschrank. Sie wollte das Essen fertig haben, wenn Darl kam, da ihm nur eine Stunde bis zu seinem Abendunterricht blieb. Als Alex wieder auftauchte, hatte sie den Nudelauflauf bereits in den Ofen geschoben.

Während sie auf Darl warteten, führte Alex ihr Zaubertricks vor. Die meisten waren einfache Kartentricks, von denen er immerhin die Hälfte einigermaßen beherrschte. Auch eine kleine Zauberschachtel war dabei, in der er Sachen verschwinden lassen konnte. Er zeigte den Trick immer wieder, mal mit einer Münze, mit einer Murmel, einem Schlüssel, mal mit einem von Kellys Ohrringen.

Als Darl heimkam, schlich er sich hinter Kelly und legte ihr die eiskalten Hände um den Hals, so dass sie laut aufschrie.

»Hey! Weg da mit deinen kalten Händen! Werde endlich erwachsen!«

Darl lachte, beugte sich runter und kitzelte Alex am Bauch. Alex kreischte auf und rannte aus dem Zimmer.

»Er ist glücklich«, bemerkte Darl, während er seine Jacke aufhängte.

»Ich denke, er freut sich, wenn er nach Hause kommt und ich bin da«, sagte Kelly. Sie war bislang die beständigste Frau in Alex' Leben. Letztes Jahr, als sie zu deprimiert gewesen war, um zu arbeiten, hatte Darl sie dafür bezahlt, dass sie sich jeden Tag um Alex kümmerte. Alex hatte sie davor bewahrt, zu sehr in Trauer zu versinken. Und Darl hatte sie davor bewahrt, in Armut zu versinken.

»Ich vermisse ihn«, sagte sie, »seit ich wieder arbeite.«

»Er vermisst dich auch«, meinte Darl schlicht. »Und ich genauso.«

Kelly schenkte ihm ein Lächeln. »Darl, du weißt doch, dass ich alles, was du letztes Jahr für mich getan hast, zu schätzen weiß. Alles, was du für mich tust. Ich weiß nicht, wo ich ohne dich wäre, aber …«

»Zum Glück musst du das nie herausfinden«, erwiderte er grinsend.

»Aber ich bin froh, wieder auf eigenen Füßen zu stehen.«

»Ja?« Er begann, den Tisch zu decken. »Woran arbeitest du gerade?«

»Nun …« Kelly zögerte. »Lila hat vielleicht einen Job für mich. Einen großen.«

»Was für einen?«

»Shakespeare. Mein absolutes Lieblingsstück. Ich könnte vielleicht bei *Hamlet* mitarbeiten.«

»Ja, toll!« Aber er klang skeptisch. Vielleicht glaubte er nicht, dass sie dazu schon bereit war.

»*Hamlet: Prinz von Dänemark*«, sagte Kelly nachdrücklich, um seine Begeisterung zu schüren. Sie versuchte, zuversichtlich zu klingen. »Das großartigste Stück auf Erden.«

»*Aus! Kleines Licht*!«, zitierte Darl.

»Nein, nein. Das ist Macbeth!«

»Was immer«, sagte Darl. Lachend machte er sich auf die Suche nach Alex.

»Wie geht es Angel?«, erkundigte sich Darl beim Essen.

»Ach, Angel.« Kelly lud noch eine Portion Bohnen auf Alex' Teller, der sie hurtig unter seinen Maccaroni verschwinden ließ. »Weißt du, Paul ist …« Sie verdrehte die Augen und tippte sich mit einem Finger an die Schläfe.

»Ich weiß.« Darl schüttelte den Kopf. »Keine Ahnung, was mit ihm los ist.«

»Er war schon immer merkwürdig«, meinte Kelly. »Seit er aus dem K-N-A-S-T entlassen wurde, mein ich.«

Alex merkte, dass man ihm etwas vorenthalten wollte, und blickte auf.

»Na ja, zumindest hat er damit aufgehört«, sagte Darl.

»Da wär ich mir nicht so sicher«, erwiderte Kelly. »Weißt du, was er sich angeschafft hat?«

»Was?«

»Zum Schutz, oder so was, behauptet er.«

»Wovon redest du?«, wollte Darl wissen.

»Daddy!«

»P-I-S-T-O-L-E«, buchstabierte Kelly. Hinter Alex' Rücken mimte sie Zielen und Abdrücken. Darl sah sie mit großen Augen an.

»Ich bin ein Zauberer, Daddy!«, sagte Alex.

Darl starrte weiterhin auf Kelly. Sie nickte bedächtig.

»Ich kann eine Münze verschwinden lassen!«, sagte Alex.

»Ehrlich?«, murmelte Darl zerstreut. Er hatte seinen Blick nicht von Kelly gewendet.

Alex merkte, dass er gar nicht zuhörte. Er hob seine Gabel und sah seinen Vater durch die Zinken an. »Ich könnte dich verschwinden lassen!«

»Schatz, jetzt geh mal los und zieh dir den Schlafanzug an!«, meinte Kelly. »Ich les dir dann noch eine Geschichte vor.«

»Und putz dir die Zähne«, setzte Darl hinzu.

Als sie allein waren, fragte Darl: »Wann hat er sich denn eine Pistole besorgt? Jesses!«

»Ich denk, vor ein paar Tagen. Er war ja schon immer paranoid, aber jetzt rastet er total aus, fürchte ich.«

»Wenn sie sich doch nur von ihm trennen würde«, sagte Darl. »Kannst du nicht mal mit ihr reden?«

»Das bringt nichts«, erwiderte Kelly. »Und das weißt du. Sie hat zu ihm gehalten, als er festgenommen wurde, und ganz gleich, was wir gesagt haben …«

»Ja, aber da war sie neunzehn! Und schwanger! Jetzt

gibt es keinen Grund mehr, an ihm festzuhalten. Mein Gott, er könnte sie erschießen!«

»Das hab ich auch gesagt«, erzählte Kelly. »Aber sie hat bloß darüber gelacht.«

Darl stand auf und ging auf und ab. »Sie ist nicht mehr bei Trost«, sagte er.

»He!«

»Na ja, stimmt doch. Aber hör mal, ich muss zum Unterricht. Gegen elf bin ich wieder zurück.«

Er zog seine Stiefel an und warf sich die Jacke über die Schulter. Kelly schaute zu, wie er zu seinem Truck ging und dabei verärgert den Kopf schüttelte. Sie wollte nicht, dass er sich Sorgen machte. Ihm ging schon genug im Kopf rum, aber sie hatte es ihm sagen müssen. Immerhin ging es um Alex' Sicherheit.

Als Gutenachtgeschichte suchte Alex sich *Schneewittchen* aus, und wie gewöhnlich unterbrach er sie ständig mit Fragen. Gab es vergiftete Äpfel wirklich? Hatte Daddy deshalb die Halloweenäpfel weggeworfen? Und so einen Zauberspiegel, der mit einem reden konnte, gab es so was in echt?

»Das glaube ich nicht«, erwiderte Kelly geduldig. »Ich hab noch nie einen gesehen. Das ist bloß eine Geschichte.«

»Ich denk schon, es könnt so was geben«, sagte er.

Kelly hob zweifelnd die Augenbrauen. Mit bleiernen Augenlidern nickte Alex. »Ich glaube, so einen Spiegel könnt's geben. Wir könnten so einen in unserem Haus haben.«

»Das wär was, hm?«, meinte Kelly. »Den würde ich gern mal sehen.«

»Kannst du nicht.« Traurig schüttelte er den Kopf. Er

war so müde, dass er kaum noch die Augen offen halten konnte.

»Was meinst du? Lesen wir die Geschichte morgen fertig, okay?«

»Okay.« Er langte hoch und nahm ihren Kopf zwischen seine kleinen Hände. Dann zog er ihr Gesicht zu sich und küsste sie auf beide Wangen.

»Gut Nacht, du Süßer.«

»Gut Nacht, Tante Kelly.«

Sie machte das Licht aus.

»Die Dunkelheit macht mir nichts«, sagte Alex. »Nicht, wenn du da bist!«

»Schlaf ganz fest!«, flüsterte sie. Sie ließ die Tür offen, so dass das Dielenlicht zu sehen war, falls er in der Nacht aufwachte.

Kelly wusch das Geschirr ab, saugte das Wohnzimmer und räumte Alex' Spielzeug auf. Sie machte sich eine Tasse Tee und sah sich nach einer Lektüre um. Darl war keine besondere Leseratte, infolgedessen war die Auswahl bescheiden. Alte Lehrbücher. Hirnkrankheiten. Igitt. Autohandbücher. Sie fand eine Kinozeitschrift, blätterte sie durch und entdeckte ein Interview mit Michael Black. Für den Fall, dass sie mit ihm arbeitete, sollte sie das besser durchlesen. Doch es war nicht sonderlich informativ. Er gab auf jede Frage eine Standardantwort und wich allem Persönlichen aus. Von seinem PR-Mann gut trainiert. Sie las die Filmkritiken, aber auch die waren langweilig. Sie gähnte und wünschte, sie hätte etwas zu Nähen mitgenommen. Sie trug ihren Tee in Darls Zimmer. Vielleicht hatte er neben dem Bett ein Buch liegen.

Auf dem Kissen lag aufgeschlagen und umgedreht ein Buch aus der Bücherei. *Die Wahrheit über Spukhäuser* von Jerry Pryne, Ph.D. Wieso las er das denn? Sie legte sich hin, knipste die Nachttischlampe an und las. »Im Falle eines Traumas ist die Energie der Psyche unfähig, über die Schwelle des Todes zu treten. Nicht imstande, sich vom Leib zu trennen, kann sie sich in der Nähe des Grabes aufhalten. Aus diesem Grund finden so viele Geistererscheinungen auf Friedhöfen statt. In Fällen schweren Leidens hält sich die Energie der Psyche jedoch unter Umständen auch am Ort des traumatischen Ereignisses auf, da sie den Schauplatz des Verbrechens sozusagen nicht zu verlassen vermag. Dies ist bei den meisten Spukhäusern der Fall. Tatsächlich ist bei 75 Prozent …« Fasziniert blätterte Kelly die Seiten durch, bis ein weiterer Satz ihre Aufmerksamkeit erregte. »In seltenen Fällen«, fuhr Jerry Pryne, Ph.D., fort, »fixiert sich der Geist unter Umständen auf eine Person, folgt ihr von Ort zu Ort, als wäre er unfähig, sich loszureißen. Forschungen haben ergeben, dass solche Vorfälle fast immer mit etwas Unvollendetem einhergehen. Der Geist verweilt aus einer Anzahl von Gründen, die wichtigsten davon Liebe, Warnung oder Rache. Im Falle eines schmerzlich plötzlichen Todes …« Wie versteinert starrte Kelly auf die Worte. *Liebe, Rache, Warnung*. Kam James zurück, um sie vor etwas zu warnen?

Falls dem so war, drückte er sich reichlich rätselhaft aus.

Auf der Suche nach einer Antwort blätterte sie neugierig das Buch durch. Doch entdeckte sie nichts, was ihr die seltsamen Ereignisse in ihrem Leben hätte erklären können, obgleich sie las, bis ihr die Buchstaben vor den Augen verschwammen und sie einschlief.

Durch den kleinen Vorhangspalt sah man ihre schlanke Gestalt in dem großen Spiegel. Sie lag auf der Seite, die Rundung ihrer Hüfte sichtbar über einem leicht angewinkelten Knie. Ihre Gesichtszüge konnte er nicht erkennen, obgleich er so nah ans Fenster ging, wie er sich nur irgend traute. Das schwarze Haar fiel ihr ins Gesicht. Wie ein schwarzer Wasserfall, dachte er. Er stellte sich das schwere, seidige Haar zwischen seinen Fingern vor, malte sich aus, es zu einem dichten Seil zusammenzufassen und es sich um das Handgelenk zu drehen, sie sanft an sich zu ziehen.

Sie schlief. Im Unterschied zu ihm konnte sie immer schlafen, egal, was sie am Tag beunruhigt hatte, sie hatte ihren Rhythmus. Gut. All das würde er ändern. Er beobachtete sie genau, versuchte, das Heben und Senken ihres Brustkorbs beim Atmen zu entdecken. Ja. Sie atmete, gleichmäßig. Ansonsten rührte sie sich nicht. Sie schlief den Schlaf der Gerechten.

Der Wind nahm zu, und der Schnee, der bislang so sanft gefallen war, peitschte nun in harten Kügelchen auf den gefrorenen Boden. Die Temperatur sank rasch. Aber er spürte die Kälte nicht. Mehrere Minuten blieb er dort stehen und beobachtete sie. Dann, als ein näher kommendes Auto die Geschwindigkeit drosselte, glitt er aus dem Scheinwerferlicht hinaus in den Schatten.

Als Kelly aufwachte, saß Darl neben ihr auf dem Bett.

»Oh, ich hab dich gar nicht kommen hören. Schläft Alex noch?«

»Wie ein Baby.« Kelly setzte sich auf, und Darl strich ihr das lange Haar aus den Augen. »Er mag es, wenn du da bist«, sagte er. »Die Mutter geht ihm wirklich ab.« Er legte den Arm um sie und zog sie an sich. Sie saß still da, mit offenen Augen, und betrachtete ihr Spiegelbild. Sie konnte ihr Gesicht über Darls Schulter sehen, seinen breiten Rücken, sein ungebärdiges, tabakfarbenes Haar. Die Illusion von sich wieder in den Armen ihres Mannes. Ihr Körper versteifte sich.

Darl hielt sie noch ein paar Sekunden, dann gab er es auf und ließ sie frei.

»Stimmt was nicht?«

»Keine Ahnung. Es ist bloß …«

»He! Darf ich dich nicht mal mehr umarmen?«

Nervös stand sie auf und nahm die Tasse mit dem inzwischen kalten Tee und das Buch über Geistererscheinungen. »Übrigens«, meinte sie, »warum liest du das denn?«

Verlegen sah Darl sie an. »Ach, nur zum Spaß.«

»Glaubst du an dieses Zeug?«

»Nö, du?«

»Überhaupt nicht.«

Beide lachten nervös.

Kelly senkte den Kopf gegen den bitterkalten Wind und versuchte gleichzeitig, um sich zu schauen. Darl beschwor sie immer, auf der Hut zu sein, wenn sie im Dunkeln nach Haus ging, auch auf dem kurzen Stück von ihm zu ihr. Als sie einen Blick hinter sich warf, schlug ihr der arktische Wind ins Gesicht, und ihre Augen begannen zu tränen. Sie beschleunigte den Schritt und kam erleichtert in ihrer Straße an.

Aber als sie den Schlüssel im Schloss umdrehte, sah sie aus dem Augenwinkel einen dunklen Schatten durch den Vorgarten huschen. Wie angewurzelt blieb sie stehen.

Schließlich öffnete sie die Tür und trat ein. Im Fliedergebüsch raschelte es, als würde jemand durch die Büsche ums Haus streifen. Die Zweige klopften gegen ein Fenster, dann herrschte wieder Stille. Sie lauschte, beobachtete, wie ihr eigener Schatten über die Wände glitt, als die Scheinwerfer eines vorbeifahrenden Autos ins Haus schienen.

Das Rascheln wurde lauter. Das kam nicht aus den Fliederbüschen. Das war eindeutig im Haus. Dem hinteren Zimmer. Jemand war dort und durchwühlte ihre Papiere. Das Papiergeraschel kam in Abständen, als würde jemand etwas suchen und hie und da zum Lesen innehalten.

Auf der Suche nach einer Waffe griff sie in die Küchenschublade. Das Brotmesser? Nein, das konnte sie nicht. Stattdessen nahm sie einen Hammer und schlich leise über das Linoleum. Den Hammer in der linken Hand, presste sie sich flach an die Wand neben der Tür, zur Verteidigung bereit.

Nichts passierte.

Kein Atem, keine Schritte. Nur ein kalter Luftzug, als hätte eine tödliche Erscheinung das Haus betreten. Sie machte sich bereit, lugte um die Ecke und sah, dass der Raum leer war.

Überall lagen Papiere verstreut. Während sie sich die Bescherung ansah, blähte ein Windstoß die Vorhänge. Die eiskalte Brise hob sanft ein Blatt, es schwebte durch die Luft und landete zu ihren Füßen. Sie schloss das Fenster. Sie sammelte alle Papiere auf, legte sie in einem Stapel auf den Schreibtisch und beschwerte sie mit einem Blumentopf, den Alex ihr letztes Weihnachten geschenkt hatte.

Dumm. Dieses Buch hatte sie stärker verwirrt, als sie gedacht hatte.

Es war nur der Wind, sagte sie sich beim Ausziehen. Nur der Wind.

Erst als sie im Bett lag, erinnerte sie sich daran, dass sie vor dem Weggehen jedes Fenster zugemacht hatte.

6

Kelly war gerade von einem Stoffausverkauf zurück und verstaute ihre Einkäufe, als das Telefon klingelte.

»Hallo?« Noch immer ging sie ungern ans Telefon, obgleich sie sich einzureden versucht hatte, dass der Anruf am Halloweenstag bloß ein unheimliches Versehen gewesen war. Ein Streich ihrer Fantasie.

»James Grayton«, sagte die Stimme.

»Was? Wer ist dran?«

Ein leises Klicken war zu hören, und dann die Worte: »Arbeite am Verdorbenen.«

»Wer sind Sie?«

Ein weiteres leises Klicken, dann wieder dieses weiße Rauschen.

»Wer sind Sie?«, bettelte sie. »*Wer*?«

Aber sie wusste, dass es die Stimme ihres Mannes war. Die Worte ihres Mannes.

Die Verbindung wurde unterbrochen, und sie lauschte dem fernen Rauschen.

Sie legte auf und fragte sich, ob sie träumte. Nein. Da waren ihre Pakete von dem Ausverkauf, da ihr Mantel, den sie über den Stuhl gelegt hatte, auf den Schultern noch eine leichte Schneeschicht, die zu schmelzen begann.

»*Arbeite am Verdorbenen*«. Den Satz kannte sie. Es war ein Hexagramm aus dem *I Ging*, dem chinesischen Buch der Wandlungen, das James allmorgendlich befragt hatte. Sandte er ihr eine Nachricht?

Sie eilte ins Schlafzimmer und zog das Buch und die kleine Blechdose heraus, in der James die drei chinesischen Münzen aufbewahrt hatte, die er warf, um in die

Zukunft zu blicken. Hektisch blätterte sie die Inhaltsangabe durch. Arbeite am Verdorbenen. Das chinesische Symbol war ein *Gu*, das Bild des Verfalls, eine Schüssel, in der Würmer wuchsen. Der Text handelte von Schuld und Vernachlässigung …

O Gott!

Sie schloss die Augen. Würmer. Verfall. Sie war den Tränen nahe. Sprach er von seinem unbekannten Grab aus mit ihr? Lange Zeit saß sie schmerzverkrümmt auf ihrer Bettkante. James hatte daran geglaubt, dass die Kraft des I Ging sein Leben leiten, ihm bei Entscheidungen helfen könne. Vielleicht sollte sie selbst einmal die Münzen werfen, gleich jetzt. Mal sehen, ob sie ihr nicht irgendwelche Antworten anbieten konnten, irgendeine Einsicht.

Sie machte die Blechdose auf und verspürte einen dumpfen, fast schon erwarteten Schock, als sie sah, dass sie leer war.

Die Münzen waren fort.

Mindestens fünf oder sechs der Holztierchen fehlten. James' silbernes Zigarettenetui war verschwunden. Ein paar seiner kleineren Zeichnungen waren nicht auffindbar. Und, was das Schlimmste war, seine Taschenuhr, die, die sie ihm geschenkt hatte, lag nicht mehr in ihrer Schmuckschatulle.

Die verschwundenen Gegenstände waren nicht irgendwelche. Jeder stand auf eine besondere Weise in Beziehung zu ihrem Leben mit James. Jeder Einzelne hatte Erinnerungen wachgerufen, wenn sie sich im Haus bewegte. Nun war sie scheinbar nicht nur dazu verurteilt, ihn zu verlieren, sondern auch alle Andenken an ihn.

Ihre Augen füllten sich mit Tränen. So vieles war verschwunden.

So, wie seine Leiche verschwunden war. Obgleich Darl

den Suchtrupp an die Stelle geführt hatte, wo sie James ins Wasser tauchen hatten sehen, fanden sie nichts. Keinen Schuh, keinen Stofffetzen seiner Kleidung. Lediglich eine Kratzspur, wo er nahe der Klippenspitze auf dem Weg abwärts den Ton geschrammt hatte. Das Wasser, die Stromschnellen hatten ihn fortgespült, hatten die Erde von ihm reingewaschen.

Der Wasserfall. Als sie an diesem Abend einschlief, erschien er als Ort gewaltiger Kraft. Als eine der Türen in die andere Welt. Die Welt der Dunkelheit, wo züngelnde Schatten brennen.

»Ich fahre heute nach Minneapolis«, sagte Lila, die am nächsten Morgen anrief. »Hast du den Vertrag schon unterschrieben?«

»Ich hab mich noch nicht mal mit Taylor Grant getroffen«, gestand Kelly.

»Habt ihr denn nicht auf der Halloweenparty miteinander gesprochen?«

»Bin ihm nicht begegnet. War er da?«

»Ja! Mit seinem ganzen Gefolge«, lachte Lila. »Entschuldige. Ich schätze, ich war zu sehr mit meiner schwarzen Magie beschäftigt, um euch miteinander bekannt zu machen. Aber hat er dich denn nicht angerufen?«

»Ich hab nicht mit ihm gesprochen«, wich Kelly aus. Vor zwei Tagen hatte Taylor auf dem Anrufbeantworter eine Nachricht hinterlassen, doch sie hatte noch nicht zurückgerufen. Kaum kam ihre Karriere wieder in Gang, ging es auch schon wieder dahin mit ihr. Den Großteil des gestrigen Tages hatte sie damit verbracht, ins Leere zu starren und die Vergangenheit zu durchleben. Und wofür? Was Lila dazu sagen würde, wusste sie: *Du musst die Vergangenheit hinter dir lassen.* Als ob das möglich wäre.

»Warum gehst du nicht am Dienstag mit mir ins Theater? So um eins? Da bring ich ihm ein paar vorläufige Entwürfe.«

»Mal schauen.« Kelly blätterte durch ihren Terminkalender, als wüsste sie nicht genau, dass er auf Wochen hinaus leer war.

»Nein. Du musst, Kell! Sobald sein jetziges Stück hier abgesetzt wird, geht er nach Minneapolis. Das ist unsere letzte Chance!«

Letzte Chance, dachte Kelly. Sie sollte sie ergreifen. »Am Dienstag um eins«, stimmte sie zu. »Bis dann!«

Sie legte auf, ging ans Fenster und zog die Vorhänge auf. Es war ein frischer Novembermorgen, ein strahlendblauer Manitobahimmel, klar und kalt. In der Nacht war Schnee gefallen und hatte alles bedeckt. Er blendete so sehr, dass sie zusammenzuckte.

Es ist an der Zeit, zu einer Entscheidung zu kommen, predigte Kelly sich selbst. Du kannst dein restliches Leben im Haus herumlungern und einen Geist einladen, bei dir zu spuken. Oder du kannst darüber hinwegkommen. Du kannst eine neue Seite in deinem Leben aufschlagen, wie Darl es nennen würde, und den nächsten Schritt machen. Dazu wäre Hamlet geradezu ideal. Denk an die Kontakte, die daraus entstehen können.

Sie beobachtete, wie plötzlich Wind aufkam und durch die jungen Pappeln rauschte, die James und sie entlang des Bürgersteigs gepflanzt hatten. James hatte sich täglich um die Bäume gekümmert, sie gegossen, an Pfähle gebunden, ja, sogar gesprochen hatte er mit ihnen.

Sie konnte ihn förmlich dort sehen. Nein, sie *konnte* ihn dort sehen, in seinem geflickten Jeanshemd, seinem Lieblingskleidungsstück, konnte sehen, wie ihm die wirren, gelbbraunen Locken in das geliebte Gesicht wehten. Der

Wind blies sein Hemd auf, und sie erhaschte einen Blick auf seine braune Brust und den flachen Bauch.

Seltsamerweise hatte sie keine Angst. Zunächst zumindest. James' Erscheinen kam ihr völlig normal vor. So, als wäre er nur zurückgekehrt, um seine Arbeiten zu beenden. Er ging ums Haus herum, um die Bäume zu begutachten, und würde dann jeden Moment wiederkommen und ins Haus treten.

Dann traf sie die Wahrheit wie ein Hammerschlag. Sie zwinkerte.

Sie wusste, dass es nicht wirklich James war. Sie wusste, es war gar niemand. Niemand würde da draußen sein, niemand konnte in dem eiskalten Wind da draußen sein, bekleidet mit nichts weiter als einem dünnen Baumwollhemd, noch dazu offen. Sie schloss die Augen und rieb sie sich mit den Fäusten. Schlug sie wieder auf. Nichts als Schnee, der über den Vorgarten blies und die jungen Bäume umbog.

Sie setzte sich neben das Telefon und suchte aus ihrem Adressbuch Leons Nummer heraus. Um ihn anzurufen, war es noch zu früh.

Leon hatte Kelly das Leben gerettet, als sie kurz davor war, in dem Abgrund, der sich nach James' Tod auftat, zu verschwinden. Doch das gestand sie sich lange nicht ein. Zuerst hatte sie ihn beschimpft, verflucht, dass er so hartnäckig darauf bestand, James sei für immer fort. Dass sie nichts dagegen machen könne.

Am 21. Juni, dem Tag des Gedenkgottesdienstes, der ein Jahr nach James Tod abgehalten wurde, hatte sie ihn zum letzten Mal gesehen. Kelly war außer sich, dass Adam und Eleanor daran teilzunehmen wagten. Sie weigerte sich, mit ihnen zu sprechen oder auch nur ihre Blicke zu erwidern, obgleich sie zu Adam hinüberschielte, als ihre Köpfe zum Gebet gesenkt waren. Als sie sah, dass seine Verbrennungen nicht richtig verheilt waren, verspürte sie eine perverse Genugtuung. Mit der durch eine leuchtend rote Narbe entstellten Oberlippe war er hässlicher denn je.

Nach dem Gottesdienst wartete sie, bis Darl zu seinem Auto ging, dann stürmte sie zornig auf Adam zu und warf ihm an den Kopf, James umgebracht zu haben. Sie nannte ihn einen Mörder, einen Vergewaltiger und ein Ungeheuer. »Und du«, zischte sie Eleanor an, die vor Schreck keinen Ton rausbrachte, »du bist auch dafür verantwortlich. Warum hast du die ganze Zeit geschlafen? Geschlafen? Während dein kleiner Sohn …« Leon packte sie von hinten, zog sie von dem erschreckten, ältlichen Paar fort, von den schockierten Trauergästen und schleppte sie zum Parkplatz.

Sie hatte in Leons Armen getobt. »Können wir denn nichts tun?«, weinte sie. »James ist tot, und Adam läuft frei herum. Frei!«

»Kelly, wir können gar nichts tun. Damit müssen wir uns abfinden.«

»Könnten wir ihn denn nicht wegen Kindesmissbrauch anzeigen? Sie haben den Beweis doch in Ihren Akten!«

»Die beweisen gar nichts, und außerdem sind sie vertraulich.«

»Aber es muss doch Gerechtigkeit geben! Könnte ich ihn nicht verklagen? Wegen widerrechtlicher Tötung?«

»Kelly, aus rechtlicher Sicht ist Adam nicht für seinen Tod verantwortlich. Das wissen Sie!«

»Doch, doch, das ist er«, beharrte sie und redete weiter auf Leon ein, bis er sie über den Parkplatz zu Darl gelotst hatte, der sie ganz ohne Fragen heimbrachte und sie hielt, während sie sich in den Schlaf weinte.

Bei der Erinnerung daran holte sie tief Luft. Am Tag nach dem Gedenkgottesdienst war sie aufgewacht und hatte sich besser gefühlt. Vielleicht lag das daran, dass sie ihrem Zorn Luft gemacht hatte, vielleicht kam es auch daher, dass durch die Predigt des Priesters eine Art Schlussstrich gezogen worden war. Wie dem auch war, sie hatte den Tod ihres Mannes zu akzeptieren begonnen. Sie hatte wieder Interesse an ihrem Leben und ihren Freunden. Sie kämpfte gegen den Schmerz an, weigerte sich aufzugeben, stürzte sich in die Arbeit.

Doch nun, so schien es, ging es wieder bergab.

Es war neun Uhr. Leon würde in seinem Büro sein. Als sie sich vom Fenster abwandte, glaubte sie, etwas Blassblaues vor dem weißen Schnee gesehen zu haben. Doch sie schaute nicht noch mal hin. Sie würde sich dieser Vision nicht hingeben. Das war ihr Unterbewusstsein, hatte Leon erklärt, das ihre eigenen Sehnsüchte auf die Wände und Decken ihres eigenen Hauses projizierte, ihren eigenen Garten. Einen Augenblick lang dachte sie an Jerry Pryne, Ph.D., und seine Spukhaustheorien. *Liebe, Warnung, Rache.* Dann hob sie den Hörer ab und wählte.

Leon Chartrand telefonierte mit seiner Großmutter, als Mrs Krentz, die gestrenge Vorzimmerdame, ihn auf einer anderen Leitung anklingelte.

»Sie haben eine Kelly Quirk auf der anderen Leitung«, teilte sie ihm mit. »Soll ich ihr sagen, dass Sie gerade ein Privatgespräch führen?«

Woher wusste diese alte Schrulle, dass es sich um ein Privatgespräch handelte? Wahrscheinlich lauscht sie wieder, dachte er.

»Bitten Sie Kelly, einen Augenblick zu warten, ja?«, sagte er liebenswürdig und wandte sich dann wieder an seine Großmutter: »In ein paar Tagen komm ich dich besuchen. Bitte denk dran, deine Medizin zu nehmen. Ja, bald. Dreimal am Tag!« Er lauschte eine Minute, seufzte und wiederholte dann laut: »Dreimal täglich!« Wieder lauschte er und begann dann auf Cree zu sprechen, das sie besser verstand als Englisch. Zum Teufel mit Mrs Krentz! Das ging sie doch einen feuchten Kehricht an. Er war der Arzt.

Als er sich sicher war, dass seine Großmutter seine Anweisungen verstanden hatte, übernahm er, wenn auch etwas beklommen, die zweite Leitung.

»Kelly!«, sagte er herzlich. Hoffentlich kam sie nicht wieder mit dem Thema »Klage« an.

»Leon? Hi! Wie geht es Ihnen?«

»Gut, gut. Und Ihnen? Hab ja eine Weile nichts von Ihnen gehört, ist alles in Ordnung?«

»Ja. Nun, nein. Ich meine … meinen Sie, wir könnten mal miteinander reden?«

»Was geht Ihnen denn im Kopf rum?«

»James.«

»Ah.«

»Ja. Ich dachte, wir könnten uns ein bisschen unterhalten.«

»Gut, gut. Warum machen wir dann nicht einen Termin aus?«

»Bald?«

»Wann immer Sie mich brauchen«, meinte er leichthin.

»Ich brauche Sie«, erwiderte sie schlicht und direkt.

Leon spürte, wie ihm das Herz in die Hose rutschte. Er wusste, die Warteliste seiner Patienten war lang. »Gut.« Er hustete und schlug in seinem Kalender nach. Am Dienstagvormittag hatte er eine Etatbesprechung, um die er sich zur Not drücken konnte. »Warum kommen Sie nicht am Dienstagvormittag? Um elf? Da hätte ich Zeit.«

»Ja, mach ich«, sagte Kelly.

Nachdem er aufgelegt hatte, rief sich Leon das Bild von Kelly Quirk ins Gedächtnis. Das blasse, besorgte Gesicht, langes, rabenschwarzes Haar. Die innigst liebende – und attraktivste – Frau eines Patienten, der er je begegnet war. James Grayton. Er spürte, wie ihm der Kopf zu schmerzen begann, als er sich an ihn erinnerte.

Am Dienstagmorgen fühlte Kelly sich besser. Sie legte sich den Mantel locker um die Schultern und rannte hinaus, um nach Post zu gucken, wobei sie hastig einen Blick auf ihre Uhr warf. Vor ihren Terminen hatte sie gerade noch genug Zeit für ein schnelles Frühstück. Heute würde sie sich nicht verspäten, sagte sie sich. Sie wäre organisiert, vernünftig. Würde alles mit Leon besprechen, dann zum Theater fahren und bei Taylor Eindruck schinden. Lila hatte Recht. Das war ihre letzte Chance.

Sie legte die Post auf den Tisch, goss sich eine Tasse Kaffee ein und ging die Briefe durch. Rechnungen, Werbung, ein neuer Wälzer aus dem Buchclub. Und ein kleines Päckchen, in schlichtes weißes Papier gehüllt. Irgendeine Gratisprobe?

Sie riss das Papier auf und entdeckte eine hölzerne Streichholzschachtel. Sie war gebraucht und roch noch leicht nach Schwefel.

Sie öffnete sie.

Drinnen lag der Drache. James' geschnitzter Drache, der, den Alex verloren hatte. Da lag er in der Schachtel, umgeben von Seidenpapier, vollkommen unversehrt. Darunter, zwischen dem zerknüllten Papier, entdeckte sie den weißen Springer vom Schachspiel, der schon so lang abging, dass sie sich gar nicht mehr erinnern konnte, wann sie ihn zum letzten Mal gesehen hatte. Sie leerte die

Schachtel. Keine Karte, keine Nachricht. Auf dem Päckchen waren weder Briefmarken noch ein Poststempel.

Sie hielt den Drachen in der einen Hand, den Springer in der anderen. Als würde ihr jemand mit dem Fingernagel über die Haut streichen, überlief sie ein kalter Schauer.

7

Der Warteraum der Riverside Clinic war ein deprimierender Ort. Kelly saß auf der Kante ihres Stuhles und beobachtete die anderen Patienten, von denen manche mit demselben unbeholfenen, medikamentenbedingten Gang herumschlurften, den sie während James' Aufenthalt in der psychiatrischen Abteilung kennen gelernt hatte. Andere, wie sie selbst, die sich mehr unter Kontrolle hatten, saßen da und knabberten an ihren Fingernägeln oder blätterten lustlos in Zeitschriften. Ein junger Mann schien auf Kellys Gesicht fixiert zu sein. Er starrte sie mit einem hungrigen, Mitleid erregenden Gesichtsausdruck an, und sie wechselte den Platz, um aus seinem Blickfeld zu kommen.

Sie war froh, dass Darl heute nicht arbeitete. Sie wollte ihm nämlich noch nicht von dem Verdacht erzählen, der sich immer mehr in ihr festsetzte. Und auch darüber, dass Mrs Krentz nicht arbeitete, war sie froh. Beim Anblick dieses alten Drachens bekam sie das kalte Grausen. Da war ihr die junge, fröhliche Frances wesentlich lieber, die jetzt aufstand und ihren Namen rief.

»Na, wie geht es Ihnen, Kelly?«, erkundigte sich Frances, während sie Kelly zu Leons Büro begleitete. »Zieht der Winter Sie runter? Oh – ich meine, verzeihen Sie. Ich wollte Sie nicht …«

»Schon gut, Frances.« Kelly lächelte die verlegene junge Frau an. Auf Betriebsfeiern, auf denen sie mit Darl gewesen war, hatte sie schon manches lockere Gespräch mit Frances geführt, und ihr war klar, dass es nicht leicht für Frances war, Privates und Berufliches zu trennen. Bedrückt spürte sie, wie das Berufliche wieder zwischen sie trat. Genauso wie damals, als James hier Patient war.

Seit ihrer ersten Begegnung hatte Leon Chartrand ein bisschen an Gewicht zugelegt, und er sah ein wenig gestresster aus, aber noch immer wirkte er für einen Arzt sehr jung. Das Haar trug er weiterhin zu zwei langen Zöpfen geflochten, an denen er herumspielte, wenn er nervös war. Und in Kellys Gegenwart wirkte er oft nervös.

»Ich muss mehr wissen«, sagte sie.

Leon deutete auf die Akten auf seinem Schreibtisch. »Ich bin alles noch mal durchgegangen«, sagte er. »Und ich helfe Ihnen, so gut ich kann. Aber ich habe es Ihnen schon einmal gesagt, die Beweislage ist nicht besonders gut. Kaum etwas davon würde vor Gericht standhalten. Es sind ja alles nur Gerüchte. Vieles Vermutungen, nur geraten. Selbst wenn ich zustimmen würde …«

»Darum geht es gar nicht«, unterbrach ihn Kelly.

»Worum dann?«, fragte er geduldig.

»Ich habe angerufen, weil ich dachte, ich würde Dinge sehen.« Kelly hielt inne. »Doch nun …« Sie vergrub das Gesicht einen Augenblick in den Händen. Dann sah sie auf. »Ich glaube, er könnte wirklich noch am Leben sein!«

Da. Sie hatte es gesagt.

Bis darauf, dass eine Augenbraue leicht nach oben schnellte, zeigte Leon keinerlei Überraschung.

»Am Leben«, sagte er.

»Ja.«

»Können Sie mir sagen, warum?«

Kelly zählte ihre Gründe auf: die verschwundenen Gegenstände, die, die zurückgekommen waren, die Telefonanrufe. Aber noch beim Reden merkte sie, wie dubios das alles klang. Sie konnte den fragenden Ton in ihrer Stimme hören.

Leon drehte seinen Stuhl Richtung Fenster und starrte auf den gefrorenen Fluss hinaus. Als sie fertig war, schwieg er einen Augenblick und fing dann, den Blick noch immer zum Fenster gewandt, zu reden an.

»Das ist ganz natürlich«, sagte er. »Sie möchten daran glauben. Ehrlich gesagt, ich auch. Ich teile Ihr Gefühl des Versagens. Aber, Kelly, wir müssen den Tatsachen ins Auge sehen. James war sehr krank. Todkrank – nur so kann man das betrachten. Er war krank und starb.«

»Aber als er starb, war er *nicht* krank!«, wandte Kelly ein.

»Es ist nicht Ihre Schuld.« Leon drehte sich wieder zu ihr um und fuhr mit den Fingern über die Papiere auf dem Schreibtisch. »Es ist nicht Ihre Schuld«, sagte er sanft. Er schlug einen Aktenordner auf, und Kelly sah darin eine Zeichnung von James. Noch bevor Leon sie daran hindern konnte, langte sie hinüber und zog sie zu sich heran.

Sie betrachtete die Zeichnung und erinnerte sich an jede Einzelheit von Leons Interpretation. Die Mauern des Hauses waren dick und krumm. Verzerrt dargestellt, da sich der Körper durch einen Dunst des Schmerzes daran erinnerte. Dickwandig, weil es keine Fluchtmöglichkeit gegeben hatte. Das Haus war eine Welt für sich, abgeschirmt, isoliert. Ein Ort, an dem der kleine Junge sich vor Schmerzen krümmte und weinte. Die beiden Seiten von James, dem ängstlichen und dem starken, der schließlich die Oberhand gewann. Er zeichnete einen Doppelgänger, weil er in zwei Teile gespalten worden war. Aber er fügte sich wieder zusammen. Das war ihm sehr gut gelungen. Eben dafür war dieses Bild ein Beweis. Sam sagte, diese Serie sei die beste, die James je gezeichnet hätte, und Kelly wusste, dass es stimmte. Der Strich war zuversichtlich, kraftvoll. Die Kunst entstammte einem Ort, den James berührt, gesehen und gekannt hatte. Die Mauer, die ihn von seinem eigenen Körper getrennt hatte, die Erinnerung seines Körpers, stürzte ein.

»Er war dabei, gesund zu werden.« Kelly hielt die Zeichnung hoch. »Das haben Sie selbst gesagt, erinnern Sie sich?«

Beide blickten schweigend auf die Zeichnung.

Leon schüttelte den Kopf. »Ein psychologisches Trauma ist keine einfache Angelegenheit«, meinte er. »James war ein sehr, sehr verängstigter junger Mann.«

»Aber er war auf dem Weg der Besserung.«

»Ja, auf dem Weg«, bestätigte Leon. »Aber manchmal …«

»Was?«

»Manchmal ist der Heilungsprozess gefährlicher als die Krankheit.«

»Das verstehe ich nicht.«

Leon zupfte an seinen Zöpfen. Dann machte er einen Erklärungsversuch.

»In Fällen des sadistischen Missbrauchs übt der Wunsch, das Ganze geheimzuhalten, eine fast unglaubliche Macht aus. Niemand darf es wissen. Nicht die Großeltern, die Freunde, Lehrer. In vielen Fällen, wie auch in diesem, wissen es nicht einmal die engsten Familienmitglieder. Man wird durch Psychoterror so wirkungsvoll zum Verstummen gebracht, dass es schließlich nicht mal mehr der Patient selber weiß. James hat die Wahrheit vor sich selbst verheimlicht.« Leon klopfte mit den Fingern auf den Jungen auf dem Bild. »Als sie nicht mehr zu verheimlichen war – durch die Albträume, durch seine Kunst – befand er sich in einem äußerst gefährlichen Stadium dieses Entdeckungsprozesses.«

Er sah Kelly an. »Ich glaube nicht, dass Ihnen klar ist, wie viel Mut James brauchte, um davon zu erzählen. In gewisser Hinsicht sprach er damit sein eigenes Todesurteil aus.«

»Todesurteil?«

»James glaubte, wenn er es erzählte, müsse er sterben.«

»Wie kam er denn bloß darauf?«

»Eigentlich wusste James, dass das nicht stimmte. Aber im Unterbewusstsein steckte noch immer ein kleines Kind in ihm, das von seinen Eltern abhing, auch, was sein Leben anging.« Leon klopfte sich an die Schläfe, dann auf die Schädeldecke. »Tief«, sagte er. »Das sitzt ganz tief da drinnen. Es ist einer Gehirnwäsche äußerst ähnlich – oder Hypnose. Sie haben ihn sozusagen auf Selbstzerstörung programmiert, falls er es je erzählen sollte. Um sich zu schützen.«

Während sie den Ausführungen Leons lauschte, spürte Kelly, wie sie erstarrte. All das hatten sie schon einmal durchgemacht. Letztendlich sei James den posttraumatischen Belastungsstörungen nicht gewachsen gewesen. Das sei nicht nur logisch, so etwas sei sogar voraussagbar. Solche Fälle verliefen häufig tödlich. Schließlich war Leon auf diesem Gebiet Spezialist. Er schrieb ein Buch darüber. Er sollte es wissen.

Seine Theorien klangen sehr überzeugend.

Wenn man James nicht gekannt hatte, dachte sie.

»Kelly.« Leon senkte die Stimme, nun fast schmerzhaft

leise. »Umgeben von den Dingen Ihres Mannes, von so vielen Andenken, muss es schwierig sein. Selbst wenn Sie versuchen zu vergessen, sind Sie umgeben von seiner Gegenwart, ständigen Erinnerungen. Glauben Sie nicht, Sie könnten seine Sachen verlegen, weil Sie sie loswerden wollen? Um Ihr Leben wieder in den Griff zu bekommen?«

»Ich *hatte* es wieder im Griff«, sagte Kelly. »Jawohl.«

»Ja, stimmt. Und James würde das auch so wollen, Kelly. Er hat Sie sehr geliebt. Sie müssen sich erlauben loszulassen.«

»Wenn er mich geliebt hätte«, sagte sie in plötzlicher Wut, »dann wäre er jetzt hier!«

»Er *hat* Sie geliebt«, sagte Leon. »Reden Sie sich da nichts Falsches ein. Aber es muss Ihnen klar werden, dass James innerlich ein kleiner Junge war, der von sich selbst so angeekelt war, dass er nicht glauben konnte, es könnte ihn jemand wiederlieben. Vor allem, nachdem er alles erzählt hatte.«

»Wie hat er so was nur glauben können?«, fragte Kelly. Nun weinte sie. »Ich habe ihn mehr geliebt als mein Leben.«

Leon tippte sich an die Schläfe. »Tief«, sagte er. »Das sitzt tief.«

Kelly parkte vor dem Theater, blieb aber noch im Auto sitzen. Sie schaute in den Rückspiegel und tupfte an ihrem Make-up herum. Dann warf sie die Tür auf und schritt mit entschlossener Miene auf den Eingang zu.

Von seinem Standort aus konnte er ihren Gesichtsausdruck nicht lesen, konnte nicht sagen, ob er Zorn ausdrückte oder Entschlossenheit. Was auch immer es war, es gefiel ihm nicht. Er wollte sie unausgeglichen, unsicher. Er hatte nicht vor, ihr wehzutun. Er wollte sie bloß aus dem Gleichgewicht bringen, ein bisschen in Unruhe versetzen. Nein, er wollte ihr bestimmt nicht wehtun. Er würde geduldig sein müssen.

Er hatte schon einmal einer Frau wehgetan. Er erinnerte sich an die Angst in ihren Augen, als sie ihn angesehen hatte. Bei dem Gedanken daran ekelte es ihn. Wie er sich ihrer hatte entledigen müssen. So etwas hätte seinen Ruf völlig ruinieren können, wo doch in seinem Leben alles gerade so gut lief. Wo er dabei war, sich einen Namen zu machen.

Lila wartete im Foyer auf sie.

»Na, jetzt komm«, sagte sie. »Taylor hat nur ein paar Minuten für uns Zeit!«

»Sehe ich denn annehmbar aus?«, fragte Kelly. Sie hatte versucht, den durch das Weinen entstandenen Schaden zu beheben.

»Bestens, schön«, erwiderte Lila, ohne hinzuschauen. Sie zog Kelly zum Büro.

Taylor war ein gutaussehender, kultivierter Mann. Beim Händeschütteln schimmerten seine weißen Zähne in seinem dunklen Gesicht.

»Herzlich willkommen«, sagte er.«Ich freue mich sehr, dass Sie mit uns arbeiten.«

Den Lebenslauf, den sie ihm reichte, schaute er kaum an, und er erkundigte sich auch nicht nach ihren Erfahrungen. Lila hatte sie wohl in den höchsten Tönen gelobt. Er wollte nur über das Stück sprechen, dessen Premiere auf den 6. Januar angesetzt worden war. Keine zwei Monate mehr hin.

»Sie kennen Michael Black«, sagte Taylor zu Kelly. Es war keine Frage. Er reichte ihr einen Zeitungsausschnitt aus Minneapolis, und sie überflog ihn rasch. In einem kurzen Artikel wurde mitgeteilt, dass das Stück bereits praktisch ausverkauft war. Timothy Sheer, der künstlerische Leiter, wurde zitiert, er nannte *Hamlet* »die seit zehn Jahren aufregendste Produktion im Arcana«. Offensichtlich war Michael Black in den Staaten ein Kassenschlager.

»Wie in aller Welt haben Sie es geschafft, ihn zu bekommen?«, fragte Lila.

»Wir hatten Glück«, meinte Taylor. »Timothy kennt seine Eltern. Die sind schon zeitlebens beim Theater. Michaels Vater ist ein begnadeter Schauspieler, in Europa sehr bekannt, und seine Mutter ist Sängerin. Michael hat in London eine Ausbildung zum Shakespearedarsteller gemacht; bei mehreren Stücken hat Timothy Regie geführt. Er arbeitet sehr gern mit ihm. Niemand hat je damit gerechnet, dass er nach Hollywood gehen würde, das kann ich Ihnen sagen. Als er in all diesen fürchterlichen Filmen spielte, waren seine Eltern entsetzt, wirklich.« Taylor zog eine Grimasse. Offenbar hatte er mit Kino nicht viel am Hut. »Was für eine Verschwendung«, schloss er.

Lila zwinkerte Kelly zu. »Ich hab gehört, er wolle Hollywood mal eine Weile den Rücken kehren«, sagte sie. »Soll da einen Skandal gegeben haben …«

Taylor schnitt ihr das Wort ab. »Als Skandal würde ich das nicht bezeichnen«, meinte er streng. Sein Blick warnte sie, zu tratschen. »Aber anscheinend will er von dem Betrieb dort mal ein Weilchen Abstand haben. Kaum zu glauben, wo er doch so viel Geld gescheffelt hat. Na, auf jeden Fall, als wir die Besetzung überlegt haben, da meinte Timothy, ich solle ihn doch mal anrufen. Und zu meiner Überraschung und – Freude hat Michael sofort zugesagt.«

»Dabei ist das doch ein großer Rückschritt«, meinte

Lila, »von der Leinwand auf die Bühne. Hoffentlich verkraftet das sein Ego.«

»Wenn ich's recht verstanden habe, ist er sehr professionell«, sagte Taylor. »Auch wenn er, wie die meisten Leute mit Talent, daran gewöhnt ist, dass alles nach seiner Pfeife tanzt.« Er lächelte Kelly an. »Wenn er was will, dann bekommt er's auch!«

Anschließend klärte er sie über seine Interpretation des Stückes auf. Er fasste das Stück zusammen, das sie so gut kannten. Hamlets Leben ist zerstört, als der Geist seines Vaters, des verstorbenen Königs von Dänemark, ihn besucht und ihm die schreckliche Wahrheit mitteilt: Der König wurde von der »Schlange« vergiftet, die nun seine Krone trägt und im Bett der Königin schläft. Der Geist spornt Hamlet an, das Unrecht zu vergelten – eine Aufgabe, die Ophelia in den Wahnsinn und Wassertod treibt, zum Tod ihrer Familie und dem der königlichen Familie Dänemarks führt, einschließlich Prinz Hamlets.

Taylor legte Lilas Entwürfe und einige Zeichnungen des Bühnenbildners auf den Tisch, damit Kelly sie sich anschauen konnte. Die Atmosphäre sei das A und O, erklärte er. Es müsse ein Furcht erregendes Stück sein, so wie Shakespeare es gewollt hätte.

In der ganzen Zeit stellte er Kelly nur eine Frage.

»So«, meinte er und lehnte sich unvermittelt vor, sein Gesicht nur noch wenige Zentimeter von ihrem entfernt. »Geister können Sie?«

»Kann ich, ja«, erwiderte Kelly.

»Richtige Geister? Geister, die einem das Blut in den Adern gerinnen lassen?«

»Allerdings.«

»Gut«, sagte er. »Etwas ist faul im Staate Dänemark, und das soll das Publikum auch spüren.«

8

An dem Abend, an dem Darl wieder die Nachtschicht übernahm, brachte er Alex zu Kelly. Sie bot ihm eine Tasse Kaffee an und fragte ihn, ob er Zeit für einen Plausch habe.

»Ein paar Minuten«, meinte er.

Kelly setzte Alex vor den Fernseher und drehte die Lautstärke auf, da sie nicht belauscht werden wollte.

»Ich war bei Leon«, erzählte sie Darl.

Erschrocken sah er auf. »Chartrand?«

»Ja.«

»Weshalb das denn?«

»Um über James zu reden. Weißt du, Darl, ich bin mir nicht sicher, ob Leon tatsächlich Recht hatte, was ihn betrifft. Ich möchte mir James' Akten anschauen.«

»Die gibt's doch schon längst nicht mehr. Die werden nach dem Tod eines Patienten vernichtet.«

»Ach, wirklich? Nun, Chartrand hat sie noch.«

»So? Richtig ist das aber nicht.« Darl schlürfte seinen Kaffee, runzelte die Stirn und gab noch etwas Zucker dazu. »Der Typ ist ein Quacksalber«, sagte er. »Die Akten hätten schon vor Monaten in den Reißwolf gehört.«

»Wie auch immer, ich wollte sehen, ob ... ich wollte einen besseren Eindruck von James' Seelenzustand bekommen, als er ...«

»Kelly, den kennst du.« Er langte über den Tisch und legte die Hand auf ihre. »Er war nicht bei Verstand. Wahnhaft. Selbstmörderisch.«

»Aber das war er nicht! Das ist es ja eben, verstehst du denn nicht? In der Nacht vor dem Feuer hätte es ihm nicht besser gehen können. Er war glücklich. Er saß auf diesem

Stuhl und sagte mir, er sei glücklich!« Genau dort hatte James gesessen und ihr geschworen, dass er sie liebe.

Darl warf einen Blick auf seine Uhr. »Kelly, es tut mir wirklich Leid. Ich hab Frances versprochen, dass ich sie heute Abend früh erlöse.« Seufzend erhob er sich. »Wir sprechen morgen früh darüber, okay? Ich komme rechtzeitig, um Alex in die Schule zu bringen, und dann reden wir.«

»Aber Darl ...« Sie gab es auf. Sie wollte ihm von den Telefonanrufen erzählen, den fehlenden Gegenständen, aber er zog sich bereits den Mantel an. Er rief Alex, er solle kommen und sich seine Abschiedsumarmung abholen.

Beim Hinausgehen wandte Darl sich noch einmal um und deutete mit dem Finger auf sie. »Und du denkst nicht ein einziges Mal dran, bis ich wiederkomme, gut?«

»Gut.«

»Versprochen?«

»Versprochen.«

Doch Darl kam nicht rechtzeitig, um Alex in die Schule zu bringen. Um zehn vor neun gab Kelly das Warten auf, fuhr Alex zur Schule und entschuldigte sich bei Mrs Chan für das Zuspätkommen.

Bei ihrer Heimkehr blinkte der Anrufbeantworter. Vermutlich Darl, der erklärte, warum er Überstunden machen musste. Bevor sie den Wiedergabeknopf drücken konnte, klingelte das Telefon.

»Kelly, ich bin's, Paul.«

»Was ist passiert?« Sie wusste, Paul würde nicht anrufen, wenn nicht irgendetwas passiert war, schon gar nicht um diese Zeit. »Ist was mit Angel?«

»Ihr geht's gut. Es geht um Darl.«

»Darl?«

»Ja«, sagte er. »Er hatte einen Unfall.«

Kelly stockte der Herzschlag. Augenblicklich wurde ihr klar, dass die jüngste Serie schrecklicher Ereignisse sie auf so etwas hätte vorbereiten müssen. Etwas war in Bewegung geraten.

Im Krankenhaus starrte Kelly auf den Mann, der auf den grünen Laken lag. Die Hälfte des Gesichts war unter Verbänden verborgen, sein Kopf war rasiert, und die Augen waren zugeschwollen. Das Gesicht war ein einziger lila Bluterguss. Sie hatte das Gefühl, irgendwo über dem Ganzen zu schweben. War kaum in der Lage zu erkennen, dass das Darl war und dass es kein Unfall gewesen war. Es war eine Schlägerei gewesen, hatte Paul ihr erzählt, während sie darauf warteten, dass Darl aus der Chirurgie kam. Am Telefon hatte er es ihr nicht sagen wollen, aber Darl war irgendwann in den frühen Morgenstunden überfallen worden.

Hier, auf der Wachstation, informierte eine mitfühlende Ärztin Kelly und Angel über Darls Zustand. Währenddessen korrigierte sie den Fluss der Infusion. Kelly versuchte, nicht dorthin zu schauen, wo die Nadeln in das Fleisch traten, und konzentrierte sich auf die Erklärung der Ärztin.

»Wir glauben, dass er wieder vollständig genesen wird«, sagte sie. »Aber bei einer Kopfverletzung wie dieser ist das schwer zu sagen. Es kann sehr lange dauern, bis er wieder auf dem Damm ist.«

»Er liegt im Koma?«, erkundigte Angel sich mit zitternder Stimme.

»Es ist kein Koma im technischen Sinne«, erwiderte die Ärztin. »Aber tiefe Bewusstlosigkeit. Er hat schwerwiegende ...«

Sie wurde von der Ankunft eines jungen Polizeibeamten unterbrochen, den Kelly zuvor schon auf dem Gang gesehen hatte.

»Sind Sie die Freundin?«, wollte er von Kelly wissen.

»Nun, hm … ja«, sagte Kelly der Einfachheit halber.

»Kann ich mich eine Minute mit Ihnen unterhalten?« Er winkte sie auf den Gang hinaus, wo sie sich, während sie versuchte, seine Fragen zu beantworten, Halt suchend an eine Wand lehnte.

»Ist Ihr Freund in irgendwelche kriminellen Handlungen verwickelt?«

»Nein!«

»Drogen?«

»Nein. Er war … ist ein absolut anständiger Mensch. Er arbeitet in der Riverside Clinic. Sie können dort nachfragen.«

Der Polizeibeamte machte sich Notizen. »Dann vielleicht irgendeine Fehde?«

»Fehde?«

»Sie wissen schon, hatte er irgendwelche Feinde?«

»Nein. Worauf wollen Sie hinaus? War das nicht …? Es hieß, es sei ein Überfall gewesen.«

»Ein ziemlich böser Überfall. Jemanden so zusammenzuschlagen …, nun, das sieht fast persönlich aus.«

»Aber es *war* doch ein Überfall, oder? Ein Raub?«

Der Beamte seufzte. Er sah sie skeptisch an und schien dann einzulenken. »Wahrscheinlich«, gab er ihr Recht. »Eigentlich sieht es wie Carjacking aus. Ein vorbeifahrender Motorradfahrer hat ihn am Rand des Highways entdeckt.«

»Des Highways?«

»Im Norden der Stadt.« Der Polizist blätterte durch sein Notizbuch. »Östlich der 59, am Floodway. Er lag einfach da, in der Eiseskälte. Keine Spur eines Fahrzeuges.«

»Aber er ist gestern Abend mit seinem Truck zur Arbeit gefahren.«

»Ja, er hatte die Brieftasche in der Hose stecken. Wir haben seinen Führerschein und seinen Fahrzeugschein.«

»Die Brieftasche haben sie ihm gelassen?«

»Wie gesagt, sieht nach Carjacking aus. Tramper vielleicht. Schaut so aus, als hätte Ihr Freund sich zur Wehr gesetzt, heftig zur Wehr gesetzt, wenn's nach dem Arzt geht.« Der Polizist lächelte sie an. »Den Angreifer möchte ich lieber nicht sehen«, sagte er. »Könnt mir vorstellen, dass dem das ein oder andere genäht werden muss.«

Die Ärztin tauchte aus Darls Zimmer auf und bekam die letzte Bemerkung mit. »Ich hatte eigentlich damit gerechnet, dass dieser Angreifer in irgendeiner Ambulanz auftaucht«, meinte sie. »Unser Patient war voll mit Blut der Gruppe A, dabei hat er selber Gruppe 0. Wer immer all dieses A-Blut verloren hat, wird eine Behandlung nötig haben.«

»Nun, Sie halten nach ihm Ausschau«, meinte der Polizeibeamte. »Und wir nach dem Truck.« Er reichte erst der Ärztin, dann Kelly eine Karte. »Vielen Dank, Ma'am, das ist zunächst einmal alles. Wenn Ihnen etwas einfällt, was uns weiterhelfen könnte, dann rufen Sie mich an, ja?«

»Okay«, erwiderte Kelly. Ihr war schwummrig. Was hatte Darl auf dem Highway gemacht? Hatte ihn jemand gezwungen, dorthin zu fahren? Ihn gezwungen, an einen einsamen Ort zu fahren, wo … Sie wollte es sich lieber gar nicht vorstellen.

Sie schwankte zurück in Darls Zimmer und ließ sich neben Angel auf einen Stuhl fallen.

»Er hat sich nicht einmal gerührt«, sagte Angel. »Seit Stunden nicht.«

»O Gott. Wie viel Uhr ist es?«

»Drei Uhr.«

Kelly sprang auf. »Alex!«, rief sie. »Ich muss Alex abholen!« An der Tür blieb sie noch einmal stehen und schaute zu Darl zurück.

»Ich bleib bei ihm«, meinte Angel. »Geh ruhig. Hol Alex ab. Ich ruf dich dann später an.«

»Okay.« Aber sie zögerte immer noch.

»Geh! Du kannst hier eh nichts ausrichten.«

Kelly nickte. Das Einzige, was sie momentan für Darl tun konnte, war, sich um seinen Sohn zu kümmern. Während sie zum Parkplatz eilte, warf sie einen Blick auf ihre Uhr. Sie würde es nicht mehr rechtzeitig schaffen, aber sie wusste, dass Mrs Chan bis zu ihrer Ankunft bei Alex bleiben würde.

Paul ging ungeduldig im Krankenhausflur auf und ab. Krankenhäuser mochte er nicht. Und auch keine Ärzte oder Polizeibeamten.

Und was geschehen war, gefiel ihm nicht. Kein bisschen. Es wirkte zu verdächtig.

Um ein Gespräch mit der Polizei war er herumgekommen. Aber es gab ein paar Dinge, die er prüfen wollte. Dinge, die er sicherheitshalber tun wollte. Er blickte auf die Krankenhausuhr. Halb vier. Er musste raus hier.

Das Problem war bloß, dass er Angel nicht allein lassen konnte. Sie hatte ihn inständig gebeten zu bleiben. Sie brauchte ihn. Wenn er ohne guten Grund verschwand, würde sie einen hysterischen Anfall bekommen. Er spähte in Darls Zimmer und seufzte. Zugegeben, seine Frau war süß. Schwach, aber süß.

Darl rührte sich nicht, doch in einem kleinen Winkel seines Hirns wurde ihm bewusst, dass er geträumt hatte. Er konnte sich nur bruchstückhaft erinnern. Der Truck in einem Graben. Hohe Gräser über einer dünnen Schneedecke. Der sternenbedeckte Nachthimmel. Wo war er gewesen? Er versuchte, sich zu bewegen, aber je wacher er zu sein versuchte, umso verwirrender wurden die Bilder. Er konnte kaum seinen eigenen Körper spüren. Nur ein Pochen in seinem Kopf und eine sanfte Wärme in seiner Hand.

Jemand hielt seine Hand. Es war eine Frauenhand, lang und schlank. Kelly?

Dann vernahm er Angels Stimme. Sie sang leise, ein Lied, das er ihr als Kind beigebracht hatte. »Summertime«. Er erkannte die Melodie, aber die Worte waren unverständlich, machten keinen Sinn.

Er spürte, wie er in den Albtraum zurücksank. Er sah sich durch die Luft sausen, unter den Sternen, die langen Gräser kamen ihm entgegen. Dann erschien eine Reihe von Gesichtern vor seinem geistigen Auge, und zwar so schnell und verwirrend, dass ihm übel wurde.

Angel? Angel, ich muss dir was sagen …

Doch kein Ton kam heraus. Nicht einmal seine Lippen bewegten sich.

Mrs Chan saß im leeren Klassenzimmer an ihrem Schreibtisch und korrigierte Arbeiten. Kelly schaute in den Flur und auf den Spielplatz hinaus. Kein Alex.

»Mrs Chan?«

»Oh, hallo! Wie geht's Alex' Vater?«

»Er hatte einen Unfall.«

»Ja, das wissen wir.«

»Das wissen Sie schon?«

»Machen Sie sich keine Sorgen. Alex' Großmutter hat ihn heute Nachmittag abgeholt.«

»Seine Großmutter?« Kelly starrte die Lehrerin an.

»Ja. Sie hat gesagt, sie würde sich um Alex kümmern, bis sein Vater wieder auf den Beinen ist.« Als sie Kellys besorgtes Gesicht sah, hielt sie inne. »Ist Mr Grayton schwer verletzt?«

Doch Kelly gab keine Antwort. Sie lief bereits zum Auto.

Sie parkte vor dem Haus, blieb aber noch ein paar Minuten sitzen und schaute hinaus. Da war er, der kleine, dunkle Bungalow am Ende der Straße hinter der Kathedrale. Dort der Werkzeugschuppen, das Fenster mit Brettern vernagelt. James' Gefängnis. Sie wünschte, er hätte alles in Schutt und Asche gelegt.

Kein Auto in der Auffahrt. Zum Glück war Adam nicht zu Hause.

Auf Kellys Klopfen hin machte Eleanor die Tür auf. Eine unförmige Frau mit einem Gesicht wie ein zu kurz gebackener Pfannkuchen, platt und flatschig. Ihr Kleid war schmutzig und spannte über ihren breiten Hüften.

»Kelly«, stellte sie mit dumpfer Stimme fest.

»Mrs Grayton, ich bin wegen Alex hier.«

Alex hörte sie und kam an die Tür gerannt.

»Tante Kelly!«

»Was willst du?«, fragte Eleanor. Wie immer war sie etwas schwer von Begriff.

Kelly drückte die Tür weit auf und nahm Alex an die Hand.

»Komm mit. Wir machen einen Ausflug!«

»Ich hol meinen Mantel«, sagte Alex.

Kelly sprach zwar mit Alex, sah aber unverwandt Eleanor an. »Nein, lauf schon zum Auto. Da drinnen ist es warm. Ich hol deinen Mantel.«

Alex gehorchte, und sobald er im Auto war, bat Kelly um seinen Mantel und seine Mütze.

»Adam wird das nicht gefallen«, meinte Eleanor. Doch sie reichte Kelly die Sachen.

»Keine Veränderung«, berichtete Angel, als sie anrief. »Paul meint, wir sollten gehen, und vielleicht hat er ja Recht. Ich bin mir nicht mal sicher, ob Darl überhaupt mitbekommt, dass ich da bin.«

»Warum kommt ihr nicht zu mir?«, fragte Kelly. »Habt ihr schon was gegessen? Esst doch mit uns, mit Alex und mir!«

»Vielleicht.« Angel zog nicht recht.

»Ach, komm! Ihr müsst doch was essen! Und wir müssen zusammenhalten.«

Sie legte auf und drückte auf den Wiedergabeknopf des Anrufbeantworters, der seit heute Morgen blinkte.

»Kelly? Leon Chartrand. Falls Sie da sind, gehen Sie bitte dran!« Einen Augenblick Stille. »Na, anscheinend sind Sie weg. Hören Sie, ich möchte, dass Sie mich anrufen. Ich bin noch mal die Akten durchgegangen und würde gerne mit Ihnen über einen Punkt sprechen. Es könnte sehr wichtig sein. Rufen Sie mich doch heute Abend im Büro an. Ich habe heute lange zu tun.«

Es war erst fünf, und Kelly beschloss, den Anruf gleich zu erledigen, bevor Angel und Paul kamen. Sie wollte hören, was er zu sagen hatte, und ihm eine sehr persönliche medizinische Frage stellen.

Sie wählte seine Büronummer und hatte nach dreimaligem Klingeln Mrs Krentz am Apparat.

»Dr. Chartrand?«, wiederholte sie kurzangebunden. »Der ist heute nicht da. Darf ich Sie an einen anderen Arzt weiter geben?«

»Er hat gesagt, ich soll ihn zurückrufen«, versetzte Kelly. »Könnten Sie mal bitte in seinem Büro nachschauen?«

»Ich hab's Ihnen doch gesagt, er ist nicht da! Er war den ganzen Tag nicht da. Ich könnte Sie aber …«

»Nein, nein danke.« Verdutzt legte Kelly auf. Vielleicht hatte Leon die Nachricht schon am Abend zuvor aufs Band gesprochen. Falls dem so war, musste er sehr spät angerufen haben, erst nachdem sie und Alex schon eingeschlafen waren.

Kaum da, ging Angel in die Knie und drückte Alex an sich. »Ich hab deinen Daddy gesehen«, sagte sie. »Er hatte einen schweren Autounfall, aber die Ärzte kümmern sich gut um ihn.« Ihre Worte klangen nicht sehr überzeugend.

Paul sagte wenig. Er ging durch alle Räume und anschließend einmal ums Haus herum, überprüfte Türen und Fenster.

»Du solltest dir eine Alarmanlage zulegen«, riet er. »Die Türen sind im Prinzip okay, aber es ist kein Problem, ein Fenster mit dem Stemmeisen aufzubrechen.«

Angel fing Kellys Blick auf und nickte reuevoll, als wolle sie sagen, so verrückt war Paul vielleicht doch nicht.

Bei all der Aufregung im Haus konnte Alex lange nicht einschlafen. Bis sie gegessen hatten und Angel und Paul gegangen waren, war es bereits weit nach Mitternacht. Kelly ging ins Schlafzimmer, zog die oberste Schublade ihrer Frisierkommode heraus und legte sie aufs Bett. Sie war voller persönlicher Unterlagen. So organisiert sie war, was ihre Arbeitsakten anbelangte, in dieser Schublade herrschte heilloses Chaos. Alles lag durcheinander: Sozialversicherungsnachweise und andere Dokumente, Alex' Zeichnungen, alte Tagebücher, der Nachruf auf Angels Sohn Allan.

Sie ging die Dokumente durch und achtete vor allem

auf James' ärztliche Unterlagen. Sie studierte seine alten Rezepte, eine Kopie seiner Entlassungspapiere. Seine Geburtsurkunde. Kelly las alles sorgfältig, doch seine Blutgruppe wurde nirgends erwähnt.

Um sieben Uhr früh ertönte der Radiowecker, aber Kelly hörte ihn nicht und schlief weiter. Als sie schließlich aufwachte, kamen gerade die Neun-Uhr-Nachrichten. Alex stand neben ihrem Bett. »Komm ich nicht zu spät in die Schule?«

Aus Angst vor einem reißerisch aufgemachten Bericht über den Überfall schaltete sie rasch das Radio aus. »Heute hast du mal frei«, sagte sie. »Krabbel einfach hier rein und kuschel dich eine Weile an mich.«

Alex schlüpfte unter die Bettdecke und umarmte sie.

»Hey, alles wird wieder gut. Dein Daddy wird wieder gesund. Aber erst muss er sich eine lange Zeit im Krankenhaus erholen.«

»Eine sehr, sehr lange Zeit?«

»Weiß nicht, Schatz. Aber ich bleib bei dir, okay? Wir unternehmen was zusammen, und dann geht die Zeit ganz schnell vorbei, versprochen.«

Mittags klingelte es, und Adam stand vor der Tür. Hinter ihm Eleanor.

»Wir sind wegen Alex da«, verkündete Adam. »Er gehört zu uns.«

Eleanor schwieg. Kelly fiel auf, dass sie sich eine Dauerwelle hatte machen lassen. Unter ihrem offenen Mantel trug sie ein matronenhaftes Kleid, dazu eine Lackledertasche, die sie, darauf hätte Kelly wetten können, am Morgen aus einer Mülltonne der Heilsarmee gefischt hatte. Die Wangen waren gepudert, die Lippenstiftfarbe unauffällig. Die ehrbare Großmutter in Person.

»Er bleibt bei mir«, versetzte Kelly.

»Hör mal, wir wollten nicht, dass es soweit kommt«, sagte Adam. Das Hauttransplantat über seiner Oberlippe war leicht geschrumpft, wodurch er ständig zu knurren schien. »Aber wir haben Papiere. Wir sind gesetzlich dazu berechtigt, ihn zu holen.«

»Was für Papiere?«

Adam hielt ihr ein Dokument unter die Nase.

»Betreuungsbeschluss. Wir sind heute Vormittag deswegen zum Gericht gegangen. Einen einstweiligen Betreuungsbeschluss. Du musst ihn uns geben.«

»Wir sind Blutsverwandte«, wagte Eleanor einzuwerfen. Adam brachte sie mit einem zornigen Blick zum Schweigen. Zweifelsohne hatte er ihr zuvor eingeschärft, den Mund zu halten.

»Er möchte hierbleiben«, entgegnete Kelly. »Also bleibt er hier.«

»Es ist völlig egal, was du sagst. Schau mal dorthin.« Adam deutete zur Straße, wo zwei uniformierte Beamte aus einem schwarzweißen Polizeiwagen stiegen. »Wir haben Unterstützung mitgebracht. Haben dem Richter erklärt, du würdest uns Schwierigkeiten machen.«

»O nein«, sagte Kelly.

»Sei froh, dass wir dich nicht wegen Kindesentführung angezeigt haben!«

Als die Beamten näher kamen, trat Adam zurück. Er würde es ihnen überlassen. Eleanor blieb stumm.

Die Beamten lasen Kelly den Betreuungsbeschluss vor, und Alex lauschte mit großen Augen, ohne etwas zu verstehen.

Dann nahmen sie Alex mit.

Kelly lag auf dem Bett und starrte zur Decke.

Einstweiliger Betreuungsbeschluss. Der Hohn schlechthin! Aber völlig legal.

Sie kramte in der Schublade in den Akten herum. Ihre Heiratsurkunde. Sie war nutzlos. Nach James' Tod war ihre Beziehung zu Alex bestenfalls dürftig. Sie hatte bei ihrer Heirat ja nicht einmal den Namen Grayton angenommen.

Sie brauchte einen Rechtsanwalt. Sie brauchte irgendein Dokument.

Sie nahm James' Geburtsurkunde und lag da, hielt sie hoch und las sie. Rechtmäßiger Beweis der Blutsbande, die James an Adam und Eleanor banden, Bande, die nun Alex banden. Sie spürte, wie ihr die Tränen in die Augen stiegen.

9

Auf dem Weg zum Krankenhaus fuhr Kelly an dem Bungalow vorbei und sah, dass die Vorhänge zugezogen waren. Kein Lebenszeichen.

Sie parkte und starrte auf den Werkzeugschuppen mit seinem unergründlichen, mit Sackleinen verhängten Fenster. Sie versuchte, den Gedanken zu verscheuchen, dass Alex dort drin sein könnte, zwischen den verrosteten Werkzeugen und Spinnweben. Aber sie schaffte es nicht. Vor ihrem inneren Auge verschmolz Alex' Gesicht mit dem von James. Sie sah sich selbst, als junges Mädchen, das mit Darl sorglos wegging und James zurückließ. Ihn im Stich ließ. Schuldgefühle erfassten sie.

»Was hast du hier verloren?« Adam stand auf dem Rasen des Vorgartens, eine Schneeschaufel in der Hand, und funkelte sie wütend an.

Kelly schenkte ihm im Gegenzug ebenfalls einen anklagenden Blick.

Adam trat näher und schwang die Schaufel. »Wir haben dich im Auge!«, sagte er. »Hör auf, hier herumzuschnüffeln! Wenn ich deinen Wagen noch mal in dieser Gegend sehe, ruf ich die Polizei!«

Sie wusste, dass es sinnlos war, sich mit ihm auf eine Diskussion einzulassen. Außerdem hatte sie einen Plan.

Angel saß an Darls Bett, ihre zusammengesunkene Haltung Beweis für ihre wachsende Verzweiflung. Mantel und Handtasche lagen in einem kleinen armseligen Haufen zu ihren Füßen. Sie sah dünner und blasser aus denn je.

»Angel?«, flüsterte Kelly.

»Schsch.« Angel fuhr hoch und deutete Kelly an, mit ihr auf den Gang zu gehen. »Er schläft.«

»Ist er denn mal aufgewacht?«

»Es heißt, er sei mitten in der Nacht irgendwie zu Bewusstsein gekommen, aber …« Angel verstummte. Sie war erschöpft, unter ihren Augen schimmerten dunkle Ringe.

»Du bist doch nicht etwa die ganze Nacht hiergewesen?« Kellys Besorgnis war echt, doch sie verbarg ihre Wut. Sie hatte Dinge zu erledigen, wichtige Dinge, und sie konnte es jetzt gar nicht brauchen, dass Angel schlapp machte.

»Nein. Sie haben mir nicht erlaubt, über Nacht zu bleiben, und Paul hat mich dazu überredet heimzufahren.«

»Ist Paul noch hier?«

»Glaub schon, er wollte ein paar Sandwichs besorgen. Keine Ahnung, weshalb er so lange braucht.«

Nun, zumindest brachte Paul Angel dazu, etwas zu essen. Kelly kramte ein paar Münzen aus ihrer Tasche. »Warum holst du uns nicht einen Kaffee? Du siehst geschafft aus, Ange. Ich bleib solang bei Darl.«

Müde willigte Angel ein, und Kelly ging ins Krankenzimmer zurück. Sie schnappte sich die Handtasche ihrer Schwester, zog Angels Brieftasche heraus und stöberte darin herum, bis sie die gesuchten Papiere gefunden hatte. Sie zögerte kurz und ließ sie dann in ihre Handtasche gleiten.

Sie ging zum Bett, um einen letzten Blick auf Darl zu werfen. Er lag auf dem Rücken, sein bandagiertes, unförmiges Gesicht eine unergründliche Maske aus Quetschungen. Sie berührte seine Hand und erschrak über das vollkommene Fehlen einer Reaktion. Seine Hand lag schlaff in ihrer, warm, aber ansonsten wie tot. Die schreckliche Erkenntnis, dass er seinen Verletzungen erliegen könnte, lähmte plötzlich ihren Willen. Wie konnte sie fortgehen, ohne mit ihm gesprochen zu haben?

Was geschähe mit Alex, wenn er starb?

Wieder sah sie das Bild des dunklen Schuppeninneren vor sich. Abrupt machte sie auf dem Absatz kehrt und eilte aus dem Krankenhaus.

Kelly ging davon aus, dass Paul noch im Krankenhaus war, klopfte aber sicherheitshalber laut an die Tür. Als sich nichts rührte, schloss sie die Tür auf und trat ins Haus. Bis auf ein schwaches Summen, das klang, als habe man ein Radio leise gestellt, herrschte Stille im Haus.

Sie ging in Allans altes Zimmer und öffnete die Zederntruhe, in der Angel ihres Wissens noch immer Allans Babysachen aufbewahrte. Vorsichtig suchte sie die kleinen Kleidungsstücke und Glückwunschkarten zu seiner Geburt durch. Da war Allans alter Schnuller, in Seidenpapier gehüllt, ein trauriges kleines Päckchen. Angel hatte sich von nichts getrennt.

Gerade, als Kelly das Gesuchte entdeckte, hörte sie aus

dem Keller dumpfe Geräusche. Sie erstarrte. Paul musste heimgekommen sein. Sie hielt den Atem an. Wenn Paul die Unordnung sah, die sie angerichtet hatte, würde er eine Erklärung dafür fordern. Sie ging in den Flur.

»Paul?«, rief sie. »Ich bin's. Hol bloß ein paar Sachen für Angel.«

Doch Paul gab keine Antwort.

Kelly ging die Kellertreppe hinunter. Sie dachte an die Pistole, die Paul als Schutzmaßnahme angeschafft hatte. »Ich bin's!«, rief sie lauter. »Kelly!«

Immer noch keine Antwort.

Sie erreichte die letzte Treppe und entdeckte Paul zwischen seinen Lautsprechern und Verstärkern in einem schäbigen Sessel. Er hatte ihr den Rücken zugewandt.

»Paul?«

Er drehte sich nicht um. Bis auf eine leichte, rhythmische Bewegung seines Pferdeschwanzes rührte sich nichts. Dann sah Kelly die Kopfhörer. Paul war in seine Musik vertieft und hatte sie nicht bemerkt. Sie hatte Glück gehabt. Sie eilte die Treppe wieder hoch und räumte alles ordentlich zurück. Doch ehe sie gehen konnte, hörte sie ihn die Treppe raufkommen.

Er hatte die Kopfhörer abgenommen, und die Musik war nun gut zu hören. Mit Schrecken erkannte sie die Stimme ihres Mannes. Paul hörte sich an, wie James auf der Gitarre »Long Black Veil« spielte und dazu sang. Im Hintergrund waren andere Stimmen und Gelächter zu vernehmen. Paul musste es vor langer Zeit bei einer Party aufgenommen haben.

Sie hörte, wie Paul in der Küche in einer Schachtel mit Tonbändern kramte, dann ein Geklapper, als er sie auf den Tisch auskippte und nach etwas suchte. Sie hielt sich ganz still und lauschte. Sie hörte, wie James die Abschlussakkorde des Liedes klimperte. Seine Freunde jubelten und klatschten.

»Scheiße!« Pauls Gefühlsausbruch ließ Kelly zusammenfahren. Wenn er jetzt hier reinkam … Aber das tat er nicht. Sie hörte ihn wieder in den Keller gehen. Kurz, bevor er die Tür hinter sich schloss, hörte sie James rufen: »Kelly! Wo ist Kelly?«

Sie fuhr zu einem Autohändler und gab ihren Station Wagon in Zahlung. Dann kaufte sie mit Angels Führerschein einen zehn Jahre alten Mustang mit Schalensitzen. Er war in schlechterem Zustand als ihr alter Wagen, aber er war schnell, er beschleunigte hervorragend.

Zu Hause holte sie eine Schere aus dem Badezimmer und stellte sich vor den Spiegel. Sie fasste ihr schwarzes Haar zusammen, das kohlrabenschwarze Haar von Maggies Lover, und begann zu schneiden. Es war zu dicht, als dass sie alles auf einmal hätte abschneiden können, daher teilte sie es in Strähnen, die dick und glänzend zu Boden fielen. Sie erinnerte sich daran, wie James es gestreichelt, es um seine Finger gewickelt und an sein Gesicht gehalten hatte. Sie betrachtete ihr Spiegelbild. Seitdem sie denken konnte, hatte sie sich hinter ihrem Haar versteckt. Nun würde sie ohne es auskommen müssen.

Sie versuchte es in Leons Büro, aber wieder wollte die Furcht erregende Mrs Krentz sie an einen anderen Arzt weitergeben. Kelly hinterließ Leon eine dritte Nachricht und legte auf. Sie würde das auf eigene Faust durchziehen müssen, zumindest vorerst.

Hellwach legte sie sich auf ihr Bett und wartete aufs Morgengrauen.

Trotz der bitterkalten Morgenluft schwitzte Kelly unter den Kleidungsschichten, die sie unter ihrem Parka trug, um ihre Figur zu verbergen. Das dunkle, schwere Make-up auf ihrem Gesicht schützte sie vor dem stechenden Wind. Sie hatte eine Leinentasche umgehängt, auf der WINNIPEG FREE PRESS stand. In einer behandschuhten Hand hielt sie eine zusammengerollte Zeitung. Den Mustang hatte sie, unverschlossen, Schlüssel im Zündschloss, direkt vor Adams Haus geparkt.

Sobald sie sah, dass die Bungalowtür aufging, ging sie los, leicht humpelnd und in ihrer wattierten Kleidung unbeholfen. Bei richtigem Timing würde sie den Postkasten genau dann erreichen, wenn Adam mit Alex die Ausfahrt erreichte.

Adam warf ihr nur einen kurzen Blick zu, als er nach seinen Autoschlüsseln kramte. Kelly ging geradewegs die Auffahrt hinauf, den Kopf gesenkt. Als sie an Alex vorbeikam, versuchte sie, seine Miene zu lesen, aber er schaute zu Boden.

»Morgen!«, grüßte Adam kurz angebunden.

Sie winkte in seine Richtung. Am Postkasten nahm sie sich Zeit, ließ die Zeitungstasche unbeholfen auf den Boden fallen und ging dann in die Knie, um die Zeitschriften frisch zu falten. Sie wartete darauf, dass Alex allein auf der Beifahrerseite stand und Adam zum Aufsperren zur Fahrertür ging.

Doch Adam war klüger oder vorsichtiger, als Kelly gedacht hatte. Er ließ Alex keine Sekunde allein; er öffnete die Beifahrertür, schnallte Alex an und sperrte wieder ab, ehe er zur Fahrerseite ging.

Er hatte Alex fest in seinem Griff.

Sie müsste es ein andermal versuchen, warten, bis Adam weniger auf der Hut war.

Ihr blieb nichts anderes übrig, als zur Straße zurückzugehen. Als sie beim Mustang ankam, versuchte sie, Alex' Blick aufzufangen. Vielleicht konnte sie ihm einmal zuzwinkern, ihn beruhigen. Was sie sah, brach ihr das Herz. Alex schaute über seine Schulter zu ihr, mit einem Ausdruck nackten Flehens im Gesicht. Er hatte sie erkannt. Er wusste Bescheid.

Ohne nachzudenken glitt sie hinter das Steuer, legte den Rückwärtsgang ein und blockierte Adams Truck. Dann blieb sie sitzen und wartete.

Adam, dessen Motor noch warm laufen musste, ignorierte sie. Doch sobald sein Truck fahrbereit war, lehnte er sich aus dem Fenster und deutete ihr an, sie solle wegfahren. Sie rührte sich nicht, starrte aufs Armaturenbrett. Er drückte auf die Hupe, um sie zum Fortfahren zu bewegen. Eleanor, die den Lärm gehört hatte, erschien in der Tür.

»Was ist denn los?«, rief sie.

Adam hupte laut. Kelly machte sich bereit. Wütend stieg Adam aus und schaute, was da vor sich ging. Als hätte sie das Bewusstsein verloren, ließ Kelly sich nach vorn fallen.

»Ist alles okay mit ihr?«, rief Eleanor.

»Sie ist nur dumm«, rief Adam zurück. »Oder taub.«

Ohne dass seine Großeltern es merkten, hatte Alex es geschafft, die Tür zu öffnen und auf den Boden zu gleiten. Nun bewegte er sich langsam zum Truckende. Vorsichtig hielt er nach seinem Großvater Ausschau. Dann blickte er zu Kelly. Er zögerte.

Mach schon, dachte Kelly, *mach* schon! Aber Alex schien vor Unentschlossenheit oder Angst wie erstarrt.

»Mit der Frau stimmt was nicht«, rief Eleanor.

Verärgert drehte Adam sich zu ihr um. »Was redest du denn …«

Kelly witterte ihre Chance. Eine kleine zwar, aber die einzige.

»Alex!«, brüllte sie. »Komm her!«

Adam fuhr herum, sah, dass der Truck leer war, und brauchte eine Sekunde, um Alex zu orten, der die Auffahrt runter zu Kelly flitzte. Adam machte einen Schritt vorwärts und streckte die Hand nach seinem Enkel aus.

»Komm zurück!«, befahl er.

Aber Alex lief weiter. Kelly beugte sich zur Beifahrertür, entriegelte sie und schob sie auf.

»Lauf!«, brüllte sie. »Schneller!« Sie ließ den Motor an.

Nachdem er sich von seiner Überraschung erholt hatte, jagte Adam Alex hinterher. Doch hatte er sich zu sehr auf seine Autorität verlassen, so dass Alex bereits einen guten Vorsprung hatte.

Alex rannte wie um sein Leben. Als Adam ungefähr drei Meter hinter ihm war, hechtete Alex auf den Beifahrersitz.

»Halt dich fest!«, sagte Kelly.

Alex' Tür stand noch offen, als sie losdüsten. Mit quietschenden Reifen bogen sie um die Ecke. Im Rückspiegel sah sie, dass Adam die Abkürzung durch den Friedhof nahm, in der Hoffnung, sie auf diese Weise abfangen zu können. Er rutschte auf dem schneebedeckten Gras aus, verlor das Gleichgewicht und stürzte, so dass er aus ihrem Blickfeld verschwand. Kelly drosselte kurz die Geschwindigkeit, machte Alex' Tür zu und wandte ihre Aufmerksamkeit dann wieder der Straße zu. Wie erwartet, staute sich auf der Brücke der morgendliche Verkehr. Sie bog scharf nach links ein und raste die Taché Avenue hinunter, am Krankenhaus vorbei, Richtung Süden.

10

Angel las die Nachricht, die ihre Schwester ihr hinterlassen hatte, wohl zum hundertsten Mal.

Liebe Angel, mach dir bitte keine Sorgen um mich oder Alex. Uns geht es bestens, aber ich musste für eine Weile die Stadt verlassen. Du kannst Darl ausrichten, dass ich mich gut um Alex kümmere, bis es ihm wieder besser geht. Vertrau mir, Angel und sei unbesorgt. Ich melde mich, sobald ich kann. Alles Liebe, Kelly.

»Wo sie wohl steckt?«, fragte Angel Paul erneut.

Paul gab keine Antwort. Er war damit beschäftigt, den Fensterrahmen in Kellys Schlafzimmer zu begutachten. Mit dem schmutzigen Fingernagel fuhr er über die Außenkante des Fenstersimses. Er war nur leicht abgesplittert. Er nahm einen Handhobel aus seinem Werkzeugkasten und begann das Holz glatt zu hobeln.

»Vancouver, meinst du? Kann aber auch sein, dass sie zu ihrer Freundin Karen gefahren ist.«

»Da hab ich schon angerufen«, sagte Paul. Er ergriff das schon zuvor abgemessene Holzstück und passte es zwischen Fensterbank und Rahmen ein.

Wieder las Angel die Nachricht. »Uns geht es bestens«, wiederholte sie. »Jesses!«

»Wahrscheinlich stimmt das«, meinte Paul. »Vermutlich nicht dumm, von hier zu verschwinden. Hältst du mal hier, bitte? Ganz fest.«

Die Nachricht immer noch in der Hand, ging Angel ans Fenster und tat wie geheißen.

»Vielleicht ist sie nach Toronto gefahren? Oder … du glaubst doch nicht … nach New York? Du glaubst doch nicht etwa, sie ist zu Maggie gefahren?«

Paul, der fünf Nägel zwischen den Zähnen stecken hatte, grunzte. Ganz offensichtlich glaubte er nicht, dass Kelly in New York war.

Während er hämmerte, sinnierte sie weiter. »Vertrau mir«, las sie vor. »Was *meint* sie bloß damit?«

»Damit meint sie, du sollst ihr vertrauen«, meinte er knapp. »Warum tust du's also nicht?«

»Doch, tu ich ja, aber ich möchte mit ihr sprechen! Vielleicht ist sie in Minneapolis? Bei ihrer Freundin Lila?«

»Hab dir doch gesagt, Sam hat in Minneapolis angerufen. Lila hat nichts von ihr gehört. Und ich hab in Vancouver und Toronto angerufen. Jeden Ort angerufen, der mir eingefallen ist. Sogar deine Mutter in New York. Keiner hat was von ihr gehört.« Er schlug den letzten Nagel ein und rüttelte am Fensterrahmen. Da wackelte nichts mehr.

»Deine Schwester ist clever«, meinte Paul. »Bestimmt hat sie ihre Gründe. Mach dir keine Sorgen um sie, Babe.« Er legte die Werkzeuge in den Kasten und trug ihn in die Küche. »Hör mal, warum ziehst du nicht los und besorgst uns was zum Mittagessen, hm? Du hast noch überhaupt nichts gegessen. Ich guck mir noch das Küchenfenster an, mal sehen, ob es sicher ist.« Er reichte ihr ein paar zerknitterte Geldscheine. »Und bring Tabak mit.«

Paul beobachtete, wie sie fortfuhr, doch als sie weg war, nahm er sich nicht etwa das Küchenfenster vor, sondern ging in das Hinterzimmer und öffnete mit einem umgebogenen Kleiderbügel Kellys Schreibtisch. Er blätterte die Akten durch, las ihre Post und Telefonrechnungen. Irgendwo hier drinnen musste ein Hinweis sein.

Vor einer Tankstelle in Grand Forks, North Dakota, ließ Kelly Alex im Auto sitzen, rief bei der Nummer an, die Lila ihr gegeben hatte, und betete.

»Kelly, Herrgott, wo steckst du?«

»Lila, das kann ich dir nicht sagen. Aber du musst mir bitte helfen. Ich mach gerade was Verrücktes.«

»Na, lass das mal besser was Gutes sein«, sagte Lila. »Du bist schon zwei Tage überfällig.«

Kelly hatte sich ihre Geschichte vor dem Anruf sorgfältig zurechtgelegt. Sie erzählte Lila die Wahrheit über den Überfall auf Darl und Adams Betreuungsbeschluss, doch ihren merkwürdigen Verdacht hinsichtlich Darls Angreifer und die seltsamen Vorgänge bei sich daheim behielt sie für sich. Die Art, wie Leon ihre Sorgen abgetan hatte, hatte sie nicht vergessen. Im Grunde hatte er gesagt, sie würde sich wieder Dinge einbilden. Das Risiko, auch noch Lilas Vertrauen zu verlieren, konnte sie nicht eingehen. Lila musste ihrem Urteilsvermögen vertrauen. Vor allem aber: Lila musste verstehen, warum sie Alex von seinen Großeltern weggeholt hatte.

Wie jeder sonst war auch Lila davon ausgegangen, dass die meisten von James' Problemen auf sein unausgeglichenes Wesen zurückzuführen seien. Kelly wünschte, sie hätte James nicht versprochen, keinem seine Geschichte zu verraten. Nun versuchte sie, Lila damit zu beeindrucken, wie gefährlich Adam unter Umständen wirklich sein konnte.

Sie erzählte von den gestohlenen Geburtsurkunden, der rasanten Fahrt zur Grenze, wo Kelly sich als Angela Knowles ausgegeben hatte, amerikanische Staatsbürgerin, Ehefrau von Paul Knowles, Mutter des kleinen Jungen, der froh und munter neben ihr saß, Allan James Knowles, fünf Jahre alt. Nachdem sie Adam auf dem Friedhof zurückgelassen hatten, hatten sie die Grenze in die Staaten in nicht mal einer Stunde hinter sich gelassen. Die letzten drei Tage waren sie von einem Motel zum nächsten gefahren, ohne mit jemandem Kontakt aufzunehmen, mit Ausnahme des St. Boniface Hospitals, wo sie sich anonym nach Darls Zustand erkundigt hatte. Die Antwort lautete stets gleich: ernst. Unverändert. Nun gingen Kelly allmählich Geld und Ideen aus.

Lila lauschte und sagte nur: »Gott. O mein Gott. Was hast du gemacht?«

»Das, was ich tun musste.«

»Aber wenn sie den Betreuungsbeschluss haben, darfst du das nicht tun. Du musst ihn nach Hause bringen.«

»Wir können nicht zurück«, erklärte Kelly mit Nachdruck. »Es ist nicht sicher.« Wenn Lila James' Geschichten von ihm selbst gehört hätte, würde sie Kellys Vorgehen nicht in Frage stellen. Wenn mehr Leute sie gehört hätten, dachte Kelly bitter, wäre ihr Vorgehen gar nicht notwendig. Adam säße da, wo er hingehörte: im Gefängnis.

»Dann musst du dich an die Behörden wenden«, beharrte Lila.

»Das kann ich nicht«, entgegnete Kelly. »Ich bin's doch, die das Gesetz gebrochen hat, indem ich ein Kind von seinem rechtmäßigen Vormund fortgenommen habe.«

»Du musst, Kelly. Wenn du jetzt umkehrst und Alex zurückbringst, dann geht's für dich vielleicht noch glimpflich ab. Vielleicht schaffst du es dann ja sogar, die Vormundschaft zu bekommen.«

»Zu riskant«, meinte Kelly.«Das würde zu lang dauern.« Würde sie den gesetzlichen Weg einschlagen, hieße das, Alex zuerst Adam zu übergeben. Dann ein langer Kampf vor Gericht. Ein sehr langer. Mit Leons Hilfe könnte sie ihn gewinnen, aber das würde dauern. Wenn auch nur die Hälfte von James' Geschichten stimmte, würde diese Zeit Alex um den Verstand bringen. Unter Umständen sogar das Leben kosten.

»Vielleicht, wenn du Adam anrufst, vernünftig mit ihm redest …«

»Nein!«

»Dann musst du hierher kommen«, sagte Lila entschieden. »Zumindest vorerst. Adam weiß nicht, wo du bist. Die kommen nie darauf, dass du das Land verlassen hast. Bis wir uns etwas überlegt haben, bist du hier sicher.«

»Oder bis es Darl besser geht.«

»Genau. Kelly, warum kommst du nicht? Komm morgen. Du kannst wie geplant mit mir arbeiten. Ich hab schon ein Haus für dich gemietet. Und ich kann mich auch ein bisschen um Alex kümmern.«

Kelly schaute zu Alex. Er saß mit gesenktem Kopf und gekrümmten Rücken da. Zuerst war die Autofahrt ein Abenteuer gewesen. Nun wurde sie allmählich zur Tortur. Von Motelzimmern, Coffee-Shops und der endlosen, ziellosen Herumfahrerei hatte er die Nase voll. Er brauchte ein Heim. Wenn Kelly ihn bei sich behalten wollte, würde sie ihm ein richtiges Zuhause schaffen müssen. Ohne große Begeisterung winkte er ihr zu. Sie winkte zurück und versuchte zu lächeln.

»Allein kannst du das nicht durchziehen«, sagte Lila. Und sie hatte Recht.

»Was in aller Welt hast du mit deinen Haaren gemacht?«, war Lilas erste Frage nach der Begrüßung.

Kelly lächelte trocken. »Tarnung.« Sie warf einen unsicheren Blick zu dem jungen Mann, der neugierig im Flur stand.

»Das ist Jesse San«, meinte Lila. »Ihr werdet einander gut kennen lernen. Er assistiert dem Regisseur.«

»Er ist Regieassistent?« Dafür wirkte Jesse zu jung. Turnschuhe und Pink Floyd-T-Shirt.

»Nein, ich bin der Assistent des Regisseurs. Das ist was anderes.«

Er gab ihr die Hand. »Freut mich, Sie kennen zu lernen. Hi, Alex!«

Jesse brachte ihre Taschen nach oben, und Lisa führte sie in das kleine Wohnzimmer. Sobald Lila saß, kletterte Alex auf ihren Schoß.

»Na, mein großer Junge, und wie geht's dir so?«, fragte Lila. »Du kommst von so weit her, um mich zu besuchen, hm?«

Alex grinste und kuschelte sich an sie. Er war müde und hatte nichts dagegen, wie ein Baby behandelt zu werden. Zweifelsohne freut er sich, ein vertrautes Gesicht zu sehen, dachte Kelly.

Aus einem Glasfach unter dem Couchtisch holte Lila eine Flasche Rotwein und einen Korkenzieher heraus.

»Ich bin seit deinem Anruf sehr fleißig gewesen. Ich hab jede Menge Vorbereitungen getroffen, du wirst mit mir zufrieden sein.« Alex auf den Knien balancierend, öffnete sie die Weinflasche, goss ihnen ein und setzte sich wieder, um Kelly ihre Pläne zu eröffnen.

Als Lilas Assistentin hätte Kelly nur einen Teilzeitjob, aber Lila hatte mit der Chefgarderobiere gesprochen, die eine neue Assistentin suchte. Auf Lilas Empfehlung hin hatte sie sich einverstanden erklärt, Kelly unbesehen einzustellen – zumindest solange *Hamlet* gespielt wurde. »Dorothy ist damit einverstanden, dass du in erster Linie *meine* Assistentin bist. Ich habe also quasi Vorrang. Aber nachmittags kannst du auch ihr zur Hand gehen. Natürlich bist du dafür absolut überqualifiziert, aber das Geld wirst du brauchen.«

»Und was muss ich als Assistentin der Garderobiere tun?«, fragte Kelly.

»Nun ja, alles sozusagen.«

»Alles«, wiederholte Kelly. Sonderlich erbaut war sie davon nicht, aber sie wusste Lilas Hilfe zu schätzen. Und eine regelmäßige Arbeit würde sie brauchen.

»Gleich morgen früh fahren wir zu deinem Haus. Es gehört einem Professor. Einem Freund von Taylor. Du kannst froh sein, dass er sich einverstanden erklärt hat, es noch für dich freizuhalten.« Sie warf Kelly einen vorwurfsvollen Blick zu. »Morgen fliegt er für ein Sabbatjahr nach England.« Lila hob Alex von ihrem Schoß und legte ihn auf die Couch. Er war eingeschlafen, und sie deckte ihn mit einer Decke zu. »Und wir müssen für Alex eine Schule finden. Ich hab Taylor gefragt, und er hat mir gesagt, wo seine Kinder hingehen. Die Schule soll gut sein.« Sie runzelte die Stirn. »Ich hab ihm gesagt, du hättest einen Sohn«, sagte sie. »Ich hoffe, das ist okay. Ich denke, das sollten wir allen sagen. Dann werden weniger Fragen gestellt.«

»Vermutlich.« So allmählich ging ihr die ganze Tragweite ihres Tuns auf. »Aber Taylor kennt doch meinen Namen!«

»Ja«, gab Lila zu. »Am Set musst du unter deinem richtigen Namen laufen.« Als Lila Kellys ängstliches Gesicht sah, umarmte sie sie. »Wird schon alles gut gehen. Keine Bange.«

Zum ersten Mal seit Tagen, seit Wochen, versuchte Kelly, sich zu entspannen. Als sie aufsah, stand Jesse grinsend in der Tür. Ein Telefonanruf für Lila, sagte er.

»Das war Sam«, berichtete Lila bei ihrer Rückkehr. »Er hat heute Nachmittag Darl besucht. Anscheinend hat er sich aus dem Krankenhaus abgemeldet. Du hast mir gar nicht erzählt, dass er ein gebrochenes Bein hat.«

»Ein gebrochenes Bein?«

»Muss schlimm sein. Sam sagt, er hätte von der Hüfte bis zum Knöchel einen Gipsverband.«

»O Gott«, sagte Kelly. »Nein, das habe ich gar nicht mitbekommen. Aber wenn er wieder zu Hause ist, muss es ihm doch besser gehen?«

Lila schüttelte den Kopf. »Es klingt ziemlich übel, Kell. Sam sagt, er scheint kaum bei Bewusstsein zu sein. Er spricht zwar ein bisschen, aber es macht wenig Sinn.« Sie setzte sich und zog eine Grimasse. »Sam ist der Meinung, er hätte im Krankenhaus bleiben müssen.«

»Hat Darl sich nach mir erkundigt? Und nach Alex? Hast du ihm gesagt, dass ich hier bin?«

Lila biss sich auf die Lippen. »Ich steck schon mit drin«, meinte sie. »Ich möchte nicht, dass Sam da auch noch reingezogen wird.« Sie mied Kellys Blick. »Für den Fall ...«

»Für welchen Fall?«

»Für den Fall, dass du verhaftet wirst. Entschuldige, Kelly, aber möglich wär's. Ich möchte nicht, dass Sam sich an einer Entführung mitschuldig macht.«

»Ja. Natürlich. Du hast Recht.« Kelly hatte mit Alex die Grenze überquert. Im Grunde war sie jetzt wohl eine internationale Kriminelle. Es konnte alles sehr hässlich werden. Ihr einzige Hoffnung bestand darin, dass Darl wieder gesund wurde, ehe man sie fasste. Mit den Folgen konnte sie sich später auseinandersetzen, wenn es denn sein musste. Zunächst einmal war sie froh, Alex Hunderte von Meilen von Adam entfernt friedlich schlafen zu sehen.

Das Haus des Professors war schön. Klein, aber elegant, auf Bequemlichkeit ausgerichtet. Das Erdgeschoss bestand aus einem einzigen großen Raum mit einem Steinkamin in der Mitte, der die Küche vom Wohnzimmer und dem breiten Eingangsbereich abtrennte. Der Professor mahnte sie nachdrücklich zum vorsichtigen Umgang mit dem sehr alten Klavier, das unter gar keinen Umständen offen gelassen werden durfte, wenn es nicht benutzt wurde.

Das Schaustück des Hauses war ein breites, fast zwei Meter hohes Buntglasfenster, das die Frau des Professors gemacht hatte. Ein Hochzeitsgeschenk, erklärte er. Äußerst wertvoll. Es war auf halber Höhe die Treppe hinauf in die Wand eingepasst worden. In prächtigem Rubinrot und Königsblau gehalten, stellte es einen Mann und eine Frau dar. Der Mann drehte der Frau den Rücken zu, als wolle er von ihr fortgehen. Doch er blickte zurück, einen seltsamen Ausdruck im Gesicht, sowohl zärtlich wie entsetzt. Die Frau schrak zurück und hielt wie zur Abwehr die Hände hoch. Ihre Gesichter und die Umrandung, schwarze Blumen und Kletterpflanzen, die sich bis zur Decke rankten, faszinierten Kelly. Neben dem Fenster führte eine Tür auf eine kleine Veranda hinaus.

Im Obergeschoss befanden sich zwei Schlafzimmer, eines davon riesig und bis an die Decke mit Büchern gesäumt.

»Sie passen doch gut auf die Bücher auf, nicht wahr?«, bat der Professor.

»O ja!«, sagte Kelly. Das Haus war perfekt.

Wie Lila angenommen hatte, erklärte er sich mit einer niedrigen Miete einverstanden. Im Grunde wollte er hauptsächlich, dass jemand sich in seiner Abwesenheit um das Haus und das Klavier kümmerte. Kelly unterschrieb mit Angels Namen ein paar Unterlagen, und er händigte ihr die Schlüssel aus. Noch ehe sie alle Taschen aus dem Auto geholt hatte, war er schon fort.

Alex konnte es gar nicht erwarten auszupacken. Er baute seine kleine Sammlung an Dingen auf, die Kelly eilig in seinem Zimmer zusammengesucht hatte, und stellte seine

Bücher und Spielzeugautos auf das breite Fensterbrett unter dem Mansardenfenster seines neuen Zimmers. Seine wenigen Kleidungsstücke hängte er in den Wandschrank.

»So!«, meinte er stolz.

Irgendwie war es herzergreifend.

Noch mitten in der Nacht saß Kelly vor dem hohen Kamin, in dem sie kein Feuer hatte entzünden können, und goss sich einen Brandy aus einer Flasche ein, die sie in der Küche gefunden hatte. Alex war sicher vor Adam, und sie vor demjenigen, der ihr in Winnipeg diese grausamen Streiche gespielt hatte, wer auch immer es war. Der Darl angegriffen hatte. Sie hatte ein schlechtes Gewissen, dass sie Darl nicht vor diesen Streichen gewarnt hatte. Doch gab es keinen Beweis, dass sie mit dem Angriff auf Darl zusammenhingen. Oder mit James' Erscheinen in ihren Träumen, in ihrem »Spukhaus«. Vielleicht hat Leon in einem Punkt ja Recht, dachte sie. Vielleicht musste sie wirklich aus diesem Haus raus, das so voller Erinnerungen steckte. Zufrieden sah sie sich im Wohnzimmer des Professors um und bewunderte erneut die seltsam rührende Szene des Buntglasfensters. Sie nippte an ihrem Drink und wagte ein Lächeln. In diesem Haus erinnerte nichts an James. Zum ersten Mal seit sechzehn Monaten und sechsundzwanzig Tagen begrüßte sie das fast.

11

Das Arcana war ein altes Theater, in den wilden Zwanzigern gebaut und im Lauf der Jahre etwas willkürlich renoviert. Jesse führte Kelly durch die langen, labyrinthartigen Gänge, die die verschiedenen Anbauten miteinander verbanden, und machte sie kurz mit der Geschichte des Theaters vertraut. Von einem exzentrischen Amateurzauberer ursprünglich als Nachtclub eröffnet, diente das Gebäude während der Wirtschaftskrise als Obdachlosenheim und im Krieg als Hauptquartier des Roten Kreuzes, bis es in den fünfziger Jahren als Dinnertheater wieder eröffnet hatte. Seitdem hatte es eine Anzahl von Inkarnationen erlebt. Im Augenblick, unter der Leitung von Timothy Sheer, der den Originalnamen wiederbelebt hatte, war es ausgesprochen erfolgreich, eines der renommiertesten Theater im Mittleren Westen, mit wachsendem Ansehen wegen seiner Shakespeare-Produktionen. Der Grundriss des Arcanas spiegelte seine bewegte Vergangenheit wider. Ein bisschen erinnerte es an ein Gebäude aus einem Traum, dachte Kelly, wo sich eine Tür nach der anderen auftat, verschiedene Architekturstile aneinander grenzten und die Decken verschiedene Höhen hatten.

Sie machten eine Runde durch die Ankleideräume, die Gänge, die Bühne. Neben dem Aufenthaltsraum gab es eine hübsche kleine Ecke, eingerichtet wie eine Wohnküche mit Kühlschrank und Tisch, ja, sogar mit einer Couch und einem Fernseher. Die Wände waren in einem strahlenden Dunkelblau gestrichen.

»Wir nennen es das blaue Zimmer«, erklärte Jesse. »Hier kann man jederzeit herkommen. Alle essen hier zu Mittag oder sitzen in den Pausen rum.«

Die Kostümwerkstatt befand sich im Kellergeschoss, und hier ruhten sie sich auch eine Minute aus. Die Beleuchtung war gut, es gab mehr natürliches Licht als irgendwo sonst, wo Kelly zuvor gearbeitet hatte. Trotz der Untergeschosslage flutete durch eine Fensterreihe helles

Sonnenlicht herein, da man das Gelände davor abgeböscht hatte. Kelly blickte auf die Papierrollen, die Baumwollballen, Stifte, Lineale, das Maßband und die an einer Reihe Haken hängenden Scheren. Sie spürte ein leichtes Kribbeln der Vorfreude.

Die Chefgarderobiere war eine ruhige, doch gestresst wirkende Frau namens Dorothy. Sie war gerade dabei, mit Hilfe eines rundlichen, blonden Mädchens, das Kelly schüchtern anlächelte, Bänderrollen zu sortieren.

»Bin ich froh, dass Sie da sind!«, sagte das Mädchen.

Dorothy stimmte ihr zu. »Ja, endlich jemand mit Erfahrung! Lila und ich sind uns einig über Ihre Arbeitsteilung«, meinte sie. »Sie können Lila helfen, solange sie möchte, aber wenn es hektisch wird, müssen Sie mir auch unter die Arme greifen. Und das wird es immer, egal, wie gut wir organisiert sind. Ich bin jetzt seit dreizehn Jahren hier, und ich hab noch keine Produktion erlebt, bei der alles glatt gegangen wäre!«

Jesse grinste. »Genau das, was Sie gebraucht haben, stimmt's?«, fragte er. »Dreizehn Jahre Chaos?« Er schob das blonde Mädchen sanft vor und stellte es vor. »Kelly, das ist Bobbie. Sie ist unser Mädchen für alles.«

»Und Spezialistin in nichts«, versetzte Bobbie. Sie gab Kelly die Hand.

»Gottlob sollte dieses Stück eigentlich ziemlich glatt über die Bühne gehen«, meinte Dorothy. »Der Produktionsleiter war großzügig. So viel namhafte Ensemblemitglieder!«

»Die aus einem Star bestehende Besetzung«, zwinkerte Jesse. Dann warf er einen Blick auf seine Uhr. »Hören Sie, um zwölf hab ich eine Besprechung mit Taylor. Bobbie, könntest du nicht mit Kelly zum Mittagessen gehen und sie ein bisschen herumführen?«

»Klar, ich geh mit ihr ins Café des Hotels, okay?«

»Gut, ich komm später nach«, sagte er. Er nickte Dorothy zu und raste dann die Treppe hoch, als käme er zu spät zu einer Einsatzbesprechung im Weißen Haus.

Nur einen Block vom Theater entfernt aßen sie im Fallon Hotel eine Kleinigkeit zu Mittag.

»Hier bringt Timothy Sheer immer seine Schauspieler unter«, erklärte Bobbie. »Weil es so nahe ist und so. Und das Management ist diskret.«

»Diskret?«

»Na ja, wenn die Schauspieler berühmt sind, werden sie manchmal von Fans belagert. Das Fallon bemüht sich, ihre Privatsphäre zu schützen. Schließlich müssen wir unsere Stars bei Laune halten, wissen Sie.«

Kelly hörte den Stolz, der in der Stimme des Mädchens mitschwang, und lächelte. »Du magst deinen Job, stimmt's?«

»Jedes Mädchen meines Dramakurses wollte diesen Job. Ich kann's immer noch nicht fassen, dass ich ihn bekommen habe. Die sind alle so eifersüchtig, dass sie mich umbringen könnten.«

Kelly hörte es mit Belustigung. »Ist es denn schwer, an solch einen Job zu kommen?«

»Keine Ahnung, wie das sonst ist. Aber dieses Jahr war es so. Alle im Kurs haben sich beworben. Ich kann immer noch nicht fassen, dass ich die Glückliche bin.«

»Was ist an diesem Jahr so besonders?«

Bobbie starrte Kelly an, als wäre sie gerade aus einem Raumschiff von einem anderen Planeten gestiegen. »Na, Michael Black natürlich! Er trifft dieses Wochenende ein. Und wird in diesem Hotel wohnen!« Ehrfürchtig sah sie sich in dem Café um. »Und ich werde ihn kennen lernen!«

»Was ist an Michael Black denn so toll?«, neckte Kelly sie.

Bobbie ließ ihr Sandwich auf den Teller fallen und sah sie mit großen Augen an. »Wollen Sie mich etwa auf den Arm nehmen?«

Sie wurden von Jesse unterbrochen, der hereinkam, um Bescheid zu sagen, dass er für Taylor Erledigungen machen musste und daher nicht mit ihnen essen konnte.

»Danke für die Führung«, sagte Kelly.

»Nun ja«, sagte er, »das Theater ist uralt, aber es ist toll. Und die Leute sind cool. Glauben Sie, es wird Ihnen gefallen?«

»Aber sicher!«, erwiderte Kelly.

Es stimmte. Augenblicklich konnte es für sie keinen besseren Aufenthaltsort geben.

Es dauerte nicht lang, bis Kelly sich in ihrer neuen Umgebung auskannte. Mit Taylors Hilfe bekam sie für Alex einen Platz in einer Privatschule, meldete ihn unter Allans Namen an und erklärte der Lehrerin, Alex sei sein Spitzname. Niemand schien sich auch nur das Geringste dabei zu denken.

Wenn nicht viel zu tun war, holte Kelly Alex mittags ab und nahm ihn mit ins Theater.

Alex liebte das Theater. Besonders gern sah er beim Bühnenaufbau zu. Die Zimmermänner waren mit dem Bau zweier breiter Treppen beschäftigt, die dreieinhalb und fünfeinhalb Meter über der Bühne zu zwei breiten Stegen führten. Darüber erstreckte sich ein Gerüst, Sägemehl und Holzspäne bedeckten den Boden. Taylor legte Wert darauf, dass die Proben auf allen Ebenen stattfinden konnten. Alle sollten mit der Atmosphäre »gesättigt« sein.

Alex bettelte darum, hinauf klettern zu dürfen, also halfen Bobbie und Kelly ihm hoch, hielten ihn je an einer Hand. Es war ein langer Sprung hinunter.

»Wozu ist das?«, fragte Alex. »Ist das ein Berg?«

»Nein, ein Schloss«, erklärte Kelly. »Die Geschichte handelt von einem Prinzen.«

»Und einer Prinzessin?«

»Nein, von einer Prinzessin nicht, tut mir Leid, aber ein König, eine Königin und ein Geist spielen noch mit, und es gibt einen heftigen Schwertkampf.«

»Cool! Und den Geist machst du, stimmt's?«

»Ja, stimmt.« Allerdings kam sie nicht recht voran. Lila hatte Kelly all ihre Kostümentwürfe gezeigt, so dass Kelly eine Vorstellung hatte, wie das Stück aussehen sollte. Lila machte das fantastisch, und Taylor war hingerissen. Aber Kelly fehlte noch die Inspiration. Bislang gab es lediglich ein paar Entwürfe, nicht viel mehr als das, was ein Kind an Halloween mit einem Bettlaken anstellen würde, schalt sie sich. Ihr gingen verschiedene Interpretationen des Stückes im Kopf herum. War der Geist durch und durch böse? Nein, das glaubte sie nicht, und Taylor auch nicht. Entsprang er nur der Fantasie Hamlets? Nicht ganz, denn auch die Wachmänner sahen ihn. Er musste edel sein, dachte Kelly. Edel, und vom erfahrenen Unrecht und Leiden zerstört. Er konnte seine königlichen Gewänder tragen oder zarte Fetzen, zerrissen und gequält.

»Kommt auch ein Drache vor?«, wollte Alex wissen.

»Nein, kein Drache. Komm, und jetzt runter mit dir!«

»Ach, Kelly! Ich möchte hier oben spielen. Ich bin der Prinz!« Er stellte sich in Pose, als würde er ein Schwert schwenken, mit einem Schild als Deckung. Er begann, den Steg entlangzulaufen, aber sie schnappte ihn sich hinten am Pulli.

»Nein, das glaub ich nicht«, erwiderte sie. »Na komm.«

Sie nahm ihn an der Hand und ging die Treppe mit ihm runter.

»Puh!«, sagte Bobbie. »Jungs!«

»Er hält einen in Trab!«, bemerkte Kelly. »Manchmal komm ich kaum noch hinterher!«

»Ich weiß nicht, ob ich mit einem Kind fertig würde«, sagte Bobbie. »Zumindest noch nicht. He, wie kommt's eigentlich, dass er Sie Kelly nennt? Ich meine, wieso nennt er Sie nicht Mom, oder so was?«

»Familientradition«, erklärte Kelly.

Am Samstagabend schaute Lila bei ihnen vorbei. Wieder einmal musste der Brandy des Professors herhalten, während Lila Kelly über die Arbeitssituation aufklärte.

»Taylor ist ein Intendant, der seine Nase wirklich überall reinsteckt«, erklärte Lila. »Sprich, er ist ein Kontrollfreak.«

»Ich dachte, du magst den Typen!«

»Tu ich. Ich liebe ihn. Aber sei gewarnt, er ist manisch. Er treibt dich zum Wahnsinn. Treibt jeden zum Wahnsinn. Er treibt sogar die Zimmermänner zum Wahnsinn! Gibt zu allem seinen Senf ab. Weiß der Himmel, was er mit Michael Black anstellen wird.«

»Hab gehört, Michael Black fliegt dieses Wochenende ein?«

»Er wird sich freuen, dich wieder zu sehen«, meinte Lila.

»Ach komm, bestimmt erinnert er sich gar nicht mehr an mich!«

»O doch, da bin ich mir sicher!«, erwiderte Lila. »Was ist denn los mit dir? Erinnerst du dich wirklich nicht mehr daran, wie er dir in New York nachgestiegen ist?«

»Nein, wirklich nicht.«

»Also, komm! Der große, gutaussehende Typ, der immer in der Kostümwerkstatt rumlungerte, wenn du gearbeitet hast. Dunkles Haar, goldene Haut. Araber, glaub ich, oder so was. Der, der den Bösewicht gespielt hat.«

»Michael Black? Hat der nicht den Bullen gespielt? Ich dachte, er sei ein Detective, oder so was. Hatte so langweilige Anzüge an.«

»Er gehörte der Mordkommission an, entpuppte sich aber schließlich als der Killer. Hast du den Film etwa nicht mal *angeschaut*?«

»Nein«, gestand Kelly. Sie hatte nahezu vergessen, dass *Rising Heat* überhaupt eine Handlung hatte. Es war ohnehin nicht die Art von Film, die sie mochte; außerdem war die Arbeit genau zu dem Zeitpunkt beendet, als James krank geworden war. Und bei der Filmpremiere war sie nicht in der Stimmung gewesen, ins Kino zu gehen.

»Weißt du denn nicht mehr, dass er dich ins Hotel zum Dinner eingeladen hat? Alle sind vor Neid fast geplatzt!«

»Na ja, so vage«, sagte Kelly, auch wenn das eigentlich nicht stimmte. New York war ein einziger Nebel aus Einladungen und Unterhaltungen mit gut aussehenden Fremden gewesen. Aber sie hatte jede freie Minute mit James telefoniert und versucht, ihn zu beruhigen. Sie hatte vor Sorgen nicht mehr ein noch aus gewusst. Sie seufzte.

»Nun, aber seitdem muss er dir doch aufgefallen sein«, protestierte Lila. »Er hat doch zig Hauptrollen gespielt. Hast du dir nie *Down on the Moon* angeschaut?«

»Was?«

»Den Kinofilm! Oder *Black Magic*?«

Kelly schüttelte den Kopf.

»*Last Day of July*?«

»Nein.«

»Aber du wirst doch wohl *A Winter in China* gesehen haben?«

»Lila, in den letzten Jahren habe ich gar nichts angeschaut. Ich habe sozusagen zurückgezogen gelebt, weißt du? Sind das neuere Filme?«

»Entschuldige, ja. Ziemlich neue. Genauer gesagt, aus den letzten Jahren. Ich schätze, das hast du alles gar nicht mitbekommen. Verzeih.«

»Und er spielt also in diesen Filmen mit? In allen?«

»Er ist einer der gefragtesten Hollywoodstars. Könnte Millionen scheffeln. Aber wie Taylor schon gesagt hat, aus irgendeinem geheimnisvollen Grund hat er sich entschlossen, auf die Bühne zurückzukehren. Wie auch immer, sobald du ihn siehst, erinnerst du dich wieder!«

»Vielleicht.«

»Bestimmt«, sagte Lila. »Glaub mir, bestimmt.«

In dieser Nacht hatte Alex einen Albtraum, seinen ersten, seitdem sie Winnipeg verlassen hatten.

Kelly war noch wach, las *Hamlet*, als sie sein Wimmern hörte. In der Hoffnung, er würde wieder einschlafen, wartete sie einen Augenblick. Doch dann hörte sie einen fürchterlichen Schrei, und sie sprang aus dem Bett.

»Alex, Schatz, wach auf!«

Aber scheinbar war er wach. Mit weit aufgerissenen Augen saß er aufrecht im Bett und schrie.

»Alex!« Sie schüttelte ihn. »Alex, wach auf!«

Er starrte in ihr Gesicht, ohne sie zu sehen. Der Ausdruck in seinen Augen ließ ihr das Blut in den Adern gerinnen. Es war der Blick eines erwachsenen Mannes, der eine unaussprechliche Gräueltat miterlebt hatte.

»Süßer, na komm. Sprich mit mir. Ich bin's, Kelly. Schatz? Bitte!«

Noch einmal zitterte er am ganzen Leib und schien dann die Vision schließlich abzuschütteln. Er sah sie. Einen Augenblick lang huschte ein Ausdruck der tiefsten Erwachsenentrauer über sein Gesicht. Dann begann er wie ein Kind zu weinen, und sie nahm ihn in die Arme. Seine schmalen, kleinen Schultern bebten. Weinend schlief er wieder ein, und Kelly hielt ihn weiterhin.

Am nächsten Morgen grüßte sie ihn vorsichtig. »Fühlst du dich wieder besser?«

»Klar«, meinte er. »Was gibt's zum Frühstück? Ich hab Hunger!«

Kelly beobachtete ihn den ganzen Tag über sorgfältig, verhätschelte ihn. Bei Tageslicht schien er glücklich und entspannt, fügte sich problemlos in sein neues Leben ein. Mit allen Veränderungen wurde er spielend fertig und akzeptierte die Erklärung, die sie ihm in Winnipeg gegeben hatte: dass Kelly sich um ihn kümmerte, bis es Darl wieder besser ging. Abgesehen von dem Albtraum schien es ihm gut zu gehen, und nichts deutete auf Heimweh hin. Kelly überlegte, ob sie sich mit ihm mehr über seinen Vater unterhalten sollte, aber die Neuigkeiten von Sam waren nicht direkt ermutigend. Er hatte Lila erzählt, dass Darl noch immer unzusammenhängend redete und nicht in der Lage war, für sich selbst zu sorgen. Kelly beschloss, die Sache lieber auf sich beruhen zu lassen. Wenn Alex gerade gut zu Rande kam, dann brachte es gar nichts, ihn wieder aus dem Gleichgewicht zu bringen.

12

Als Kelly Hamlet zum ersten Mal sah, kniete er gerade und band sich die Schnürsenkel. Das war an einem Montagmorgen, und sie saß allein hinten im dunklen Theaterraum und betrachtete die Bühne. Sie konnte machen, was sie wollte, ihr fehlte die Inspiration. Das Bühnenbild wirkte auf sie nicht echt. Sie stellte sich den Geist vor, zwang sich zur Konzentration. Wie würde er aus dieser Entfernung wirken? Als sie Schritte in der Kulisse hörte, drehte sie sich um, um zu sehen, wer da war. Aber er war schon auf den Knien und mit den Schnürsenkeln beschäftigt.

Die einzige Beleuchtung bestand aus zwei Scheinwerfern hoch über der Bühne, doch sie erkannte ihn sofort, nicht nur von den Zeitschriften und Postern her, sondern auch von ihrem ersten Eindruck damals in New York. Es war die Art, wie er sich hielt, die Art, wie er sich wieder erhob, die die Erinnerung auslöste. Sie entsann sich ihres ersten Eindrucks von ihm – er war ein Mann, der sich *bewegte* –, und der stimmte immer noch. Er bewegte sich rasch, sorglos, mit einer seltsamen, abrupten Anmut. Gerade kniete er noch und konzentrierte sich, im nächsten Augenblick stand er aufrecht. Er stemmte die großen Hände in die Hüften, hob den Kopf und schlenderte auf der Bühne herum. Als er die Stufen erklomm, immer zwei auf einmal, tat er das ohne jede Anstrengung. Etwas schien ihn vorwärts zu ziehen, aufwärts, als würde die Energie nicht in seinem Körper stecken, sondern ihm vorauseilen und ihn mit sich ziehen.

Er kam oben an und schritt, gefährlich nahe an der Kante, über den Steg, ohne hinunter zu schauen. Er blieb stehen und streckte sich, schwang die langen Arme über den Kopf. Er schien sich dort zu Hause zu fühlen, hatte alles im Griff. Er trug Jeans, ein schwarzes T-Shirt, niedrige Lederstiefel. Kelly konnte sein Gesicht nicht sehen, nur seine hochgewachsene, breitbeinige Gestalt, die Schultern gestrafft. Doch sie wusste, er war der Prinz.

Er beugte sich vor, stützte die Ellbogen auf das Geländer und senkte den Kopf, um den Boden unter sich zu studieren. Dann hob er ihn plötzlich wieder und sprach.

»Guten Morgen.«

Kelly schnappte nach Luft. Sie hatte sich in der Dunkelheit für unsichtbar gehalten. Doch er sah sie direkt an.

Ihr blieb nichts anderes übrig als zu antworten, obgleich sie sich dumm vorkam, nachdem sie ihn die ganze Zeit in der Dunkelheit beobachtet hatte.

»Hi«, sagte sie. »Sie müssen Hamlet sein.«

Er lachte. »Na ja, noch nicht. Aber bald.« Er ging ein paar Stufen hinab und sprang dann nach unten. »Und Sie sind Kelly Quirk.«

»Ja, ich arbeite in der Kostümwerkstatt.« Sie streckte die Hand aus, und er ergriff sie. Sie fühlte sich innerlich sehr ruhig, sehr still. Seine Hand war kühl und fest, der Blick neugierig und wachsam.

»Ich bin Michael Black.« Als ob sie das nicht gewusst hätte.

»Wo sind die Lampen?«, fragte er, und Kelly führte ihn hinter die Bühne zum Bedienungsfeld. Er stand neben ihr, drückte an den Schaltern herum, probierte mehrere Kombinationen aus, bis der obere Treppenteil in ein sanftes Gelb getaucht war. Dann ging er auf die Bühne zurück, und sie folgte ihm gemächlich. Sie schätzte, dass sie ihm gerade bis zu den Schulterblättern reichte. Er musste an die einsneunzig sein.

Er streckte die Arme in die Höhe. »Ich mag diesen Raum«, meinte er. »Die Atmosphäre ist gut. Geladen.«

Dabei ist er derjenige, der geladen ist, dachte Kelly. Seine Haut leuchtete, der ganze Körper war wie elektrisiert. Aber er hatte Recht. Mit einem Mal wirkte das Arcana wie ein Ort, an dem etwas geschehen würde. Das Bühnenbild, das ihr gerade noch wie ein unfertiges Gerüst und künstliches Steinwerk vorgekommen war, wirkte nun wie ein Schloss in Helsingör. Als sie Michaels Blick zur Decke folgte, konnte sie dort den Geist des Königs spüren, sein unerträgliches Leid, und sie erschauerte.

Zurück in der Kostümwerkstatt, spitzte sie den Bleistift bis zur absoluten Perfektion und genoss dabei den Geruch der frischen Späne. Erfüllt von plötzlicher Eingebung, eine fast vergessene Freude, begann sie den Geist des Königs zu entwerfen. Lange Striche, eine königliche Haltung. Nun, da sie Hamlet gesehen hatte, war ihr klar, dass der Geist alle erdenkliche Hilfe brauchte, um sich neben seinem alles überragenden, elektrisierten Sohn behaupten zu können. Ein dunkler Umhang, aus Rupfen vielleicht, so dass das Licht die raue Stoffstruktur einfangen und enthüllen konnte. Lage um Lage zerschlissenen Tuchs, um die Kälte anzudeuten. Grober Rupfen und Rohseide, damit die Kleidungsstücke knisterten und kratzten, damit der Körper sprach.

Sie war so in ihre Arbeit vertieft, dass sie beinahe zu spät zu ihrer Besprechung mit Taylor gekommen wäre. Aber sie hatte ein paar viel versprechende Skizzen gemacht, und Taylor gefielen sie. Während er ihre Arbeit lobte, wusste es Kelly auf einmal wieder – sie war gut als Kostümbildnerin.

Voller Energie machte sie frühzeitig Schluss und holte Alex ab.

»Lass uns nicht gleich heimgehen«, schlug sie ihm vor. »Lass uns feiern.«

»Hast du Geburtstag?«

»Nein.«

»Ist heute ein Feiertag?«

»Nein, lass uns doch einfach mal aus Spaß was Besonderes machen, okay?«

»Okay!«

Zum Abendessen gingen sie in ein Restaurant, und Alex bekam zum Nachtisch eine riesige Portion Eis. Danach spazierten sie am Ufer des Mississippi entlang. Kelly erzählte Alex von Huckleberry Finn, dem Jungen, der sich seinen Weg in die Freiheit erträumt hatte. Dem Jungen, der sich ein Floß gebaut und von zu Hause weggesegelt war.

Tags darauf gingen Lila und Kelly den Fundus nach Mustern durch, die sie für Gertrudes Gewand benützen könnten.

»Das ist es«, meinte Lila, als Kelly für das Mieder burgunderroten Samt herauszog. »Das ist perfekt!«

»Ja!«, erwiderte Kelly. »Es macht mir Spaß, ob du's glaubst oder nicht!«

»Wenn man sich von Problemen ablenken will, geht doch nichts über eine gute, schöpferische Arbeit. Ich bin so froh, dass du hergekommen bist! Ich wusste doch, dass du noch immer das Kellyhändchen hast!« Sie hielt inne und lächelte ihre Freundin an. »Weißt du, Taylor ist sehr beeindruckt von dir.«

»Ja, meine Arbeit scheint ihm zu gefallen«, meinte Kelly bescheiden. Etwas an Lilas Lächeln machte sie misstrauisch.

»Und«, sagte Lila, »er scheint dich zu mögen. Ich soll dir ausrichten, dass du Freitagabend zu einem ›Special Dinner‹ eingeladen bist. Hauptsächlich Besetzung.«

»Dinner?«

»Taylor hat für die wenigen Auserwählten reservieren lassen«, erklärte Lila. »Ich bin nicht eingeladen, aber du. Jesse hat mir die Einladungen gezeigt.«

Kelly schaute sie fragend an. »Das ist doch seltsam oder?«

»Seltsam, ja! Aber wunderbar. Vielleicht mag Taylor dich«, meinte Lila verschmitzt.

»Raus mit dir!« Kelly warf einen Bronzeknopf nach ihr und traf sie am Ohr. Lila rächte sich mit einem Fingerhut.

»Ich kann babysitten«, bot sie an. »Wenn du mit der Crème de la Crème ausgehst, bleibe ich daheim und schaue fern.« Sie verdrehte die Augen und stieß einen gespielten Seufzer aus.

»Raus hier!«, befahl Kelly. »Die werden mich nicht zu ihren Partys einladen!«

Aber als sie nach Hause kam, steckte eine Einladung im Briefkasten: steifes, teures Papier mit ihrem Namen darauf. Was führte Taylor im Schilde?

Am Freitagnachmittag war Taylor kurz vorm Durchdrehen. Er bestellte Kelly in sein Büro. Als sie eintrat, saß er an seinem Schreibtisch und sprach mit rund sieben Leuten gleichzeitig, einschließlich irgendeiner armen Seele am Telefon.

»Kelly!« Er winkte sie herein und deutete ihr an, kurz zu warten. »Wir brauchen eine anständige Falltür«, sagte er ins Telefon, »und ich möchte, dass sie bis zu den technischen Proben fertig ist. Nein.« Er blätterte die Papiere auf seinem Schreibtisch durch, wobei einige auf den Boden flogen. »Am 6. Januar ist Premiere. Ja. Stimmt.«

Lila bückte sich, um die Blätter aufzuheben. Sie zwinkerte ihr zu. »Willkommen im Tollhaus!«

Debbie Thompson, die die Ophelia spielen sollte, tippte Lila auf den Rücken. »Ich muss mit Taylor sprechen, wenn's Ihnen nichts ausmacht.« Sie drückte Lila an die Wand und schob sich an ihr vorbei. »He, Taylor!«

Taylor hob einen Finger, um sie zum Schweigen zu bringen, aber vergebens. Sie hievte ihre schmalen Hüften auf den Schreibtisch und saß da, ohne aus ihrer Ungeduld einen Hehl zu machen. Sie war eine Blondine mit vollen Lippen und großen Augen, einer hohen Stirn und Starallüren. Sie war klein für eine Schauspielerin, drahtig, und schäumte über vor kaum beherrschter Verdrießlichkeit. Sie vermittelte den Eindruck einer erschöpften Schönheit. Nicht meine Vorstellung von Ophelia, dachte Kelly. Es würde Taylors Job – und zwar kein einfacher – sein, den Soapcharakter des zwanzigsten Jahrhunderts an ihr zu mildern. Diese moderne, amerikanische Aggression.

»Einen Augenblick noch!«, meinte Taylor zu ihr. »Ich bin am … Was? Nein, am Sechsten. Ich habe gesagt, am Sechsten, verdammt noch mal!«

»Taylor!«, erklang eine Stimme von irgendwoher aus dem Raumhintergrund. »Kannst du mir sagen, wie du dich wegen des Typs aus Ohio entschieden hast? Mein Flieger geht nämlich in einer halben Stunde!«

»Taylor, der Fotograf ist da!« Jesse drückte sich durch die anderen und hatte einen Mann im Schlepptau, der mit Kameras und Ausrüstungstaschen beladen war. »Das ist John Green von *The Arts Today*.«

Taylor legte eine Hand auf den Hörer und blickte auf. »Gut. John, können Sie heute Abend zu dem Dinner kommen? Wir gehen ins High Five, und ich möchte ein paar Aufnahmen von Michael haben. Und Aufnahmen im Kostüm brauchen wir auch – so bald wie möglich. Kelly, ich möchte, dass das Team morgen mit den Musterstücken für Hamlet anfängt. Nehmen Sie heute noch Maß.«

»Ich?«

»Natürlich. Das stört Sie doch nicht, oder? Die Zuschneiderinnen sind schon gegangen.«

»Hat man denn von einem Schauspieler wie ihm ... ich meine, hat man so was denn nicht auf Karteikarten, oder so?«

»Na ja, gewöhnlich schon«, räumte Taylor ein. »Aber seit dem letzten Actionfilm hat er ziemlich zugenommen, und ich bin mir nicht sicher, was momentan Sache ist. Messen Sie lieber noch mal nach. Ich glaube, er ist in seiner Garderobe. Gehen Sie am besten gleich rüber.«

Kelly quetschte sich aus dem Büro, wo Taylor gerade einen Koller zu bekommen drohte, und begab sich in den Backstagebereich.

An die Garderobentür, die einen Spalt offen stand, war in markanter Schrift Michaels Name geschrieben worden. Sie klopfte, und er rief: »Herein!«

Michael lümmelte auf einem Stuhl vor dem Spiegel, die langen Beine auf dem Schminktisch. Zwischen den Massen von Blumen – Rosen, Nelken, Maßliebchen –, die ihren Duft verströmten, hatten seine Füße kaum Platz. Mit einer langen, scharfen Silberklinge schlitzte er einen rosafarbenen Umschlag auf. Er zog eine rosa Karte heraus und las. Er sah nicht auf. Bobbie war da und stellte gerade einen Krug mit eisgekühltem Wasser, Gläser, Zitronen und Honig auf den Tisch.

»Hi Kelly!«, sagte sie, und Michael blickte auf.

»Kelly! Kommen Sie herein! Ich hab gehofft, dass Sie hier auftauchen würden.«

Bobbie machte große Augen und zog sich zurück. »Rufen Sie mich, wenn Sie etwas brauchen, Mr Black.«

»Ja, danke!« Er warf die Karte auf einen Haufen Post auf der Couch. Umschläge und Briefe rutschten auf den Boden. »Verzeihen Sie«, meinte er, »hier schaut's furchtbar aus!« Er sprang auf und räumte ein paar Bücher von einem Sessel. »Setzen Sie sich doch! Und erzählen Sie mir, was Sie auf dem Herzen haben.«

Sie nahm Platz.

»Ich soll Ihre … Ihre Maße …« Er legte beide Hände auf die Lehnen ihres Sessels und beugte sich zu ihr, so nahe, dass sie die Seife riechen konnte, die er am Morgen benutzt hatte. Kelly starrte auf die hochgekrempelten Ärmel seines weißen Hemdes, seine riesigen goldbraunen Hände, die schwarzen Haare auf seinen Handgelenken, seine langen Arme. Er beobachtete sie genau, aber sie brachte es nicht fertig, seinen Blick zu erwidern. Sie hüstelte. »Verzeihung. Ich soll … ich soll Ihren Kopf abmessen. Für die Hüte, wissen Sie.« Wie schlau! Wie sollte sie sich da nun wieder rauswinden?

Als wäre er darüber erfreut, sprang er zurück. »Meinen Kopf abmessen! Das ist mal was Neues! Sie sind also die Chefkopfabmesserin, nehme ich an?«

»Äh, sozusagen.«

»Sagen Sie was«, meinte er.

»Was?«

»Sagen Sie irgendwas. Sie sind Kanadierin, stimmt's? Dabei sehen Sie irisch aus. Aber Sie klingen nicht irisch.«

»Nun, ich bin in Kanada aufgewachsen. Aber geboren wurde ich in New York City. Und Sie haben Recht. Meine Mutter ist halb Irin, halb Amerikanerin.«

»Und Ihr Vater?«

»Er war … er hat uns verlassen, als ich klein war.« Sie hatte keine Lust, genauer darauf einzugehen.

»Sie haben einen wunderbaren Akzent. Eine wunderbare Stimme.« Er hielt inne. »Und ein wunderbares Lachen. Letztens …«

»Ich sollte jetzt wohl mal messen«, schnitt sie ihm das Wort ab. »Setzen Sie sich einen Augenblick.« Sie holte ihr

Maßband hervor und trat vor ihn. »Gerade sitzen, bitte.« Sie legte das Maßband über seine Ohren und bemühte sich, ihn nicht mit den bloßen Händen zu berühren. »So.«

»Danke!« Er grinste. »Warum hat es Sie also nach Kanada verschlagen? Ich liebe Kanada.«

»Ach, mein Stiefvater hatte einen Job bekommen, und dann sind wir einfach dort geblieben. Und was ist mit Ihrer Familie? Woher kommen Sie?«

»Mein Vater ist Russe, und meine Mutter kommt aus Syrien. Nun leben sie in Paris. Meine Schwester geht dort zur Schule. Aufgewachsen sind wir, nun – überall!«

»Keine Frau? Kinder?« Kaum hatte sie es gesagt, wusste sie, dass sie das auch aus den Zeitschriften erfahren würde. Doch darauf schien er gar nicht zu kommen.

Er schüttelte nur den Kopf. »Leider nicht. Die Richtige ist mir wohl noch nicht über den Weg gelaufen.« Er fing ihren Blick im Spiegel auf. »Keine Zeit.«

»Sie sind ziemlich beschäftigt, hm?«, fragte sie.

Er lachte – brach urplötzlich in Lachen aus. Seine Miene veränderte sich wie Quecksilber – gerade noch langgezogen, ernst und finster, im nächsten strahlend wie die Sonne. Da zeigte sie sich wieder, diese unglaubliche Energie.

Natürlich war er beschäftigt. In den vergangenen zwei Jahren hatte er fünf Filme gedreht. Ich kann mich mit diesem Mann einfach nicht unterhalten, dachte sie. Unmöglich. »Hören Sie, ich muss los. Mein kleiner Junge …« Sie begann das Maßband aufzurollen, das sie um ihre Finger gewickelt hatte.

Er beobachtete ihre Bewegungen, bekam den Blick nicht von ihrem Ehering los. »Sie sind … Sie sind also immer noch verheiratet?«

»Ja«, erwiderte sie. »Ich meine, nein!« Sie errötete.

»Ich bin inzwischen verwitwet.« Was für ein seltsamer, altmodischer Satz.

Michaels Miene erhellte sich. »Sie meinen, er …? So jung?«

»Ja.« Sie wollte nicht darüber sprechen. Sie dachte an James' Benehmen in New York. Ob sich Michael noch daran erinnerte? »Bis später!«, sagte sie und bewegte sich langsam zur Tür. »Wir sehen uns heute Abend beim Dinner.«

»Setzen Sie sich doch neben mich!«

»Wie bitte?«

»Beim Dinner. Setzen Sie sich doch neben mich. Ich sag Taylor Bescheid. Einverstanden?«

»Ja klar, gern«, sagte sie. Dann war sie draußen. Sie hatte nicht die geringste Ahnung von seinen Maßen – nicht einmal von seiner Hutgröße.

13

Alex stand hinter Kellys Stuhl und schaute zu, wie sie sich das kurzgeschnittene Haar föhnte. »Wohin gehst du heute Abend?«

»In ein Restaurant. Mit ein paar Freunden aus der Arbeit.«

»Kann ich da mitkommen?«

»Heute nicht, Schatz. Das ist nur für Erwachsene. Du bleibst hier bei Lila, okay? Wir sehen uns morgen früh.«

»Ich möchte aber nicht, dass du weggehst«, sagte er. Er krabbelte auf ihren Schoß, und sie schlang die Arme um ihn. Sie hatte keine Lust, auszugehen. Sie wusste, dass sie unter den anderen Gästen fehl am Platze sein würde, eine unwichtige, wenn auch geschätzte Assistentin, die eingeladen worden war, ein Anhängsel der Stars. Aber sie wusste auch, dass ihr Kommen erwartet wurde. Taylor hatte es so entschieden, und sie würde den Teufel tun, sich quer zu stellen. Er ist der Kontrollfreak, dachte sie. Lila hatte Recht, wie gewöhnlich. Aber alles in allem war der Job gut. Es war ein fantastischer Job, berichtigte sie sich, und sie hatte keine Lust, ihn aufs Spiel zu setzen.

Lila kam um sieben, samt dem Kleid, das sie ihr für den Anlass versprochen hatte.

»Hi Alex!« Sie ging in die Knie, um ihn zu küssen, und reichte Kelly die Kleidertüte.

»Kelly geht heute aus«, verkündete Alex niedergeschlagen.

»Ich weiß. Sie geht auf eine Party. Aber wir veranstalten unsere eigene Party, okay? Ich helfe Kelly noch, sich fertig zu machen, und dann spielen wir. Warum suchst du nicht schon mal ein paar Spiele raus?«

»Okay!« Alex' Miene hellte sich ein wenig auf, und er sauste in sein Schlafzimmer, um seine kleine Spielesammlung durchzugehen.

Lila folgte Kelly ins Schlafzimmer und schaute zu, wie sie sich umzog. »Das traditionelle kleine Schwarze«, sagte sie. »Sehr geschmackvoll. Welchen Schmuck willst du dazu tragen?«

Aber Kelly war mit den Gedanken anderswo. »Gibt's was Neues von Sam?«

»Seit Montag nichts Neues. Er fährt in Manitoba herum und sucht nach Exponaten für eine Ausstellung über das Kunsthandwerk der Prärie. Wie wär's mit der Silberkette und den dazupassenden Ohrringen?«

»Man könnte ja meinen, er riefe mal an und würde einen wissen lassen, wie's so läuft.«

»Kelly«, erinnerte sie Lila, »er weiß ja nicht mal, dass du hier bist. Ich habe ihn davon überzeugt, dass er sich um dich keine Sorgen zu machen braucht. Er denkt, du bist in Hawaii und lässt es dir gut gehen. Und weißt du, er stand Darl nie sehr nahe. Befreundet war er eigentlich mehr mit James.« Sie kramte in Kellys Schmuckschatulle. »Wo ist denn die Kette?«

»Hast Recht«, gab Kelly zu. Der Dringlichkeit ihrer Situation war sich Sam nicht bewusst, beziehungsweise, dass sie überhaupt in einer steckte. Seines Wissens erholte sich James' Bruder von einer bedauerlichen, aber ganz gewöhnlichen Straftat.

»Keine Nachrichten sind gute Nachrichten«, beruhigte Lila sie. »Er würde bestimmt anrufen, wenn sich Darls Zustand verschlechtert.« Sie sah Kellys besorgte Miene im Spiegel und seufzte. »Hör mal, Sam weiß doch nicht mal von dem Betreuungsproblem. Das steht ja schließlich nicht in der Zeitung. Ich bezweifle sogar, dass es die Polizei interessiert. Sie wissen vielleicht nicht genau, wo Alex ist, aber sie wissen, dass er bei dir ist. Alle wissen, dass er in Sicherheit ist. Sogar Adam weiß das.«

»Und wieder hast du Recht«, räumte Kelly ein. Sie warf einen Blick auf ihr Spiegelbild. »Ist das nicht ein bisschen zu tief ausgeschnitten?«

»Es ist perfekt«, beruhigte Lila sie. »Weder zu aufgemotzt, noch zu langweilig. Du brauchst bloß noch eine Kette. Wie wär's mit der hier?« Sie hielt eine Amethystkette und die dazu passenden Ohrringe hoch.

Kelly schüttelte den Kopf. »Nein. Du hattest Recht, gib mir die Silberkette, bitte!«

»Die ist nicht in der Schatulle«, meinte Lila. »Wo hast du sie denn hin?«

»Die ist da drin, ganz bestimmt.« Kelly zog vor dem

Spiegel einen Flunsch. Noch immer war sie nicht an den neuen Haarschnitt gewöhnt, daran, dass ihre Schultern so entblößt waren. Über dem Kleid sah sie eindeutig, na ja, nackt aus.

»Dann schau selbst!« Lila deutete auf den Schmuckwirrwarr, der auf dem Kissen ausgebreitet war.

Kelly überlief es eiskalt. Mit einem Blick sah sie, dass Lila Recht hatte. Sie spürte, wie ihr die Farbe aus dem Gesicht wich.

»Was ist denn los?«

Kelly gab keine Antwort.

»Die hast du wahrscheinlich in Winnipeg gelassen. Dann probier's halt mal mit der Amethystkette.«

Kelly schwieg. Sie versuchte sich an ihre hektische Packerei an dem Tag zu erinnern, als sie Alex gekidnappt hatte. So viele Kleinigkeiten, an die sie denken musste. Hatte sie in die Schmuckschatulle geschaut, ehe sie sie in ihren Koffer gestopft hatte?

»Was hast du denn?«

»Es ist bloß, dass James sie mir geschenkt hat.«

»Die taucht schon wieder auf«, meinte Lila freundlich.

Unheilvoll hallten die Worte in Kellys Kopf wider.

Kelly wartete unten auf das Taxi und ging währenddessen vor den Fenstern auf und ab. Sie merkte, dass ihre Hände zitterten. Das Fehlen der Kette beunruhigte sie sehr. War ihr etwa jemand den weiten Weg von Winnipeg nach Minneapolis gefolgt?

Konnte es wirklich sein, dass er noch lebte?

Wieder musste an sie an die Blutgruppe A denken. Sie musste es wissen.

Sie wählte die Nummer der Riverside Clinic in Winnipeg und lauschte dem Klingeln, machte sich auf einen weiteren Schlagabtausch mit Mrs. Krentz gefasst. Doch diesmal hob Frances ab, und sie war wesentlich mitteilsamer.

»Kelly? Hi! Jesses, es hat mir so Leid getan, das von Darl zu hören. Wie geht's ihm?«

»Unverändert«, erwiderte Kelly und hoffte, dass Frances nicht merkte, dass es sich um ein Ferngespräch handelte. »Ich muss mit Leon Chartrand sprechen.«

»Leon ist noch nicht wieder zurück«, sagte Frances. »Kann ich ihm vielleicht etwas ausrichten?«

»Nein, nein! Ich ruf wieder an. Wann wird er denn wieder da sein?«

»Er macht Urlaub. Vor, oh, nächster Woche ist er nicht wieder da. Mal schauen. Ja, am zehnten Dezember.«

»Urlaub! Seit wann ist er denn in Urlaub?«

»Seit zwei Wochen. Er hat sich freigenommen, um zu seiner Familie ins Reservat zu fahren. Ich glaube, seine Großmutter ist krank, oder so was.«

»Ich habe ihm eine Million Nachrichten hinterlassen!«, rief Kelly. »Mrs Krentz hat mir nie gesagt, dass er weggefahren ist!«

»Na ja, Sie kennen doch Mrs Krentz. Sie gibt grundsätzlich nichts Persönliches über die Belegschaft weiter.«

Aber Frances, dachte Kelly. Vielleicht würde Frances ihr einen Gefallen tun. »Haben Sie vielleicht eine Nummer von ihm?«, fragte sie und drückte sich die Daumen.

»Nein, es gibt nur eine Nachricht, nach der alle Patienten an die Dienst habenden Ärzte verwiesen werden sollen. Er möchte nicht gestört werden, komme, was wolle. Mrs Krentz meinte, da oben haben sie keine Telefone.«

»Aber natürlich haben die da welche«, erwiderte Kelly. Sie bemühte sich, weiterhin freundlich zu klingen. »Frances, ich brauche Ihre Hilfe. Ich möchte nur etwas in den Akten meines Mannes überprüfen, wenn Sie also …«

»Sie meinen James?«

»Ja. Wenn Sie bitte etwas für mich nachsehen könnten …«

»Kelly, tut mir Leid, aber das darf ich nicht. Wirklich! Für so etwas könnte man gefeuert werden. Sie müssen warten, bis Leon wieder da ist.«

Regeln und Vorschriften. Sie durfte den Inhalt einer Akte nicht wissen, die eigentlich gar nicht mehr existieren durfte.

»Kelly? Noch dran?«

»Ja. Okay. Verstehe. Dann meld ich mich am Zehnten wieder.« Draußen wartete bereits das Taxi, aber sie stand da und hämmerte mit der Faust gegen die Wand. Nichts hasste sie mehr als das Gefühl, hilflos zu sein. Überall Steine in den Weg gelegt zu bekommen.

Mit einem Mal verspürte sie das unbändige Verlangen nach einem Drink.

14

Von dem Hotelfenster im fünften Stock aus beobachtete er, wie sie aus dem Taxi stieg.

Sie war allein gekommen.

Auf dem Bürgersteig blieb sie stehen, öffnete ihren Mantel und zog das kurze Kleid glatt. Dann richtete sie sich wieder auf und blickte sich nervös um. Sie fühlte sich eindeutig unwohl. Ihr war klar, dass sie nicht hierher gehörte.

Und etwas hatte sie beunruhigt. Er erkannte es daran, wie sie sich das Haar nervös über die Schulter schnipste, obwohl gar keines mehr zum Hinterwerfen da war. Den

Verlust ihres schönen, glänzend schwarzen Haares bedauerte er zutiefst. Nun, es würde nachwachsen. Wenn sein Plan aufging, würde er alles zurückgewinnen, was er verloren hatte. Alles, was ihm gestohlen worden war.

Er sah, wie sie den Kopf hob. Sie blickte ihn direkt an. Nein. In dem verdunkelten Fenster konnte sie ihn nicht sehen. Sie betrachtete lediglich die elegante Hotelfassade. Sicherlich biss sie sich auf die Lippen. Ihr Blick schweifte über die großzügige Anlage, und sie ging schnell, um rasch hineinzukommen.

Ja, sein Plan würde aufgehen.

Das High Five war ein nobles, kerzenbeschienenes Restaurant im fünften Stock des White Eagle Hotels, vom dem aus man den Medicine Lake überblickte. Bei Kellys Ankunft waren Taylor und Jesse schon da, standen an den riesigen Fenstern und beobachteten den Barkeeper dabei, wie er ihnen einen Martini mixte. Ein Tisch war mit weißem Leinen und Silberbesteck, Kristallweingläsern und gelben Rosen für zwölf Personen gedeckt. Nun, sagte sich Kelly im Stillen, es ist lange her, dass du an solch einem Ort gegessen hast. Sie bemühte sich, in ihren neuen Stöckelschuhen möglichst anmutig über den vornehmen roten Teppich zu gehen.

Taylor trug Jeans, ein makelloses weißes Hemd und ein dunkles, sehr förmliches Jackett. Jesse hatte einen braunen Straßenanzug an, der eine halbe Nummer zu groß war. Offensichtlich fühlte er sich nicht wohl in seiner Haut.

»Sehen Sie sich diese Aussicht an«, rief Jesse Kelly zu, die auf dem rutschigen Teppich auf sie zukam. Die schweren Vorhänge waren aufgezogen, um einen Blick auf den Nachthimmel und die in der Ferne glitzernde Stadt zu ermöglichen. Über dem zugefrorenen See schien der Mond als dünne Sichel.

»Minneapolis«, sagte Taylor. Er deutete mit einer ausladenden Geste auf die Szenerie. »Die Stadt der Seen. Alias Helsingör.«

Rasch füllte sich der Raum. Timothy Sheer erschien mit einem tollen blonden Mann am Arm, den er als Rocko vorstellte. Rocko ging an die Bar, wo er bis zum Dinner blieb und im Laufe des Abends immer betrunkener und charmanter wurde. Gloria Moorehouse, die die Königin Gertrude spielen sollte, erschien mit Kevin Wong, alias Laertes, Ophelias Bruder. Ophelia selbst, beziehungsweise Debbie Thompson, flatterte in weißem Chiffon, besetzt mit lichtblauen Pailletten, in den Raum und wirkte damit wie Aschenputtel auf dem Ball. Ihr Mann, ein hervorragender Herzchirurg aus Boston, strahlte vor Wohlwollen, als er reihum Hände schüttelte. Alle waren entzückt, glamourös. Doch in Erwartung von Michael Black gingen alle Blicke ständig zur Tür.

Als er schließlich eintraf, wurde es still. Taylor ging auf ihn zu, um ihn zu begrüßen. Michael war höflich, respektvoll. Er blieb stehen, nickte und schüttelte Hände, begrüßte alle der Reihe nach. Debbie Thompson erhob sich auf die Zehenspitzen, um ihn zu küssen. Kelly war eingeklemmt in einem Pulk von Serviererinnen und Barkeepern, Köchen und sogar zwei Zimmermädchen, die sich hereingestohlen hatten und sich nun den Hals verrenkten, um einen Blick auf den Star zu erhaschen.

Der Oberkellner trat vor und flüsterte Taylor etwas ins Ohr, und das Dinner begann. Kellner riefen die Namen auf, die auf kleinen cremefarbenen Karten standen. Kellys Platz war rechts von Michael, der am Tischende saß, Debbie saß zu seiner Linken.

»Ah, da sind Sie ja«, sagte er leise. Er erhob sich und zog ihren Stuhl zurück.

Debbie betrachtete Kelly prüfend, musterte sie von Kopf bis Fuß, offen und kritisch. »Was für ein Modestatement!«, bemerkte sie kühl. »Vor allem für eine Kostümbildnerin.«

»Was?« Kelly blickte an ihrem kleinen Schwarzen hinab.

»*Überhaupt* keinen Schmuck?«, fragte Debbie.

Kelly setzte sich und griff an ihren bloßen Hals. In ihrer Panik über den fehlenden Schmuck hatte sie die Amethystkette vergessen anzulegen. Sie merkte, wie sie errötete.

»Nun, zumindest hat sie ein bisschen Farbe«, wandte Debbie sich an Michael. Er schien sie nicht zu hören.

»Nicht beißen, Debbie!« Das war Rocko, der rechts neben Kelly Platz nahm. Er hatte sich von der Bar zwei Gläser Scotch mitgebracht und stellte sie neben sein Weinglas.

Debbie ignorierte ihn und begann eine angeregte Unterhaltung mit Michael, eine lange Geschichte über den Hauptdarsteller in ihrem letzten Stück, der eines Abends in der Pause einen Schlaganfall erlitten hatte, was Debbie in eine vertrackte Situation brachte.

Am anderen Tischende, da, wo Taylor Hof hielt, wurde laut gelacht. Timothy Sheer schrieb etwas auf ein Blatt Papier, faltete es viermal und ließ es dann von einem Kellner an Rocko weiterreichen, der es ungelesen in seine Jackentasche steckte. Er bemühte sich, die Aufmerksamkeit des Weinkellners auf sich zu lenken. Kelly spielte mit ihrer Tischkarte, bewunderte die Schrift. Sie ließ sich ein Glas Wein einschenken. Neben ihrem Teller lag eine kleine Speisekarte, die sie nun zu studieren vorgab.

Weiße Bohnen mit Paprikaschotenpüree
Würziger Thai-Nudelsalat mit Erdnüssen

In Tequila und Limonensaft eingelegte gegrillte Garnelen
Kirschsorbet
Gegrillte Forelle,
mit einem warmen Mangochutney serviert
Und eine Mango Beurre Blanc
Dessert

Rocko beugte sich zu ihr und las sie ihr mit gekünstelter Stimme vor. »Wow!«, schloss er. »Köstlich«.

Kelly lächelte ihn an. »Und, was nehmen Sie?«, fragte sie.

»Meine Liebe«, sagte er, »das ist es.« Er wedelte mit der Karte herum. »Das ist das Dinner.«

»Alles?«

»Ja, natürlich. Hier wird einem keine *Wahl* gelassen.« Er verzog seinen herrlich roten Mund zu einem komischen Schmollen. »Das ist schade, aber wahr.« Er langte über den Tisch, schnappte sich ihre kunstvoll gefaltete Serviette, schüttelte sie mit einer schwungvollen Bewegung auseinander und legte sie auf ihren Schoß. »Und das ist Ihre Serviette. Und das Ihre Salatgabel. Und das hier«, er tippte mit der Gabel an das Weinglas, »ist das Gesöff. Also, nix wie runter damit!«

Sie hob ihr Glas, und sie stießen miteinander an. »Wir werden blendend miteinander auskommen«, verkündete er. »Das merke ich schon.«

»Da stand ich nun also mit diesem Ersatzmann«, erzählte Debbie gerade, »knapp zwanzig Jahre alt – und er lispelte! Er lispelte tatsächlich den ganzen zweiten Akt hindurch. Was für eine Blamage!«

»Michael!«, rief Gloria. »Warst du schon im Tropical Club?«

»In den Tropical Club will er nicht«, schaltete sich Kevin ein. »Wir sollten ihn mit ins Neptune nehmen.«

»Ich habe gehört, dass es schwierig für ihn ist«, meinte Debbies Mann leise, »ganz normal auszugehen. Es heißt …«

»Aber vom Tropical Club wird er hingerissen sein! Michael!«

Ein Kellner räumte die Suppenteller ab. Kelly bemerkte, dass mehrere davon noch voll waren.

»Na, wie auch immer, ich hab den Abend hinter mich gebracht«, fuhr Debbie fort. »Aber wir bekamen keine Ovation. Nur einen müden Applaus. Ist das nicht furchtbar?«

Michael lächelte höflich und wandte sich dann Kelly zu. »Wie geht's Ihnen heute Abend? Gefällt Ihnen die Party?«

»Ja, sehr«, erwiderte sie. Sie hielt den Blick auf die Tischdecke gerichtet.

»Und Ihre Arbeit? Macht Ihnen die Arbeit im Theater Spaß?«

»O ja!« Sie hob ihren Kopf, aber als sie sah, wie warm sein Blick auf ihr ruhte, wusste sie nichts Intelligentes zu sagen.

»Michael!«, schaltete sich Debbie wieder ein. »Hab ich dir schon erzählt, dass ich ein Drehbuch schreibe?«

»Nein«, erwiderte Michael, die Augen weiterhin auf Kelly gerichtet. Debbie legte eine Hand auf seine Schulter und schaffte es, seine Aufmerksamkeit wieder auf sich zu ziehen. Sie begann, ihm die Einzelheiten der Handlung zu erzählen.

»Ich liebe meine Arbeit«, sagte Kelly. Aber niemand hörte ihr zu.

»O Gott«, meinte Rocko nach dem Hauptgang zu Kelly. »Jetzt wäre eine Zigarette recht!« Er leerte sein Glas und griff nach der Weinflasche. »Rauchen Sie?«

»Früher mal.«

»Ich hab diese Zigarettengegner so satt. Das sind doch absolute Faschisten! Kommen Sie auf eine Zigarette mit, ja? Wir verschwinden einfach auf die Terrasse.« Er nahm sein Weinglas, hielt es in Augenhöhe und machte mit der anderen Hand eine zweifelnde Geste. Dann schnappte er sich die Flasche. »Kommen Sie!«

Kelly wusste nicht, ob es sich gehörte, zwischen den Gängen hinauszugehen. Doch sie bezweifelte, dass irgendjemand sie vermissen würde. So nahm sie ebenfalls ihr Weinglas und folgte ihm.

Es war eine klare und windstille Nacht. Sie lehnten sich gegen das Balkongeländer, und Rocko legte ihr sein Jackett um die Schultern. Tief unter ihnen sah sie mehrere Menschen, die sich unter der grünen Markise auf dem Weg, der zum Seeufer führte, zusammendrängten. Sie schienen sich für irgendeine Vorführung zu versammeln.

»Der Gipfel der Anmaßung«, bemerkte Rocko. »Eine Hintertür mit einem Baldachin.«

Kelly nippte an ihrem Wein, einem sehr trockenen Weißwein. Die Sternbilder und die ferne, funkelnde Stadt schienen einander zu reflektieren, und einen Augenblick lang hatte sie das Gefühl, als würde sie sich mit rasender Geschwindigkeit drehen.

Rocko zauberte eine verknitterte Schachtel Marlboro hervor und zündete sich eine an. Sie stießen miteinander an und tranken.

Rocko blickte zum Himmel empor. »*Dieser herrliche Baldachin*«, zitierte er. »*Dies wackre umwölbende Firmament!*«

»Das stammt aus Hamlet, oder?«

»Ja. Ja.«

Sie schwiegen eine Minute und starrten auf die Leute hinunter.

»Ich hab Anglistik studiert«, sagte Rocko.

»Das ist gut.«

»Ja, für einen Schauspieler ist das eine große Hilfe«, meinte er spöttisch.

»Nun, Sie kennen Ihren Shakespeare.«

Er lächelte halbherzig. »Meine Spezialität. Leider ist die Nachfrage nicht so groß. Oder sagen wir, die Nachfrage nach mir.« Einen Augenblick lang schien er seine großspurige Haltung fallen zu lassen. »Ich bin schon seit einem Jahr ohne Arbeit.«

»Bestimmt geht's bald wieder aufwärts«, meinte Kelly freundlich.

»Der Aperitif ist schon lange geleert, Schatz.«

»Was ist ein Aperitif überhaupt?«

»Sie sind ja drollig!«, meinte er. »Aber Sie sind unschuldig, oder?«

»Ich weiß nicht.«

»Er wird Sie fressen.«

»Wer?«

»Mit Haut und Haaren verschlingen.« Er zog den Zettel von Timothy aus der Tasche und faltete ihn auseinander.

»Was steht drauf?«, fragte sie.

»Keine Ahnung«, sagte Rocko. »Ich weiß es schon.« Er las ihn nicht, sondern faltete ein Flugzeug daraus. »Und ab damit!«, rief er, zielte auf den Mond und ließ es fliegen. Es stürzte hinab und erhob sich dann etwas, ehe es in der Menge unter ihnen niederging. Ein Teenager sah auf und lief ihm nach, um es aufzufangen.

»Wir gehen besser wieder rein«, sagte sie.

»Wir dürfen doch den Schokoladenkäsekuchen nicht verpassen.«

Kelly lachte. »Nicht deswegen. Ich möchte bloß niemandem auf den Schlips treten. Will ja schließlich meinen Job nicht verlieren.«

»Oh, er wird Sie auffressen«, sagte er. »Sie verdauen.«

Drinnen im High Five war das Essen fast vorüber, die Runde in Auflösung begriffen. Gloria und Debbie stritten gerade über etwas. Es klang so, als ginge es um einen Film mit Katherine Hepburn. Wie Rocko vorausgesagt hatte, lag auf jedem Teller ein Stück Schokoladenkäsekuchen. Niemand hatte ihn angerührt.

»Michael wird's wissen«, sagte Debbie gerade. »Michael, von wann ist *Ehekrieg*?«

»1949«, erwiderte Michael mit geschlossenen Augen.

»Siehst du?«, rief Gloria. »Da war Tracy schon fast fünfzig Jahre alt!«

Timothy und Taylor standen in einer Ecke und unterhielten sich, als Timothy Kelly und Rocko entdeckte. »Rocko!« Er eilte zu ihnen. »Alles in Ordnung mit dir?«

»Timothy«, sagte Rocko förmlich. »Ich würde dir gern meine gute Freundin Kelly vorstellen. Kelly, das ist Timothy Sheer.«

»Wir kennen uns bereits«, erklärte Kelly.

»Aber nicht richtig«, sagte Rocko. »Nicht enger ...«

»Ja, hallo, Kelly!« Timothy war wütend. »Hör mal«, er zog Rocko beiseite, »warum kannst du dich nicht einmal benehmen?«

Sie ging an ihnen vorbei zu ihrem Platz. Ein Mann in einem weißem Anzug, der es eilig hatte, zu Taylor zu gelangen, schnitt ihr den Weg ab. »Mr Grant? Ich bin der Manager des White Eagles. Sir, kann ich Sie einen Augenblick sprechen?«

»Ja?«

»Sir«, sagte er. »Im Foyer sind sehr viele Menschen. Ich glaube, sie hoffen, Ihren Ehrengast zu sehen.« Er deutete mit dem Kinn auf Michael.

»Wie viele Menschen?«, wollte Taylor wissen.

»Rund zwei Dutzend Frauen, Sir. Sie warten an der Eingangstür. Und am Hintereingang stehen auch ein paar.«

Wütend sah Taylor aus dem Fenster. »Wie lange geht das schon so?«

»Die Ersten sind vor einer Stunde gekommen. Es muss wohl jemand Wind davon bekommen haben ...« Verlegen verstummte er. »Wir haben sie gebeten zu gehen. Aber die rühren sich nicht vom Fleck.«

Jesse schaute hinaus. »Gibt's noch einen anderen Ausgang?«

»Durch die Küche, aber ...«

»Unmöglich! Nicht durch die Küche«, sagte Taylor. »Holen Sie die Security. Sie sollen dafür sorgen, dass die Leute verschwinden.«

»Nein!«, wandte Jesse ein. »Das käme in die Zeitung.«

Kelly quetschte sich an ihnen vorbei und ging an ihren Platz. Sie wollte ihre Handtasche holen, und sie brannte darauf, die engen Schuhe auszuziehen. Inzwischen standen alle und unterhielten sich über Michaels Fanproblem. Der Einzige, der noch am Tisch saß, war Michael selbst. Er schob seinen Stuhl zurück und streckte die Beine aus, lauschte geduldig dem Aufruhr, den Kopf leicht geneigt, die Hände über dem Bauch gefaltet.

Als Kelly ihre Handtasche nahm, fing er ihren Blick auf.

»Gute Nacht«, flüsterte sie.

»Gute Nacht«, erwiderte er. »Tut mir Leid.« Er lächelte sie an – traurig, fand sie. Er war offensichtlich müde. Aber selbst in diesem Zustand strahlte er mehr Energie aus als alle überdrehten Gäste zusammen.

Sie ließ sie mit ihren Problemen allein, bestellte sich im Foyer ein Taxi und war noch vor Mitternacht wieder zu Hause. Lila war enttäuscht. Sie hatte eine Avocadogesichtsmaske aufgelegt und saß grüngesichtig vor dem Fernseher, das Haar in ein Handtuch gehüllt.

»Was machst du denn so früh schon wieder hier?«, rief sie.

»Ich geh schlafen«, sagte Kelly. Sie stolperte ins Schlafzimmer, und bald darauf versank sie in einem trunkenen Traum, der die ganze Nacht über kam und ging wie ein Gezeitenstrom.

Als er schließlich das Hotel verließ, war er erschöpft. Ob es am Schlafmangel lag oder an der langen, angespannten Warterei, wusste er nicht genau. Er hatte sie beobachtet, aber er war nicht in ihre Nähe gekommen. Die Fans, die vielen Gäste hatten das verhindert.

Wenn er sie einfach ansprach, ihr seine Gefühle offenbarte, würde sie dann mit ihm sprechen? Unter Umständen schon. Vielleicht würde sie einen schlanken Arm ausstrecken und seine Wange streicheln, zart, so, wie seine Mutter es immer getan hatte, wenn sie gutgelaunt war. Vielleicht würde sie den Kopf zurückwerfen und lachen, so, wie sie heute Abend auf dem Balkon gelacht hatte. Das hatte ihn wütend gemacht.

Nein. Er konnte es ihr nicht sagen. Er würde an seinem Plan festhalten. Es war ein guter Plan, ein scharfsinniger Plan, einer, der sie freiwillig zu ihm führen würde. Ehe sie die Wahrheit ahnte.

15

Die folgende Woche verlief hektisch. Die Zuschneiderinnen waren an der Arbeit und durften unter keinen Umständen gestört werden. Kelly wurde fortgeschickt, um verschiedene Dinge zu besorgen: neue Scheren, Stoffe, Zwecken, Weinflaschen. Sie freute sich über die Abwechslung.

Die Proben waren voll im Gang, und Taylor nahm jeden hart ran. Debbie schickte er zu einem Sprachtrainer, und Kevin und Michael trainierten täglich mit dem Kampfchoreographen. Kelly bekam Michael kaum zu Gesicht, und wenn er ihr in den Gängen doch mal über den Weg lief, war er schweißgebadet, und das Hemd klebte ihm an der Brust.

Ihre Geistentwürfe wurden zu den Zuschneiderinnen des zweiten Teams gebracht; deren zahlreiche Fragen beantwortete sie zwischen ihren Botengängen. George Laugherty, der den Geist spielen sollte, traf ein und war passenderweise ziemlich schwer fassbar. Kelly musste ihm hinterherjagen, um ihn zu den Anproben zu bringen. Er verbrachte seine Nachmittage lieber in der Bar des Fallon Hotels und rechtfertigte das damit, dass sein Text minimal und er das ganze Stück über tot sei, da spiele es ja wohl kaum eine Rolle, was er trüge, und könne man ihn bitte in Ruhe lassen?

Seine Unbekümmertheit verärgerte viele aus der Besetzung, aber Kelly fand ihn amüsant.

An dem Tag, als er Michael das erste Mal auf dem Gang sah, rief George laut: »Mein Sohn!« Und hielt sich den Handrücken dramatisch an die Stirn. »Mein schöner Sohn!«

»Schließen Sie ihn nicht zu sehr ins Herz«, mahnte Taylor, »schließlich ist es Ihr Job, ihn zu zerstören.«

»Ihm die Wahrheit zu sagen«, rief George aus. »Doch gewiss wohl, ihm die Wahrheit zu sagen!«

»Stimmt«, versetzte Taylor. »Ihn zu zerstören.«

Michael schwankte an ihnen vorbei, ohne sie wahrzunehmen.

Schließlich rief Sam aus Winnipeg an, hatte aber von Darl nichts Ermutigendes zu berichten.

»Die einzig gute Nachricht von dieser Front ist, dass Darl jede Menge Unterstützung hat. Er sagt, Kelly kümmert sich um Alex«, erzählte Sam.

»Hast du mal mit Kelly gesprochen?«, fragte Lila.

»Nein. Sie ist mit Alex weggefahren. Ich glaube, sie ist bei ihrer Mutter.« Sam wollte nicht, dass Lila sich sorgte.

»Oh«, erwiderte Lila erleichtert. Sie wollte nicht, dass Sam sich sorgte. »Hast du mal mit Kellys Schwester gesprochen?«

»Ja. Sie soll Darl eigentlich den Haushalt machen, aber sie wirkt nicht sonderlich …«

»Kompetent?«

»Nicht sehr«, gab Sam zu. »Darl hat mir erzählt, dass auch eine ambulante Pflegekraft aus dem Krankenhaus nach ihm schaut«, setzte er rasch hinzu.

»Eine richtige Krankenschwester?«

»Ich nehm's an«, sagte Sam. »Ich hab sie noch nicht gesehen, aber Darl sagt, sie würde ihm Schmerzmittel bringen. Er hat schreckliche Kopfschmerzen. Erträgt keinen Lärm. Ein Glück, dass Alex nicht da ist.«

»Glaubst du nicht, er würde es schaffen, sich um Alex zu kümmern?«, wollte Lila wissen. Wenn es nach ihr gegangen wäre, hätte Kelly den Kleinen umgehend in ein Flugzeug gesetzt und zurück nach Winnipeg geschickt.

»Ich glaube nicht mal, dass er sich um sich selbst kümmern könnte«, sagte Sam. »Er sollte noch nicht mal wieder zu Hause sein, wenn du mich fragst. Er beißt zwar die Zähne zusammen. Wischt meine Sorgen beiseite. Aber er sieht nicht gut aus. Selbst mit Krücken schafft er es nur mit Mühe an die eigene Tür. Und er ist desorientiert. Ich glaube, so nennt man das. Ich würde ihm nicht zutrauen, eine Glühbirne auszuwechseln, geschweige denn, sich um ein Kind zu kümmern.«

Lila gab alles an Kelly weiter. »Klingt nicht so, als könne er Alex schon wieder übernehmen«, sagte sie widerstrebend.

»Nein«, sagte Kelly. »Und der Betreuungsbeschluss bezeichnete Darls Verletzungen eindeutig als Grund. ›Behindert‹ nannten sie ihn. Aber wenn es so schlimm ist, sollte er dann nicht im Krankenhaus sein?«

»Ambulanter Pflegedienst«, sagte Lila angeekelt. »So macht man das in Manitoba heutzutage. Schmeißt sie aus dem Krankenhaus, sobald sie wieder allein atmen können.«

»Das ist nicht sicher«, sagte Kelly.

»Keine Bange«, beruhigte Lila sie sofort. »Diese Pflegerinnen sind bestimmt ausgezeichnet.«

»Ja.« Aber die Qualität der Versorgung war nicht Kellys größte Sorge. Zu Hause war Darl wehrlos, und sie befürchtete einen weiteren Überfall. Was, wenn es jemand wirklich auf ihn abgesehen hatte? Jemand, der ihn kannte? Im Krankenhaus, mit Leuten um ihn herum, wäre er um vieles sicherer.

»Was ist mit Adam?«, erkundigte sie sich. »Hat man irgendwas von ihm gehört?«

»Nein, Sam hat ihn nicht erwähnt.«

»Weiß Sam überhaupt, wie er aussieht?«

»Das bezweifle ich.«

Kelly erinnerte sich daran, wie Alex gerannt war, als Adam hinter ihm hergelaufen war. Auch um Angel machte sie sich Sorgen. Ihre Schwester wäre den Einschüchterungsversuchen Adams nicht gewachsen. So, wie die Dinge standen, konnte Angel Adam oder der Polizei die Wahrheit erzählen – dass sie nicht wusste, wo Kelly steckte. Sie konnte ihnen die Nachricht zeigen, die Kelly hinterlassen hatte. Aber würde Adam ihr Glauben schenken? Nun, Paul würde mit Adam fertig werden, dachte Kelly. Zumindest hatte Paul eine Pistole.

Was dachte sie da?

Jedenfalls würde Adam sich benehmen müssen. Mit einem möglichen Kampf um die Vormundschaft in naher Zukunft durfte er sich nichts zu Schulden kommen lassen.

Lila schien ihre Gedanken zu lesen. »Wie wär's mit einem Rechtsanwalt, Kell? Zumindest solltest du mal einen anrufen. Treff doch schon mal Vorsorge für den Fall, dass du vor Gericht musst.«

»Noch nicht.« Zuerst wollte sie mit Leon sprechen, ihn bitten, als Zeuge auszusagen. »Vielleicht kommt es ja gar nicht dazu. Darl ist sicher bald wieder auf dem Damm.«

»Vielleicht.« Lila hatte die Besorgnis in Sams Stimme gehört, Kelly dagegen nicht. »Auf jeden Fall hat Sam gesagt, dass mit deinem Haus alles okay ist. Deine Schwester gießt die Blumen. Und Paul hat ein paar Reparaturen vorgenommen, das Haus sicher gemacht.«

»Ah, gut.« Sie stellte sich Paul vor, wie er ihre Sachen durchging, James' Sachen – oder was davon noch übrig war. Sie dachte an den Telefonanruf an Halloween, der alles ins Rollen gebracht zu haben schien. Wer machte so etwas? Und wieso? Sie erinnerte sich an ihre Vision von James, wie er in seinem geflickten Jeanshemd im Vorgarten gestanden hatte.

Wenn sie an Darls Verletzungen dachte, seine Verletzlichkeit, dann wurde ihr schlecht. War sie mit verantwortlich dafür? Sie wäre so gerne für ihn da gewesen, so, wie er immer für sie da gewesen war. Aber vorerst hatte sie keine Wahl. Sie half auf die einzige Art, die ihr möglich war – indem sie Alex beschützte.

Sam war Lila gegenüber auch nicht ganz ehrlich gewesen. Es ging Darl wesentlich schlechter, als er zugegeben hatte, und, viel schlimmer, Kelly war wie vom Erdboden verschluckt.

Darl sah zum Fürchten aus. Die Schwellungen im Gesicht waren zurückgegangen, aber die Blutergüsse waren noch immer sichtbar. Die Haut um seine dunkel angelaufenen Augen nahm allmählich einen kränklich gelben Ton an. Mit seinem rasierten, genähten Kopf wirkte Darl schrecklich bedürftig. Aber die körperlichen Verletzungen waren nicht das Schlimmste. Das, was Sam erschauern ließ, war Darls Benehmen. Er war nicht mehr er selbst.

Sam konnte nicht fassen, dass die Ärzte ihn hatten gehen lassen. Jedem, der ihn kannte, fiel auf, dass er einen schweren Gehirnschaden erlitten haben musste. Als Sam Darl zum ersten Mal besuchte, hatte der ihn ohne das geringste Zeichen des Erkennens angestarrt.

»Darl, das ist Sammy«, hatte Angel gesagt, und Darl hatte ein schwaches Lächeln fertig gebracht.

»Hi, Sammy«, hatte er gesagt. »Wie geht's?«

Sam hatte mit ihm geplaudert, aber nicht lang. Darl sprach undeutlich, hatte Probleme mit der Logik, und von Zeit zu Zeit schien er das Bewusstsein zu verlieren, und das, obwohl er die Augen offen hatte. Er hatte Schwierigkeiten damit, sich an die einfachsten Dinge zu erinnern. Von dem Überfall hatte er keine Erinnerung mehr.

Aber er versuchte tapfer, normal zu erscheinen, sogar fröhlich. »Hoffentlich kriegst du nicht auch diese Grippe«, sagte er, als Sam sich verabschiedete. »Die ist tödlich!«

»Stimmt«, sagte Sam. Er konnte nicht sagen, ob Darl einen Witz machte oder nicht. Und er konnte gar nicht schnell genug fortkommen. Als er später daran zurückdachte, überlief es ihn kalt. Darls Augen waren wie zwei flache, grüne Scheiben, sein Gesicht ausdruckslos. Wörter kamen aus seinem Mund, aber seine Stimme klang völlig unpersönlich. Und Darl hatte ihn noch nie mit *»Sammy«* angeredet. Er wurde das Gefühl nicht los, dass Darl keine Ahnung hatte, wer er war.

»Wo ist Kelly?«, fragte Sam Angel, als sie außer Darls Hörweite waren. »Sollte sie nicht hier sein und sich auch um ihn kümmern?«

»Sie ist weggefahren«, sagte Angel, »Mit Alex.«

»Aber wieso denn?«

»Sie hat Angst, glaube ich. Die, ähm, Bullen haben ihr gesagt, der Überfall könnte persönlich gemeint gewesen sein – ein Feind, oder so was.«

»Und du glaubst das?«

»Eigentlich nicht. Aber Kelly …«

»Kelly ist paranoid«, meinte Sam. »Seit James' Selbstmord ist sie ein nervöses Wrack.« Er erinnerte sich an den Tag, als sie ihm anvertraut hatte, dass ihr Kopf ihr Streiche spielte. Und er hatte sie nicht ernst genommen. Verdammt.

»Wohin sind sie denn gefahren?«

»Sie sagte, sie sei in Sicherheit. Sie sagte, sie wird sich wieder melden.«

Es gab nichts, was Sam noch sagen konnte. Falls Angel den Aufenthaltsort ihrer Schwester kannte, so ließ sie nichts raus.

Am Mittwoch war Hamlets erstes Kostüm für die Anprobe fertig. Barbara war die Zuschneiderin des Teams. Kelly hatte es so eingerichtet, dass Bobbie Michaels Maße genommen hatte; außer Michael war niemandem aufgefallen, dass sie sich davor drückte.

Lila bestand darauf, dass Kelly bei der Anprobe dabei war.

»Keine Chance!«, protestierte Kelly, während Lila sie den Gang entlangschob. »Da muss ich nicht dabei sein!«

»Machst du Witze?«, fragte Lila. »Michael Black in Unterwäsche? Bist du verrückt?«

»Ich muss nicht dabei sein«, wiederholte Kelly.

»O doch«, meinte Lila mit Nachdruck. »Ich brauche deine Hilfe. Du musst dir Notizen machen. Ich hab hier das Sagen, vergessen?«

Kelly versteckte sich hinter Lila und versuchte nicht hinzuschauen, als Michael sich aus T-Shirt und Jeans schälte. Aber sie sah ihn trotzdem. Warme, makellose Zimthaut und Muskeln, die sich spielerisch bewegten.

Barbara stieg auf einen Stuhl, um ihn anzukleiden, während er mit ausgebreiteten Armen dastand. Er wirkte völlig abwesend. Kelly schätzte, dass er so etwas gewöhnt war. Sich vor drei Frauen auszuziehen, vor irgendjemandem.

Er verhedderte sich in dem kompliziert geschnittenen Wams, und Lila zog an dem Kleidungsstück, ging mit seinen Armen um, als sei er eine große Puppe. Als sie ihn bat, sich zu drehen, tat er das bereitwillig. Er streckte sich und beugte sich zur Seite, um zu sehen, wie es saß. Er machte sich nicht die Mühe, in den Spiegel zu schauen. Das war Lilas Angelegenheit. Er wollte sich nur vergewissern, dass er sich bewegen konnte.

Lila beriet sich ausführlich mit Barbara. Michael und Kelly warteten. Kelly hatte dem Ganzen nichts hinzuzufügen, nichts zu sagen. Sie war sich der unpersönlichen Natur der Situation nur zu bewusst. Michael war ein schöner Gegenstand, den sie schmückten. Sie war eine Zeugin, die den Vorgang aufzeichnete. Jedes Mal, wenn sie ihren Blick hob und ihn ansah, schien er sie zu beobachten. Sie blickte zu Boden. Schließlich kamen Lila und Barbara zu einer Art Einigung, und sie begannen, Michael die Sachen wieder auszuziehen. Kelly fühlte sich zunehmend unbehaglicher. Sie wurde nicht länger gebraucht – und so schlüpfte sie aus dem Raum. Beim Rausgehen warf sie Michael einen Blick zu und sah ein kleines Lächeln über seine Lippen huschen, so schwach, dass sie sich nicht sicher war, ob sie sich nicht getäuscht hatte.

George Laugherty war ein großer Mann. Nicht so groß wie Michael, aber doch groß genug, und viel breiter und stämmiger, allerdings beträchtlich älter. Er hielt sich wie ein König, auch wenn er sich nur setzte, um im Speisesaal des Hotels Waffeln mit Eiern zu essen. Kelly war überzeugt, dass er sich auf der Bühne neben dem Prinzen sehr gut behaupten würde. Die Sorge, Michael würde ihn in den Schatten stellen, war unbegründet.

Am Montagmorgen trafen Lila und Kelly ihn zum Frühstück, um ihm die Entwürfe zu zeigen und ihn ein bisschen besser kennen zu lernen. Er redete gern, war ein Geschichtenerzähler, der alle in seinen Bann zu ziehen vermochte. Er erzählte von den Abenteuern seiner Jugend, und Kelly saß neben ihm und beobachtete in der verspiegelten Wand gegenüber sein Gesicht und seine ausladenden Gesten. Er beobachtete sich auch, bemerkte sie, und häufig fing er im Spiegel grinsend ihren Blick auf. Sie begriff, dass er seine Rolle einstudierte. Er spielte nicht nur für sie, sondern auch für sich, vervollkommnete seine Rolle.

»Erzählen Sie uns von Dublin«, drängte Lila. Doch sie wurden durch das Auftauchen Debbie Thompsons unterbrochen, die mit Michael im Schlepptau an ihren Tisch kam.

»Morgen, George«, rief sie. Sie schenkte Lila und Kelly ein kurzes Lächeln und ignorierte sie dann. »Stört's euch, wenn wir uns zu euch gesellen?« Sie beugte sich zum Spiegel und ordnete ihr Haar neu, runzelte die Stirn, täuschte Abscheu vor.

George stand auf und verbeugte sich vor Debbie. Gab Michael die Hand. »Michael, haben Sie unsere Kostümbildnerin schon kennen gelernt?«

»Ja«, sagte Michael. Er lächelte höflich. Er zog Debbie einen Stuhl heran, die sich darauf niederließ und in ihrer Handtasche nach Zigaretten kramte. Geistesabwesend klopfte sie auf den Stuhl neben sich. »Michael, setz dich.«

»Nein danke«, meinte der. »Ich möchte heute früh anfangen.« Er sah auf seine Armbanduhr.

»Du musst doch aber was essen!«, protestierte Debbie.

»Muss ich nicht«, erwiderte er milde. »Wir sehen uns später.« Er drehte sich um und ging.

Debbie stellte eine Speisekarte vor sich auf und blies Zigarettenrauch in Kellys Richtung. »Er sollte wirklich etwas essen«, meinte sie. »Schließlich hat er letzte Nacht kaum ein Auge zugetan.« Sie senkte die Karte und sah Kelly direkt an. »Aber er lässt sich nichts sagen. Er ist so *halsstarrig*!« Sie klimperte mit den Wimpern, und Kelly spürte, wie ihr die Röte ins Gesicht stieg.

»So, er ist eigensinnig?«, fragte George.

»Muss immer seinen Kopf durchsetzen«, erwiderte Debbie mit einem affektierten Lächeln.

So stehen die Aktien also, dachte Kelly.

Im Spiegel verdrehte George Laugherty die Augen.

Am zehnten Dezember rief Kelly morgens in der Klinik an und wurde gebeten, kurz zu warten. Dann wurde das Gespräch unterbrochen. Zweimal. Als wollte man sie von einem Gespräch mit Leon abhalten. Plötzlich beschlich sie der unheimliche Verdacht, dass Leon in Wirklichkeit die ganze Zeit über in seinem Büro gewesen war und sie nur nicht hatte sprechen wollen. Dabei hatte *er* doch zuerst *sie* angerufen. Er hatte ihr eine dringlich wirkende Nachricht hinterlassen. Sie musste es weiter versuchen.

Als sie schließlich durchkam, erklärte Mrs Krentz sich bereit, ihm etwas auszurichten, aber Kelly war nicht geneigt, ihren Aufenthaltsort preiszugeben. »Ich melde mich wieder«, sagte sie und legte auf.

Sie rief noch mehrere Male an, ergebnislos. Bei ihren Versuchen, Leon zu erreichen, kam auf der Telefonrechnung ganz schön was zusammen. Und Mrs Krentz wurde fast feindselig und deutete an, Kellys ständige Anrufe grenzten an Belästigung.

Am Elften bat sie schließlich, mit Frances sprechen zu dürfen.

Als sie zu Frances durchgestellt worden war, senkte diese die Stimme. »Kelly? Ich dürfte Ihnen das eigentlich gar nicht erzählen, aber Leon ist immer noch nicht zurück!«

»Er ist immer noch im Urlaub?«

»Eigentlich hätte er gestern zurückkommen müssen, aber er ist nicht aufgetaucht. Mrs Krentz sagt, im Reservat verliere man jegliches Zeitgefühl.«

»Leon? Der und das Zeitgefühl verlieren?« Leon war einer der pünktlichsten Menschen, die Kelly kannte. »Das bezweifle ich.«

»Ich auch. Außerdem hat sich heute eine Abschleppfirma hier gemeldet und nach ihm gefragt, weil sein Auto abgeschleppt worden ist.«

»Ist er denn damit nicht nach Hause gefahren?«

»Nun, das dachte ich auch, aber sie haben sein Auto gefunden …«

»Den Kombi?«

»Den Kombi. Am Flughafen. Auf einem Langzeit-Stellplatz. Das Ticket war abgelaufen.«

»Am Flughafen?« Na, toll. Wo zum Teufel war er hingeflogen?

Kelly blieb keine Zeit, sich darüber zu wundern. Es war an der Zeit für Georges erste Anprobe. Barbara kniete zu seinen Füßen und steckte den zerfetzten Saum seines Umhangs ab. George genoss die Aufmerksamkeit, doch Kelly sah sofort, dass das Kostüm nicht so wirken würde, wie sie es sich vorgestellt hatte. Die Ketten waren zu schwer. George würde sich nicht anständig bewegen können.

»Gehen Sie mal rüber zum Gang«, bat sie. »Und nun den Gang entlang.« Sie beobachteten ihn. »Okay, und nun drehen Sie sich um und kommen wieder zu uns zurück.«

»Nein«, meinte Lila. »Das ist nichts.«

»Ja«, sagte Kelly. »Es sollte flüssiger sein, leichter.«

»Geistartiger«, sagte Barbara.

Geduldig stand George da, die Arme über der Brust verschränkt. »Ich könnte mich dran gewöhnen«, meinte er. »Ich könnte üben.«

»Klar – das könnten Sie im Neptune Dance Club tragen«, witzelte Lila. »Aber so, nein!« Sie nahm ihm den Umhang ab, löste die Ketten von seiner Brust und reichte sie Kelly. »Und wenn wir die Glieder kleiner machen?«

Kelly schüttelte den Kopf. »Ich möchte nicht, dass sie wie Schmuck aussehen.«

»Was, wenn wir sie aus etwas Leichterem machen? Aus Aluminium vielleicht?«

»Nein. Dann hätten sie nicht den richtigen Klang.« Kelly ging auf und ab. »Vielleicht nur ein Stück Kette … eine zerrissene. Am Handgelenk?«

Lila legte George den Umhang wieder an. »Zumindest sieht's so jetzt gut aus. Er fällt jetzt besser.«

»Ja.« Kelly ging um den Schauspieler herum. »Heben Sie mal die Arme. Bewegen Sie sich.«

George stand aufrecht und hob die Arme über den Kopf. Der Umhang bewegte sich mit ihm.

»Ich weiß nicht«, grübelte Kelly. »Irgendwie hat das Ganze was Draculahaftes.«

Taylor erschien in der Tür. »Mir gefällt's!« Er betrat den Raum. »Schließlich steht dort Hamlets Schicksal.«

»Ein Schicksal als Vampir?«

»Warum nicht?«, fragte Taylor. Alle begutachteten sie George. Kelly blinzelte, um ihn sich aus der Ferne vorzustellen, als Silhouette. Aus dem Jenseits gekommen, um vom Unheil zu berichten. *Liebe, Warnung, Rache.*

»Genug für heute«, sagte sie. »Mit den Ketten beschäftigen wir uns später. Jetzt lassen wir Sie gehen, George.« Sie verabschiedete sich rasch, verließ das Gebäude und ging die Straße entlang zum Hotel.

Bei einem doppelten Scotch dachte sie über die wahre Natur von Geistern nach. Wie deutlich James ihr erschienen war, zuerst in ihren Träumen und dann später, als sie hellwach gewesen war. Ein wässriges Bild, das sich verfestigt hatte, bis es schien, als könne man es berühren. Warum?

Liebe? Ja. Ihre Liebe zu ihm, die ihn näher zog, ihn an sie band.

Und Warnung? Ja, auch das, vielleicht. Womöglich warnte er sie vor dem Kommenden, der lauernden Gefahr, die sie nicht zu sehen vermocht hatte.

Und Rache? Wieder sah sie im Geiste das ernste Gesicht des Polizeibeamten vor sich. »Jemanden so zusammenzuschlagen …, nun das sieht fast persönlich aus.« Sie erinnerte sich an den Gesichtsausdruck Leons, als sie geäußert hatte, dass James noch am Leben sein könne. *Sie wollen es glauben*, hatte er gesagt.

Aber Leon hatte sie im Stich gelassen. Ohne seine Hilfe würde sie ihre Fantasie unter Kontrolle halten müssen. Alex zuliebe musste sie vernünftig sein, realistisch. Sich selbst zuliebe.

Sie hätte noch einen Drink gebrauchen können, aber es war höchste Zeit, Alex von der Schule abzuholen. Den tapferen, kleinen Alex, der alles an Familie war, was sie augenblicklich noch hatte. Er brachte sie durch die Abende. Ganztägig von energiegeladenen Persönlichkeiten umgeben, blieb ihr keine Zeit zum Grübeln. Aber nachts, wenn Alex schlief und im Haus Stille herrschte, breitete sich Einsamkeit aus und umhüllte sie wie ein dichter, kalter Nebel.

16

Auf dem Weg zum Hotel entdeckte Kelly Rocko, der gerade mit einer Papiertüte aus einem Getränkemarkt trat.

»Ah, meine Dinnergesellin!«, rief er.

»Hi, Rocko.«

»Na, wie läuft's so in der Traumfabrik?«

»Hektisch.«

»Kann ich mir vorstellen. Viele Überstunden?«

»Genug.« Sie warf einen Blick auf ihre Uhr. In zwanzig Minuten war die Schule aus.

»Welche Opfer wir der Kunst doch bringen!«, rief er.

»Ich nehme an, Ihr reges gesellschaftliches Leben wird dadurch schmerzlich beschnitten?«

»Kaum.«

»Ich meinesteils würde mein gesellschaftliches Leben für nichts aufgeben. Jetzt zum Beispiel werde ich gleich an einem Ein-Personen-Bankett teilnehmen. Billiger chilenischer Wein und«, er hielt ein in Zellophan gepacktes Sandwich hoch, »ein Feinschmeckermahl.«

»Bäh!«

»Sie sind doch nur neidisch«, meinte er. »Nun, ich muss weiter!«

»He, Rocko ...«

Erwartungsvoll drehte er sich um.

»Warum kommen Sie nicht mit und essen mit uns zu Abend?«

»Und ich dachte schon, Sie würden nie fragen!«

Mit der Papiertüte im Arm wanderte Rocko durchs Haus. Er schlenderte um den Kamin, bewunderte den Stein. Er hob den Klavierdeckel und spielte ein paar Töne. Er ging die Treppe zur Verandatür hinauf und berührte das Buntglasfenster.

»Großartig«, sagte er, »ein wahres Kunstwerk.«

»Ja, nicht? Mir gefällt ihr Gesichtsausdruck so gut.« Kelly stand unter ihm und deutete auf die zurückschreckende Frau. »Es ist wie Liebe und Angst, beides in einem. Das fasziniert mich.«

»Eurydike«, sagte Rocko.

»Was?«

»Das ist Eurydike«, erklärte er. »Und Orpheus. Sehen Sie? Er dreht sich nach ihr um, um sich zu vergewissern, dass sie noch da ist. Er spricht damit ihr Urteil.«

»Ich kenne die Geschichte nicht.«

»Nein? Das ist eine klassische Sage. Nachdem sie von einer Schlange gebissen worden ist, stirbt Eurydike und steigt in den Hades hinab. Ihr trauernder Mann, Orpheus, folgt ihr, um sie zu retten. Der König des Hades lässt sie gehen, unter der Bedingung, dass Orpheus sich bei ihrem Aufstieg nicht nach ihr umdreht, ansonsten ist sie für immer verloren.«

»Und er kann nicht widerstehen?«

»Nein, kann er nicht. Ihr Schicksal ist besiegelt. Und schauen Sie, beide wissen es. Dieser Augenblick ist hier festgehalten.«

Sie betrachtete das Gesicht des Mannes, und sie sah es, Verlangen und Bedauern zugleich, im Glas festgehalten. Plötzlich sah sie das Bild mit anderen Augen.

»Danke«, sagte sie leise zu Rocko.

Er kam die Treppe runter, zog die Weinflasche aus der Tüte und öffnete sie mit einem Korkenzieher. »Ich habe Anglistik studiert«, sagte er.

»Ja, ich weiß.«

Nach einer rasch zubereiteten Mahlzeit aus Linguini und Muschelsoße, setzten Kelly und Rocko sich mit ihren Weingläsern auf den Teppich vor den kalten Kamin. Alex bekam eine heiße Schokolade. Er lag auf dem Bauch, die Malutensilien auf Zeitungspapier um sich ausgebreitet, und beendete das Bild einer Meerjungfrau, das er am Vormittag in der Schule begonnen hatte.

»Hast du denn schon mal eine echte gesehen?«, fragte Rocko und deutete auf das Bild.

»Nein«, erwiderte Alex bedauernd. »Aber ich habe das Buch *Die kleine Meerjungfrau.*«

Rocko blickte zu Kelly. »Ist das nicht eine reichlich tragische Geschichte für einen so kleinen Kerl?«, fragte er. »Und ziemlich schaurig?«

»Das ist nicht dieselbe, die ich als kleines Mädchen gelesen habe«, erklärte Kelly. »Sondern eine moderne Version mit einem glücklichen Ausgang. Sie heiratet den Prinzen schließlich.«

»Es wurde ein Liebesroman daraus gemacht? Sie machen wohl Witze, im Original wird …«

»Ich weiß«, sagte sie. »Schsch.«

»Oh.« Rocko wandte sich wieder an Alex. »Glaubst du denn, dass es im Ozean wirklich Meerjungfrauen gibt?«

Alex nickte. »Ganz weit draußen schon«, sagte er, »wo das Wasser wirklich tief ist.«

»Schlauer Junge«, sagte Rocko. Er streckte sich auf dem Boden aus und betrachtete das Bild. Tiefe Schattierungen in Grün und Gold, Fische schwammen durch das gelbe Haar der Meerjungfrau, ein Gewirr aus Seegras und Korallen, alles mit Pastellstiften gemalt. Alex gab dem Bild gerade den letzten Schliff. Er übermalte alles mit blassblauer Wasserfarbe.

»Wow!«, meinte Rocko.

Kelly war ebenfalls beeindruckt. »Alex, das ist wunderschön. Es sieht wirklich so aus, als wäre alles unter Wasser.«

»Jetzt *ist* es ja auch unter Wasser«, meinte Alex ernst. »Allerdings habe ich keine Ahnung, wie es aussieht, wenn's trocken ist.«

»Nun, dann musst du experimentieren«, erklärte ihm Kelly. »Nur so findet man heraus, was funktioniert.«

Alex bedeckte die letzte Ecke mit Wasser, dann brachte Kelly das Bild in die Küche, wo sie es mit Wäscheklammern aufhängte. Unter jede Klammer klemmte sie einen Wattebausch, ein Trick, den James ihr beigebracht hatte, damit die Farbe nicht zu sehr verwischte. Das war das sechste einer Reihe von Unterwasserbildern, an denen

Alex gearbeitet hatte – und »Arbeit« war das richtige Wort dafür. Er ging mit einer Intensität ans Werk, die für ein Kind ungewöhnlich war – ja, selbst für einen Erwachsenen. Liegt wohl in der Familie, dachte Kelly.

Sie betrachtete die Bilder: Dutzende von grünen, schuppigen Wesen, die in einem trüben Meer schwammen. Waren sie ein bisschen unheimlich? Entstammten sie seinen Albträumen? Aber die Farben waren schön, und die meiste Zeit war Alex glücklich. Wenn er tanzte, sang oder Unsinnsreime dichtete, dann bekam er sich fast nicht mehr ein vor Ausgelassenheit.

Wie jetzt zum Beispiel: Sie hörte ihn mit Rocko lachen, die Stimme hoch, kindlich und frei. Als sie wieder ins Wohnzimmer kam, zeigte Rocko ihm gerade, wie man den Daumen verschwinden lassen konnte. Ein alter Trick, aber Alex kugelte sich am Boden vor Lachen. Er bewarf Rocko mit einem Kissen.

Rocko stand auf. »Na, na, keine Gewalt bitte!«

»Was tut ihr da?«

»Anscheinend falle ich auseinander.« Rocko zeigte ihr seine daumenlose Hand.

»Der ist aber doch da!«, quiekte Alex und packte Rockos Faust.

»He, autsch!«, rief Rocko. »Ja, gibt's denn so was? Du hast ihn wiedergefunden! Ich werde dir ewig dankbar sein!«

Noch immer kichernd begann Alex, mit dem Kissen auf ihn einzuhauen.

»Zeit zum Schlafen«, sagte Kelly. Aber auch sie lachte.

Schließlich ging Alex ins Bett, auch wenn er noch zu aufgedreht war, um einzuschlafen. Kelly erlaubte ihm, sich noch ein Comicbuch anzuschauen.

Als sie zurückkam, schenkte Rocko ihnen gerade den restlichen Wein ein.

»Ein erstaunliches Kind«, meinte er.

Kelly fummelte am Radio herum und fand den Jazzsender. John Coltrane spielte »My Favourite Things«. Sie setzte sich wieder, und sie stießen schweigend miteinander an.

»Schön, Sie hier zu haben«, sagte sie. »Abends wird's hier recht leer.«

Er sah sich um. »Dabei ist es ein schöner Raum. Sie sollten mal meine Wohnung sehen. Eine Bruchbude.« Er seufzte. »Egal. Am Monatsende werde ich eh zur Räumung gezwungen.«

»Können Sie die Miete nicht zahlen? Was werden Sie tun?«

»Der Herr wird's schon richten.« Er leerte sein Glas.

»Unter der Spüle ist noch eine Flasche«, sagte sie.

»Sehen Sie?« Er stand auf, um sie zu holen.

Rocko schien über alles und jeden Bescheid zu wissen, und was er nicht wusste, mutmaßte Kelly, das erfand er. Er tratschte in Vortragsform, schwelgte in langen Monologen, die er gebärdenreich untermalte, strich sich das blonde Haar aus der Stirn. Erst informierte er sie über die hiesigen Ensemblemitglieder, dann setzte er sie über Michael Black ins Bild.

»Ein echter Aristokrat«, erklärte er. »Einer der wahrhaft schönen Menschen. Seine Familie schämt sich ein bisschen für ihn, glaube ich. Hab gehört, er hat seine Eltern zur Premiere seines letzten Kinofilms eingeladen, und seine Mutter hat dann Migräne vorgeschützt. Die wollten nicht kommen. Die existieren auf einer höheren Ebene, der Welt der wahren Kultur.«

»Aber hochnäsig wirkt er eigentlich nicht«, meinte Kelly. »Er ist doch sehr nett.«

»Ich schwör's«, meinte Rocko, »der Junge wird Sie bei lebendigem Leib verschlingen. Sie werden gar nicht wissen, wie Ihnen geschieht.«

»Das ist lächerlich«, schalt sie ihn. »Ich kenne ihn ja nicht mal.«

»Es wird trotzdem so sein. Die Dinge sind schon in Arbeit. Schritte werden eingeleitet.«

»Was für Schritte denn?«

»Hmm ... ich darf nichts sagen. Tut mir Leid.«

»Mir ist es sowieso egal«, meinte sie.

»Sie sind nicht interessiert.«

»Kein bisschen.«

»Sie sind unnahbar.«

»Ganz recht!«

Rocko stand auf und streckte sich. »Wenn meine Dienste nicht gebraucht werden, kann ich genauso gut heimgehen.«

»Sie dürfen kein Wort sagen, erinnern Sie sich?«

Er nahm seinen Mantel aus dem Garderobenschrank und zog ihn schwungvoll an. Er hatte anderthalb Flaschen Wein intus, aber er torkelte kein bisschen. Er kam wieder zurück, zog seine Ärmel zurecht.

»Sie sind sich absolut *sicher*, dass Sie nicht interessiert sind?«

»Absolut«, sagte sie. »Er schläft mit, wie hieß sie noch mal?«

»Wer denn, Wie-hieß sie-noch-mal?«

»Sie wissen schon. Ophelia.«

Rocko lachte. »Das tut er nicht!«

»Er war Sonntagnacht bei ihr.«

»Wie kommen Sie auf die Idee?«

»Das hat sie durchblicken lassen«, klärte Kelly ihn auf. »Am Montagmorgen.«

»Schatz, die hat nur Scheiße im Hirn.«

»Nun, den Eindruck hat sie mir aber wirklich vermitteln wollen …«

Rocko schüttelte den Kopf. Er trank sein Glas aus. »Michael war das ganze Wochenende über mit *uns* zusammen. Mit Tim, mir und Taylors ganzer Familie. Droben in Timothys Hütte – seiner Blockhütte, wissen Sie. Im Camp Incommunicado. Seine Art, abzuschalten. Kein Fax und kein Telefon. Bloß ein Großbild-Fernseher und eine heiße Badewanne. Wir sind alle Langlaufen gegangen und haben bis in die Puppen geschlafen. Wir sind erst Montag früh heimgekommen. Und zwar um sieben Uhr.«

»Das ist nicht Ihr Ernst!«

»Doch. Fragen Sie Taylor.«

Kelly lächelte.

»Aha«, meinte Rocko. »Das freut Sie?«

Sie zuckte mit den Achseln. »Nicht, dass es mich kümmern würde«, sagte sie. »Bloß – Debbie geht mir auf die Nerven!«

»Das geht nicht nur Ihnen so«, sagte er und schenkte sich noch etwas ein.

Am Freitag holte Lila Alex von der Schule ab, damit Kelly länger arbeiten konnte. Um fünf Uhr saß sie im Theater, schaute bei der Probe der tragischen Abschlussszene zu und wartete darauf, dass Taylor eine Pause machte, damit er ihre letzten Entwürfe absegnen konnte. Unterbrechen konnte sie ihn natürlich nicht.

Immer wieder übte Gloria Gertrudes Tod. Sie trug einen pinkfarbenen Trainingsanzug, und Kelly war von der Szene nicht überzeugt, aber Taylor wirkte zufrieden. Er prüfte jeden einzelnen ihrer Schritte. Kevin probte Laertes' Tod, dann versuchte Gloria es noch einmal. Hamlet musste Claudius umbringen und dann selbst sterben. Die Darsteller waren erschöpft. Wer hätte gedacht, dass Sterben so anstrengend war?

Kevins und Michaels T-Shirts waren schweißnass. Sie hatten schon den ganzen Vormittag den Kampf geprobt. Bestimmt würden sie jeden Augenblick aufhören. Aber Taylor wollte die letzten Minuten immer und immer wieder sehen. Hamlet kroch auf den Thron zu, der ihm nie gehören würde. Er sprach mit Horatio. Er schloss die Augen und stieß seinen letzten Atemzug aus.

Kelly merkte, dass Michael sich während dieser kurzen Augenblicke ausruhte. Er lag da, vollkommen still, und tankte auf. Als Taylor ihm etwas zurief, wartete er ein paar Sekunden, ehe er reagierte, und stahl sich auf die Art etwas Zeit. Dann erhob er sich und wiederholte die Szene. Schließlich ließ Taylor es gut sein. Kelly beobachtete, wie Michael aufstand, das Schwert in der Hand. Wie fürs Jüngste Gericht erhoben sich alle Darsteller und marschierten schweigend hinter ihm durch die Seitenkulisse. Kelly folgte ihnen.

Taylor stand im Gang und sprach eindringlich auf Michael ein, der sich gegen die Wand lehnte, den Kopf gesenkt, das Gesicht von einer schwarzen Haartolle verschattet. Taylor hielt Michaels Arm und schüttelte ihn zur Unterstreichung seiner Argumente.

»Erkenntnis«, meinte Taylor gerade. »Selbsterkenntnis!«

Ohne den Kopf zu heben, nickte Michael. An seinen hängenden Schultern konnte Kelly sehen, dass er erschöpft war.

»Der Augenblick des Todes ist der Augenblick der Offenbarung. In Dunkelheit kannst du nicht sterben. Du musst *sehen*!«

Michael fuhr fort, mit dem Kopf zu nicken. Er rutschte an der Wand entlang und fiel quasi in seine Garderobe.

»Taylor!«, rief sie. »Würden Sie sich das hier mal anschauen?«

Mit gerunzelter Stirn drehte Taylor sich um. Er warf einen flüchtigen Blick auf die Entwürfe, murmelte »Schön, schön!«, klopfte Kelly auf die Schulter und marschierte zum Parkplatz hinaus.

Kelly wollte sich auch gerade auf den Heimweg machen, als sie Michael rufen hörte. »Kelly, warten Sie!« Er stand in der Tür zu seiner Garderobe, sein Kopf berührte beinahe den Türrahmen. »Könnten Sie einen Augenblick warten?« Sein Blick war leicht glasig, die Lider schwer.

Kelly wartete.

Nach einer Minute erschien er, etwas trockener, ein Handtuch um den Hals. »Danke«, sagte er. Er wirkte gehemmt, aber sie sah, wie die Kraft in seinen Körper zurückströmte. Er stand wieder aufrecht. »Nie hab ich Gelegenheit, mit Ihnen zu reden«, beschwerte er sich. »Dabei wollte ich letztens schon mit Ihnen sprechen, an dem Abend im High Five.«

»Nun, Sie waren – beschäftigt.« Sie spürte, wie sie rot wurde, der Fluch der Iren.

Er lächelte. Seine Miene hellte sich schnell auf. Um die Winkel seiner braunen Augen erschienen kleine Fältchen.

»Sie scheinen zu glauben, dass ich übermäßig beschäftigt bin«, meinte er. »Aber sind Sie das nicht genauso? Wo Sie doch die Chefkopfabmesserin sind?«

Nun wurde sie wirklich rot. Hitze überflutete ihr Gesicht. »Nun, genug zu tun habe ich wohl.«

»Es ist Freitagabend«, sagte er. »Glauben Sie nicht, wir

haben uns ein Päuschen verdient?« Er schnappte sich noch ein Handtuch und rubbelte seine Haare trocken. »Ich muss noch duschen, aber hätten Sie nicht Lust, anschließend mit mir essen zu gehen?«

Aus irgendeinem Grund sagte sie nicht nein. Sie beobachtete, wie er sich mit dieser absurden, ungeschickten Leichtigkeit den Kopf rubbelte, und hörte sich »ja« sagen.

Lila freute sich, Alex noch ein bisschen länger behalten zu dürfen. Freute sich nach Kellys Geschmack zu sehr, als sie ihr sagte, mit wem sie essen gehen würde.

Sie gingen in ein chinesisches Restaurant in der Chicago Street. Obgleich Michael eher schlenderte, hatte Kelly Mühe, mit ihm Schritt zu halten.

»Ich fahre grundsätzlich nicht Auto«, sagte er zu ihrer Überraschung, »das ist mir in einer neuen Stadt viel zu kompliziert. Und ich bin ständig in einer neuen Stadt, wissen Sie?« Er wartete, bis sie ihn eingeholt hatte. »Zu Hause allerdings schon.«

»Und wo ist das?«

Er grinste. »Tripolis, Kairo, Lissabon. Astrachan.«

»Wo liegt denn Astrachan?«

»Dort, wo die Wolga ins Kaspische Meer mündet. Eine großartige Stadt. Nicht wie diese hier.« Er deutete zu den Wolkenkratzern hinauf, die den Himmel versperrten. »Dort hat sich die Familie meines Vaters vor Jahren niedergelassen. Bootsbauer.«

»Ihr Vater ist ein Bootsbauer?«

»Nein.« Michael lachte. Sie hatten das Restaurant erreicht, und er nahm sie am Ellbogen, um sie durch die Tür zu führen. »Mein Vater hatte eine andere Leidenschaft.«

»Das Theater?«

»Das Theater.« Er winkte der Wirtin, und sie eilte

herbei. »Für zwei Personen«, sagte er. »Am Fenster, bitte.«

»Ja, und wo ist für Sie das augenblickliche Zuhause?«, erkundigte er sich, als sie sich gesetzt hatten.

Zuhause. Im Moment ein bedeutungsloser Begriff. »Oh, hier, nehme ich an. Ich bin überall zu Hause.« Was für eine Lüge.

Er runzelte die Stirn. »Wirklich?« Dumm war er nicht, das merkte sie. Aber er war höflich. Keiner, der seine Nase in anderer Leute Angelegenheiten steckte.

Sie brachte das Thema wieder auf ihn. »Black? Ist das also ein russischer Name?«

»Niemand ändert gern seinen Namen«, erwiderte Michael. »Aber in dieser Branche tun wir das alle – fast alle.«

»Sie auch?«

Er beugte den Kopf vor und schwieg einen Augenblick. Dann blickte er belustigt auf und ließ sein weißes Lächeln aufblitzen. Er hielt ihr die Hand hin. »Mikhail Nikolaiovich Blaczekoski«, verkündete er nüchtern. »Freut mich, Sie kennen zu lernen.«

Sie gaben einander über den Tisch hinweg die Hand.

»Ein wundervoller Name«, sagte sie.

»Ein bisschen zu lang für die Kinovordächer.«

Das Essen kam, und er aß, als sei er am Verhungern, was er wohl auch war. Ein Mann, der fünf Stunden Schwertkampf hinter sich hatte.

»Wie kommen Sie mit der Kampfszene voran?«, fragte sie, bemüht, die Unterhaltung aufrechtzuerhalten.

»Geht schon.«

»Ist es schwer?«

Er gab keine Antwort, sondern nippte an seinem Wasser.

»Glauben Sie, Sie bekommen es rechtzeitig hin? Ich meine, viel Zeit hat Taylor Ihnen ja nicht gegeben.«

Er langte über den Tisch und legte die Hand auf ihren Arm. Fünf warme Finger, ein 5-Volt-Strom.

»Wenn ich mit der Arbeit fertig bin, bin ich damit fertig.« Er klang sehr ernst. »Und im Moment bin ich damit fertig, okay?«

»Okay.« Sie konnte nicht verhindern, dass sich ein Lächeln auf ihrem Gesicht ausbreitete.

Den Rest des Essens unterhielten sie sich über alles, bloß nicht die Arbeit. Michael erzählte Geschichten aus seiner Kindheit, Geschichten von Grand Hotels, Familienurlauben, von berühmten Namen.

»Das muss Spaß gemacht haben«, sagte sie. Sie dachte an ihre eigene Kindheit, wie sie vor der Bar auf der Treppe gesessen und gewartet hatte. Die weinende Angel. James, im Werkzeugschuppen eingesperrt.

»Es war ein bisschen einsam«, meinte Michael, »vor allem, als ich älter wurde. Wir sind häufig umgezogen. Wir lebten, wo immer mein Vater gerade spielte – oder wo meine Mutter sang. Ich habe eine Menge Leute kennen gelernt, zu viele. Ich bin einer Menge Mädchen begegnet. Ich mochte sie, aber ich habe sie nie gut genug kennen gelernt. Nicht wirklich. Aber Sie«, er macht eine Pause, »haben jung geheiratet.«

»Sehr jung«, gab sie ihm Recht.

»Und Ihr Sohn?« Michael hatte Alex ein oder zwei Mal im Theater gesehen, aber sie hatte sie nicht miteinander bekannt gemacht.

»Der hält mich ständig in Atem. Und natürlich muss ich seinetwegen auch oft zu Hause bleiben«, sagte sie und warf einen Blick auf ihre Uhr.

Nachdem er sie zu ihrem Auto gebracht hatte, meinte er: »Danke. Ich musste mal eine Weile von allem Abstand bekommen.«

»Nun, danke für das Essen.« Sie nahm die Schlüssel aus der Tasche und fühlte sich plötzlich unbehaglich und sehr müde.

»Nichts zu danken. Hören Sie, ich wollte Sie etwas fragen!«

»Ja?« Sie wartete.

»Was ist los?«, fragte er. »Was macht Ihnen Sorgen?« Er lehnte an der Fahrertür, sodass sie nicht einsteigen konnte. Er war ruhig, munter, völlig erfrischt, als wäre er gerade aus einem angenehmen Schlaf erwacht.

Sie sah an ihm vorbei, und er legte die Hand auf ihre Schulter. »Kann ich Ihnen irgendwie helfen?«, fragte er sanft.

»Mir geht's gut«, versetzte sie.

Er schüttelte den Kopf. »Irgendwas geht Ihnen immerzu im Kopf rum«, sagte er. »Jedes Mal, wenn ich mit Ihnen rede, spüre ich das.«

»Was meinen Sie?«

Er sah sie ernst und forschend an. Er gab keine Antwort, sondern wartete nur auf ihr Eingeständnis, dass sie wusste, wovon er sprach. Aber das würde sie nicht tun.

»Nichts ist los«, sagte sie. Eine der Lampen auf dem Parkplatz stand kurz davor, ihren Geist aufzugeben. Sie flackerte, wurde düster und leuchtete dann wieder auf. Eine Weile beobachtete sie das wechselnde Schattenspiel, dann sah sie ihn an. Er hatte sich nicht gerührt. Noch immer lehnte er mit verschränkten Armen am Auto und betrachtete sie.

»Ich muss los«, sagte sie.

Er trat zur Seite. »Gut«, meinte er. »Dann gute Nacht.«

Als sie losfuhr, hob er zum Abschiedsgruß einen Arm, eine riesige Hand. Er wirkte weder wütend noch traurig, nur sehr ernst.

Die folgende Woche über war sie sich Michael Blacks Gegenwart sehr bewusst. Sie spürte sie im Theater selbst dann, wenn er sich in einem anderen Raum aufhielt. Sie ging ihm aus dem Weg.

Aus Michael wurde man schwer schlau – oder nein, man schien so leicht aus ihm schlau zu werden. Konnte ein Mann so unkompliziert sein? So durchschaubar?

Einen Großteil der Mittagsstunden verbrachte sie mit Rocko, der sich in dem theaternahen Hotel einquartiert hatte.

»Timothy zahlt«, sagte er mit einem resignierten Seufzer. »Timothy bezahlt alles.«

»Na ja, warum auch nicht?«, fragte sie. »Irgendwer muss ja!«

Wieder seufzte er. »Leute wie ich, ohne Talent, die sollten einfach zusammenschrumpfen und an der Highschool unterrichten, wenn ihr gutes Aussehen flöten geht. Aussehen ist alles.«

»Du hast Talent.«

»Das einzige Talent«, meinte er, »das ich besitze, ist, rasch zu degenerieren. Im letzten Jahr hab ich neun Pfund zugenommen. Dir – dir bleibt da etwas mehr Zeit.« Er musterte sie abschätzend von oben bis unten. »Du hast diesen eleganten, verwirrten Blick. Diese Verwundbarkeit aus alten Stummfilmtagen, von der Art, die gut altert.«

»Was du nicht sagst!«

»Hast du schon mal geschauspielert?«

»Kann ich nicht«, sagte sie. »Lampenfieber.«

Rocko winkte ab. »Unsinn. Alle haben Lampenfieber. Du solltest mal Debbie Thompson sehen, ehe sie auf die Bühne geht. In der letzten Saison hat sie auf Timothys Schuhe gekotzt. Widerlich war das!«

Kelly lächelte.

»Im Ernst«, meinte er. »du solltest mal darüber nachdenken. Mit deinem Aussehen könntest du Tennessee Williams spielen. Oder besser noch, in einem von diesen Thrillern, du weißt schon, mit dem zitternden Opfer.«

»Und einem Zombie«, sagte sie. »Wie in *Die Nacht der lebenden Toten.*«

Sie lachten. Jesse tauchte am Tisch auf, um zu sagen, dass Taylor Kelly wieder im Theater brauchte.

»Ich bin doch erst zwanzig Minuten hier!«, beschwerte sie sich.

Jesse beugte sich vor, hüstelte und senkte die Stimme. »Michael Black sucht Sie.«

»Ah!«, meinte Rocko.

»Sei still, Rocko. Ich esse noch fertig, Jesse, und dann komme ich. Ich bin in fünfzehn Minuten da.«

Jesse zog ungern ohne sie wieder los, aber er tat es.

»Genau so muss man's machen!«, meinte Rocko. »Lass den Mann warten, lass ihn zappeln!«

»Ach, sei still. Vermutlich will er, dass ich ihm die Schuhe putze, oder so was.«

»Du bist ernstlich verrückt«, versetzte Rocko. »Ernstlich verrückt oder schlicht und einfach dumm.«

Michael war in seiner Garderobe und widmete sich seiner Post, öffnete die Umschläge besonnen und präzise mit dem silbernen Brieföffner. Taylor saß neben ihm und wirkte weniger gestresst als üblich.

»Heute gar nicht bei der Probe?«, erkundigte sie sich.

»Ich habe den Nachmittag frei«, meinte Michael. Er sah auf seine Uhr. »Ich möchte mit Ihnen ins Roxy gehen. Da läuft gerade Zeffirellis *Romeo und Julia.* Wenn wir das Auto nehmen, schaffen wir's noch!«

»Ins Kino?«

»Michael braucht mal eine Verschnaufpause«, sagte Taylor. »Heute kommen wir ohnehin nicht mehr weiter.«

»Na, kommen Sie«, bat Michael. »Der Film ist großartig.«

Als sie durch den Bühnenausgang nach draußen gingen, erschien Debbie, die erhitzt und unglücklich wirkte. »Wohin gehen die beiden?«, wollte sie von Jesse wissen.

»Ins Kino.«

»Ins Kino?«

»Äh, ja … in einen Shakespearefilm«, erklärte er fröhlich.

»Mitten am Tag?« Debbie sah Taylor flehend an. »Das ist unfair.«

»Wenn er mit Kelly ins Kino gehen möchte«, erwiderte Taylor, »dann geht er mit Kelly ins Kino. Und nun gehen wir wieder rein und proben diese Szene noch mal.«

Kelly konnte spüren, wie Debbie ihr mit den Augen zwei eifersüchtige Löcher in den Hinterkopf brannte.

Natürlich, es war ein großartiger Film. Sie hatte ihn zwar schon einmal gesehen, aber heute ging er ihr aus irgendeinem Grund sehr nahe. Julias kindliche Liebe, ihre außerordentliche kindliche Liebe, ihr bitterer Tod. Die gramgebeugten Eltern am Ende, ihre schreckliche Strafe. Eine große Niedergeschlagenheit überkam sie.

»Shakespeare war ein grausamer Mensch«, sagte sie, als sie hinausgingen und von der Sonne geblendet wurden. Sie dachte an den letzten Akt in *Hamlet*. »Manchmal hat man fast den Eindruck, er hasst das Publikum.«

»Und ich glaube manchmal, er hasst die Schauspieler«, sagte Michael. »So, wie Julia am Ende daliegen muss und nicht mal mehr atmen darf.«

»Das wird Debbie machen müssen, stimmt's, in der Beerdigungsszene?«

»Ja, und dann müssen Kevin und ich in ihr Grab springen. Das ist vielleicht was! Beim ersten Mal landeten wir alle aufeinander!« Er lachte.

»Zu viel Sterben«, sagte sie. Mit einem Mal war sie sehr müde. Sie blieb stehen und setzte sich auf die kalte Steintreppe eines Wohnhauses.

»Kelly?«

»Gräber, Würmer ... wird Ihnen nicht übel davon?«

»Wie meinen Sie das?«

»Dieser ekelhafte Totenschädel.«

»Was, in *Hamlet*?« Er setzte sich neben sie.

»Es geht nur um den Tod.«

»Nein, das finde ich nicht. Es geht um, ich weiß nicht ...« Er breitete seine Arme aus und hob die Hände zum Himmel. »Es geht um Charakter.«

»Charakter?«

»Ehre, Loyalität.«

Ehre, dachte sie. Der Erhalt der Familienehre. Montague und Capulet und Adam Grayton mit seinem Geheimhaltungskodex. »Das ist doch nur Stolz. Es geht bloß um Stolz und den Todeswunsch.«

»Nein, nein, nein. Wie können Sie das sagen? Es dreht sich alles um die Liebe. Sehen Sie das denn nicht?« Er schob sich das schwarze Haar aus der Stirn. Sein Gesicht war finster, die Stirn gedankenvoll gefurcht, die braunen Augen blickten zu Boden. Er kratzte sich am Kopf, konzentrierte sich, dann sah er auf und bemerkte, dass sie ihn anschaute. Er sah ihr direkt in die Augen.

»*Hamlet* möchte nicht sterben«, beharrte er.

»Warum nicht?«, fragte sie. »Sie wissen doch, die Welt ist ›ekel, schal und flach‹.«

»Das ist doch bloß eine Laune«, meinte Michael. Er sprang auf und sah auf sie nieder. »Hamlet möchte sein Leben, seine Freunde, sein Königreich. Er ist bis über beide Ohren in Ophelia verliebt …«

»Er ist in Ophelia verliebt?«

»Aber natürlich!« Er sah sie an, als sei sie unglaublich begriffsstutzig. »Natürlich liebt er Ophelia. Was wäre das denn sonst für ein Stück? Es gäbe gar keines.«

Eine Minute saß sie schweigend da, betrachtete ihn grübelnd. Michael, hoch über ihr, schwarz gekleidet, Hände in die Taille gestemmt, den Kopf zur Seite geneigt, der sie musterte, versuchte, aus ihr schlau zu werden. Seine Stirn runzelte sich in kindlicher Verwunderung.

»Wie gibt's das, dass Sie das nicht verstehen?«, fragte er.

Hinter ihm schnappte jemand nach Luft. Er drehte sich um. Drei junge Frauen klammerten sich kichernd aneinander. Er schenkte ihnen ein Lächeln und drehte sich dann wieder zu Kelly um.

»Es ist eine Liebesgeschichte«, sagte er.

Die Teenager kamen näher, noch immer aneinandergeklammert. Eine von ihnen trat ein bisschen vor und spähte um Michael herum, um in sein Gesicht zu sehen. »Sind Sie Michael Black?«

»Ja. Hallo!« Er wandte sich von Kelly ab und plauderte ein wenig mit ihnen. Er schrieb ihnen Autogramme auf die Zettel, die sie aus ihren Handtaschen kramten.

Sie beobachtete ihn und rief sich dabei Rockos Bemerkungen in Erinnerung: dass Michael in die gehobensten kulturellen Kreise gehörte. Sie schüttelte den Kopf. Ihr kam es gar nicht so vor. Schüchtern posierte er für Fotos mit jedem der Fans. Er glaubte an Charakter, Loyalität. Er hielt *Hamlet* für eine Liebesgeschichte, Himmel noch mal!

Trotz all seiner sogenannten Kultiviertheit war er ein vollkommenes Unschuldslamm.

17

Er saß mit der aufgeschlagenen Zeitung im Foyer des Fallon Hotels. Die örtliche Presse widmete sich dem Stück ausführlich, und der heutige Tag bildete keine Ausnahme. Auf der ersten Seite des Feuilletons prangte ein großes Foto mit der Überschrift: »Michael Black geleitet seine Hauptdarstellerin, Debbie Thompson, in das altehrwürdige Arcana Theater. Nach einer kurzen Weihnachtspause werden die Mitwirkenden für die ersten Kostümproben zurückkehren. Premiere ist am 6. Januar.«

Er betrachtete das Foto. Das Hauptinteresse des Fotografen galt offensichtlich Debbie Thompson. Trotz ihrer geringen Körpergröße füllte sie das Bild aus. Sie lächelte in die Kamera, und die Hand, mit der sie winkte, verdeckte das Gesicht ihrer Begleitung so gut wie ganz. Sie trug eine Pelzstola und einen kurzen Rock, der wohlgeformte Beine und zierliche Füße in hochhackigen Stöckelschuhen enthüllte. Er senkte die Zeitung, riss sorgfältig das Foto heraus und steckte es in die Innentasche seines Jacketts, zu den Travellerschecks und den Flugtickets. Bei richtigem Vorgehen konnte Debbie ihm von Nutzen sein. Oder sie konnte alles komplett kaputtmachen. Ihre Eitelkeit und ihr offener Ehrgeiz konnten eine Schwachstelle sein. Vielleicht sollte er ihr Blumen schicken und ein paar Zeilen dazu schreiben. Er würde genau den richtigen Ton treffen müssen.

Er hob die Zeitung wieder und gab vor, die Wirtschaftsseiten zu studieren. Soeben betrat das Objekt seiner glühenden Eifersucht das Foyer. Die Augen hinter einer teuren Sonnenbrille verborgen, beobachtete er es über die Zeitung hinweg.

Zwei Tage darauf war wieder ein Foto von Michael in der Zeitung, diesmal auf einer Innenseite. Keiner seiner Schritte blieb der Öffentlichkeit verborgen, dachte Kelly. Sie hatte Glück, dass kein Foto von ihr auf diesen Seiten erschien. Am Tag nach ihrem Kinobesuch war sie in der Klatschkolumne erwähnt worden. Obgleich ihr Name nicht genannt wurde, brachten die Worte sie noch immer aus der Fassung: »Seine Begleiterin, eine dunkelhaarige junge Frau, die ganz in Weiß gekleidet war, soll eine Mitarbeiterin des Theaters sein.«

Wie töricht von ihr, sich in seine Nähe zu begeben.

Heute befasste sich der Artikel mit Michaels Berufsauffassung. »Wie verlautet, ist Mr Black ein harter Arbeiter. ›Er ist ein richtiger Profi‹, sagt Taylor Grant, der Regisseur von *Hamlet.* ›Er hat keinerlei Starallüren. Kommt einfach und probt.‹ Tatsächlich ist Mr Black eine Enttäuschung für die Fans aus Minneapolis, die gehofft hatten, diesen charismatischen Star öfter in der Stadt zu sehen.«

Kelly legte die Zeitung nieder. Sie hatte zu Abend gegessen und saß nun mit einer Tasse Kaffee auf der Couch, als das Telefon klingelte. Michael war dran.

»Ich möchte hier raus!« Er meinte sein Hotelzimmer. »Können wir uns nicht auf einen Drink treffen?«

»Ich weiß nicht.« Sie blickte auf das Foto. Sein Hemdkragen stand offen, sie konnte die feinen Umrisse seines Schlüsselbeins unter der Haut sehen.

»Nur auf ein Stündchen? Ich möchte mit Ihnen sprechen.«

»Ich glaube nicht«, erwiderte sie. »Alex ...«

»Dann nehmen wir ihn halt mit! Ich möchte Sie nur ein bisschen sehen.«

Genau, was sie brauchte. Ihr Bild in der Zeitung, zusammen mit einem Leinwandstar – und einem entführten Kind.

»Heute Abend nicht, Michael. Danke.«

Sie legte auf. Eine dunkelhaarige Begleiterin. Ein charismatischer Star. Vergiss es, dachte sie.

Obgleich Shakespeare die Szene von Ophelias Tod nie schrieb, beschloss Taylor in der letzten Minute, sie mit hineinzunehmen. Während Gertrude das tragische Ereignis beschrieb, würde Debbie auf der Bühne darunter Ophelias Wahn und Tod im Wasser darstellen. Was hieß: zusätzliche Stunden, neue Choreographie und ein völlig neues Kostüm.

Lila blieb dafür nicht viel Zeit. »Es muss schlicht sein«, erklärte sie Kelly, während sie in der Kostümwerkstatt auf und ab ging und versuchte, die neue Anforderung in ihren Planungen unterzubringen. »Ich denke, es muss weiß sein. Alles ganz weiß und blass.«

»Und was ist mit den Blumen, die sie pflückt? Wir nehmen doch keine echten Blumen, oder?«

»Keine Blumen. Die wird sich das Publikum vorstellen müssen. Taylor möchte alles ganz nüchtern. Wie ein stummes Ballett, hat er gesagt.«

Kelly versuchte, sich Debbie als Ballerina vorzustellen.

»Das Modell wird supersimpel sein müssen«, fuhr Lila fort. »So, dass sie es einfach über den Kopf ziehen kann. Sie wird eine Perücke brauchen, weil sie ihr Haar offen und zerzaust tragen sollte. Ich schätze, wir könnten ein paar Blumen hinein flechten. Was meinst du?«

»Ich denke, ich brauch eine Pause«, erwiderte Kelly. »Ich kann heute Vormittag nicht klar denken.«

»Vormittag ist nicht mehr«, meinte Lila. »Es ist schon Nachmittag. Mach ein Stündchen Pause!«

Auf der Suche nach Rocko ging Kelly zum Hotel. Er war nirgends zu entdecken, also kaufte sie sich ein Sandwich und einen Kaffee und ging ins Theater zurück. Sie würde die Proben anschauen und dabei essen.

Sie saß in der letzten Reihe, ein gutes Stück hinter Taylor, der unruhig auf und ab ging. Gerade wurde die Szene geprobt, in der Hamlet Ophelia zurückweist und ihr erklärt, sie solle ins Kloster gehen. Kelly hatte schon gehört, dass die Szene problematisch war.

Heute sah sie, warum. Hamlet war um so vieles größer als Ophelia, dass es fast schon komisch wirkte.

Michael und Debbie hatten Schwierigkeiten, ihre Bewegungen aufeinander abzustimmen. Und auch diesmal ging es wieder daneben, sie bewegten sich zu schnell und prallten ineinander. Debbie wurde zurückgeschleudert und taumelte auf einem Fuß. Michael versuchte, sie aufzufangen, schaffte es aber nicht. Sie hüpfte, um ihr Gleichgewicht wiederzufinden, und knickte dabei mit dem Knöchel um. Sie saß auf dem Boden und rieb sich jammernd den Fuß.

»Der ist total verdreht«, rief sie Taylor zu.

Taylor schlug sich an die Stirn. »Jesses! Michael!«

»Tut mir Leid«, sagte Michael. Er kniete sich neben Debbie. »Bist du verletzt?«

Debbie schob die Unterlippe vor. Michael legte einen Arm um ihre Schultern, den anderen unter ihre Beine und hob sie hoch.

»Pass auf deinen Rücken auf!«, brüllte Taylor entsetzt. Er riss die Hände über den Kopf und duckte sich.

Aber Michael hob Debbie scheinbar mühelos hoch. Sie schlang die Arme um seinen Hals und saß dort wie ein Kind auf einer Schaukel. Sie sah Kelly an und lächelte, als hätte sie gerade ein schwieriges athletisches Meisterstück vollbracht.

Michael beugte sich zu Debbie und grinste. »Bequem?« Er trug sie über die Bühne. Kelly spürte einen Stich.

Angewidert wandte Taylor sich ab und steuerte auf einen Stuhl zu. »Zehn Minuten Pause«, brüllte er. »Verdammt, meinetwegen zwanzig.«

Kelly bot Taylor ihren Kaffee an, da er ihn nötiger zu haben schien.

»Gott sei gepriesen für kleine Barmherzigkeiten«, war seine Art, ihr zu danken. Er nahm einen großen, verzweifelten Schluck. »Na, und wie geht's Ihnen so? Alles im Griff?«

»Alles prächtig«, erwiderte sie.

»Gut. Gut. Nun, ich frage mich, ob Sie mir einen Gefallen tun könnten?«

So allmählich gewöhnte Kelly sich an Taylors »Gefallen«, die bislang unter anderem darin bestanden hatten, eine Geburtstagstorte für seine Frau abzuholen und seinen Wagen aufzutanken. Ganz zu schweigen davon, mit Michael ins Kino zu gehen.

»Ich brauche jemanden, der Michael zur Hütte fährt. Sie wissen schon, Timothys Hütte? Sie liegt südlich der Stadt. Nicht weit.«

»Heute?«

»Heute Abend. Das macht Ihnen doch nichts aus? Michael muss mal aus der Stadt raus und sich ein bisschen entspannen. In seinem Hotel kann er sich noch nicht mal hinsetzen und essen. Die Mädchen, wissen Sie.«

Taylor wedelte mit der Hand, als seien die Mädchen lästige Fliegen. »Er braucht etwas Ruhe. Timothy hat ihm für das Wochenende seine Hütte angeboten. Aber ich kann ihn nicht selber hinbringen.«

Kelly nickte. Ein seltsamer Job.

»Es macht Ihnen doch nichts aus?«, sagte Taylor erneut, und diesmal war es keine Frage. »Gut. Holen Sie ihn um sieben im Hotel ab.« Sein Ton duldete keinen Widerspruch. Er trank den restlichen Kaffee und ging.

Den ganzen Nachmittag arbeitete Kelly an einem Entwurf für Ophelias Kleid in der letzten Szene. Um vier holte sie Alex ab und nahm ihn mit in die Werkstatt, damit sie weitermachen konnte. Sie musste das Schnittmuster fertig bekommen, Alex etwas zu essen machen und Michael um sieben abholen. Ihre Schläfen pochten. Sie war entschlossen, fertig zu werden. Sie setzte Alex mit ein paar Farbstiften und einem großen Blatt Papier in eine Ecke und ging davon aus, dass sein langes Schweigen Zufriedenheit bedeutete. Aber von wegen.

Er hatte den Inhalt von Lilas Handtasche auf dem ganzen Zeichentisch ausgebreitet und vergnügte sich damit.

»Kelly, schau mal!« Er hielt ein Tintenfass hoch, das er aufbekommen hatte. »Gold! Siehst du?« Er steckte den Finger in das Fass.

»Alex! Nein! Sieh doch, was du angerichtet hast. Das sind Lilas Sachen!«

Wertvolle Minuten verbrachte sie damit, wieder Ordnung herzustellen, und als sie sich umdrehte, hatte Alex eine Restetüte in die Finger bekommen und sortierte nun Knöpfe nach ihren Farben.

»Oh, es ist einfach unmöglich«, seufzte Kelly.

»Was ist unmöglich?« Es war Michael. Er stand in der Tür und sah sie amüsiert an.

»Hi!« Alex sprang auf. »Du bist der Prinz, stimmt's?«

»Ich bin Michael.« Er schüttelte Alex die Hand.

»Das ist Alex«, sagte Kelly.

»Der unmögliche Alex?«, fragte Michael. »Und du machst deiner Mutter das Leben schwer?«

Alex schüttelte den Kopf, und Kelly mischte sich rasch ein. »Er macht nicht wirklich Probleme. Es ist bloß so – ich hab so viel zu tun!« Sie deutete auf das Schnittmuster auf dem Tisch, an dem sie gearbeitet hatte.

»Verstehe.« Michael senkte einen Augenblick den Kopf. »Ich nehme an, das ist mein Fehler.«

»Nein, nein, wirklich nicht ...«

»Doch«, erwiderte er und sah wieder auf. »Taylor meinte, Sie könnten mich heute zur Hütte bringen. Mir war nicht klar ...« Er verstummte. »Was ist denn los?«

»Kopfschmerzen.« Kelly massierte ihren steifen Hals.

»Moment.« Er drückte sie sanft auf einen Stuhl, stellte sich hinter sie und legte seine großen Hände auf ihre Schultern. »Entspannen Sie sich.« Er bewegte seine langen Finger langsam an ihrem Rückgrat entlang hinauf zum Nacken, befühlte die Muskeln, entdeckte die Spannung. Sanft massierte er, bis sie Entspannung spürte und die versteiften Muskeln sich zu lösen begannen.

»Gut so?«, fragte er.

»Ja.« Sie hatte das vage Gefühl, dass er das nicht tun sollte, aber es tat gut, und sie wollte nicht, dass er aufhörte. Er hatte riesengroße, kräftige Hände. Mit einer Handfläche umfasste er ihr gesamtes Schulterblatt und drückte es, fuhr mit dem Daumen an ihrem Nacken entlang, bis sie erschauerte. Es war so lang her, dass jemand sie auf diese Art berührt hatte, locker, ohne Zögern. Er ließ seine Finger an ihrem Hinterkopf unters Haar gleiten und massierte ihre Kopfhaut. Die Kopfschmerzen lösten sich in Luft auf, und dennoch sagte sie nicht, er könne aufhören.

Sie schloss die Augen. Seine Finger bewegten sich über ihren Kopf, hinter ihren Ohren hinunter, auf die Stirn zu. Sie spürte seine Hände auf ihrem Gesicht, wie seine Finger zu ihren Augenbrauen glitten, um sie zu streicheln.

»Kelly hat sich die Haare abgeschnitten«, rief Alex.

»Ja, ich weiß«, sagte Michael. Er fuhr mit der Hand rasch durch ihre kurzen Locken. »Früher hatte sie Haare, die länger waren, als du groß bist.«

»Hast du sie da schon gekannt?«, wollte Alex wissen.

»Ein kleines bisschen«, meinte Michael. »Vor langer Zeit.« Er nahm seine Hand fort. »Besser?«

»Viel besser. Danke.«

»Sie arbeitet zu viel«, erklärte Michael Alex.

»Sie arbeitet *immer*«, versetzte Alex traurig.

Kelly kam es vor, als würde sie über dem Boden schweben. Von Anspannung und Sorgen keine Spur mehr.

»Man kann aber nicht immerzu arbeiten«, sagte Michael. »Ich muss es wissen. Ich hab's versucht. Das macht einen nur krank.«

»Bald ist ja Weihnachten«, erwiderte Kelly. »Dann machen wir eine Pause.«

»Sie brauchen aber jetzt eine«, sagte Michael. »Warum kommen Sie nicht … warum kommen Sie nicht einfach mit in die Hütte? Platz ist genug!«

»Camping?« Alex sprang auf und klatschte in die Hände.

»Für Camping ist es zu kalt. Aber wir könnten drinnen ein Feuerchen machen.«

»Au jaaa!«

Kelly hörte aus Alex' Stimme heraus, dass sie nicht nein sagen würde.

Darl hatte seine schlechten Tage und seine schlimmeren Tage, aber dies war einer seiner schlimmeren, dachte Angel.

Sie stellte ein frisch gekochtes Chili in den Kühlschrank und nahm den Topf raus, den sie die Woche zuvor gebracht hatte. Darl hatte das Essen nicht mal angerührt. Das Aufwärmen war wohl zu schwierig für ihn. In seinem Zustand sollte er ohnehin nicht am Herd stehen. Sie sollte ihm besser etwas Kaltes bringen. Etwas, das einfach zu machen war, wie ... ja was? Sie wünschte, jemand würde eine neue Lebensmittelart erfinden.

Sie hatte Gewissensbisse, weil sie ihn in den letzten Tagen nicht besucht hatte. Auch sonst hatte ihn niemand besucht, das war deutlich am Zustand des Hauses zu erkennen. Am Anfang war manchmal noch Kellys Freund Sam gekommen, aber nun war er irgendwo unterwegs, zumindest hatte er das gesagt. Sie argwöhnte, dass er nicht gern mit kranken Menschen zu tun hatte, wie Paul auch. Der kam nie mit und versuchte, auch Angel von den Besuchen abzuhalten. Immer hatte er sie schon anderweitig eingeplant, zum Beispiel als Hilfskraft beim Katalogisieren seiner Tonbänder. Und sie ließ sich so leicht ablenken. Sie war es nicht gewöhnt, sich um andere Leute zu kümmern. Das war Kellys Ressort.

Selbst jetzt rief Darl aus seinem Schlafzimmer nach ihr. »Kelly?«

»Ich bin's, Angel.« Sie erschien mit einem kalten Tuch für seine Stirn. Er hatte Schmerzen und Fieber. Zwar nur knapp über 38 Grad C, aber er wirkte delirös.

»Sag Kelly, sie soll kommen!«

»Kelly ist nicht da, Darl. Sie arbeitet.« Das war Angels Standardantwort. Sie wollte nicht, dass Darl sich Sorgen machte, weil sie keine Ahnung hatte, wo Kelly und Alex steckten. Und bislang schien ihm die Antwort zu genügen.

Er konnte sich kaum lang genug auf ein Thema konzentrieren, um darauf weiter einzugehen.

Heute allerdings schien er ganz auf Kelly fixiert zu sein. Angel machte den Fernseher an, um ihn abzulenken. Er blickte dumpf auf den Bildschirm.

Es lief nichts Besonderes, Prominentenklatsch. Irgendwas über einen Filmvertrag über acht Millionen. Sie wollte den Fernsehkanal wechseln, als ihr das Foto des fraglichen Schauspielers ins Auge fiel. Er hatte so ein gewisses Etwas. Vielleicht war es sein außergewöhnliches Lächeln?

»Der Hauptdarsteller möchte sich nicht zu dem Gerücht äußern, dass er demnächst nach New York fliegen und den Vertrag unterschreiben werde«, piepste die Reporterin. »Aber die Fans sind sich einig, dass sie Michael Black so bald wie möglich wieder auf der Leinwand sehen wollen. Wir vermissen dich, Michael!« Das Bild zeigte den Schauspieler bei seiner Ankunft vor einem Hotel in Minneapolis. Eine Schar von Mädchen wandte sich um und deutete auf ihn, als er seine langen Beine aus dem Auto schwang und ausstieg. Eine hüpfte wie ein kleines Kind im Zirkus.

»Sag Kelly, sie soll heimkommen«, murmelte Darl von seinem Bett aus.

»Sie kommt, Darl. Bald ist sie da.«

Der Nachspann lief über ein Standbild von Michaels lächelndem Gesicht, wobei die blitzenden weißen Zähne in starkem Kontrast zu den dunklen Augen standen.

Darl stöhnte. Er erinnerte sich an Michael Black, aber er konnte Angel nicht erzählen, in welchem Zusammenhang. Er lag bloß und hoffte, sie würde Kelly die Nachricht übermitteln.

Kelly und Alex standen am Fenster der Blockhütte und schauten zu, wie Michael Holz hackte. Er bewegte sich energisch, mit großem Vergnügen. Seine Schultern hoben und senkten sich rhythmisch, ohne Unterlass. Er hackte weit mehr als nötig, und als er aufhörte, hob er die Axt mit einer Hand hoch, zielte und versenkte sie sicher in einem Baumstumpf.

»Sind Sie nicht erschöpft?«, fragte sie, als er mit dem Feuerholz hereinkam. Er wirkte überhaupt nicht müde. Die Arbeit schien ihn high zu machen. Trotz der Kälte schien er am ganzen Körper zu glühen.

Er lachte. »Verglichen mit den Proben ist das gar nichts.«

»Sie erstaunen mich … Sie erstaunen mich wirklich.«

Er wandte sich zu ihr um und schenkte ihr eines jener halben Lächeln, mit leuchtenden Augen. Offensichtlich belustigte sie ihn. »Wieso das denn?«, fragte er.

»Na, so nimmermüde wie Sie sind!«

»Nun, ich bin doppelt so groß wie Sie«, meinte er. »Das ist von Vorteil.«

Aber das meinte sie gar nicht. Was sie erstaunte, war seine stets gute Laune. Tag für Tag Proben, Taylors strenge Forderungen, Debbies neurotische Exzesse. Sie wunderte sich über sein Durchhaltevermögen. Wie kam es, dass er nicht nur weiter machte, sondern so höflich weiter machte, so leidenschaftlich?

»Ich meine, bei der Arbeit«, sagte sie. »Wie werden Sie mit dem Druck fertig?«

»Ich liebe meine Arbeit«, erwiderte er schlicht. »Ich arbeite gern.« Er zog Mantel und Stiefel aus und begann, Holz nachzulegen.

»Aber die vielen Leute … der Druck … all diese Mädchen!«

»Zufällig *mag* ich diese Mädchen.« Er grinste.

»Jetzt mal im Ernst.«

»Mal im Ernst, ich mag sie sehr.«

»Wie kommen Sie bloß mit so vielen Menschen auf einmal klar? Zermürbt Sie das nicht?«

»Eigentlich nicht. Wir haben eine gute Besetzung. Einen guten Regisseur – ein bisschen verrückt, aber gut. Ausgezeichnet, wirklich. Er hat mir eine Menge beigebracht.« Er verstummte. Ließ sich nicht darüber aus, was Taylor ihm beigebracht hatte. Nie würde er über die Fortschritte der Produktion reden. Abergläubisch, argwöhnte Kelly.

»Aber was ist mit ...«

Er hielt einen Finger hoch. »Oh, ja! Und eine gute Truppe«, setzte er hinzu. »Eine ziemlich gute Truppe. Hübsche Garderobieren!« Er rollte seine Ärmel runter und zwinkerte Alex zu. Alex kicherte.

»Jetzt wollen wir aber nicht über die Arbeit reden«, meinte er. »Ein Tag wie dieser – weit weg von allem – ermöglicht es, weiterzumachen, wieder zurückzukehren. Ich versuche Abstand zu gewinnen, wann immer es geht.« Er legte sich auf den Teppich und streckte sich, verschränkte die Arme hinterm Kopf. Alex starrte ihn von oben bis unten an und machte es ihm dann nach. Beide lagen sie da und beobachteten, wie der Himmel langsam dunkler wurde.

Nach einem langen Abend, an dem Alex viel zu viele geröstete Marshmellows gefuttert hatte, bezog Kelly in einem der Gästezimmer das große Bett für Alex und sich. Sie steckte ihn ins Bett, versprach, bald nachzukommen, und kehrte zu Michael zurück.

Der machte gerade eine Flasche Wein auf. »Wie fühlen Sie sich?«, fragte er, als sie sich in einen Sessel am Kamin plumpsen ließ. Er reichte ihr ein Glas Chardonnay.

»Müde.« Als sie ihm das Glas abnahm, spürte sie seine Hand leicht über ihr Handgelenk gleiten. Es war, als würde ein Stromschlag ihren Arm hinauf in die Brust fahren; sie erschauerte. Er beobachtete sie mit breitem Lächeln. Er spielt mit mir, dachte sie. Er flirtet mit mir. Sie nippte am Wein und mied seinen Blick.

Er saß auf dem Boden nahe dem Sessel. »Es tut so gut, Sie wiederzusehen«, meinte er. »Ich wusste, dass ich Sie eines Tages wiedersehen würde.«

»Wovon reden Sie?«

»Sie waren so süß in New York«, sagte er. »Als Sie das erste Mal am Set auftauchten. Sie waren so schüchtern. Sie wollten nicht mit mir sprechen.«

»Ich erinnere mich gar nicht …«

»Doch, tun Sie. Ich bin Ihnen immer gefolgt. Habe Sie gebeten, mit mir auszugehen, aber Sie haben mir jedes Mal einen Korb gegeben. Ich dachte, wenn ich nicht aufgebe …« Er seufzte. »Als ich schließlich erfuhr, dass Sie verheiratet waren, war ich am Boden zerstört.«

Sie starrte ihn an. Michael Black, das selbstbewusste Sexsymbol, Fantasie Tausender Frauen, *am Boden zerstört*? »Ach, kommen Sie«, sagte sie. Was für eine Zeile, dachte sie.

»Wirklich! Als Ihr Mann auftauchte, war ich völlig fertig. Und er hat Sie schrecklich behandelt! Als ob Sie sein Besitz wären. Wir mussten ihn rauswerfen! Ich hätte ihn am liebsten verprügelt.«

»Bitte!« Kelly hielt warnend eine Hand hoch. »Reden Sie nicht so über ihn. Es ging ihm … es ging ihm nicht gut.«

Sie schwiegen eine lange Zeit, lauschten dem schwachen Pfeifen des Windes im Wald vor der Blockhütte. Kelly saß im Sessel und sah in die Flammen. Michael blieb auf dem Boden. Nach einer Weile lag er auf dem Rücken, sehr ruhig, als schliefe er. Aber als das Feuer zu erlöschen drohte, kam er in einer geschmeidigen Bewegung unvermittelt auf die Knie und legte Holz nach. Er blieb so, vor ihr. Legte einen Ellbogen auf ihr Knie und ergriff ihre Hand. Sein Blick war ernst, fragend, und, wie immer, wandte sie die Augen ab. Sie hatte das Gefühl, überwältigt zu werden, verschluckt, wenn sie seinen Blick erwidern würde. Sie würde in ihm verschwinden, so wie ihre Hand verschwand, wenn er sie hielt.

»Was ist los?«, fragte Michael. »Stimmt was nicht?«

»Als mein Mann gestorben ist …«

Er nickte, langsam, beständig, als würde er einen starken Verdacht bestätigen. »Ja«, sagte er. »Natürlich.«

Einen unermesslich kurzen Augenblick spürte Kelly James' Gegenwart im Raum. Dann war er verschwunden.

Michael sah auf, als hätte auch er es wahrgenommen. »Wer war Ihr Mann?«, fragte er leise.

»Er hieß James.« Sie stand auf und ging ans Fenster, doch es gab nichts zu sehen. Mond und Sterne wurden durch Wolken verdunkelt, und durch den dichten Wald drang kein Licht.

»Erzählen Sie mir von ihm.« Michael wartete, die Arme verschränkt, aber entspannt. Er war bereit, eine lange Zeit zu warten.

»Er war … er hat Gitarre gespielt.« Kurzzeitig versagte ihre Stimme. »Tut mir Leid«, sagte sie. »Ich habe so lange nicht mehr über ihn geredet.« Sie konnte nicht weitersprechen.

»Sie sprechen mit Alex nicht über ihn?«

Sie drehte sich zu ihm um und sah sein Gesicht nahe bei ihrem. Er runzelte die Stirn. Offensichtlich aus Missbilligung.

»Nein … ich …«

Er legte seine Hand auf ihre Schulter. »Kelly? Woran ist er gestorben? So jung?«

Aus Verzweiflung, wollte Kelly sagen. Hoffungslosigkeit. Er starb aus Scham. Aber wie sollte sie Michael das erklären, dem schönen Sohn der Reichen und Berühmten, der so behütet in seiner heilen Welt lebte? Einem Mann, der glaubte, ein freier Tag könne alle Probleme lösen? Einem Mann, der glaubte, Hamlets Melancholie sei bloß eine Laune?

»Könnten wir einfach … nicht … reden?«, fragte sie.

»Na gut. Okay. In Ordnung.«

Er zog sie an sich, und sie lehnte sich leicht an ihn. Allein seine Größe hatte etwas Tröstliches, auch wenn sie wusste, dass er ihr nicht helfen konnte.

18

Kelly schlief lang, eingelullt durch das leise Rauschen des Windes in den Bäumen, das in ihren Träumen wie Wellengeplätscher klang. Als sie aufwachte, lag Alex noch immer im Tiefschlaf neben ihr zusammengerollt, und aus der Küche hörte sie Stimmen. Neugierig stand sie auf und zog sich an.

Rocko war in aller Früh eingetroffen und saß nun bei einer Kanne Tee mit Michael am Tisch. »Er möchte mich wieder in die Schule schicken«, beschwerte er sich. »Ich sollte etwas aus meinem Leben *machen*, findet er.«

»Nun, warum nicht?«, fragte Michael.

»Ständig schickt er mir Liebesbriefchen, in denen steht, ich solle Vernunft annehmen. Er ist wie ein verdammter …« Er verstummte, als er Kelly sah, eine Reisetasche in der Hand.

»Oh!«, sagte Rocko. Er holte eine dritte Teetasse aus

dem Regal und zog die Augenbrauen hoch. »Na, wenigstens einer hier ist glücklich.«

Nach dem Frühstück ging Michael mit Alex nach draußen, um mit ihm eine Schneeballschlacht zu machen, und Rocko half Kelly beim Abwasch.

»So!«, meinte er. »Gestehe!«

»Da gibt's nichts zu gestehen.«

»Ach, erzähl mir doch nicht, dass du einer von diesen nervtötend verschwiegenen Menschen bist?«

»Das bin ich tatsächlich«, erwiderte sie. »Aber es gibt ohnehin nichts zu erzählen. Er brauchte bloß … Michael musste mal eine Weile aus der Stadt raus, und er brauchte jemand, der ihn fährt, deshalb …«

»Schlau eingefädelt«, sagte Rocko.

»Wie meinst du das, schlau eingefädelt?«

Rocko schüttelte seinen hübschen Kopf. Er hievte sich hoch und setzte sich neben sie auf die Arbeitsfläche. »Du bist wirklich ein Unschuldslamm, stimmt's? Ist das was Kanadisches?«

Sie bespritzte ihn mit Spülwasser, und er duckte sich.

»Bah! Okay. Du weißt also wirklich nicht, was hier läuft?«

»Gar nichts läuft!«, sagte Kelly.

Er stieß einen lauten künstlichen Seufzer aus. »Du passt nicht auf, Schatz. Immer rennst du hinter Alex her oder arbeitest. Du musst die Ohren offen halten!«

»Ich mach mir nichts aus Klatsch«, sagte Kelly spitz.

»Das solltest du aber. Ich find das wichtig. Und nun gehör ich zu den Insidern, wusstest du das nicht? Ich bin auf dem Laufenden. Taylor erzählt's Tim, und Tim erzählt's mir. Jeder könnte daran interessiert sein.«

»An *was*?«

Als Erwiderung zitierte Rocko aus Hamlet: »*Wahnsinn bei Großen darf nicht ohne Wache gehn.*«

»Wahnsinn?«

»Liebe, Wahnsinn, wo ist denn da der Unterschied? Die Sache ist die, dass er nie, und ich meine nie, über Frauen spricht, nie mit einer ausgeht. Nicht seit dieser Geschichte in L. A.. Normalerweise bleibt er allein. Normalerweise geht er nicht mit kleinen Garderobenfräuleins ins Kino oder entführt sie übers Wochenende. Nie! Schau nicht so schockiert. Der ist doch seit seiner Ankunft hinter dir her!«

»Was meinst du damit?« Kelly sah, wie Alex Michael mit Schneebällen bombardierte.

»Er fragt Taylor nach dir aus, Schatz. Erwähnt deinen Namen. Die üblichen irdischen Symptome. Weißt du nicht, dass er diesen ganzen Abend im High Five nur organisiert hat, um dich sehen zu können?«

»Nein.« Sie sah, wie Michael Alex an beiden Händen hochhob und herumschwang. Der Klang von Alex' Gelächter drang herein.

»O doch«, sagte Rocko. »Absolut.«

Trotz Rockos Behauptung, Kelly und Michael wären der Gesprächsstoff der Stadt, schien niemand zu wissen, dass sie gemeinsam das Wochenende verbracht hatten. Debbie Thompson jedenfalls hatte eindeutig keine Ahnung, als Kelly am Montagmorgen zu ihr in die Garderobe kam, um mit ihr eine Zeit für die Anprobe auszumachen. Debbie stellte sicher, dass sie den riesigen Rosenstrauß sah, der am Morgen überbracht worden war.

»Bezauberndes Kärtchen, nicht?«, bemerkte sie und hielt Kelly die Karte unter die Nase.

Kelly las sie. »Meiner Hauptdarstellerin. Das Rampenlicht steht Ihnen.«

»Von Michael?«

Debbie lächelte. »Er hat wirklich Sinn für so was!«

»Für was?«

»Nun, ganz unter uns, das Wochenende hatte es in sich.« Debbie zwinkerte verschmitzt.

»Wirklich?«, erkundigte Kelly sich amüsiert. »War er denn nicht, äh, ist er denn nicht übers Wochenende auf Timothys Hütte gefahren?«

»Ja, es war bezaubernd!«

Auf dem Weg zur Tür biss Kelly sich auf die Lippen. Debbie hatte *wirklich* Scheiße im Hirn, so, wie Rocko es gesagt hatte. Die Rosen hatte Michael ihr wohl als Entschuldigung schicken lassen, weil er sie bei den Proben am Freitagnachmittag zu Fall gebracht hatte. Was für eine neurotische, kleine ...! Vielleicht stimmte ja, was Rocko sagte. Vielleicht waren Debbie Thompson die Gerüchte zu Ohren gekommen, und dieses Getue sollte Kelly abschrecken.

Aber es gab ernstere Dinge, um die sie sich kümmern musste.

Als sie an diesem Vormittag allein im blauen Zimmer war, versuchte sie es erneut in der Riverside Clinic und hoffte, dass Leon zurück war. Er war ihre letzte Chance. Ohne diese Akten, die Adams Missbrauch dokumentierten, bestand nicht die geringste Chance, Alex' Großeltern das Sorgerecht zu entziehen. Sie waren »Fleisch und Blut«, wie Eleanor es so abstoßend ausgedrückt hatte, und sie hatten sich keiner Entführung schuldig gemacht.

Entführung. Eine Straftat. Vielleicht hatte sie sich damit ihre Chancen, das Sorgerecht zu bekommen, für immer zerstört. Als sie Alex an jenem schicksalhaften Tag mitgenommen hatte, da hatte sie diese Möglichkeit gar nicht in Betracht gezogen. Nach den sporadischen Berichten von

Sam war Darl körperlich auf dem Weg der Besserung. Doch wenn sein Gehirnschaden von Dauer sein sollte … O Gott, lass Leon wieder da sein!

Das Telefon klingelte eine lange Zeit, und Kelly wurde gebeten zu warten. Sie lauschte der Melodie, einer verwässerten Version des Beatlesliedes »Maxwell's Silver Hammer«. Was für eine Wahl bei einer psychiatrischen Klinik! Sie fragte sich, ob sie bei der Krisennummer das gleiche Band spielten.

Am liebsten hätte sie selbst dort angerufen.

Sobald Frances Kellys Stimme erkannte, bat sie sie, erneut zu warten. Kelly reichte es allmählich. Vielleicht hatte sie ja Recht mit ihrer Verschwörungstheorie. Ihre Schultern schmerzten vor Anspannung.

Schließlich meldete sich Frances mit leiser und trauriger Stimme zurück.

»Kelly? Haben Sie es schon gehört?«

»Gehört? Was denn?« Kelly wurde von Panik erfasst. Darl! Darl war etwas zugestoßen!

»Setzen Sie sich, ja?«

»Ja.« Kelly sank auf einen Stuhl. »Erzählen Sie's mir.«

»Es geht um Leon. Seine Leiche wurde gestern gefunden.« Frances klang angespannt und gedämpft, als hätte sie schon den ganzen Tag geweint und wollte nicht wieder in Tränen ausbrechen.

Paul nahm Angel die Zeitung weg und reichte ihr einen Whisky.

»Das ist ein Zufall«, sagte er.

Angel nahm die Hand vom Mund und trank das halbe Glas aus. Dann begann sie wieder, an ihren Nägeln zu kauen.

»Das ist wie eine Epidemie in diesem Land«, sagte Paul.

»Alle fünfzehn Minuten geschieht ein Verbrechen.« Er erfand diese Statistik, aber bestimmt war sie nicht allzu weit von der Realität entfernt.

»Nein«, versetzte Angel. »Das ist was Persönliches. Er hat auch in der Klinik gearbeitet. Er war James' Arzt. Selbst die Bullen erwähnen es. Hier, schau?« Sie entriss Paul die Zeitung. »Lass mich das fertig lesen. Hörst du? Dr. Chartrand ist der Zweite aus der Riverside Clinic, der Opfer eines Car-Jackings wurde ...«

Paul nahm ihr die Zeitung wieder ab. »Lass mich mal sehen.« Er las den Artikel, während Angel ihren Drink leerte, sich einen weiteren eingoss und einen Joint rollte.

Man hatte Chartrands Wagen am Flughafen entdeckt, aber sein Verschwinden war relativ lange unbemerkt geblieben. Zwar war er nie, wie versprochen, zu einem Besuch bei seinen Eltern im Brokenhead Reservat angekommen, aber sie waren davon ausgegangen, dass er nicht die Zeit dazu gefunden hatte. Seine Arbeit hatte ihn schon häufig vom Kommen abgehalten, erzählten sie der Polizei.

Nach Meinung der Polizei war er auf dem Weg zum Reservat überfallen worden. Die Leiche hatte möglicherweise schon seit Wochen unter dem eisigen Schnee gelegen.

»Das ist was Persönliches, wie der Bulle gesagt hat.« Angel zündete sich den Joint an und inhalierte tief.

»Das ist nichts Persönliches. Es ist bloß ... Verbrechen gibt es überall. Das weißt du selbst. Dir wurde doch auch die Brieftasche gestohlen.«

»Was, wenn sie auch hinter Kelly her sind?«

»Baby, niemand ist hinter Kelly her. Hörst du bitte auf, dich zu sorgen? Wenn's was Persönliches *ist*, dann handelt es sich wahrscheinlich um einen Patienten aus der Klinik. Du weißt doch, dass sie Verrückte behandeln.« Er dachte an James. »Pst. Lass mich das lesen.«

Eine lange Passage rühmte Dr. Chartrand und seine beispielhafte Arbeit mit gestörten Patienten und seine Forschungen über posttraumatische Belastungsreaktionen. Aber Paul hatte keine Zeit, darüber nachzudenken. Rasch überflog er die Hintergrundinformationen. Er suchte nach einer weiteren Erwähnung des Leichenfundorts. Da. Ja.

Es war derselbe Highway. Die genaue Stelle wurde nicht genannt. Aber es war Highway 59.

Paul schenkte Angel noch einen Drink ein, ließ sie benommen am Küchentisch sitzen. »Bin bis Mittag zurück«, rief er, während er die Türen doppelt verriegelte. Die Zeitung nahm er mit.

Kelly lag auf der Couch, ein tränennasses, zerknülltes Taschentuch in der Hand. Lila versuchte, ihr dabei zu helfen, einen Ausweg aus der Falle zu suchen, in der sie jetzt saß.

»Wenn es doch nur noch jemanden gäbe«, jammerte Kelly. »Einen Verwandten. Hat Darl denn sonst gar keine Verwandtschaft?«

»Nur James«, sagte Kelly.

»Wenn James leben würde«, meinte Lila wütend, »dann hätten wir das Problem nicht.«

»Wenn du eine *Ahnung* hättest«, presste Kelly zwischen den Zähnen vor, »wie oft ich mir das auch schon gesagt habe!«

»Verzeih!« Lila schwieg einen Augenblick. »Aber es muss doch jemanden geben. Was ist mit Alex' Mutter?«

»Diane?« Soweit Kelly wusste, hatte sie Alex zum letzten Mal gesehen, als er drei war. Das Letzte, was sie von Diane gehört hatte, war, dass sie irgendwo in Brooklyn mit ihrem Lover zusammengezogen war. Dem Wrestler. Das Paar war vor Jahren hin und wieder bei Maggie aufgetaucht. Aber als Diane sich geweigert hatte, zu Mann und Kind zurückzukehren, schwor Maggie, kein Wort mehr mit ihr zu sprechen. Maggie hätte nicht wütender über den Verrat sein können, wenn Darl ihr eigener Sohn gewesen wäre.

»Ich hab keine Ahnung, wo Diane ist«, gab Kelly zu. »Sie wollte nie Mutter sein. Ich weiß nicht, ob …«

»In rechtlicher Hinsicht wäre sie perfekt. Sie haben sich doch nie scheiden lassen und eine Sorgerechtsbestimmung existiert nicht, oder?«

»Nein, aber …«

»Es wäre ideal!«, meinte Lila. »Sie müsste lediglich ein paar Papiere unterschreiben, und die Sache wäre geritzt. Was sollte sie dagegen einzuwenden haben?«

Kelly dachte darüber nach. Es klang logisch. Vielleicht war Diane eine schlechte Mutter und eine untreue Ehefrau, aber vollkommen herzlos war sie nicht. Wenn sie erst einmal Bescheid wüsste, würde sie vermutlich zustimmen. Kelly erinnerte sich, dass Diane die einzige Verwandte war, die James' Geschichten ernst genommen hatte. Sie hatte ihm geglaubt. Und deswegen geweint. Selbst wenn sie sich nicht selbst um Alex kümmern wollte, würde sie ihn vor Adam schützen wollen. Bestimmt hätte sie nichts dagegen, Kelly, zumindest zeitweilig, als Pflegemutter einzusetzen.

»Es ist möglich«, sagte Kelly bedächtig. »Und es ist eine gute Idee. Aber ich wüsste nicht, wo ich die Suche nach ihr beginnen sollte.«

»Weiß deine Mutter vielleicht, wo sie steckt?«

Kelly bezweifelte das.

Aber als sie bei der Auskunft für New York anrief, ging ihr auf, dass ihr gar keine andere Wahl blieb. Diane war weder unter Darls noch unter ihrem Mädchennamen aufgeführt, und Kelly konnte sich beim besten Willen nicht an den Namen von Dianes Lover erinnern, nicht einmal an seinen Wrestlernamen. The Black Hood. Oder war es The Black-Hooded Crusher? Es fiel ihr beim besten Willen nicht mehr ein. Wen außer ihrer Mutter konnte sie schon fragen?

»Dieses kleine Miststück?«, fragte Maggie. »Nein. Hab sie seit Jahren nicht mehr gesehen. Wie geht's Darl? Will er sich endlich scheiden lassen?«

»Vielleicht«, erwiderte Kelly. »Du hast keine Ahnung, wo sie wohnt? Und … äh«, sie zögerte, unsicher wegen des Namens. »Ihr Freund ist dir nicht zufällig mal über den Weg gelaufen?«

Maggie ließ eine Reihe von Obszönitäten vom Stapel. Kelly wartete.

»Nun, wenn du irgendeine Idee hast, wo sie sein könnte …«

»Warum besuchst du mich eigentlich nicht mal?«, fiel Maggie ihr ins Wort. »Letztes Weihnachten bist du auch nicht gekommen. Habt mich ganz allein gelassen, ihr beide. Keiner würde darauf kommen, dass ich eine Tochter habe, geschweige denn zwei!«

»Ma, letztes Weihnachten war ich nicht besonders gut drauf, das weißt du.«

»Na ja, nicht mal angerufen hast du seitdem.« Sie hielt inne, und Kelly hörte, dass sie an einer Zigarette zog. »Und jetzt geht's dir gut?«

»Ja.«

»Dann kannst du mich doch an Weihnachten besuchen! Und Darl mitbringen!«

Kelly hielt den Hörer von sich weg und seufzte.

»Ich hab sehr viel zu tun, Ma. Hör mal, ich muss jetzt

Schluss machen. Wenn du was von Diane hörst, oder wenn dir irgendwas einfällt ...«

»Die ist schon lang weg«, erwiderte Maggie. »Soweit ich weiß. Bei diesem Charlie hat sie's auch nicht lang ausgehalten. Hat ihn auch verlassen. Dieses Mädchen hat keinen Funken Anstand.«

»Charlie? Wer, der Wrestler?«

»Ja, dieser Wrestlerdummkopf. Charlie Cook.«

Charlie Cook. Zumindest hatte sie einen Namen. »Wie kommst du darauf, dass sie ihn verlassen hat?«

»Ich seh ihn manchmal in der Kneipe. Immer allein. Zum Trinken geht er immer noch runter zum Oyster Grill. An der Ecke. Erinnerst du dich?«

Kelly erinnerte sich. Leider. Das war die Spelunke, in der sie sich mit Maggie getroffen hatte, als sie für *Rising Heat* gearbeitet hatte. Sie hatte ihre Mutter dort raustragen müssen.

»Und sprichst du manchmal mit ihm?«

»Nein, ich überseh ihn einfach. Aber ich hab ihn gesehen, weißt du? Hab ihn dort gesehen ... ach, letzten Sommer, denke ich.« Maggie hatte kein gutes Zeitgefühl, das wusste Kelly. Nicht mal die Geburtstage ihrer Töchter konnte sie sich merken. Wer weiß, wann sie ihn wirklich zum letzten Mal gesehen hatte?

Aber ein Anfang war's.

Nur noch zwei Tage bis zu den Weihnachtsfeiertagen. Lila und Kelly arbeiteten fieberhaft, um bei ihrer Rückkehr alles für die technischen Proben fertig zu haben. Lila wollte die freien Tage in Winnipeg verbringen und drängte Kelly, nach New York zu fahren.

»Wenn du diesen Charlie Cook auftreiben kannst«, meinte sie, »dann findest du vielleicht auch Diane.«

»Vielleicht«, meinte Kelly. »Jetzt ist es aber schon zu spät, einen Flug zu buchen. Ich schätze, ich könnte mit dem Auto hinfahren.«

»Es könnte sich lohnen.«

»Na ja, mal abgesehen von der Autofahrt würde es Alex vielleicht auch Spaß machen. New York in der Weihnachtszeit …« Kelly verstummte plötzlich. Michael stand in der Tür. »Hi!«, begrüßte sie ihn nervös.

»Sie wollen also nach New York City?«, erkundigte er sich lächelnd.

»Wenn ich kann«, sagte Kelly, die bei seinem Erscheinen zusammengeschreckt war. Warum brachte er sie nur so aus der Fassung? Was machte es denn, wenn er ihre Pläne kannte? Warum sollte sie nicht nach New York fahren? Daran war nun wirklich nichts Auffälliges. Der Druck dieser ständigen Geheimnistuerei legte allmählich ihre Nerven bloß.

»Sie sind vom Vierundzwanzigsten bis zum Siebenundzwanzigsten weg, oder? Wie alle anderen auch?«, fragte Michael.

»Ich … ich nehm's an.«

Er deutete auf sie. »Gut«, sagte er. Er verließ den Raum.

»Worum ging's gerade?«, wollte Lila wissen.

»Keine Ahnung.«

»Warum kreuzt er eigentlich ständig hier auf?«

»Keine Ahnung«, wiederholte Kelly. »Überhaupt keine.«

Sie gingen hoch in das blaue Zimmer, wo sich die Belegschaft zu einer Kaffeepause versammelt hatte.

Bobbie las Jesse laut aus einem Revolverblatt vor. »Hör dir das an«, sagte sie. »In dem kühlen Klima Minnesotas ist Michael Black, Filmstar aus dem Nahen Osten, nicht in seinem Element. Es heißt, der scheue Schauspieler sehne sich nach den Stränden seines Heimatlandes Iran, oder zumindest nach denen Kaliforniens, doch seit eine Schönheit aus Los Angeles ihm das Herz gebrochen hat …«?

»Michael?«, meinte Lila. »Scheu?«

»Wieso liest du so was überhaupt«, meinte Jesse. »Das ist doch alles gelogen. Taylor bekommt einen Anfall, wenn er dieses Schundblatt hier sieht.« Er nahm Bobbie die Zeitschrift weg und warf sie in den Papierkorb.

»Es ist interessant«, entgegnete Bobbie. »Du solltest es lesen.«

»Dieser Schrott ist nur was für neugierige Versager, die wissen wollen, was Stars frühstücken.«

»Was er frühstückt, wissen wir schon«, sagte Lila.

Wie im Chor schrien Bobbie und Jesse beide: »Nichts!«

Die Unterhaltung wandte sich von Michael Black und seiner geheimnisvollen Schönheit aus Los Angeles ab, und bald gingen alle zu ihrer Arbeit zurück.

Ehe sie sich auf den Heimweg machte, schlüpfte Kelly noch einmal ins blaue Zimmer und langte in den Papierkorb. Aber die Zeitschrift war weg. Jemand war ihr zuvorgekommen.

Als sie an diesem Abend beim Essen saßen, rief Michael an.

»Lassen Sie uns zusammen fahren«, meinte er.

»Michael. Also, hören Sie!«

»Wir drei. Wollen Sie wirklich nach New York? Wir könnten morgen beim Dinner in Manhattan sitzen.«

»Seien Sie nicht … wie könnten wir das?«

»Flugzeuge nennt man das? Große silbrige Dinger, oben

in den Wolken. Ich habe drei Tickets nach La Guardia in der Hand. Morgen Nachmittag.«

Kelly war sprachlos. »Sie haben Tickets gekauft? Wieso?«

»Wieso?« Er klang ehrlich erstaunt. »Weil ich es wollte.«

»Aber man … man geht doch nicht einfach los und tut so was. Bloß weil man es möchte.«

»Aber natürlich tut man das. Ich zumindest.«

Vielleicht war es wirklich so einfach. Sie blickte zu Alex, der zu essen aufgehört hatte und lauschte. Er hatte einen wachsamen Ausdruck im Gesicht. Forschte, wie sie drauf war. Er kann einen Urlaub gebrauchen, dachte sie.

»Alex ist noch nie geflogen«, sagte sie.

Alex sprang hoch. »In einem Flugzeug? Können wir mit einem echten richtigen Flugzeug fliegen?«

Michael, der Alex gehört hatte, lachte. »Er kriegt den Fensterplatz«, sagte. »Es wird ihm gefallen.«

»Nun, ich überleg's mir. Ich muss es mir überlegen.«

Wieder lachte Michael. »Okay«, meinte er. »Aber packen Sie lieber schon mal. Der Flug geht um vier.«

Am nächsten Tag hatte Kelly keine Möglichkeit, mit Michael zu sprechen. Sie war schwer mit Ophelias Kostüm beschäftigt. Debbie war nicht glücklich damit. Es saß nicht richtig, fand sie. Lila versuchte sie auf diplomatische Weise davon zu überzeugen, dass sie toll darin aussähe, aber tatsächlich war es an Schultern und Brust zu weit. Während Kelly das weiße Mieder mit Kreide markierte, zappelte Debbie herum.

»Ich hab nicht den ganzen Tag Zeit«, maulte sie. »Ich muss mich für heute Abend fertig machen. Wir wollen alle zusammen in den Neptune Dance Club.«

»Wer denn alles?«, erkundigte sich Lila.

»Alle.«

»Ah so«, meinte Lila. »Halten Sie still. Hier können wir es ein bisschen enger machen, aber nicht viel. Es soll ja fließen, wissen Sie? Und Sie müssen schnell reinschlüpfen können.«

»Na gut«, seufzte Debbie. Sie setzte die Perücke für die Szene auf und zog angesichts ihres Spiegelbildes einen Flunsch. »Ich seh aus wie eine ertränkte Ratte«, sagte sie.

Die Perücke war lang und ungekämmt. Am Hinterkopf baumelte eine Blumenkrone. Die Blumen waren Lilas Schöpfung. Große blassrosa und weiße Blumenblätter, die an Wasserlilien erinnerten, so aber in der Natur nicht vorkamen. Es waren verrückte Blumenblätter, von einer verrückten, von Schmerz gebrochenen Frau verrückt ins Haar geflochten. Debbie drehte sich langsam vor dem Spiegel, und das weiße Kleid bauschte sich bei ihrer Bewegung sanft, die verschiedenen Lagen aus Spitze und Stoff schwangen wie ein ruiniertes Brautkleid um sie herum.

Bobbie kam mit Post herein. Zwei Flugtickets für Kelly, mit einem Schreiben von Michael, dass er um vier am Flughafen sein würde. Wenn sie käme, würden sie sich dort treffen. Sie nahm an, er hatte keine Zeit oder keine Lust, sie großartig dazu zu überreden. Sie war ein wenig enttäuscht.

Für Debbie hatte Bobbie eine lange, weiße Schachtel, wieder ein Dutzend roter Rosen. Und eine Karte, auf der stand: »Heb heute Abend einen Tanz für mich auf.«

»Kelly, stellen Sie die bitte ins Wasser, ja?«, bat sie süß, während sie ihr Kleid auszog.

»Machen Sie's doch selbst!«, erwiderte Kelly und marschierte zur Tür hinaus.

19

Am Flughafen wimmelte es von Weihnachtsurlaubern, und Kelly hielt Alex fest an der Hand, als sie sich durch die Menge kämpften.

»Wo ist Michael?«, fragte Alex, als sie sich am Gate anstellten. »Er verpasst noch das Flugzeug.«

»Ich glaube fast, er schafft's nicht, Schatz«, sagte Kelly.

Sie stellte sich vor, wie Michael gerade mit Debbie tanzte. Zur Hölle mit dir, dachte sie. Na ja, danke für die Tickets, aber trotzdem: zur Hölle mit dir.

Michael hatte sie als Kelly und Alex Quirk eintragen lassen. Ein weiterer Deckname für Alex. Sie hoffte, dass sie Diane fand und sie überreden konnte, zu einem Rechtsanwalt zu gehen. Wenn sie für Alex das Sorgerecht hatte, konnte sie mit ihm nach Hause fahren. Sich um Darl kümmern. Sie war überzeugt, dass Darl genesen würde, wenn sie persönlich für ihn sorgen würde. Auf sie würde er reagieren, das wusste sie. Mit ihrer Willenskraft würde sie ihn dazu bringen, gesund zu werden. Angel hatte doch nicht die geringste Ahnung, wie man sich um jemanden kümmerte.

»Da ist er!«, rief Alex.

Da war er. Er rannte, der letzte Passagier, der an Bord ging.

»Tut mir Leid«, meinte er, als er bei ihnen war. »Bin aufgehalten worden.«

»Hm. Ja«, erwiderte Kelly. »Mussten sich wohl erst noch von was losreißen?«

Er sah sie verdutzt an. »Es war Debbie Thompson«, sagte er.

»Ja, ich weiß.« Sie zog Alex weiter den Gang entlang zu

ihren Plätzen. Während sie Alex den Sicherheitsgurt erklärte, verstaute Michael ihr Handgepäck.

»Wie meinen Sie das, ja, ich weiß?«, fragte Michael, als er ebenfalls saß. »Woher konnten Sie das wissen?«

»Ich hab die Blumen gesehen.«

»Die Blumen. Sie meinen die Rosen?«

»Ja, sie hat mich eigens darauf aufmerksam gemacht. Ein Dutzend rote Rosen. Sie wissen wirklich, wie man Eindruck schindet!« Kaum war es raus, hätte sie sich am liebsten die Zunge abgebissen. Sie klang so bitter, dass sogar Alex, der aus dem Fenster geschaut hatte, sich ihr zuwandte und sie anstarrte.

Michael lachte. »Die sind nicht von mir. Vermutlich von ihrem Mann. Ich bin deshalb so spät, weil sich ihretwegen die Proben in die Länge gezogen haben. Taylor wollte uns nicht gehen lassen, bevor sie ihren Text nicht richtig drauf hatte. Rocko ist gefahren wie ein Verrückter, um mich noch rechtzeitig herzubringen.« Er griff nach ihrer Hand, doch sie zog sie fort. »Kelly? Na kommen Sie.«

Beschämt bemerkte sie, dass er lächelte, dass er das Ganze genoss. Er besaß die Unverfrorenheit zu glauben, dass sie eifersüchtig war. Sie starrte aus dem Fenster und schwieg. Auch Alex wandte seine Aufmerksamkeit wieder dem Ausblick zu. Unter ihnen verschwand Minneapolis und machte den schneebedeckten Feldern und eisigen Seen des Mittleren Westens Platz. Sie war sich bewusst, dass Michael sie ansah, aber sie ignorierte ihn.

»Ich habe Debbie Thompson noch nie Rosen geschenkt«, sagte er schließlich. »Nicht auch nur die kleinste Knospe!«

Alex war verblüfft über die Wolken unter ihnen.

»Das ist ja wie im Himmel«, sagte er und presste die Stirn ans Fenster.

Kelly saß neben ihm, die rechte Hand locker auf seinem Rücken. Trotz ihrer anfänglichen Abwehr streichelte Michael ihre linke Hand leicht mit seinem Daumen.

»Ich hab neben mir eine Suite gebucht«, erzählte er ihr. »Wir können einchecken, und danach wollen Sie schätzungsweise Ihre Mutter besuchen.«

»Nicht heute Abend«, meinte Kelly. »Ich habe ihr gesagt, dass ich erst morgen ankomme.« Sie wollte die Zeit mit Maggie so kurz wie möglich halten.

Michael machte ein enttäuschtes Gesicht. »Ich habe heute Abend eine Besprechung«, erklärte er entschuldigend. »Was Geschäftliches. Eine Art Vorsprechen.« Er holte aus der Innentasche seiner Anzugjacke eine Karte heraus und reichte sie ihr. Es war die Visitenkarte eines Filmproduzenten. »Ich könnte versuchen, mich um neun loszueisen.«

»Sie wollen wieder einen Film machen?«

»Vielleicht, ja. Das Drehbuch gefällt mir.«

Kelly war überrascht. »Ich dachte, mit Filmen seien Sie fertig?«

Er lachte. »Wer hat Ihnen denn das erzählt?«

»Alle«, stieß sie hervor. »Alle sagen, Sie ...« Sie verstummte.

Er sah sie an. »Alle sagen, dass ich was? Debbie Thompson Rosen schicke? Mitten in der Wüste in einem Zelt lebe?«

Kelly errötete. »Nein. Ich hab's bloß gehört. Hier was und da was. Dass es ein ... Rocko sagte, dass ein Mädchen ...«

»Ah.« Er nickte. »Rocko.«

»Er sagte, es gäbe da ein Mädchen in L. A.«

»In L. A. gibt es viele Mädchen«, erwiderte Michael. Er lehnte sich zurück und schloss die Augen.

Am Flughafen wartete schon eine Limousine auf sie und brachte sie zum Hotel. In dem großen Foyer waren alle wie aus dem Ei gepellt, und Kelly wurde sich plötzlich ihrer Joggingschuhe und Jeans bewusst. Alex und sie mussten wie Waisenkinder wirken, die Michael von der Straße aufgelesen hatte. Aber sie war dankbar für die Anonymität Manhattans. Niemand schien Michael zur Kenntnis zu nehmen, als er durch das Hotelfoyer marschierte. Vermutlich kamen hier jeden Tag bei weitem berühmtere Leute als Michael durch. Es würde keine Fotografen oder Reporter geben. Und auch keine Teenagerhorden.

In ihrem Zimmer zog Kelly einen Rock an und schlüpfte in die drückenden Stöckelschuhe. Zu Abend aßen sie in dem riesigen Atrium im zweiten Stock. Zuerst sah es so aus, als könnten sie ungestört essen, aber das blieb nicht lange so. Noch ehe Michael seine Vorspeise gegessen hatte, kam eine hochgewachsene, elegante Frau in einem klassisch geschnittenen Wildlederkostüm an ihren Tisch. Michaels Agentin.

»Es tut mir Leid«, sagte sie mit einem strahlenden Lächeln zu Kelly, »aber ich muss Ihnen Michael entführen.« Sie wirkte ziemlich erfahren darin, Michael zu entführen.

»Es dauert nicht lang«, meinte Michael. »Wird's doch nicht, oder, Sonya? Um neun möchte ich wieder hier sein.«

»Um neun?« Sonya betrachtete Kelly genauer. »Michael, bei diesem Vertrag steht einiges auf dem Spiel!«

»Es dauert nicht lang«, wiederholte Michael, bevor er aufstand. »Ich werde an Ihre Tür klopfen.«

Nach dem Dessert wanderte Alex durch den kleinen Wintergarten und berichtete, dass es dort einen Wunschteich gebe. Ob er ein paar Pennys haben könne?

»Mal sehen«, meinte Kelly. Sie folgte Alex durch die Palmen und exotischen Blumen. Die Luft war warm und dampfig. Alex deutete auf ein kleines Becken im Zentrum des Wintergartens, in dem fette Goldfische schwammen. Er beugte sich über das Geländer und nahm die Pennys, die Kelly ihm hinhielt.

»Ich muss mir einen wirklich guten Wunsch ausdenken«, sagte er.

Kelly fuhr ihm durchs Haar. Armer Alex.

»Denkst du an deinen Dad?«, fragte sie.

»Ich denk an Mrs Chan«, meinte Alex.

»An deine Lehrerin? Wieso?«

»Sie hat gesagt, ich könnte bei der Weihnachtsaufführung der Zauberer sein, und jetzt ist Weihnachten, und ich bin nicht da.«

»O Alex, das tut mir Leid!« Sie kniete sich neben ihn und legte ihm den Arm um die Hüfte.

Mit undurchdringlicher Miene starrte er in das Becken. Was er wohl gerade durchmacht?, fragte sie sich.

»Warum wünschst du dir zu Weihnachten nicht ein paar neue Zaubertricks?« Neben anderen Geschenken hatte sie in ihrem Gepäck einen Zauberkasten, den sie schon in Minneapolis für ihn besorgt hatte.

»Das könnte ich«, sagte er ernst. »Aber dann wüsstest du, was ich mir gewünscht habe.«

»Ach, mir kannst du's doch erzählen!«

»Nein«, erwiderte er. »Es gibt Dinge, die darf man nicht erzählen.«

»Vielleicht hast du Recht.« Sie dachte an all die Dinge, die sie Michael nicht erzählte. Die Dinge, die er ihr nicht erzählte. Viele Mädchen in L. A.? War das ein Scherz? Sie fragte sich, wer Debbie die Rosen geschickt hatte und ob Debbie wirklich glaubte, sie seien von Michael. Würde

Debbie heute Abend im Tanzclub nach ihm Ausschau halten? Und warum fuhr Debbie über die Feiertage nicht nach Boston zu ihrem Mann?

Dann wandten sich ihre Gedanken den düstereren Geheimnissen zu. Was war Leon zugestoßen? Sie hatte eine Zeitung aus Winnipeg gekauft und alles darüber gelesen. Leon war so übel zugerichtet worden, dass man zu seiner Identifizierung zahnärztliche Unterlagen heranziehen musste. Bei dem Gedanken drehte sich ihr der Magen um. Es schien, als hätte eine böse Gottheit sie alle mit einem Fluch belegt. James. Angela. Allan. Darl. Leon. Alex. Kelly selbst, die aller Wahrscheinlichkeit nach im Gefängnis landen würde, wenn sie Diane nicht fand.

War es wirklich nur eine schreckliche Unglückssträhne? Oder verbarg sich ein Schema dahinter? Wenn sie es doch nur erkennen könnte. Sie erinnerte sich an die Zeit, als James versucht hatte, ihr beizubringen, ein Stillleben zu malen. Sie war frustriert gewesen, weil sie es nicht schaffte, das Gemälde echt aussehen zu lassen. Sie hatte sich über ihre Ungeschicktheit beklagt. »Dumme Hand!«, hatte sie gesagt und sie geschüttelt. »Es liegt nicht an deiner Hand«, hatte James erwidert. »Man malt nicht mit den Händen.« Es seien die Augen, erklärte er ihr. Sie müsse lernen zu *sehen*.

Wassergeplätscher holte sie aus ihren Erinnerungen in die Gegenwart zurück. Alex war ein Wunsch eingefallen.

Sie nahm ihn an der Hand, und sie gingen in ihre luxuriöse Suite hoch, wo sie ihn in das gigantische Bett steckte. Sie las ihm aus *Dornröschen* vor, aber er war so müde, dass er bereits vor dem Erscheinen des Prinzen eingeschlafen war.

Und Kelly war schon eingeschlafen, bevor Michael zurückkam. Falls er an die Tür klopfte, so hörte sie es nicht.

Als sie sich am nächsten Morgen mit Michael zum Frühstück in seinem Zimmer trafen, wirkte er ausgeruht und fröhlich.

»Wie ist es gelaufen?«, erkundigte sich Kelly.

»Ich werde einen Pharao spielen«, sagte er. »Weißt du, was das ist, Alex?«

»So eine Art König.«

»Stimmt genau! In Ägypten. Da kommt mein Großvater her.«

»Ist er ein Pharao?«

»Nein, aber er hält sich für einen«, erwiderte Michael. Er zwinkerte Kelly zu. »Er ist zwei Meter groß und läuft mit einem Stock in seinem Olivenhain herum, knurrt alle an und sagt ihnen, wo's lang geht.«

»Genau wie mein Opa«, sagte Alex.

»Wovon handelt der Film?«, erkundigte sich Kelly.

»Ach, das Übliche.« Wieder zwinkerte er. »Eine Liebesgeschichte.«

»Sie sind aber gut gelaunt«, sagte sie.

»Na, bei acht Millionen ist das kein Wunder.«

»*Acht*?«

»Wieder im Spiel«, sagte Michael.

Michael beharrte darauf, sie zu Maggies Wohnung zu bringen, obgleich Kelly das für unnötig hielt. Folglich wurden sie in einer Limousine in das heruntergekommene Brooklyn chauffiert. Zwei Kinder, die Schnee von ihrer Vorderveranda fegten, hielten in ihrer Arbeit inne und glotzten.

Michael stieg aus und folgte Kelly.

»Sie müssen nicht mit hochkommen«, sagte sie.

»Ich möchte aber Ihre Mutter kennenlernen.«

»Die Zeit ist eigentlich nicht gerade günstig«, wandte

Kelly ein. Aber eigentlich gab es nie eine günstige Zeit. Allein der Gedanke von Michael und Maggie in einem Raum war unvorstellbar. »Ich rufe Sie im Hotel an.« Sie nahm ihm ihre Tasche ab und führte Alex die lange Holztreppe hoch zur Eingangstür. Dort angekommen, wandte sie sich um. Michael winkte ihnen aus dem Autofenster.

»Frohe Weihnachten!«, rief er.

O ja. Es war Weihnachten.

20

Maggies Haar wurde grau. Sie saß auf einem hölzernen Küchenstuhl, drehte sich eine Zigarette und beäugte ihre Tochter argwöhnisch.

»Wie meinst du das«, fragte sie, »wenn du sagst, er ist krank?«

»Na eben krank. Er hatte einen schweren Unfall.« Kelly blickte zu Alex hinüber, der gebannt eine Fernsehsendung zu verfolgen schien. »Er kann sich jetzt nicht um Alex kümmern.«

»Ich hab öfter mal bei ihm angerufen«, sagte Maggie. »Aber er geht nie ran.«

»Ich weiß. Meistens liegt er im Bett. Mit Kopfschmerzen.«

»Hab ich auch manchmal«, versetzte Maggie, »und geh trotzdem ran.«

»Ma, bitte!« Manchmal fragte sich Kelly, ob sich ihre Mutter absichtlich dumm stellte. »Ich hab dir doch gesagt, das ist was anderes. Sein Kopf wurde förmlich gespalten. Er kann kaum sprechen.«

»Und du meinst also, Diane wird Alex nehmen?«

»Ich möchte gar nicht, dass sie ihn nimmt. Sie soll nur unterschreiben, dass ich mich um ihn kümmern darf.«

»Aber du hast ihn doch.« Maggie zündete sich eine Zigarette an und versengte dabei beinahe ihr Haar. Sie paffte, versuchte, sie richtig zum Brennen zu bringen.

Kelly zuckte mit den Achseln. Sie hatte nicht vor, Maggie zu erzählen, dass sie Alex gekidnappt hatte, denn sie bezweifelte, dass Maggie sie verstehen würde. Und selbst wenn sie es verstand, war fraglich, ob sie das Geheimnis für sich behalten konnte. Um ganz sicherzugehen, erwähnte sie nicht einmal Minneapolis oder das Theaterstück. Sie hatte so getan, als wären sie direkt aus Winnipeg gekommen.

Zugegeben, an diesem Abend war Maggie nüchtern, und sie war den ganzen Tag über nett zu Alex gewesen. Aber sie war so dickköpfig. So eigensinnig. Kelly beobachtete sie beim Rauchen.

Maggies Augen schienen nachzulassen. Sonderlich gut hatte sie nie sehen können, doch hatte ihre Eitelkeit sie in der Vergangenheit davon abgehalten, die Brille zu tragen, die sie nun aufsetzte. Und doch war sie noch immer schön. Hinter den dicken Brillengläsern waren ihre Augen so grün und verblüffend wie eh und je, so strahlend und tiefgründig wie ein grünes Meer. Das ergrauende Haar schien das lediglich zu unterstreichen, der flammendrote Haarton war einem sanften Silbergold gewichen. Sie war eine schöne Frau, auch jetzt noch, eine Frau, die die Männer immer in Scharen angezogen hatte, und es vermutlich immer noch tat.

Kelly hatte den Nachmittag damit zugebracht, sich in der Umgebung umzusehen. Sie hatte sich in viele Bars hineingewagt, einschließlich des Oyster Grills, und die Wirte befragt, aber niemand kannte Charlie Cook, oder niemand wollte es zugeben. In der Abenddämmerung hatte sie in einem Lebensmittelladen alles für ein Weihnachtsessen eingekauft. Am nächsten Tag sollte sie mit Alex und ihrer Mutter ein anständiges Weihnachten feiern. Danach würde sie weitersuchen. Sie hatte zwei ganze Tage Zeit.

Am Weihnachtstag benahm sich Maggie wunderbar. Während Kelly kochte, mimte sie ein hingerissenes Publikum für Alex' neue Zaubertricks. Sie erzählte ihm Geschichten aus ihrer Kindheit, wie sie in einem großen Schiff nach Amerika gekommen war. Sie brachte Alex zum Lachen, indem sie von dem wilden Gekasper ihrer Geschwister und ihren Spielen auf den Straßen Brooklyns erzählte, dem Unfug, den sie angestellt hatten.

Bis zum Ende des Dinners blieb sie nüchtern, dann zog sie aus dem Schrank unter der Spüle eine volle Flasche Scotch hervor. Guten Scotch. Sie saß in der Küche, während Alex Kelly beim Tischabräumen half, und trank.

Kelly entschied, dass es besser war, ihn an diesem Abend zeitig ins Bett zu bringen.

»Trink doch was«, bot Maggie an, nachdem Alex eingeschlafen war. »Das Zeug ist gut – bringt das Blut in Wallung!«

»Na, das ist genau das, was ich brauche«, erwiderte Kelly sarkastisch.

Maggie sah sie von der Seite an, durch das Glas. »Schatz«, sagte sie. »Du brauchst einen Mann.« Kelly schüttelte den Kopf. Maggie hielt Kellys Singledasein für eine Krankheit, die geheilt werden musste. In Maggies Augen war Kelly eine Versagerin, weil es in ihrem Leben keinen Mann gab. Aber Kelly war nicht in der Stimmung, sich Ratschläge über ihr Liebesleben anzuhören. Sie wollte nur noch das Geschirr spülen und dann ins Bett gehen.

Maggie goss ihr trotzdem ein Glas ein. »Na komm, entspann dich.«

»Ich bleibe lieber menschlich«, sagte Kelly, als hätte sie noch nie im Leben einen Tropfen angerührt.

»Oh, Jesses«, seufzte Maggie. »So ist das also. Hier kommt die Queen.«

»Lass es, Ma.«

Maggie beugte sich über den Tisch und sagte mit erhobenem Zeigefinger: »So warst du schon immer. Schon als kleines Mädchen. Du wandelst wie eine Königin durch dieses Leben. Rührst nix an. Du bist zu gut für diese Welt, das glaubst du doch!«

»Das glaub ich nicht. Das ist deine Vorstellung, nicht meine.«

»Du hast gedacht, du wärst zu gut für uns. Du warst dir zu gut für Darl! Ich hab dir zugeredet, aber du wolltest ja nicht hören. O nein! Du musstest ja mit dem Bruder gehen. Hast tatsächlich dieses Kind geheiratet – dieses seelische Wrack – dieses …« Sie suchte nach einem Wort. »Dieses gebrochene Kind! Ich hab dich gewarnt, aber du wolltest ja nie auf mich hören.«

»Du hast doch gar keine Ahnung.«

»Ich kenne dich. Kenn dich dein ganzes Leben lang. Du willst einfach nicht hören. Hast immer deine eigenen Wege gehen müssen.«

»Was blieb mir denn anderes übrig?«, fuhr Kelly sie an. »Ich musste meine eigenen Wege gehen, du warst ja nie da!«

Das ließ Maggie ihr nicht durchgehen. Sie beugte sich so weit vor, dass sie fast vom Stuhl gekippt wäre. »Ach, man hat dir ja so übel mitgespielt, hm?«, zischte sie. »So furchtbar übel? Weißt du, womit ich mich zufrieden geben musste? Zwei Kinder und eine lausige, kleine Wohnung in

Winnipeg, St. Boniface. Was für ein Loch! Weil Angels Vater – zur Hölle mit ihm! – nah bei seiner Familie sein wollte. Das hat uns viel gebracht!«

Kelly bemerkte, dass es das erste Mal seit ihrer Ankunft war, dass sie Angel erwähnte. Sie hatte nicht mal nach ihr gefragt. Nur nach Darl.

Plötzlich hellte sich Maggies Miene wieder auf. Ihre Laune wechselte schlagartig. Zärtlich betrachtete sie ihre Tochter und sagte mit rauer Stimme: »Das ist ein steiniger Weg, den du dir da aussuchst. Wo wirst du enden?«

Am liebsten hätte Kelly ihrer Mutter von all ihren Ängsten erzählt, aber es ging nicht. »Wieso interessiert dich das?«, schnauzte sie. »Du hast dich doch nie darum gekümmert, verdammt noch mal!«

»Mutter Gottes!«, rief Maggie. »Was für eine Märtyrerin du doch bist!«

»Ma, sei still. Er schläft.«

»Du und dein Stillsein. Du warst immer …« Ein seltsamer Ton ließ sie innehalten. »Was ist das?«, fragte sie.

Beide lauschten. Ein dünnes Wimmern aus dem Schlafzimmer. Alex war aufgewacht.

»Siehst du?«, flüsterte Kelly. »Du bist einfach zu laut.«

»Jetzt halt mal den Rand. Ich schau nach ihm.« Maggie erhob sich schwankend und steuerte aufs Schlafzimmer zu.

Na, toll. Jetzt war Alex wach, und sie musste sich um ihn kümmern. Sie hörte, wie Maggie mit ihm sprach, und als sie in das Zimmer lugte, sagte Maggie gerade mit einer Singsangstimme ein Gedicht auf, ein altes Gedicht. »Du hast mir etwas versprochen, und du hast mich belogen!« Alex legte sich wieder hin, und Maggie deckte ihn zu. Kelly zog sich in die Küche zurück. Schön. Dann sollte ihre Mutter das halt machen.

Ich muss aus diesem Schlamassel raus, sagte sie sich. Aber wie? Such dir einen Mann, hatte Maggie gesagt. Das war ihr bester Rat. Als ob sich die ganze Welt um Männer drehen würde, als ob sie dich retten würden, bei dir bleiben würden, als wären sie unsterblich. Sie ergriff das Whiskyglas. Warum nicht?

Durch die offene Tür hörte sie Maggies Stimme, eine schwache Melodie. »Du hast mir etwas versprochen, und es war schwer für dich«, sagte, nein, sie sang es fast. Etwas in Kellys Erinnerung regte sich. Diese Stimme, diese Worte. Sie nahm einen kräftigen Schluck. Schwer für dich, dachte sie. Übel mitgespielt. Ein steiniger Weg. Wieder nahm sie einen Schluck aus der Flasche, und Maggie hatte Recht. Der Whisky brachte das Blut in Wallung.

Kelly schlenderte eine Weile in der Küche herum und trank dabei. Dann ging sie mit der Flasche zur Schlafzimmertür und schaute hinein. Alex schlief tief und fest, oder zumindest hatte er die Augen geschlossen. Und ihre schöne Mutter summte neben seinem Bett. Das Letzte, woran sie sich von diesem Abend erinnerte, war, dass sie dort stand und der rauen und wunderschönen Stimme ihrer Mutter lauschte:

Du hast mir versprochen, was nicht möglich ist.
Dass du mir Handschuhe von der Haut eines Fisches gibst;
Dass du mir Schuhe von der Haut eines Vogels gibst,
und ein Kleid von der kostbarsten Seide Irlands.

21

Obgleich es erst zehn Uhr früh und der zweite Weihnachtstag war, herrschte in der Bar schon einiger Betrieb. In einer Ecke spielte eine knallhart aussehende Gang junger Männer Pool, während in der Raummitte ältere Stammgäste mit trübem Blick Bier tranken und sich eine Fernsehtalkshow anschauten.

Seit einer Stunde war Kelly von Bar zu Bar marschiert, und sie hatte gehofft, ihr Kater würde verfliegen, stattdessen wurde er zunehmend schlimmer. Nun nahm sie den ganzen Mut zusammen und ging auf den Barkeeper zu.

»Entschuldigen Sie, haben Sie vielleicht in letzter Zeit Charlie Cook mal hier gesehen?«

Der Barkeeper zuckte mit den Achseln. »Da müssen Sie hier rumfragen«, meinte er. »Wir respektieren das Privatleben unserer Gäste.«

»Mach ich.« Sie steuerte auf die Pooltische zu, aber da besann sich der Barkeeper offensichtlich eines anderen. Er deutete mit dem Kinn in die entgegengesetzte Richtung. Am Ende der Bar saß, allein, in einem Kreis aus blauem Dunst, eine riesige, kahle Gestalt in einer Lederjacke.

»Danke«, flüsterte sie. Sie ging an der Bar entlang und schwang sich auf den Barhocker neben ihn.

»Ich bin auf der Suche nach Charlie Cook«, sagte sie.

»Was wollen Sie von Charlie?«

»Ich bin eine Freundin von ihm.«

»Ach ja?« Der Mann beugte sich vor und kam ihr dabei mit seiner unförmigen Nase gefährlich nahe. »Das glaub ich nicht.«

»Nun, ich bin die Freundin einer Freundin.« Kelly lehnte sich zurück und wäre beinahe vom Hocker gerutscht.

Nervös blickte sie sich nach dem Barkeeper um. Aber der war am anderen Barende mit Gläserabtrocknen beschäftigt.

»Von seiner Freundin? Sara?«

»Nein. Diane. Diane Grayton. Aus Kanada?«

Seine Augen verengten sich, und er rutschte von ihr fort. Er legte seine voluminösen Unterarme auf die Bar und wandte seine Aufmerksamkeit dem Bier zu. Nach einem langen Schluck wischte er sich mit dem Handrücken den Mund ab. Dann zog er seine Jacke von der Schulter und enthüllte über dem Schlüsselbein ein knallrotes Tattoo. Ein Paar Lippen schienen zu einem immerwährenden Kuss an seiner Haut zu haften. Er tätschelte das Tattoo und starrte Kelly an. »Das hier ist Diane«, sagte er. »Alles, was mir von ihr geblieben ist.«

»Und Sie wissen nicht, wo sie jetzt steckt?«

»Ich weiß genau, wo sie steckt.«

Das klang wie eine Drohung. Kelly biss sich auf die Lippen. Sie wollte raus aus dieser Kneipe, fort von diesem Kretin. Aber sie musste weitermachen. »Wer ... wer sind Sie?«

»Nein. Die Frage ist, wer sind Sie? Und was zum Teufel wollen Sie von Diane?«

Kelly beschloss, ihm die Wahrheit zu sagen. Er war ihr letzter Anhaltspunkt und ihr lief die Zeit davon. Wenn dieser Mann Diane nicht kannte, dann war dadurch kein Schaden angerichtet. Und wenn er sie kannte und sie ihm die Wahrheit erzählte, würde Diane das vielleicht zu Ohren kommen.

»Ich habe Dianes Sohn«, sagte sie und achtete genau auf seine Reaktion.

Er senkte die Bierflasche bedächtig und starrte sie an.

»Ich habe ihren Sohn dabei, hier in New York, und ... und ich möchte wissen, ob sie ihn sehen möchte.«

Ungläubig öffnete er den Mund.

»Hier?«, fragte er. »Alex ist hier?«

Nachdenklich betrachtete Maggie den kleinen Jungen an ihrem Küchentisch. Darls Sohn. Nun. Eine Art Enkel immerhin. Mehr als das stand wohl nicht zu erwarten. Alex trat rhythmisch an den Tisch. An diesem Vormittag hatte er jeden Trick aus seinem Zauberkasten bereits zweimal vorgeführt, und nun war ihm langweilig.

»Weißt du, wie man das Fadenspiel spielt?«, fragte sie.

Er schüttelte den Kopf.

»Dann bring mir mal den großen Korb da, den Weidenkorb.«

Alex tat wie geheißen, und Maggie räumte das Frühstücksgeschirr vom Tisch. Sie setzten sich nebeneinander, und Maggie zog einen langen roten Wollfaden aus dem Korb. »Jetzt bin ich mal dran, dir ein paar Tricks zu zeigen«, meinte sie.

Alex lächelte. Fasziniert schaute er zu, wie Maggie ihm ein paar einfache Kniffe zeigte. Er verstand schnell, und über eine Stunde saßen sie da, verschlangen und entschlangen den Faden, während Alex immer kompliziertere Muster lernte.

»Wie kommen wir jetzt wieder raus?«, fragte Alex lachend, als sie ein so enges Netz gebaut hatten, dass sich ihre Finger beinahe berührten. Maggie lachte. Sie wackelte ein bisschen mit den Fingern, zog die Wolle von seinen Fingern runter und hielt das Netz zwischen ihren Händen.

Alex war beeindruckt: »Du bist nicht wie *meine* Oma.«

Als Kelly ihn durch Fotos davon überzeugt hatte, dass Alex wirklich bei ihr war, gestand der tätowierte Mann, dass er Charlie Cook war.

»Ich hätte sein Vater sein müssen.« Er starrte auf das Foto von Alex in seiner Baseballuniform.

Mit Schrecken bemerkte Kelly, dass sich seine Augen mit Tränen füllten. Sie hoffte, er würde jetzt nicht zusammenbrechen. Ob er betrunken war?

»Er hat einen Vater«, sagte sie leise.

Er grunzte angewidert. »Einen Vater! Irgendeinen dämlichen Arzt! Hat das Kind nicht mal die eigene Mutter sehen lassen!«

»Moment mal«, meinte Kelly. »Das stimmt nicht.«

»O doch, das stimmt! Er hat sie ja nicht mal mit dem Kind sprechen lassen. Es hat ihr das Herz gebrochen …«

»Hören Sie«, unterbrach ihn Kelly. »Ich weiß nicht, was Diane Ihnen erzählt hat, aber *sie* war's, die Alex verlassen hat!« In diesem Augenblick stieg die alte Wut auf Diane wieder in ihr hoch, die sich nun gegen Charlie Cook richtete. »Deswegen müssen Sie nicht sentimental werden. Sie wollte gehen und ist gegangen. Manche Menschen sind einfach so kalt.« Kaum war es über ihre Lippen, fiel ihr auf, dass ihre Mutter das immer sagte. »Er hat sie gebraucht, und sie ist einfach auf und davon. Er braucht sie jetzt auch. Er steckt in Schwierigkeiten. Ich möchte wissen, ob sie ihm hilft. Das ist sie ihm schuldig. Sie beide sind ihm das schuldig. Und wenn sie auch nur einen Funken Anstand im Leib hat, dann …« Sie hielt inne, mit einem Mal erschrocken über den eigenen Ausbruch.

»Schätze, da kann ich nicht helfen«, seufzte Charlie.

Kelly holte tief Luft und versuchte es erneut, sanfter diesmal. »Hören Sie, es tut mir Leid, dass ich Sie beleidigt habe. Aber es handelt sich wirklich um einen Notfall. Es ist nicht persönlich gemeint. Das ist eine Sache zwischen Diane und mir. Ich muss sie finden.«

Er schwieg.

»Sie sagten, Sie wüssten, wo sie ist. Sie müssen nichts weiter tun, als es mir sagen.«

Er tätschelte das Tattoo zärtlich. »St. Kierans Friedhof«, sagte er. »Sie ist seit drei Jahren tot.«

Maggie begutachtete den Fremden an ihrer Tür und zog überrascht die Augenbrauen hoch. Er lächelte höflich. Extrem gutaussehend. Nein, großartig. Er hatte Geschenke dabei. Und Blumen. Rote Rosen. Kein Mann hatte ihr mehr Rosen geschenkt, seit …

»Ist Kelly Quirk da?«, fragte er.

»Michael!« Alex kam aus der Küche gerannt.

»Hi, Alex! Ist das deine Oma?«

»Das ist Maggie«, erklärte Alex. »Wir spielen gerade Spinnennetz.«

»Ein Fadenspiel«, bemerkte Maggie. Sie reichte ihm die Hand, und Michael schüttelte sie warm.

»Ich bin Michael Black«, stellte er sich vor. »Ich arbeite mit Kelly zusammen.«

»In Winnipeg?«

»Nein, momentan in Minneapolis«, erwiderte er. »Ist Kelly zu Hause?«

»Kommen Sie doch rein!« Maggie nahm ihm die Rosen ab. »Kelly ist zwar gerade nicht da, aber ich erwarte sie bald zurück. Wie wär's mit einem Kaffee?«

»Michael mag keinen Kaffee«, wandte Alex ein.

»Nein? Dann vielleicht einen Saft?«

»Gern«, sagte Michael. Er folgte ihr in die Küche und schaute zu, wie sie die Rosen arrangierte. Ihm entging keine Einzelheit: das abgenutzte Linoleum, die fadenscheinigen Handtücher. An dem Staub, den sie von der Vase wischte, erkannte er, dass diese seit Monaten nicht mehr in Gebrauch gewesen war. Er bemerkte das verblichene

Muster von Maggies Hauskleid, ein Sechziger-Jahre-Modell, dachte er. Auch die Ansammlung leerer Flaschen in der Spüle entging ihm nicht.

»Man hat sie auf der U-Bahn-Toilette gefunden«, erzählte Charlie. »Irgendein Wahnsinniger hat sie dort runtergebracht. Sie hatte keine Chance.« Er klang erschöpft. Sein Machogehabe hatte er vollkommen abgelegt, und er weinte; die Tränen liefen über die dicken Wangen.

Kelly war ebenfalls den Tränen nahe. Der Schock war einfach zu groß. Diane war tot? Auf den Straßen New Yorks umgebracht, und Maggie hatte es nie erfahren.

»Er hat ihr die Kehle durchgeschnitten«, erzählte Charlie, hob die Hand und zog den Finger über die eigene Kehle. »Von einem Ohr zum anderen.«

Der Barkeeper stellte zwei Flaschen Bier vor sie hin, die sie wortlos annahmen.

»Wer hat das getan?«, fragte Kelly, als sie wieder sprechen konnte.

»Wer weiß? New York ist eine Psychostadt.« Er wischte sich mit dem Ärmel das Gesicht ab. »Wir sind hier nicht in Kanada, wissen Sie. So was passiert hier andauernd. Meistens liest man davon bloß in der Zeitung, und man denkt nicht weiter drüber nach. Aber …« Seine Stimme versagte.

Kelly lauschte seinem Schniefen und ließ den Blick durch den Raum schweifen, versuchte, sich dazu zu zwingen, der Wahrheit ins Gesicht zu sehen. Der Moderator der Fernsehtalkshow lachte weiterhin. Die Männer spielten weiter Pool. Der Barkeeper füllte eine Reihe kleiner Schüsseln mit Erdnüssen.

Von einem Ohr zum anderen. Ein grauenvolles Bild erschien vor ihrem inneren Auge.

Noch nie hatte sie sich so einsam gefühlt.

Tja, dachte Maggie, *das* ist doch mal ein richtiger Mann. Also bestand doch noch Hoffnung für ihre Tochter. Sie schenkte ihm ein Glas Orangensaft ein und sich selbst auch, fügte allerdings einen Spritzer Wodka hinzu. Nur ein bisschen, um den Kater zu verjagen.

Er dankte ihr freundlich. Er hatte Benehmen und Charme, und Muskeln dazu. Ein Kerl, der sich um ein Mädchen kümmern konnte. Einer, der das Zeug zu einem richtigen, ernsthaften Ehemann hatte.

Zu dem Kleinen war er auch nett.

»Das ist für dich, Alex«, sagte er und gab ihm eine bunt eingepackte Schachtel.

»Wow! Dabei hab ich schon so viele Geschenke bekommen!«

»Na, hier ist noch eins. Ich hoffe, sie passen.«

Alex riss das Geschenkpapier auf und war begeistert – ein Paar nagelneue Schlittschuhe. Maggie half ihm dabei, sie anzuprobieren.

»Kannst du Schlittschuh laufen?«, fragte Michael.

»Japp. Ich kann Hockey spielen.«

»Na, super! Heute Nachmittag gehen wir zusammen Schlittschuh laufen. Sobald Kelly zurück ist.« Er beugte sich vor und flüsterte Alex zu: »Für sie habe ich nämlich auch ein Paar.«

»Die passen bestens«, meinte Maggie, schnürte die Schlittschuhe wieder auf und zog sie Alex aus. »Bevor du weggehst, wäschst du dich aber mal. Ab mit dir, flitz los.«

»So, und was machen Sie so?«, fragte sie Michael und setzte sich ihm gegenüber an den Tisch.

»Momentan gerade *Hamlet*.«

»*Hamlet*? Das Shakespearestück?«

»Ja.« Er hielt inne. »Hat Ihnen Kelly das nicht erzählt?«

»Die erzählt mir gar nichts«, erwiderte Maggie. Vielleicht war das ein Fehler. Es klang so, als sei Kelly gemein. »Sie ist sehr bescheiden«, setzte sie hinzu. »Sehr vielseitig, aber sehr bescheiden.«

»Ja, das ist sie.«

»Ein sehr hübsches Mädchen.«

»Mit Sicherheit.«

Sie lächelten einander verschwörerisch an.

Kelly ging den Weg zurück mehr oder weniger blind, schloss die Wohnungstür auf und sah im Wohnzimmer Alex, der gerade seine Jacke anzog.

»Kelly! Wir gehen Schlittschuh laufen!«

»Nein, das tun wir nicht, Alex.«

»Doch. Michael hat das gesagt!«

»Michael?«

Bestürzt sah Kelly, dass Michael mit Maggie in der Küche saß. Es sah aus, als würden sie eine offene Aussprache führen.

Noch in Mantel und Stiefeln schloss sie sich im Badezimmer ein und beobachtete, wie der schmutzige Schnee um ihre Füße auf dem gekachelten Boden schmolz. Sie drehte den Wasserhahn auf und legte einen kalten Waschlappen über Stirn und Augen. Ihr Leben war eine Katastrophe. Alex' Leben war eine Katastrophe. Sein Vater geschäftsunfähig. Die Mutter ermordet. Sie war auf der Flucht. Und ihre Mutter flirtete in der Küche mit einem Filmstar. Es war absurd. Unerträglich.

Sie wollte heim, nur nach Hause zurück. Und James zurückhaben. Nein. Sie wollte die Uhr zurückdrehen in die Zeit, in der James noch lebte. Bevor der ganze Wahnsinn begonnen hatte. Bitter begriff sie, dass sie das ins Jahr vor ihrer Geburt bringen würde. Nun, auch recht. Lieber wäre sie gar nicht auf die Welt gekommen, als das alles durchmachen zu müssen.

Sie hörte Michael sagen, es sei in Ordnung, wenn Kelly nicht Schlittschuh laufen wolle, vielleicht ein andermal … Und Maggie beharrte, nein, nein, Kelly geht es gut, sie ist bloß müde, sie kommt gleich raus, gehen Sie nicht.

Maggie klopfte an die Badezimmertür. »Komm jetzt da raus!«

»Ma, bitte!«

»Was ist denn los? Er wartet auf dich!«

»Ich gehe nirgendwohin. Nicht heute.«

»Bist du verrückt?« Maggie schrie fast. »Der wartet doch nicht den ganzen Tag auf dich. Wenn du dir diesen Typen entgehen lässt …«

Damit ihre Mutter den Mund hielt, machte Kelly die Badezimmertür auf.

»Würdest du bitte damit aufhören?«

Maggie täuschte eine Art Bühnengeflüster vor. »Du kannst mir doch nicht erzählen, dass *der* nicht gut genug für dich ist?«

Offensichtlich hatte Maggie wieder getrunken. Es bestand keine Chance, dass sie den Mund hielt.

»Möchtest du ein Leben, oder nicht? Möchtest du denn niemals heiraten?«

»Ma, ich war verheiratet!«

»Geht daher und bringt sich um«, murmelte Maggie laut. »Was für ein guter Ehemann!«

Michael stand am anderen Flurende und hörte alles mit. Aber Maggie war nicht zu stoppen. Entweder bemerkte sie nicht, dass sie Publikum hatte, oder es war ihr egal.

»Du kannst doch was Besseres als diesen Jimmy kriegen. Diesen Schwächling, dieses Nichts. Du hast einen Verrückten geheiratet ...«

Alex war in den Flur gekommen und hörte Maggies Tirade ebenfalls zu. Kelly und Michael sahen ihn beide gleichzeitig.

»Nun«, sagte Michael, bemüht, Alex' Gefühle zu schonen, »ich schätze, Sie freuen sich trotzdem, seinen Sohn zu sehen. Oder nicht?« Mit Absicht lenkte er Maggies Aufmerksamkeit auf Alex' Gegenwart.

»Das ist nicht Jimmys Kind«, höhnte Maggie. »Das ist der Junge seines Bruders. Darls Sohn«, sagte sie stolz.

Kelly sah, wie Michael für einen Augenblick der Kinnladen runterfiel, ehe er sich wieder fing. »Ähm, ich denke, es ist besser, wir gehen jetzt«, sagte sie. »Mach's gut, Maggie.« Sie schob Alex vor sich her und ging mit brennenden Wangen die Treppe hinunter. Die ganze Zeit über hörte sie Michaels Schritte ganz nah hinter sich, aber er sagte kein Wort.

22

Das Rockefeller Center war voll mit Schlittschuhläufern in ihren neuen Weihnachtspullis. Aus den Lautsprechern ertönte »Stille Nacht«, und Kelly stand da und beobachtete die glücklichen, normalen Menschen, die über das Eis glitten.

Im Auto hatten sie und Michael nicht miteinander gesprochen. Sie richteten ihre Bemerkungen nur an Alex, der fröhlich plapperte und die angespannte Stimmung nicht wahrzunehmen schien. Nun schnürte Michael Alex' Schlittschuhe zu, und Kelly stand etwas abseits und war bemüht, sich wieder zu fangen. Doch da spürte sie Michaels Hand auf ihrer Schulter.

»Ihre Mutter hat Sie aus der Fassung gebracht«, sagte er sanft.

»Sie ist so eine …« Sie versuchte, ihre Wut in den Griff zu bekommen.

»Ich fand sie sehr nett«, sagte er vorsichtig.

Glaub ich gern, dachte Kelly.

»Vielleicht ist sie ein bisschen unglücklich«, fügte er hinzu. »Ein bisschen einsam.«

»Sie hat ein bisschen zu tief ins Glas geschaut. Herrgott, das war das letzte Mal, dass ich einen Fuß in ihre Wohnung gesetzt habe.«

Das hatte Alex gehört. »Und was ist mit meinen Geschenken und den anderen Sachen?«

»Wir gehen da nicht wieder hin, Alex.«

»Keine Bange«, meinte Michael zu Alex. »Ich schicke den Fahrer hin, um deine Sachen abzuholen.« Er strich Kelly mitfühlend über die Schulter. »Geben Sie mir die Telefonnummer Ihrer Mutter?«

Sie sagte sie ihm. Sie war ihm dankbar, wirklich. Sie wusste, er würde die Angelegenheit mit ihrer Mutter entschärfen.

»Sie ziehen schon mal die Schlittschuhe an«, meinte er. »Ich kümmere mich um alles.«

Kelly setzte sich hin und öffnete die Schachtel mit den Schlittschuhen. Sie wünschte, er würde sich wirklich um alles kümmern.

Sie fuhren den ganzen Nachmittag Schlittschuh, und trotz ihres anfänglichen Widerstandes merkte Kelly, wie gut ihr das tat. Die Bewegung, die Musik, sogar die glücklichen, normalen Menschen in ihren glücklichen, normalen Pullis beruhigten sie ein wenig. Es war schön zu sehen, wie Alex sich vergnügte. Von nun an zählt jeder Tag, dachte sie. Sie wollte ihm so viele schöne Erlebnisse wie möglich bieten, ehe alles vorüber war. Und das war es vermutlich bald.

Michael fasste Alex an den Händen und schwang ihn auf dem Eis herum.

Alex lachte. »Noch mal! Bitte noch mal!«

Sie wollte, dass dieser Tag, Augenblicke wie dieser, Alex für immer blieben. Sie wollte, dass er sich daran erinnerte, egal, was auch geschah. Sie wollte, dass er sich an sie erinnerte.

Zurück im Hotel gingen sie, nachdem sie sich geduscht und umgezogen hatten, zum Essen hinüber ins Atrium. Diesmal gab es zwar keine Störungen, doch die Stimmung war angespannt. Maggies Worte schwebten über ihnen: *Geht daher und bringt sich um. Das ist nicht Jimmys Kind.*

Hungrig von der frischen Luft und der Bewegung, stopfte Alex sich mit Kartoffeln und Hühnchen voll, während Kelly und Michael fast nichts aßen. Kelly mied Michaels Blick und hielt die Augen auf Alex gerichtet. Sobald wir mit dem Essen fertig sind, dachte Kelly, bring ich Alex ins Bett. Ich sage Michael gute Nacht und gehe ebenfalls schlafen. Ich kann nicht mit ihm allein sein. Ich kann es ihm nicht erklären. Nicht heute Abend, überhaupt nie.

Aber so einfach ließ Michael sich nicht abwimmeln. Er hielt ihr mit seiner großen Hand die Tür auf und trat einfach nach ihnen ins Zimmer.

»Michael, es ist spät. Alex muss schlafen!«

»Dann bringen Sie ihn ins Bett. Ich warte solange.«

Er wartete, obgleich sie sich Zeit ließ.

Bei ihrer Rückkehr stand er noch genauso da, die Arme verschränkt, entspannt, aber trotzdem wachsam. Von seinem berühmten strahlenden Lächeln war nichts zu sehen. Sein Mund war ein gerader Strich, und seine dunklen Augen leuchteten nicht. Ja. Sie konnte ihn als Pharao vor sich sehen. Herrscher des Volkes, Richter über Gut und Böse. Was dachte er gerade? Dass sie ihn angeschwindelt hatte. Dass sie eine Betrügerin war. Dass sie ihm nicht ebenbürtig war, weil sie in ärmlichen Verhältnissen groß geworden und hoffnungslos in Skandale verwickelt war.

Er kam auf sie zu. »Kelly!«

Sie trat einen Schritt zurück. Er folgte. Ein paar lächerliche Sekunden lang wich sie weiter zurück, bis sie mit dem Rücken an der Glastür zum Balkon stand. Durch das Shirt spürte sie die kalte Scheibe.

Er überwand mühelos den Abstand und ergriff ihr Handgelenk.

»Michael, es ist spät. Ich gehe ins Bett.«

»O nein«, versetzte er. »Sie werden jetzt mit mir reden!«

Sie drehte sich um und schaute auf die Stadt hinaus.

Er wartete einen Augenblick, ihr Handgelenk noch immer umklammert, als fürchte er, sie könne fortlaufen. Dann sprach er. Seine Stimme klang streng und ernst, aber nicht unfreundlich.

»Ihre Mutter sagte, er habe sich umgebracht. Hat sie das wörtlich gemeint?«

»Ja.«

»Selbstmord?«

»Ja.«

»Und warum?«

Die Frage hing in der Luft. Die Frage des Jahres, dachte Kelly. Sie hatte nicht vor, ihm darauf eine Antwort zu geben. Obwohl sie ihm allmählich vertraute, ihm vertrauen wollte, brachte sie es nicht über sich, ihm die hässliche Geschichte ihrer Familie zu erzählen. Die widerlichen Einzelheiten, die Verwicklungen – die Gewalt, die Geheimnisse, das Leiden. Die Morde. Sie stellte sich vor, wie die klaren braunen Augen sich vor Entsetzen umwölkten. Der schöne, ahnungslose Michael Black, der glaubte, man könne alles haben, was man wolle. Er würde sich zurückziehen.

Sie wollte das Unausweichliche nicht noch beschleunigen. Wenn Michael herausfand, wer sie war und was sie getan hatte, welche komplizierten Lügen sie ihm aufgetischt hatte, dann würde er den Rückzug antreten, so wie er es auch unter vielen Menschen tat, wenn er merkte, dass seine Energie ihn im Stich ließ. Er würde sich vor dem Verderb schützen. So gut kannte sie ihn. Er würde sich in die weite und einfache Welt zurückziehen, aus der er stammte.

Sie war nicht bereit, ihn gehen zu lassen. Noch nicht.

Schließlich merkte er, dass sie nicht sprechen würde.

»Na gut«, sagte er. »Okay.« Er ließ sie los und ging im Zimmer auf und ab. »Haben Sie Angst? Ist das der Grund, warum Sie nicht sprechen wollen?«

Dazu hatte sie nichts zu sagen.

Sie hörte, wie er mit der Faust in die Handfläche schlug. »Kelly, ich möchte doch nur, dass Sie mit mir reden. Immer verschwinden Sie, wenden sich ab. Ist es James? Sie sind noch nicht über seinen Tod hinweg, stimmt's? Aber dann müssen Sie darüber reden!«

Sie schwieg noch immer.

»Fühlen Sie sich dafür verantwortlich? Ist es das?«

»Ich *weiß* es nicht!«, entfuhr es ihr schließlich gequält. Sie rutschte an der Glastür hinunter und sackte auf dem Boden zusammen.

Im Nu war er bei ihr, hielt sie. »Es tut mir Leid«, sagte er. »Es tut mir so Leid.«

Er streichelte ihr Haar. Er wiegte sie hin und her. Sie

konnte seinen Herzschlag hören. Sanft zwang er sie, die Faust zu öffnen, glättete ihre Handflächen und strich mit dem Daumen die doppelte Lebenslinie entlang. Er hob ihre Hand und drückte sie an sein Gesicht. Sie spürte die Wärme seines Mundes auf ihrem Handballen. Sie wusste, sie würde sie die ganze Nacht über dort fühlen.

Es war so lang her, dass ihr so etwas geschehen war. Etwas Augenscheinliches – und Unmögliches – war geschehen. Und zwar schon am ersten Tag, als sie ihn auf der Bühne gesehen hatte. Sie schaute auf die glitzernden Lichter New York Citys, und sie wusste, sie lebte in einem Märchen. Morgen würde sie in die Realität zurückkehren, und zwar in eine, in der sie und Michael Welten voneinander getrennt waren.

»Ist alles okay?«

»Ja.«

Aber sie log. Sie log immer.

23

Im Keller des Arcana befanden sich Tunnel. Lange, gekrümmte Flure mit rauen Bretterwänden, die das Geröll zurückhielten, und feuchten, verrottenden Pfosten, die die niedrige Decke stützten. Manchmal hatte er Angst, sie könnte einstürzen und ihn unter sich begraben, wenn er sich gebeugt und mit schmerzendem Rücken hindurchbewegte.

Aber durch die Tunnel hatte man einen einfachen Zugang zum Theater. Und man gelangte unterirdisch in verschiedene Gebäude entlang der Straße, selbst in den Kesselraum des Fallon Hotels. Er nahm an, dass sie in den Tagen der Prohibition von Alkoholschmugglern angelegt worden waren. Heutzutage schien niemand mehr zu wissen, dass es sie überhaupt gab. Er konnte kommen und gehen, ohne Aufmerksamkeit zu erregen. Und er konnte ihr hinterherspionieren. Im Treppenschacht, der zu dem alten, geräuschvollen Heizkessel des Arcana führte, konnte er fast jedes Wort verstehen, das in der Kostümwerkstatt gesprochen wurde.

Er hatte Debbie Thompsons Reaktion auf seinen letzten Blumenstrauß mitbekommen. Er lächelte in sich hinein und fragte sich, ob Debbie seine Aufmerksamkeiten während der Weihnachtsfeiertage abgegangen waren. Nun, das musste er in Kauf nehmen. Für ein paar Tage hatte er wegfahren müssen. Er war ein beschäftigter Mann. Er kicherte. Doch nun war er wieder da. Es war entscheidend, dass er Kelly im Auge behielt. Er musste wissen, was sie für ihn empfand, wie viel sie wusste.

Hoffentlich würde er sie nicht umbringen müssen. So weit wollte er es nicht kommen lassen.

Nein. Nicht, nachdem er so viele Schwierigkeiten aus dem Weg geräumt hatte, da wollte er auch mit allem daraus hervorgehen. Er wollte alles zurück.

An dem Morgen, an dem die Kostümprobe angesetzt war, strebte Kelly eilig der Kostümwerkstatt zu. Dorothy beriet sich gerade mit dem Requisiteur und hakte Sachen auf einer Liste ab. Der Beleuchtungsmeister war spät dran, und Taylor schnauzte Jesse an, als sei es seine Schuld. Die Garderobieren rollten die Kostümständer durch die labyrinthartigen Flure und bemühten sich, nicht mit den Schauspielern und Maskenbildnern zusammenzustoßen, die allmählich eintrudelten, hereinstolperten, sich die Augen rieben und um Kaffee baten. Es war sieben Uhr früh.

Taylor hatte einen frühen Beginn angeordnet, und so musste Kelly Alex mitnehmen. Sie hatte ihn Bobbies Obhut anvertraut, die an diesem Tag wenig zu tun hatte. Mit Alex als Ausrede hätte Kelly auch später kommen können, aber sie wollte pünktlich da sein. Sie brannte darauf, Lila zu sehen. Am Vortag hatten sie ein Telefongespräch vorzeitig beenden müssen. Kelly hatte ihr die schrecklichen Neuigkeiten von Diane erzählt, doch noch ehe sie über Darl sprechen konnten, war Sam heimgekommen und Lila hatte aufgelegt. Kelly wusste, dass Lila um fünf Uhr früh aus Winnipeg abgeflogen war, und sie wollte von ihr, die Darl selbst zu Gesicht bekommen hatte, hören, wie es ihm ging.

Lila saß bereits am Zeichentisch, studierte das Manuskript und machte sich auf einem gelben Block Notizen. Nun sprang sie auf und umarmte ihre Freundin.

»Oh Kell, du armes Ding!«

»Was? Was?« Kelly packte Lila an den Armen.

»Nein, nein, ich meine wegen Diane. Darl ist okay. Es geht ihm sogar ein bisschen besser. Er kann schon im Haus herumgehen – mit Krücken.«

»Spricht er? Zusammenhängende Sätze?« Es musste Darl so gut gehen, dass auch ein Sozialarbeiter davon überzeugt war, Alex könne wieder bei ihm leben, ehe Kelly riskieren konnte, ihn zurückzubringen.

»Nun, er ist ziemlich still. Aber er scheint zuzuhören. Ich habe über das Stück geredet, einfach, um Konversation zu machen, und er hat sich nach Michael erkundigt. Also muss er mich verstanden haben.«

»Er hat sich nach Michael erkundigt?«

»Nur gefragt, wie er so ist. Denk ich. Er … er redet nicht besonders deutlich.«

»Aber er kennt Michael nicht mal!«

Lila zuckte mit den Achseln. »Michael kennt doch jeder. Wie auch immer, Sam sagt, im Vergleich zu vor einigen Wochen habe sich sein Konzentrationsvermögen stark verbessert.« Sie runzelte die Stirn. »Ehrlich gesagt glaube ich allerdings nicht, dass er jetzt schon Kompetenztests bestehen würde. Er hat noch immer keine Erinnerung an den Abend, an dem er überfallen wurde. Ich habe ihn danach gefragt, aber er schien nicht zu wissen, wovon ich spreche. Er hat sich immer nur nach dir erkundigt, wollte wissen, ob es dir und Alex gut geht.«

Kelly lächelte. Typisch Darl.

»Es ist so, als wüsste er nicht mal, dass er zusammengeschlagen worden ist. Eine Art Gehirnerschütterung, nehm ich an«, meinte Lila. »Aber er ist auf dem Wege der Besserung. Es ist nur eine Frage der Zeit, bis du selbst wieder mit ihm sprechen kannst.«

»Nur eine Frage der Zeit«, wiederholte Kelly. Sie wusste, sie sollte sich erleichtert fühlen, aber sie konnte das Gefühl des Verhängnisses nicht abschütteln, das sie in New York beschlichen hatte. Hoffnung schien außer Reichweite. Bestenfalls brachte sie noch Resignation auf.

Lila lächelte. »Sieht so aus, als hättest du doch das Richtige getan, Kelly. Du hast Alex in Sicherheit gebracht, und bald ist er wieder da, wo er hingehört, zu Hause. Aber jetzt müssen wir an die Arbeit.« Sie griff nach ihrem Notizblock und schenkte Kelly ein aufmunterndes Lächeln. »Komm.«

Taylor und Lila standen in der ersten Reihe und riefen Befehle: Beugen, ducken, springen, drehen. Die Darsteller taten, wie geheißen, spielten manchmal auch kleine Teile ihrer Szenen vor, wenn Taylor es forderte. Lila und Kelly machten sich Notizen. Sie wollten sich vergewissern, dass sich alle bequem in ihren Kostümen bewegen konnten.

Im Laufe des Stückes wurden Ophelias Kleider immer blasser, bis sie in ihrem blassrosa bis kreideweißen Gewand erschien. Zerrissen. Unirdisch. Zerbrechlich.

Die Kostüme der anderen Darsteller waren mutiger, fast schockierend. Wenn sich die Darsteller bewegten, schufen die changierenden Muster und Farbtöne einen beunruhigenden, in gewisser Hinsicht surrealen Effekt. In seinem kastanienbraunen Wams und der eisblauen Kniehose sah Polonius richtiggehend lächerlich aus. Die verschiedenen Höflinge, Federn an den Hüten, stolzierten wie bunte Pfauen über die Bühne. Am eindrucksvollsten von allen war Gertrude in burgunderrotem Samt und raschelnder lachsfarbener Seide mit den pelzgesäumten, geschlitzten Puffärmeln. Eine Giebel-Haube unterstrich ihre schwarz umrandeten Augen, ihr sinnliches Gesicht.

Von schwefeligem Gelb, galligem Grün, kräftigem Braun und beißendem Purpurrot waren die farbenprächtigen Gewänder von Claudius, dem falschen König. Ihre Aufgabe war es, die Dekadenz des Hofes, seine Krankheit zu kaschieren.

Nur Hamlet war relativ farblos. Seine Kostüme bauten auf die dramatische Wirkung rauen Stoffes: das gerippte Gewebe eines schwarzen Wamses, das das Licht schluckte, die steifen Falten eines dunklen Umhangs, der ihn in Schatten einzuhüllen schien, Wildlederstiefel, die bis zu den Knien reichten und die Muskeln seiner Beine umschmeichelten, wenn er sich bewegte. Für die Friedhofszene trug er ein grobes Leinenhemd und eine dicke Lederjacke mit zahlreichen Spangen, die ihn neben den anderen Trauernden in ihren langen, fließenden Gewändern als einen gefährlichen Außenseiter kennzeichneten. Man brauchte ihn nur anzuschauen, dachte Kelly, um das Stück zu verstehen – hier war der Rächer, dessen animalische

Kraft in scharfem, beunruhigendem Kontrast zu seiner nur zu menschlichen Seele stand.

Was den Geist anbelangte, so war er prachtvoll und schrecklich zugleich. Der Kettenpanzer war aus schwarzgefärbtem, lose gewebtem Leinen genäht und mit Silberfarbe besprüht. Unter dem groben braunen Umhang sorgte er für den Anschein militärischer Macht. Und an seinem Armgelenk baumelte ein Kettenteil.

Taylor und Lila waren zufrieden. Zu dritt saßen sie in Taylors Büro und besprachen die wenigen notwendigen Änderungen miteinander. Zu weite Ärmel bei Laertes. Ein problematisches Strumpfband bei einer der Damen. Nichts, was man nicht hätte richten können.

Als Kelly die Anweisungen für die Näherinnen geschrieben hatte, war es bereits spät. Sie hatte mindestens zehn Stunden gearbeitet, und als sie ihre Sachen zusammenpackte, begann alles vor ihren Augen zu verschwimmen. Die Kulisse war bereits dunkel, und der Großteil der Besetzung war heimgegangen.

Bobbie saß allein im blauen Zimmer und tuschte sich die Wimpern.

»Wo ist Alex?«

»Direkt hinter mir!« Bobbie drehte sich um, aber da war kein Alex. Auch im Flur und im Aufenthaltsraum war er nicht.

»Bobbie«, sagte Kelly. »Denk bitte nach! Wann hast du ihn zuletzt gesehen?«

»Vor zehn – fünf Minuten«, sagte sie. »Er war hier!«

Kelly drehte sich um und rannte raus zur Bühne. Das verdammte Set! Bobbie raste hinter ihr her. Sie schalteten die Lichter ein. Suchten zwischen Flaschenzügen und Drähten, riefen nach Alex. Nirgends eine Spur von ihm.

»Vielleicht besucht er jemanden?«, sagte Bobbie.

»Manchmal geht er nach den Proben in die Garderoben.«

Kelly war schon unterwegs zu Michaels Raum. Sie klopfte einmal und riss dann einfach die Tür auf. Michael war allein und las. Überrascht blickte er auf.

»Hast du Alex gesehen?«

»Nein. Was ist denn los?«

»Wir finden ihn nicht«, sagte sie und war schon wieder draußen. Michael folgte ihr.

Zusammen durchsuchten sie alle Räume am Hauptkorridor und die Kostümwerkstatt. Unterwegs heuerten sie noch Rocko und Dorothy an. Rocko ging hoch, um die Büros zu überprüfen. Timothy saß noch immer an seinem Schreibtisch. Auch er hatte Alex nicht gesehen, berichtete Rocko.

Kelly lehnte sich an die Wand, sie zitterte am ganzen Leib, Tränen liefen ihr über die Wangen. Michael legte einen Arm um ihre Schultern. »He«, sagte er. »Wir finden ihn, ganz bestimmt!« Sie sah, wie er und Rocko Blicke austauschten. »Irgendwo hier ist er. Beruhigen Sie sich.«

»Sind alle Türen geschlossen?«, fragte sie.

»Ja, ich bin gerade von hinten rein«, sagte Rocko.

»Haben Sie irgendjemanden gesehen?«, wollte sie von ihm wissen. »Irgendeinen Fremden? Und draußen? Ein Auto? Irgendjemanden?«

Rocko schüttelte den Kopf. Er sah zu Michael. Beide dachten eindeutig, dass sie überreagierte.

»Vielleicht liegt er irgendwo und schläft«, meinte Bobbie lahm. »Im zweiten Rang?«

Alle blickten hoch. »Du schaust rechts, ich links«, sagte Michael zu Rocko. »Bobbie, du überprüfst die Logenplätze!« Sie rannten den Mittelgang entlang, und Kelly hörte, wie sie die Treppe hinaufdonnerten, aber sie wusste, dass Alex nicht da oben war. Er hätte ihre Rufe gehört. Egal, wo er war, inzwischen hätte er sie gehört. Krank vor Angst sank sie auf einen Sitz.

»Könnte er nicht vielleicht in die Kostümwerkstatt gegangen sein?«, fragte Dorothy.

»Da haben wir schon geschaut.«

»Habt ihr auch hinten geschaut? Unten?«

»Unten?«

»Im Keller.«

»Die Kostümwerkstatt ist im Keller«, erwiderte Kelly.

»Ja, aber darunter liegt noch ein Keller …«

»Wo ist die Treppe?« Kelly war aufgesprungen.

»Warte«, sagte Dorothy. »Ich weiß nicht, ob es da unten Licht gibt, das ist gefährlich. Ich hol Timothy. Er kennt sich aus.«

»Sag mir einfach, wo ich hin muss!«

»Nach hinten, hinter den Heizkessel«, rief Dorothy. Sie eilte nach oben, um Timothy zu holen.

Der Heizkessel? Der Heizkessel war in einem alten Raum neben der Kostümwerkstatt, eine große, grüne gasverbrennende Monstrosität, für die sie sich noch nie interessiert hatte. Nun drückte sie sich um eine Ecke und entdeckte eine Türöffnung, ohne Tür in den Scharnieren, allen Blicken entzogen. Sie führte in einen dunklen Gang mit schrägen Wänden und einem rissigen Zementboden. Hierher würde Alex nicht gehen, dachte sie, während sie sich vorwärtstastete. Nach knapp einem Meter stand sie bereits im Dunkeln. Das wäre ihm viel zu gruselig.

Sie tastete sich mit einem Fuß ein Stück vorwärts. Sie spürte die Weite vor sich, sehen konnte sie nichts. Sie zog den anderen Fuß nach und stützte sich mit beiden Händen an der feuchten Wand ab. So gelangte sie zur Treppe.

Sie blieb stehen und rief nach Alex. Sie wartete darauf, dass sich ihre Augen an die Dunkelheit gewöhnten, aber die Sicht wurde nur wenig besser. Langsam, vorsichtig stieg sie die Stufen hinab und rief dabei immer wieder Alex' Namen.

Eingedenk des Rückwegs zählte sie die Stufen. Bei vierzehn begann sie wieder zu zittern. Wie tief unten lag dieser Keller? Sechzehn, siebzehn Schritte. Dann wurde der Boden eben. Kalte, abgestandene Luft, kalte Zementwände. Spinnweben. Hier musste es vor Spinnen nur so wimmeln. Und irgendwo hörte sie, wie in einer anderen Kammer des Kellers, ein Rascheln. Ratten? Oder war dort jemand?

Sie blieb regungslos stehen. Das war ihr allzu vertraut. Die Dunkelheit, die Angst, die Spinnweben. Der Werkzeugschuppen. Sie erschauerte.

Vorsichtig bewegte sie sich auf das Geraschel zu. Es schien zu viele Wände zu geben, eine führte zur nächsten, und sie fragte sich, wie viele Räume es hier wohl geben mochte. Dann, um eine weitere Ecke herum, sah sie ein Licht aufblitzen. Rasch zog sie ihren Kopf zurück und lauschte. Während des kurzen Aufleuchtens hatte sie an der Wand die Umrisse einer Gestalt gesehen. Riesengroß. Zitternd spähte sie noch einmal um die Ecke, und das Licht schien ihr direkt in die Augen. Sie war völlig geblendet.

»Kelly?« Alex' Stimme.

»Alex? Wo bist du?«

»Hier«, rief er. Er senkte die Lampe. Er hielt eine der Industrielaternen der Zimmermänner in der Hand. Sie musste an die fünf Pfund wiegen. Sie beleuchtete die Wände des Raumes, in dem er stand, doch sein kleines Gesicht blieb im Dunkeln.

»Alex, was zum Teufel … was machst du denn hier?«

»Hab mich verlaufen«, erwiderte er mit bebender Stimme und leuchtete hinter sich. Kelly entdeckte die Gestalt, deren Schatten sie vorher gesehen hatte – eine alte Ritterrüstung. Der kleine Raum war bis oben hin mit Gerümpel vollgestopft. Während das Licht über die Wände hüpfte, entdeckte sie einen Schaukelstuhl, eine Puppenstube, zahllose Masken, einen riesigen, kaputten Pferdekopf aus Holz mit aufgeblähten Nüstern.

»Ich war in … ich war oben«, sagte Alex.

»Ja? Und was ist passiert? Warum bist du hier runtergegangen?«

»Ich war …« Er zögerte. Wieder leuchtete er im Raum herum. Kelly sah einen langen, niedrigen Gang, einen Tunnel, und sie hörte wieder das Geraschel. Hier gab es eindeutig Ratten.

»Alex, dreh dich um. Sieh mich an!«

Er tat es, und dann sah er Kellys Gesichtsausdruck. »Es tut mir Leid!«, rief er. Er rannte schnurstracks zu ihr, und sie umarmte ihn so, als ob sie ihn in ihren Armen verstecken wollte. Die Tränen stürzten nur so hervor, und dann fing sie zu lachen an.

So entdeckte sie Michael. Er warf einen Blick auf sie, ging zur Treppe zurück und rief die Nachricht hoch, dass Alex gefunden war. Dann kehrte er zurück. »Alles in Ordnung mit euch?«

»Mit mir schon«, meinte Alex. »Kelly, lass mich los!«

Kelly gab ihn frei.

Neugierig kamen Dorothy, Rocko und Timothy nach unten. Sie hatten Kerzen und Taschenlampen dabei. Der Raum war nun ziemlich hell erleuchtet.

»Ich sehe nirgends einen Lichtschalter«, meinte Timothy. »Ich weiß nicht, ob es hier unten überhaupt Strom gibt.«

»Das ist der alte Lagerraum«, sagte Dorothy. »Ist lang her, dass wir den benutzt haben. Oh, Prosperos Truhe!«

In der Mitte des Raumes stand eine staubige, alte Truhe. Offenbar hatte Alex schon darin herumgestöbert.

»Schaut euch dieses Zeug an!« Rocko zog Schmuck und Schals und Tücher heraus.

»Sieht aus wie die Truhe eines Zauberers«, sagte Alex.

»Das ist sie auch«, erwiderte Dorothy. »Sie ist uralt. Ich weiß noch, wie wir die Kiste hier vor Jahren entdeckt haben. Schon damals war sie alt. Aber perfekt für Prospero.«

Timothy rümpfte die Nase. »Wir sollten hier mal richtig aufräumen«, sagte er. »Ist ja feuergefährlich.«

Michael langte in die Truhe und zog ein trauriges, verkrumpeltes Paar Feenflügel heraus. Er hielt sie Dorothy hin. »Ariel?«

Dorothy lachte. »Ich schätze, das ist alles, was von Ariel übrig geblieben ist. Die Flügel sind mit das Erste, was ich hier gemacht habe.« Sie ging in die Knie und strich mit den Fingern über die Truhenkante. »Die Farbe ist verblichen.«

»Japp«, sagte Alex. »Aber Sterne und Mond sind noch zu sehen. Darf ich die Kiste mitnehmen? Ich könnte meine Zaubersachen reintun.«

»Meinetwegen kannst du sie haben«, meinte Timothy. »Ihr könnt alle nehmen, was ihr wollt. Rocko, du bist ein feinfühliger Mann. Vielleicht hast du Verwendung für die Rüstung?«

»Hübsch.«

»Alex, die ist doch ganz dreckig. Schau sie dir an«, meinte Kelly. »Und außerdem hättest du überhaupt nicht hier runterkommen dürfen.« Nur ein leichtes Beben war in ihrer Stimme, aber Michael und Rocko beobachteten sie genau.

»Wir könnten sie herrichten«, flehte Alex.

Michael kniete sich neben ihn und untersuchte die Truhe. »Ich glaube, das ginge. Das Holz ist in Ordnung.« Er hob sie mit einer Hand hoch und schaute darunter. Er sah Alex an. »Würdest du mir denn helfen?«

Alex nickte.

»Schaut euch diesen Kandelaber an«, sagte Rocky. »Hey Kelly, der würde sich doch super auf deinem Kaminsims machen!«

»Nimm ihn«, sagte Timothy. Er begutachtete gerade die Masken an den Wänden. Dorothy stieß beim Anblick halb vergessener Requisiten und Zubehörteile kleine Schreie aus.

Michael bot Kelly die Hand. »Lasst uns hier verschwinden.«

»Ja«, sagte sie. »Bitte!«

Wieder oben suchte Kelly ihre Handtasche und ihre Schlüssel. Nichts schien sie finden zu können. Sie konnte sich nicht konzentrieren. Das angenehme Gefühl vom Nachmittag war gänzlich verflogen. Sie fühlte sich zerschlagen. Geistesabwesend. Schließlich fand sie in ihrer Brieftasche einen Ersatzschlüssel und packte ihre Sachen zusammen. Alex wartete still, gedämpft.

Während Michael die Truhe zu ihrem Auto trug, wusch sie Alex' verstaubtes, verweintes Gesicht. Sie ergriff die Gelegenheit beim Schopf, ihm eine Strafpredigt über seinen Ausflug zu halten.

»Du hättest dich verletzen können«, sagte sie. »Was wäre gewesen, wenn du gefallen wärst und dich verletzt hättest, und wir hätten nicht gewusst, wo du steckst?«

»Ich habe mich nicht verletzt.« Kindliche Logik.

»Aber du hättest es *können*!«

»Aber ihr habt mich doch gefunden!« Er schlang die Arme um ihren Hals, und ihre Wut schmolz dahin.

Michael trug die Truhe in Alex' Zimmer. Sie roch nach Rost und feuchtem Zement, und Kelly wollte sie eigentlich überhaupt nicht. Zum Schutz des Bodens legte sie Zeitungen darunter.

Sie fühlte sich verpflichtet, Michael zum Abendessen einzuladen, da er vermutlich seit Stunden nichts mehr gegessen hatte. Alex behauptete, keinen Hunger zu haben. Er rollte sich auf der Couch zusammen, wickelte sich in einen von Kellys Pullis und schlief auf der Stelle ein. Eigentlich hätte er schon längst im Bett liegen müssen.

Während Kelly den Salat zubereitete, saß Michael am Küchentisch und blätterte die Zeitung durch. Hin und wieder warf er ihr einen Blick zu. Er machte sich Gedanken über ihre Angst bei Alex' Verschwinden. Sie musste versuchen, sich zu entspannen, sagte er sich. Alex ging es bestens.

Sie spähte ins Wohnzimmer und sah ihn dort schlafen, wohlauf. Dann stellte sie den Salat auf den Tisch, einige Cracker und Früchte dazu, und nahm Michael gegenüber Platz.

Er war in einen Artikel vertieft und blickte nicht auf. Sie las ein paar Worte und warf einen Blick auf das dazugehörige Foto.

»Geht's mal wieder um Sie?«, fragte sie.

»Ich fürchte schon.«

»Und? Was hecken Sie jetzt angeblich wieder aus?«

Er lächelte. »Hier heißt's, in meinem nächsten Film spiele ich einen Terroristen.«

»Einen Terroristen?«

»Wird hier behauptet. Und ich brenne geradezu darauf, auf ein bestimmtes Rollenfach festgelegt zu werden.«

»Oh, Michael!« Sie beugte sich vor und las selbst. »Das stimmt doch gar nicht, oder? Sie sind doch nicht aus dem Iran. Oder doch?«

»Ich war noch nie im Leben dort«, sagte er.

»Na, dann stimmt's doch nicht!«

Nun lachte er. »Natürlich nicht!« Er machte eine ausladende Geste, als würde er alle Zeitungen des Kontinents mit einschließen. »Nichts davon ist *wahr.*«

24

Michael überging sämtliche Andeutungen Kellys, wie weit nach Mitternacht es bereits war, und blieb viel zu lang. Als sie durchblicken ließ, sie könnten mit ihren Stimmen Alex aufwecken, trug er den schlafenden Jungen einfach hoch und legte ihn ins Bett.

Als er wieder hinunterkam, blieb er auf halbem Weg stehen und musterte das Buntglasfenster. Er berührte es, fuhr über die schwarzen Blumen der Umrandung.

»Orpheus«, sagte er.

»Ja.«

Er kam ganz hinunter und lächelte sie neugierig an. »Wieso in aller Welt haben Sie das denn in Ihr Haus einbauen lassen?«

»Das ist nicht mein Haus«, erwiderte sie. »Ich wohne hier nur zur Miete.«

»Oh, nun, trotzdem …«

»Gefällt es Ihnen nicht?«

»Es ist schön«, sagte er. »Es ist fantastisch. Aber, Sie wissen schon.« Er schien zu erwarten, dass sie wusste, was er meinte.

»Was?«

»Blick nicht zurück«, sagte er leise.

Kelly sah zu dem Bild hoch. »Aber er schaut doch zurück«, sagte sie. »Er liebt sie!«

»Er tötet sie«, erwiderte Michael. »Die Geschichte handelt von Besitz, Zuneigung, davon, zu viel zu wollen.«

Kelly lächelte. »Dann ist es keine Liebesgeschichte?«

»Nein.«

Um zwei Uhr nachts ließ Michael draußen den Taxifahrer warten und verabschiedete sich in aller Ruhe von Kelly. Er erzählte ihr, dass er nicht gehen wolle, aber sie hörte gar nicht richtig zu. Sie sah ihm in die Augen. Sie hatte keine Angst mehr, ihm in die Augen zu schauen. Lange schwarze Wimpern, sehr dunkle Pupillen voller Licht, selbst in dem dunklen Flur. Er wechselte den Blick beim Sprechen, sah ihr in die Augen, auf den Mund, wieder in die Augen. Er trat etwas näher. Er berührte ihr Haar. Er begann, mit dem kleinen Finger ihre Lippen nachzufahren.

Sie trat zurück. »Ich brauche dringend Schlaf.«

Er hob abwehrend die Hände und sprach mit sanfter Stimme, so, als würde er ein aufgeschrecktes Pferd zu beruhigen versuchen.

»Schon okay. Ich geh jetzt.« Er rührte sich nicht. Ein unergründlicher Ausdruck huschte über sein Gesicht. Mitgefühl? Dann wandte er sich zum Gehen.

»Michael.« Sie hatte nicht beabsichtigt, ihn zu rufen.

Er drehte sich um.

Sie stürzte sich mit solcher Heftigkeit in seine Arme, dass er beinahe das Gleichgewicht verlor.

»Hey!«, sagte er und strahlte sie an. Dann zog sie seinen Kopf herunter und drückte ihre Lippen auf die seinen.

Während des folgenden Kusses vergaß sie, dass es Happy Ends nicht gab, dass Träume nicht Wirklichkeit wurden. Sie vergaß alles, außer, dass Michaels Energie, die sie zu durchströmen schien, ihr Kraft gab.

In dieser Nacht kehrte James in ihre Träume zurück. Er erschien weit weg in der Luft, schwebend, obgleich sie jede Einzelheit seines geschundenen Körpers deutlich sehen konnte. Er sprach wieder mit ihr, in seiner unverständlichen Phantomsprache, ein Geräusch, wie das Murmeln von zwanzig Männern, die unter der Erde festsaßen. Sein dünner Körper drehte sich in der Luft. Er fixierte sie mit seinem Blick, warf ihr vor, etwas zu vergessen.

Vielleicht spürte er, dass sie ihm entglitt, sich auf die Welt der Lebenden zubewegte, ihn zurückließ, allein im Land der brennenden Schatten, so, wie er sie einst zurückgelassen hatte.

Sie streckte die Hand nach ihm aus, aber er entfernte sich. Er wurde bereits durchsichtig. Das letzte Geräusch, das sie hörte, klang wie ein Wort. Wie »Geh«, aber das machte keinen Sinn. Und dann kamen keine Worte mehr. Aber es blieb der beharrliche Ausdruck in seinen Augen, als ob er sie mit seiner Willenskraft dazu bewegen wollte, seine Gedanken zu lesen. Während sie zu verstehen versuchte, kehrte der alte Schmerz zurück und riss alles wieder auf. Sie hatte eine Vision von sich selbst, wie sie mit gebrochenen Gliedmaßen blutend dalag.

Plötzlich hellwach, setzte sie sich auf. Sie hatte verschlafen. Sie stand auf und schaute nach Alex. Er erholte sich noch immer im Schlaf vom Abenteuer des Vortages.

Barfuß ging sie die Treppe hinunter. Die Stufen waren überraschend warm. Die Morgensonne strömte durch das Buntglasfenster und überflutete die Treppe mit rotem und tiefblauem Licht. Sie setzte sich in den Strom satter, warmer Farbe und dachte an Michaels Mund auf ihrem. Sie erschauerte. Sie hatte einen anderen Mann in ihr Leben eingelassen. Ein Risiko, das sie – das hatte sie sich geschworen – nicht eingehen wollte.

War das der Grund, warum James zurückgekehrt war?

War er eifersüchtig? Rachsüchtig? Würde er sie nie in Ruhe lassen?

»Es ist zu spät«, sagte sie in den leeren Raum.

Eigentlich war sie es ja gewesen, die James gerufen hatte. Vielleicht konnte sie ihn zurückschicken.

Paul parkte seinen Wagen einen Block weit entfernt und marschierte zu dem Haus, das Werkzeug in einem Werkzeuggürtel unterm Mantel verborgen. Es hatte mindestens dreißig Grad minus, hieß es im Radio.

Er war sich nicht sicher, was er davon halten sollte, dass er Angel hatte fortfahren lassen. Einerseits war es gut, dass sie zeitweilig aus dem Weg war. Andererseits behielt er sie gern im Auge. Er wollte nicht, dass sie Schwierigkeiten machte. Sie hörte ihm nicht immer zu. Er hatte schon Probleme damit, sie dazu zu bringen, die einfachsten Vorsichtsmaßnahmen zu ergreifen. Er hoffte bloß, sie würde sich an seine Anweisungen halten.

In der Auffahrt stand kein Auto. Heute war also keine Pflegerin da. Er blickte die Straße rauf und runter, um sich zu vergewissern, dass sie leer war. Keiner war so verrückt, an einem solchen Tag einen Spaziergang zu machen. Er betrat den Garten und ging ums Haus herum nach hinten. Vorsichtig drückte er den Knauf der Hintertür nach unten. Verriegelt. Das war kein Problem. Er zog die Fäustlinge aus und streifte ein Paar dünne, schwarze Lederhandschuhe über. Er beeilte sich, denn er merkte bereits, wie die Hände vor Kälte steif wurden. Mit Hilfe eines Schraubenziehers löste er das Fenster des Waschkellers aus dem Rahmen. Das ging ganz schnell, da er es bei einem Besuch vor ein paar Wochen zur Sicherheit schon einmal gelockert hatte. Nach einem letzten Blick um sich herum ließ er sich mit den Füßen zuerst durch den engen Schacht gleiten. Ihm war klar, dass Darl ihn vermutlich nicht hören konnte – und selbst wenn, auch nicht viel unternehmen konnte, aber dennoch machte er alles so leise wie möglich. Paul mochte keine Überraschungen. Sollte es zu einer Kraftprobe kommen, wollte er darauf vorbereitet sein.

Kelly hatte sich mit Rocky zum Mittagessen verabredet, aber tausend Kleinigkeiten hielten sie auf und sie kam zu spät. Die technischen Proben waren ein Albtraum, was Details anging. Alle möglichen Probleme wurden entdeckt und mussten so rasch wie möglich gelöst werden. In der Requisitenabteilung wurde Schwertern, Schädeln, Kronen und anderen Accessoires der letzte Schliff gegeben. Das Bühnenbild war fast fertig, und es sah sehr realistisch aus. Die Arbeit in der Garderobe hätte eigentlich weniger werden müssen, aber jeden Tag schien es eine neue Katastrophe zu geben, derer sie sich annehmen musste.

Als sie sich schließlich loseisen konnte, entdeckte sie Rocko geduldig wartend in der Garderobe, wo er sich mit Michaels Brieföffner die Fingernägel säuberte.

»Das ist eklig«, sagte Bobbie. »Und gefährlich. Du könntest dich mit dem Ding verletzen.«

»Kleines, damit könnte man sich töten«, erwiderte er. »Wenn man in der Stimmung dazu wäre.«

»Gehen wir«, meinte Kelly und zog ihren Mantel an. »Tut mir Leid, dass du warten musstest. Änderungen in letzter Minute.«

»Diese tausend Risse und Beschädigungen, die Kleider erdulden müssen!«, sagte Rocko und folgte ihr nach draußen.

»O Gott«, flehte Bobbie, »bitte verschon mich!«

»Wie läuft die größte Show auf Erden?«, erkundigte sich Rocko, sobald er sich mit einer Weinflasche in greifbarer Nähe niedergelassen hatte.

Kelly lachte. »Es erinnert ein bisschen an einen Zirkus«, gab sie zu.

»Willy würde sterben, wenn er es sehen könnte«, sagte Rocko. »Der dreht sich garantiert im Grab rum!«

»Es würde ihm gefallen, glaube ich.«

»Ja, nun, Torheiten hat er geliebt. Ach übrigens, da wir schon beim Thema sind, ich hab gestern Abend Debbie Thomas gesehen.«

»Wenn du im selben Hotel wohnst, wirst du sie doch dauernd sehen.«

»Nun ja, aber nicht im Nachthemd.«

»Du Glücklicher!«, meinte Kelly trocken.

»Ich Glücklicher. Sie stand um zwei Uhr früh auf dem Gang und klopfte an seine Tür.«

Die Frage, an wessen Tür, erübrigte sich. »Du machst Witze!«

»Rief seinen Namen, klopfte mehrmals, aber er machte nicht auf.« Rocko nahm die Flasche und goss ihnen beiden nach. »Du weißt nicht zufällig, wo er da gesteckt hat?«

Kelly trank einen Schluck und schob ein Blatt Salat in den Mund. Sie kaute sehr bedächtig.

»Ich hab's doch gewusst!«, sagte Rocko.

»Was will sie eigentlich von ihm?«, fragte Kelly.

»Was sie von ihm will? Mein Gott, findest du nicht, dass du es mit der Naivität etwas zu weit treibst?«

»Du weißt, was ich meine. Was wollte sie denn bitte mitten in der Nacht von ihm?«

»Oh, sie hatte bestimmt irgendeine raffinierte Ausrede. Davon hat sie wirklich genug. Mal überlegen.« Er zählte sie an den Fingern ab. »Sie brauchte Eis, sie benötigte Hilfe bei ihrem Text, eines Nachts ging sie zu ihm rüber, um sich für irgendwelche frei erfundenen Blumen zu bedanken ...«

Kelly sah auf. »Die waren nicht erfunden«, sagte sie. »Ich habe sie selbst gesehen. Zwei oder drei Mal hat er ihr rote Rosen geschickt.«

»Er behauptet das Gegenteil.«

Kelly setzte sich gerade auf und blickte Rocko ernst an. »Von wem sind sie dann? Auf der Karte steht ›Meiner Hauptdarstellerin‹. Sind sie von Taylor? Timothy?«

»Das ist unwahrscheinlich. Obwohl man das bei Taylor nicht ausschließen kann. Er glaubt an Schmeicheleien als Motivationsspritze. Du hast diese Karte wirklich gesehen?«

»Ja.«

»In Michaels Schrift?«

»Ich weiß nicht«, sagte sie. »Ich kenne seine Handschrift nicht.«

»Seltsam. Vielleicht von einem Fan.«

»Einem anonymen Fan? Der vorgibt, Michael zu sein? Das ist unheimlich.«

»Es sind schon unheimlichere Dinge geschehen. Schau dir die Post an, die unser Goldjunge erhält. Meinst du etwa, all diese Briefe sind von aufrichtigen kleinen Filmstudentinnen, die seine tolle Arbeit loben?«

»Keine Ahnung.«

»Nun, das sind sie nicht. Und deshalb liest er sie auch alle selbst. Hast du dich noch nie darüber gewundert? Er wäscht seine Wäsche nicht selber, oder? Er geht nie selbst ans Telefon. Weiß Gott, er würde niemals selbst ein Auto steuern. Aber jeden Tag sitzt er da und schlitzt seine Briefe auf.«

»Und wieso?«

»Lange Geschichte. Er hatte einmal eine, na, nennen wir's obsessive Beziehung. Sagt man das so? Er war mit diesem Mädchen aus L. A. zusammen …«

»Ah!«

Rocko lächelte. »Ja. Er war ziemlich in sie verliebt. Ich bin ihr mal auf einer Party in Hollywood begegnet, als ich noch Karriere beim Film machen wollte. Schönes Mädchen, wirklich. Allerdings sehr jung. Wenn ich's mir recht überlege, war sie auch Kanadierin. Hmmm.«

»Was ist geschehen?«

»Nun, zur gleichen Zeit hat Michael von einem hartnäckigen Fan diese Karten und Briefe erhalten. Seine Sekretärin hat das beunruhigt, und deswegen hat sie keinen weggeworfen. Als es immer mehr wurden, zeigte sie sie Michael. Zuerst ignorierte er sie. Aber der Ton der Briefe wurde immer, nun, unheimlicher. Bedrohlich. Das hat ihm zugesetzt, das hat man gemerkt. Der Fan kannte den Namen seiner Freundin, ihre Adresse. Michael geriet in Panik. Bestand darauf, dass sie zu ihm zog, aus Sicherheitsgründen, doch damit wurde alles nur noch schlimmer.«

»Ist der Freundin etwas passiert?«

Rocko machte eine Kunstpause.

»Es *war* Michaels Freundin«, sagte er. Er setzte sich zurück und genoss Kellys schockierte Miene.

»Puh«, meinte Kelly. »Das ist ja genau wie …«

»In einem Film?«

»Ja. Und wenn sie nun zurückgekommen ist? Und es diesmal auf Debbie abgesehen hat?«

»Ich denke, das könnte ihm schon in den Sinn gekommen sein«, meinte Rocko nachdenklich. »Er war nicht gerade glücklich, Debbies Geschichte zu hören. Ich war dabei. Es schien ihn aus der Fassung zu bringen, obwohl das schwer zu sagen ist. Er hat geschworen, dass er die Blumen nicht geschickt hat. Glaub mir, Debbie war geknickt. Ich hab mir nicht allzu viel dabei gedacht. Ich hab's für ein weiteres ihrer kleinen Spielchen gehalten. Aber du könntest Recht haben. Interessant! Vielleicht ...«

Aber Kelly hörte nicht zu. Sie versuchte, sich an das genaue Datum des ersten Telefonanrufs zu erinnern. Halloween. Mit Michael konnte das nichts zu tun gehabt haben. Und hier, in Minneapolis, war nichts dergleichen passiert. Wenn es eine Frau gab, die Michael belästigte, dann wusste sie nichts von Kelly. Nicht, dass es da viel zu wissen gegeben hätte.

Sie seufzte. »Ich muss ins Theater. Morgen Abend ist Premiere.«

»Dieser Tatsache ist sich jeder in der Stadt bewusst«, sagte Rocko. Er unterschrieb den Scheck und stellte Timothy damit ihr Essen in Rechnung, nahm sie am Ellbogen und führte sie aus dem Hotel. Als sie das Foyer durchquerten, starrte ein Mädchentrio, das am Lift Wache stand, sie an.

»Wo ist Michael Black?«, rief eine von ihnen. »Ist er im Restaurant?«

»Siehst du?«, meinte Rocko. »Sie sind überall. Und sie fangen an, dich zu erkennen.«

Kelly stöhnte. »Ich muss einen Bogen um ihn machen«, murmelte sie leise vor sich hin, während sie durch die Schwingtür eilte.

Vor dem Hotel fragte Rocko: »Was ist überhaupt los?« Er klang ein bisschen verärgert. »Was läuft denn nun zwischen euch?«

Sie eilte mit großen Schritten weiter, ohne ihm eine Antwort zu geben.

Vor dem Theater wartete eine Überraschung auf sie. Angel lehnte an der Wand neben dem Bühneneingang, ein Bein an die Wand gestemmt. Ein Armeerucksack hing über ihrer Schulter. Sie rauchte eine selbstgedrehte Zigarette. Obwohl sie etwas zugenommen hatte und ihr Haar etwas länger trug, sah sie noch immer wie eine Vogelscheuche aus.

»Angel!« Kelly eilte auf sie zu. »Wie bist du hergekommen?«

»Mit dem Bus. Als Maggie mir erzählt hat, wo du steckst, musste ich einfach kommen. Wo ist Alex?«

»In der Schule? Mein Gott!« Kelly schlang die Arme um ihre Schwester und hielt sie eine lange Zeit.

»Können wir reingehen? Ich frier mir hier noch den Arsch ab!«

»Natürlich! Mensch!« Kelly drehte sich um und sah, dass Rocko ihnen lächelnd die Tür aufhielt. Sie machte die beiden hastig miteinander bekannt und schob Angel hinein. Eilte an Michael und Debbie vorbei, die in Michaels Garderobe gerade etwas besprachen. Michael rief ihr durch die offene Tür etwas zu, aber Kelly bugsierte Angel weiter geradeaus ins blaue Zimmer. Das Letzte, was sie brauchte, war, dass Angel mit den anderen redete. Wäre Debbie nicht begeistert, die Wahrheit zu erfahren? Kelly konnte sich lebhaft vorstellen, wie Debbie die Polizei anrief und entsetzt tat, insgeheim aber entzückt war, sie loszuwerden. Sie platzierte Angel auf der Couch und befahl ihr, sich nicht von der Stelle zu rühren.

»Ich lauf runter in die Werkstatt und schau, ob ich den restlichen Tag frei kriegen kann«, sagte Kelly zu ihr, bevor sie sich an Rocko wandte, der ihnen gefolgt war.

»Meinst du nicht, du gehst besser zu Michael? Und zwar *sofort*? Er ist in seiner Garderobe.«

»Nur die Ruhe.« Er lächelte. Er hatte nicht vor, sich etwas entgehen zu lassen.

Kelly raste runter in die Kostümwerkstatt und erklärte Dorothy, dass sie gehen müsse. Wegen eines familiären Notfalls. Sie verschwand, ehe Dorothy antworten konnte. Sie musste diesen neugierigen Rocko von ihrer Schwester fernhalten.

Angel saß mit gekrümmtem Rücken und übereinandergeschlagenen Beinen auf dem Klavierstuhl und drückte eine Flasche Bier an sich, als wäre sie ein warmer Suppenbecher. Durchs Fenster beobachete sie Alex, der einen Nachbarsjungen auf dem Schlitten zog.

»Ihm scheint's gut zu gehen«, bemerkte sie.

Alex hatte Angel etwas argwöhnisch begrüßt, so als hätte er Kellys Unbehagen übernommen. Für Kelly war Angels Ankunft der Beweis, dass ihr Versteck nicht so gut war, wie es hätte sein sollen. Michael musste Maggie vom Arcana erzählt haben, und die konnte es jedem weiter erzählt haben. Was für eine Ironie, dachte Kelly. Sie hatte Maggie extra nichts von der Entführung erzählt, weil sie ihr nicht zutraute, es für sich zu behalten, und nun das.

Kelly wusste, dass sie mit Angel darüber reden musste, und das war der Grund, warum sie Alex nach draußen geschickt hatte.

Angel behauptete steif und fest, sie habe niemandem gesagt, wohin sie führe. Paul hatte es ihr verboten. Momentan machte Paul aus allem ein Geheimnis. Schlich wie ein schlechter Schauspieler in einem Spionagefilm herum. Er hatte auch nicht gewollt, dass Angel zu Kelly fuhr. Es könnte Probleme geben.

»Was immer das heißen mag«, schloss Angel. »Ich glaube, er wollte einfach, dass ich zu Hause bleibe. Augenblicklich lässt er mich nirgends hin.« Schuldbewusst ließ sie den Kopf hängen. »Nicht mal zu Darl.«

Kelly seufzte. Das überraschte sie nicht sonderlich. Angel war der letzte Mensch, vom dem sie erwartet hätte, dass er sich gegen jemand anderen behaupten könnte.

»Du darfst niemandem erzählen, dass wir hier sind«, sagte Kelly. »Wusstest du, dass Adam und Eleanor versucht haben, das Sorgerecht für Alex zu bekommen?«

»Echt? Paul hat so was vermutet. Sie waren mal bei uns, aber er hat sie nicht reingelassen.«

Woher kommt Pauls plötzliche Klugheit? fragte sich Kelly. Vielleicht wollte er Angel aus Sicherheitsgründen nicht aus dem Haus lassen. »Die Polizei war aber nicht bei euch?«

»Nein!«

»Könnte noch kommen. Adam hat einen Betreuungsbeschluss«, erklärte Kelly. »Während Darl im Krankenhaus war, haben sie alles in die Wege geleitet. Haben behauptet, er könne nicht für Alex sorgen …«

»Nun«, Angel zuckte mit den Schultern, »das könnte er ja auch nicht.«

Kelly presste die Finger an die Stirn. Sie spürte einsetzende Kopfschmerzen. Angel ist wie Maggie, dachte sie. Jedes Jahr wurde sie ihr ähnlicher. Aber da, wo Maggie nur dickköpfig war, war Angel einfach begriffsstutzig. »Schatz«, sagte sie. »Findest *du*, dass Adam sich um Alex kümmern sollte?«

»Nein, natürlich nicht. Hast du ihn denn nicht aus diesem Grund zu dir genommen?« Einen Augenblick wirkte Angel verdutzt. Dann löste sie das Problem, indem sie die Bierflasche austrank.

Nach dem Abendessen erklärte Kelly Angel, warum es das Beste war, wenn sie wieder nach Winnipeg zurückfuhr. »Zwischen dir und mir sollte keine Verbindung bestehen. Du könntest unter Beobachtung stehen. Deshalb habe ich dir auch nicht gesagt, wo ich bin.«

»Ich hätte doch nichts verraten«, schmollte Angel. »Du hättest mir vertrauen können.«

Wenn's doch nur so wäre, dachte Kelly. Sie schaute zu dem Rucksack, den Angel in die Diele gestellt hatte. Er musste zwanzig Jahre alt sein, das olivgrüne Segeltuch war an vielen Stellen geflickt, durchgescheuert oder morsch. Dass ihre Schwester den ganzen Weg allein hergekommen war, konnte Kelly immer noch nicht fassen. Sie konnte sich nicht vorstellen, wie Angel das alles geschafft hatte, ein Ticket kaufen, in den richtigen Bus steigen, zum Theater finden. Das schien unwahrscheinlich, wenn nicht gar unmöglich. Sie fragte sich, ob Paul sie aus irgendeinem Grund hergeschickt hatte.

Kelly stand auf und half Alex, seine Spielsachen aufzuräumen und seine kleine Trucksammlung in einem Schuhkarton zu verstauen. Er war ungewöhnlich still. Wohl noch müde von der Aufregung des Vortages, nahm sie an.

Sie trug die Spielzeugschachtel in die Diele und stolperte über den Rucksack. Er fiel um, und Angels Zahnbürste und einige Münzen flogen heraus, die Spielzeugautos purzelten auf den Boden. Verärgert kniete Kelly sich hin, um alles wieder einzusammeln. Was war das? Auf dem Boden neben der Haustür lag etwas Glänzendes. Es war ihre Silberkette. Die Kette, die James ihr geschenkt hatte, die, die sie vermeintlich in Winnipeg gelassen hatte.

»Was ist das denn?«, fragte Kelly und hielt die Kette hoch.

»Deine Kette«, sagte Angel.

»Hast du sie mitgebracht?«

Angel sah zu Alex, dann wieder zu Kelly. »Ich? Ich hab die nicht mitgebracht!«

»Und woher kommt sie dann?«

»Kelly, das ist deine! James hat sie dir zu deinem zwanzigsten Geburtstag geschenkt! Ich erinner mich noch dran. Dazu gibt's passende Ohrringe.«

»Aber ich habe sie verloren«, erwiderte Kelly. »Sie ging mir schon seit Wochen ab. Ich weiß nicht mal ... Alex, hast du damit gespielt?«

Er schüttelte feierlich den Kopf.

Angel sah Kelly seltsam an. Dann zuckte sie die Achseln. »Komm, Alex. Ich les dir eine Geschichte vor, okay?«

»Ich möchte lieber von Kelly vorgelesen bekommen.«

»Heute Abend gönnen wir Kelly mal eine Pause, Schatz. Komm, ich les dir *Die kleine Meerjungfrau* vor. Hier ist das Buch ja schon!«

Alex küsste Kelly auf beide Wangen und ging mit Angel widerstrebend zum Schlafengehen nach oben.

Kelly setzte sich an den Küchentisch und ließ die Kette durch die Finger gleiten. James hatte sie vom Erlös seines ersten Bildes gekauft. Sie hatten einen Streit – an den Grund entsann sie sich nicht mehr –, und dieses teure Geburtstagsgeschenk hatte eine Art Friedensangebot dargestellt. Sie schloss die Augen, und James erschien vor ihr, reumütig, einundzwanzig Jahre alt, wie er ihr die Kette zärtlich um den Hals legte. Sie rieb daran, und das kalte Silber erwärmte sich bei der Berührung. Sie hatte an diese Liebe geglaubt, hatte sich in ihr Feuer geworfen. Aber ihre Liebe war nicht gut genug gewesen. Der schöne, vernarbte Körper war ihren unbeholfenen Fingern entglitten.

Wie war diese Kette verschwunden, und wie war sie zurückgekehrt?

Verlor sie den Verstand? Es hatte eine Zeit gegeben, da hätte sie diese Erklärung akzeptiert. Heute allerdings nicht mehr.

Sie ging die Leute durch, die im Haus gewesen waren. Lila, natürlich. Und Angel. Rocko und Michael. Nicht Michael! Leise Zweifel stiegen in ihr hoch. »*Ich bin Ihnen ständig gefolgt*«, hatte er gesagt. »*Als ich schließlich erfuhr, dass Sie verheiratet waren, war ich am Boden zerstört.*« Nein, lächerlich.

Aber Angel? Genauso lächerlich. Warum sollte sie ihr die Kette bringen und dann lügen?

Sie beobachtete, wie Angel die Treppe herunterkam. Auch sie war von dem Buntglasfenster fasziniert. Kelly erzählte ihr die Geschichte von Orpheus und seinem Abstieg in die Unterwelt, seiner Unfähigkeit, einem Blick zurück zu Eurydike zu widerstehen.

»Hmm«, sagte Angel. »Eine Liebesgeschichte.«

»Das habe ich auch gesagt«, erwiderte Kelly.

Sie nahm das Bier, das Angel ihr eingeschenkt hatte, und die beiden Schwestern stießen miteinander an.

Am nächsten Morgen überredete Kelly Angel, wieder heimzufahren. Dafür musste Alex allerdings die Schule ausfallen lassen und Kelly im Theater Bescheid geben, dass sie erst später käme. Dorothy würde sie umbringen, das war ihr klar – immerhin war heute Abend Premiere –, aber sie musste Angel zum Busbahnhof bringen.

Auf dem Weg dorthin machte Kelly ihr noch einmal klar, wie wichtig es war, ihren Aufenthaltsort geheim zu halten.

»Schau, wenn bekannt wird, wo wir sind, dann könnte Adam auf die Idee verfallen, herzukommen. Oder er könnte das FBI anrufen. Das ist mein Ernst, Ange!«

»Schon klar! Paul lässt mich eh mit niemandem reden, nicht mal mit Darl. Er hat gesagt, ich soll auch auf der Fahrt hierher mit niemandem reden. Ich könne gar nicht vorsichtig genug sein. Er hat mir sogar die Knarre mitgegeben!« Lachend öffnete sie ihren Rucksack. »Siehst du?«

Dort lag obenauf eine große, schwarze Pistole.

»Angel! Und damit bist du über die Grenze gekommen?«

»Hab dir doch gesagt, er ist verrückt!«

»Ist die geladen?«

»Ich weiß nicht«, sagte Angel. »Ich rühr sie nicht an.«

Ihr Bus wurde angekündigt, und Kelly brachte sie zum Gate. Angel reihte sich in die Warteschlange ein, den Kopf gesenkt, den Mund offen. Sie wusste, dass sie Kelly verstimmt hatte. Wieder hatte sie versagt. Sie kaute an einem Daumennagel und starrte auf ihre Füße. Sie hob einen Lederstiefel, um die Sohle zu begutachten, und verlor fast das Gleichgewicht. Kelly verabschiedete sich von ihrer Schwester und ging zum Auto zurück, wo Alex auf sie wartete. Sie dachte an die Pistole, und bei der Vorstellung, dass Alex sie zufällig gefunden haben könnte, wurde sie so wütend, dass sie beinahe bei Rot über eine Ampel gefahren wäre.

25

Kelly legte Alex zum Mittagsschlaf ins Blaue Zimmer. Wenn er am Abend zuschauen wollte, dann brauchte er ihn. Sie hoffte, dass er sein Versprechen würde halten können, während der Vorstellung leise zu sein.

Sie musste noch mal alle Kostüme durchsehen, sicherstellen, dass alles sauber, gebügelt und fertig an seinem Platz war. Kelly rannte ein paarmal hoch, um nach Alex zu sehen, und nach eineinhalb Stunden war er wach und spielte. Er hatte den Lippenstift aus ihrer Tasche genommen und ließ ihn in seiner Zauberkiste verschwinden. Beim Zuschauen fiel ihr auf, dass ihre Schlüssel in diesem Zimmer verschwunden waren, als Alex das letzte Mal hier drinnen gespielt hatte.

»Alex«, sagte sie, »hast du meine Schlüssel gesehen? Hast du sie an dem Tag, als zum ersten Mal in Kostümen geprobt wurde, aus meiner Tasche genommen? An dem Tag, an dem du verschwunden bist?«

»An dem ich verschwunden bin?« Alex schien zu erstarren. »Nein«, sagte er. Aber er hörte zu spielen auf.

Kelly wurde argwöhnisch. »Hast du meine Schlüssel genommen und sie verschwinden lassen?«, neckte sie ihn. »Ich wette, so war's. Ich wette, du hast sie so verzaubert, dass nicht mal du sie mehr findest. Wo könnten sie sein, was glaubst du?« Sie setzte die Suche von neulich fort.

»Ich habe nichts genommen«, versetzte Alex. »Nichts!«

Nichts? Sie dachte an ihre Silberkette. Hatte er damit auch gespielt? »Alex, was ist mit der Kette? Die, die ich auf dem Boden entdeckt habe, als Angel bei uns war. Hast du die aus der Schmuckschatulle genommen?«

Alex bewegte sich auf die Tür zu. »Nein!« Er drehte sich um und rannte auf die Bühne zu.

Sie lief ihm hinterher. Die Bühne war leer. Die Maler waren nach Hause gegangen. Das Gerüst war abgebaut worden. Eine einsame Malerschaukel deutete noch darauf hin, dass es sich hier nicht wirklich um das dänische Königshaus handelte.

Alex rannte auf die Treppe zu.

»Alex, komm zurück! Ich hab mit dir zu reden!«

Beim ersten Treppenabsatz blieb er stehen, doch als er sah, dass sie ihm hinterherkam, rannte er weiter. Wenn sie ihn nicht besser gekannt hätte, hätte sie ihn für schuldig gehalten.

Sie blieb stehen. Wie gut kannte sie ihn *wirklich*? Ihre kurze Karriere als seine Mutter – ihre kurze Scharade – zog blitzschnell an ihrem inneren Auge vorbei, während sie zuschaute, wie er die Treppe hinauf rannte. Sie sah sich, wie sie ihm einen Abschiedskuss gab, ihn besänftigte, ihn vor den Fernseher setzte, damit sie sich mit ihren eigenen Problemen beschäftigen konnte, ihn ins Bett brachte. Sie hatte ihre Zweifel an seinem glücklichen Zustand allzu leicht beiseite geschoben. Selbst in Winnipeg hatte sie ihm nie genug Aufmerksamkeit geschenkt. Nicht wirklich. Nun, jetzt hatte er sie mit Sicherheit. Er war jetzt ganz oben angelangt und schaute zu ihr hinunter. Langsam folgte sie ihm. Vielleicht hatte er die Kette genommen, um ihre Aufmerksamkeit zu erlangen. Das war möglich, bestimmt.

Und wenn Alex die Kette gestohlen hatte …

Der Gedanke versetzte ihr einen kleinen Stich.

Im Geiste ging sie alle Dinge durch, die in ihrem Haus abhanden gekommen waren. Kleine, hübsche Dinge. Glänzende Gegenstände. Die kleinen Tiere. Spielzeug!

»Alex«, sagte sie, als sie nahe genug war, dass sie leise mit ihm sprechen konnte. »Du musst es mir sagen. Hast du mit meiner Kette gespielt? Hast du sie aus der Schmuckschatulle genommen?«

Er trat von dem festen Untergrund der oberen Burgbrüstung auf die Malerschaukel, die von den Dachsparren hinunterhing. Sie schwang leicht unter seinen Füßen.

»Sei vorsichtig«, mahnte sie. Sie ging langsam auf ihn zu.

»Wenn ich's getan hätte«, wollte er wissen, »was würdest du dann tun?« In seiner Stimme schwang etwas fast Verschlagenes mit.

»Tun?«

»Bekäme ich dann Hausarrest?«

Hausarrest! Kelly hätte beinahe laut gelacht. Wie konnte man einem Sechsjährigen Hausarrest geben? Alex durfte sowieso noch nirgends allein hin.

»Nein, Schatz.« Sie unterdrückte ein Lächeln. »Ich würde dich nicht bestrafen. Nicht, wenn du die Wahrheit sagst.«

Alex schaute sie zweifelnd an.

»Bestimmt nicht«, versicherte sie ihm. »Erinnerst du dich, als du die Sachen aus Lilas Tasche genommen hast? Ich hab dich nicht besraft. Und als du dich im Keller verlaufen hast? Das war ein Versehen, stimmt's? Du warst einfach neugierig.« Sie streckte die Hand aus, legte einen Finger an sein Kinn und hob sein Gesicht, damit er sie anschauen musste. »Du bist ein kleiner Junge, und kleine Jungs machen halt mal Unfug. Dafür bestrafe ich dich doch nicht.«

Mit ernstem Blick sah er zu ihr auf. »Ich wollte einen Abschleppwagen daraus machen«, gestand er.

Kelly war es schwindelig vor Erleichterung. Am liebsten hätte sie ihn gepackt und umarmt. »Das ist okay«, sagte sie. »Ist ja nicht so schlimm. Ich bin froh, dass du's mir gesagt hast, Schatz.«

»Ich liebe dich, Kelly«, sagte er.

»Ich dich auch, Herzblatt.« Sie streckte ihm die Hand entgegen. »Komm. Lass uns wieder runter gehen.«

»Du bist nicht so wie sie«, sagte er und bewegte sich auf sie zu.

»Sie?«

»Opa und …« Die Schaukel unter seinen Füßen gab nach, und Alex stieß einen Schrei aus. Entsetzt sah Kelly, wie sich das Seil blitzschnell vom Flaschenzug entrollte und die Schaukel gen Boden sauste.

»Nein!« Ehe sie nachdenken konnte, warf sie sich auf den Bauch und griff wild in die Luft, spürte, wie Alex' kleiner Körper an ihr vorbeiflog, ihr das weiche Haar durch die Finger glitt. Voller Dankbarkeit begriff sie, dass sie ihn am Armgelenk zu fassen bekommen hatte. Er baumelte unter ihr, siebenundzwanzig Kilogramm zogen an ihrem Arm, und sie spürte, wie sie langsam zur Kante gezogen wurde.

Alex sprach kein Wort und rührte auch keinen Muskel. Keiner von beiden gab einen Laut von sich, doch beide konnten hören, wie Kelly langsam an den Brüstungsrand gezogen wurde. Sie tastete mit ihren Füßen, fand aber hinter sich keinen Halt. Zuerst glitt sie mit der Schulter, dann mit der Brust über die Kante. Sosehr sie sich auch anstrengte, sie schaffte es nicht, den Ellbogen anzuwinkeln und Alex etwas hochzuziehen, noch vermochte sie es, ihn mit der anderen Hand zu erreichen.

So hing sie da und wagte kaum zu atmen. Was sollte sie tun? Seitlich in der Kulisse bewegte sich etwas. Das Licht veränderte sich, als hätte sich der Vorhang fast unmerklich geteilt.

»Hilfe!« Die durch den Schrei verursachte Anstrengung ließ sie ein weiteres Stückchen vorwärtsrutschen. Sie hielt Alex ganz fest, aber sie hatte zu schwitzen begonnen und spürte, dass Alex' dünnes Handgelenk in ihrer feuchten Hand zu rutschen begann. Hörte sie denn niemand? Wieder veränderte sich das Licht, und sie sah einen langen Arm den Vorhang teilen. Michaels Arm.

»Michael!«

Er sah sie und dann rannte er. *Beeil dich*, flehte sie. *Kei-*

ne Sekunde halte ich es – noch ehe sie den Gedanken zu Ende denken konnte, hatte er den Sims unter ihr erreicht. Sie sah, wie er mit seinen großen Händen hochgriff und Alex um die Hüfte packte. Alex begann zu weinen.

»Ich habe ihn«, sagte Michael.

»Du hast ihn?«

»Ja. Lass los.«

Aber sie konnte nicht.

Seine Stimme war bedächtig und besonnen. »Kelly. Ich habe ihn ganz fest. Du musst ihn loslassen, sonst fällst du runter!«

Sie ließ Alex los. Kroch zurück auf die Schlossmauer, flog fast die Treppe runter und riss Alex aus Michaels Armen. Ihre Beine zitterten von der Anspannung, und sie sank auf den Steg und vergrub ihr Gesicht in Alex' Hals.

Michael setzte sich neben sie, die Arme schlaff an den Seiten.

»Gott sei Dank«, flüsterte er, offenbar zu sich selbst. »Gott sei gedankt für die vielen Proben!« Er schloss die Augen und blieb still sitzen.

»Michael! Herrgott noch mal!« Taylor stand unter ihnen. »Was zum Teufel tut ihr da!«

Sie gingen die Treppe runter und jeder zurück an seinen Platz. Ehe der Vorhang in drei kurzen Stunden hochgehen konnte, war noch viel zu tun.

Als Kelly alle anderen Kostüme in die Garderoben gebracht hatte, klopfte sie an Michaels Tür. Keine Reaktion.

Als sie eintrat, saß er entspannt im Sessel, sein Textbuch in Händen, doch er las nicht. Er blickte aus dem Fenster hinaus zum Himmel. Kelly schob leise das Kostümgestell rein und schickte sich an, ihn ohne Störung wieder zu verlassen.

»Komm her«, sagte er.

Sie kam zu ihm. Er nahm ihre Hand und hielt sie locker. Lange sahen sie einander an. Sie hatten miteinander etwas Furchtbares durchlebt. Worte waren unnötig. Seine dunklen Augen waren freundlich, und doch lag etwas Fernes in seinem Blick. Er befand sich bereits auf der Bühne. Er wurde Hamlet.

»Gib mir bitte diesen Stein, ja?« Michael deutete auf einen kleinen, flachen Jadestein auf seinem Schminktisch. Sie reichte ihn ihm.

»Den hat mir meine Mutter geschenkt«, erklärte er, »als ich das erste Mal auf der Bühne stand. Ich glaube, da war ich neun Jahre alt.«

Sie lächelte. Schauspieler und ihren Aberglauben kannte sie. »Und ich wette, seitdem bist du nie mehr ohne ihn auf die Bühne gegangen.«

»So ist es.« Er erwiderte ihr Lächeln. »Nie.« Sein Blick schweifte zum Fenster, und sie spürte, dass er sich in sich zurückgezogen hatte.

Sie schlüpfte zur Tür hinaus und wünschte ihm stumm viel Glück.

Nach der Vorstellung nahm Kelly Alex mit hinter die Bühne. Die Atmosphäre war ausgesprochen gut, alle waren vor Erleichterung ganz high und hatten das Gefühl, die Aufführung sei ein Erfolg gewesen. Kelly war auf dem Weg ins blaue Zimmer, um ihre Mäntel zu holen, als Rocko den Gang entlang auf sie zugeschlendert kam.

»Kelly! Michael fragt nach dir. Ich glaube, er hat sich alles Blut abgewaschen, ist von den Toten zurückgekehrt und bereit, Besucher zu empfangen.«

»Hast du die Aufführung gesehen?«, wollte Kelly wissen.

»Ja, hab ich.« Rocko klang unbeeindruckt.

»Hat's dir nicht gefallen?«

»Ich hätte ein paar Dinge anders gemacht«, meinte er. »*Wann*, zum Beispiel, soll Hamlet weise werden und das richtige Schwert auswählen? Ich mein, ehrlich, den Fehler macht er doch schon seit Jahrhunderten! Ich schwör's dir, aus diesem Burschen wird *nie* der König von Dänemark! Und außerdem ...«

Er wurde von Debbie Thompson und ihrem Mann unterbrochen, die auf dem Weg zur Premierenfeier im Fallon an ihnen vorbeirauschten.

»Schöne Produktion, meinen Sie nicht auch?«, fragte Debbies Mann. Er glühte fast vor Stolz.

»Sehr schön«, stimmte Kelly ihm zu.

»Ich kann's gar nicht erwarten, die Kritiken zu lesen«, meinte Debbie. Ihr überspanntes, heiseres Gelächter war im ganzen Gang zu hören.

»Und außerdem«, meinte Rocko, »hätten sie Ophelia viel, viel früher ertränken können.«

Michael hatte geduscht und lag in Jeans und T-Shirt auf der Couch in seiner Garderobe. Bobbie rührte löffelweise Honig in einen Tee. Taylor verbschiedete sich gerade.

»Nun, wir sehen uns dann im Hotel«, sagte er. »Du warst großartig. Wirklich. Hatte Tränen in den Augen. Hi, Kelly. Fabelhaft, Michael. Wirklich!«

Michael winkte ihn fort.

»Hi!« Kelly lächelte zu Michael runter. »Hast du's überlebt?«

Er nickte.

»Taylor sagt, er dürfe nicht reden«, erklärte Bobbie und deutete auf Michaels Hals. »Seine Stimme.«

»Ach, was weiß der denn schon!« Michael drehte sich

auf die Seite und stützte sich auf den Ellbogen. »Hi, Alex! Na, wie geht's?«

»Der Schwertkampf war super«, sagte Alex. Er packte ein Fantasieschwert und begann, es in einer guten Hamletimitation hin und her zu schwingen.

»Alles in Ordnung mit ihm?«, erkundigte Michael sich bei Kelly.

»Scheint sich erholt zu haben«, meinte sie. »Ich wünschte, das könnte ich von mir auch behaupten.«

Michael setzte sich auf. »Ich auch. Ich glaub, dein Sohn hat mich heute zehn Jahre meines Lebens gekostet. Möglicherweise zwanzig. Ach, na ja. Jetzt wird's aber Zeit zu feiern.«

Er stand auf, fuhr sich durch das kurze Haar und lächelte in die Runde. »Gut«, meinte er. »Ich glaube, ich kann stehen. Stehe ich?«

Alle lachten.

»Dann lasst uns gehen«, sagte er. Er nahm Kelly den Mantel aus den Armen und hielt ihn ihr auf.

»Oh, wir kommen nicht mit«, sagte Kelly. »Ich denke, dein junger Lehrling hier hatte genug für heute.« Alex schwang noch immer sein imaginäres Schwert, aber seine Müdigkeit war nicht zu übersehen.

»Du musst mitkommen«, widersprach Michael. Er wandte sich an Bobbie, die ein türkisfarbenes Abendkleid trug, in dem sie bezaubernd aussah. »Muss sie doch, oder? Wir müssen erscheinen, Kelly. Das wird erwartet.«

»Du wirst erwartet«, entgegnete sie. »Nicht ich. Komm, Alex.« Sie zog ihren Mantel an und Alex schlüpfte in den seinen. »Er ist fertig«, erklärte sie Michael. »Er ist schon den ganzen Tag auf den Beinen.«

»Nun, die Party findet im Hotel statt. Er könnte in meinem Zimmer schlafen.«

»Allein?«

»Bobbie könnte bei ihm bleiben. Das würde dir doch nichts ausmachen, Bobbie?«

»Michael!« Kelly zog ihn beiseite. »Bobbie hat doch nicht ein solches Kleid angezogen, um auf Alex aufzupassen!«

»Aber ich möchte dich dabei haben. Bloß für eine Stunde?«

»Nein. Warum gehst du nicht mit Bobbie rüber? Sie wäre begeistert.«

Michael streichelte leicht ihre Wange. »Du solltest da sein«, meinte er. »Alle werden da sein!« Er fuhr mit der Hand über ihre Wange und klemmte ihr das Haar hinters Ohr.

»Ich werde alles darüber in der Zeitung lesen«, erwiderte sie.

Schnell ging sie mit Alex raus, ehe sie es sich anders überlegte.

Daheim, im Bett, bereute Kelly ihre Entscheidung nicht. Sie wollte sich nicht mit Geschwätz und Alkohol zudröhnen lassen. Das würde bloß den Eindruck zerstören, den sie von der Aufführung mitgenommen hatte. Sie wollte die süßlich traurige Wirkung der Tragödie auskosten.

Taylor hatte sein Ziel erreicht. Die Inszenierung war Furcht einflößend. Beim Zuschauen hatte Kelly alle Probleme mit den Kostümen, den Allüren der Darsteller, all die kleineren Pannen vergessen. Der Geist und sein Leiden ließen sie erschauern. Er war ein Bewohner des Fegefeuers, des Landes der Untoten, gekommen, um Hamlet mit in die ewige Qual des Nichts zu zerren.

Die Geschichte hatte an diesem Abend die Wirkung, die sie schon seit Jahrhunderten hatte. In dem Augenblick, in dem Hamlet die haarsträubende Mordgeschichte erfahren hatte, war ihm klar, dass er verloren war. Die ganzen fünf langen Akte hindurch bewegte er sich unerbittlich, bewusst auf den eigenen Tod zu. Er hatte keine andere Wahl.

26

Bei der leidenschaftlichen Darstellung ihres Todes am Abend zuvor hatten sich aus Ophelias Perücke ein paar Blumen gelöst, die Kelly als Erstes befestigte. Sie war allein in der Kostümwerkstatt. Nun, nach der Premiere, war Lilas Arbeit getan. Morgen würde sie wieder nach Hause fahren. Damit war jemand in Winnipeg, der Kelly regelmäßig über Darls Zustand berichten konnte. Heute machte sie mit Alex ihren Abschiedsbesuch bei Timothy in der Hütte. Das Babysitterproblem, mit dem Kelly nach Lilas Abreise konfrontiert wäre, hatte sie noch nicht gelöst. Vielleicht Bobbie?

Kaum dachte Kelly an sie, streckte Bobbie auch schon den Kopf zur Tür herein. »Hi! Bist du fertig? Jane wartet schon.« Jane war Ophelias Garderobiere.

»Noch nicht. Wie viel Uhr ist es denn?«

»Noch eine halbe Stunde. Und Taylor verlangt nach dir.«

Kelly seufzte. Taylor verlangte immerzu nach ihr. Sie stand auf und fragte: »Wo ist er?«

»In Michaels Garberobe.«

Taylor wartete vor Michaels Raum. Er reichte Kelly einen Schlüssel. »Könnten Sie mal kurz die Straße runtersausen? Michael hat was vergessen.«

»Ich habe so viel …«

»Er braucht seinen Stein. Es ist ein Glücksstein aus Jade mit einer kleinen Furche drin ...«

»Ich weiß«, erwiderte sie.

»Dauert doch bloß fünf Minuten. Michael sagt, der Stein liegt auf einem kleinen Tisch gleich neben der Tür.«

O Bruder, dachte Kelly. In fünfundzwanzig Minuten hob sich der Vorhang.

»Kelly, bitte! Ohne den Stein kann er nicht auftreten!«

»Ich weiß«, sagte sie. »Ich weiß schon.«

Ohne sich etwas überzuziehen, trabte sie los, um seiner Bitte nachzukommen.

Sie wünschte, sie hätte sich Mantel und Stiefel angezogen. Obgleich das Hotel nur einen Block entfernt lag, war sie völlig durchgefroren, als sie dort ankam. In Minneapolis war es so kalt wie in Winnipeg.

Michaels Glücksstein lag auf dem Tisch neben der Tür. Sie steckte ihn in die Tasche und wollte wieder gehen, als ihr die außergewöhnliche Unordnung auffiel.

Es sah Michael gar nicht ähnlich, auf der Bar offene Flaschen und Gläser stehen zu lassen. Er musste Besuch gehabt haben. Ein Schemel war umgeworfen worden, zahllose Briefe lagen auf dem Tisch, zum Teil waren Umschläge und Päckchen auf dem Boden verstreut. Der Papierkorb war umgestoßen worden, und der Inhalt lag in einem Haufen auf dem Teppich. War die Party gestern hierher verlagert worden? Wo waren die Zimmermädchen? Der Aschenbecher quoll über von halbgerauchten Zigaretten. Die Luft war abgestanden. Kelly schaltete die Lüftung an und stellte den Papierkorb wieder auf. Dabei entdeckte sie unter dem Schreibtisch eine kleine Pappschachtel.

Auf der einen Seite der Schachtel stand in einfachen schwarzen Lettern WINNIPEG SUPPLY zu lesen. Unwillkürlich beschlich sie wieder ein leichter Zweifel, was Michael anbelangte. Winnipeg?

Sie konnte dem Drang nicht widerstehen, die Schachtel aufzumachen und hineinzuschauen.

Lila gurtete Alex sorgfältig an und konsultierte dann die Straßenkarte.

»Wohin fahren wir?«, wollte Alex erneut wissen.

»Wirst schon sehen«, erwiderte sie. »Es wird dir gefallen.«

»Treffen wir uns denn mit Kelly?«

»Heute nicht, Schatz. Kelly hat heute viel im Theater zu tun. Wir fahren zu Timothys Hütte raus und besuchen ihn. Timothy hat nämlich heute Geburtstag. Deshalb bringen wir ihm auch einen großen Schokoladenkuchen mit. Und weißt du, was noch? Seine gelbe Katze hat Junge bekommen. Magst du Schokoladenkuchen und kleine Kätzchen?«

Alex nickte.

»Gut!« Lila lächelte. »Jetzt muss ich bloß noch rauskriegen, wie wir am besten hinkommen.« Sie studierte die groben Linien, die Taylor auf die Rückseite einer Zigarettenschachtel gezeichnet hatte, und versuchte, aus dieser eilig hingekritzelten Karte schlau zu werden. Warum hatte Timothy kein Telefon installieren lassen? Dann hätte sie ihn einfach anrufen und sich den Weg erklären lassen können. Sie verfluchte die Überspanntheiten der Reichen. Endlich fand sie auf der Karte die Adresse. Sie beschloss, den Bloomington Freeway South zu nehmen. So ginge es am schnellsten.

Lila ließ den Motor an und warf einen Blick zum Himmel, wo sich rasch dunkle Schneewolken zusammenzogen.

Sie hoffte, das Ganze würde sich nicht zu einem Blizzard entwickeln.

Kelly riss die Augen auf. Zuoberst in der Schachtel lag, ordentlich zusammengefaltet, ein altes, blaues Jeanshemd. Ungläubig zog sie es heraus und breitete es vor sich aus. Da, am linken Ellbogen war der blaue Kordflicken, den sie selber hingenäht hatte. Und da waren die schwarzen Stiche um die Tasche, wo sie den Saum verstärkt hatte.

Sie warf das Hemd beiseite und nahm sich den restlichen Inhalt vor. Es fanden sich noch ein paar andere Kleidungsstücke, James' Baseballkappe, der weiche Lederbeutel, den er immer am Gürtel getragen hatte. Seine Taschenuhr. Sie drehte sie um und las die Gravur »In Liebe von Kelly«. Da waren die kleinen Tiere, die Giraffe, das gescheckte Pferd, der Tiger. Das silberne Zigarettenetui. Die drei chinesischen Münzen für das I Ging. Als sie sah, dass ein flaches Paket auf dem Schachtelboden in Zeitungspapier eingepackt und mit weißer Schnur umwickelt lag, blieb ihr die Luft weg. Noch ehe sie die Verpackung aufriss, wusste sie, was es war. Die Zeichnungen, die aus Sams Galerie gestohlen worden waren.

Und in dem Lederbeutel entdeckte sie James' Ring – ein schlichter, einfacher Goldring, aber sie erkannte ihn. Er hatte ihn immer an einer Goldkette um den Hals getragen.

Seinen Ehering.

Er hatte ihn an seinem Todestag getragen.

Debbie Thompson stand in ihrer Garderobe vor dem Spiegel, bereit für ihren Auftritt. Make-up wie Kostüm für die erste Szene waren perfekt, und nun musste sie nur darauf achten, dass es auch so blieb. Noch nie war sie so zeitig fertig gewesen.

»Wenn ihr wollt, könnt ihr gehen«, sagte sie zu Jane und Bobbie. »Es bringt ja nichts, wenn ihr hier Däumchen dreht. Ich habe keine Ahnung, wieso ihr mich schon so früh angezogen habt.«

»Weil«, sagte Jane zu Bobbie, als sie draußen auf dem Gang waren, »wir normalerweise eine halbe Stunde für hysterische Anfälle und Übelkeiten mit einberechnen.«

Debbie zog die kleine Schublade ihrer Frisierkommode auf und nahm das letzte Schreiben ihres unbekannten Bewunderers heraus. Bis gestern hatte sie noch die Hoffnung gehegt, es könne sich um Michael handeln. Doch nun war sie davon überzeugt, dass es jemand aus einem anderen Business war. Möglicherweise ein Agent oder, noch wahrscheinlicher, ein Filmproduzent. Erneut las sie die Karte: »Ich komme morgen nach der Vorführung zu Ihnen. Seien Sie bereit, Ihr Leben zu verändern.« Wie immer hatte das Kärtchen zwischen sehr teuren Rosen in einer schlichten weißen Schachtel gesteckt. Kein Floristenname, kein Logo. Sie stellte sich vor, wie er die Rosen in seinem eigenen Gewächshaus geschnitten hatte. Sie beugte sich zu dem Strauß, um den Duft zu kosten.

Als sie die Karte wieder zurücklegte, sah sie in der Schublade eine andere Nachricht, die sie am Nachmittag erhalten hatte. Seltsam. Ein junger Mann mit mehreren Paketen war auf sie zugekommen und hatte sie gefragt, wo er Kelly finden könne. Höflichkeitshalber hatte sie den Schrieb entgegengenommen, den er für Kelly gekritzelt hatte, aber es wäre ihr nicht im Traum eingefallen, in die Kostümwerkstatt runterzurennen und ihn ihr zu geben. Sie war schließlich nicht Kellys Sekretärin. Und dann hatte sie nicht mehr daran gedacht. Ach, na ja. Die Nachricht hatte sie schon gelesen, und sie machte ohnehin keinen Sinn. Sie legte sie in die Schublade zurück. Das konnte warten.

Wieder beugte sie sich zu den Rosen hinab. Heute Abend würde er sich zu erkennen geben.

Aus dem Gang hörte sie jemanden rufen: »Noch fünf Minuten!« Sie lächelte ihr Spiegelbild an. Heute Abend war sie nicht nervös. Nun, da sie endlich den ihr gebührenden Lohn erhielt, war sie überhaupt nicht nervös.

Kelly hatte den Ehering ihres Mannes auf der Handfläche. Sie rollte ihn mit dem Daumen hin und her, an den Lebenslinien entlang, den Linien, die zusammenliefen und sich wieder trennten. Sie steckte ihn an ihren linken Ringfinger und schob ihn über ihren eigenen. Ja. Ein perfektes Paar. Mit den beiden Ringen wirkte ihr Finger seltsam fremd. Es kam ihr vor, als würde sie träumen.

Sie ließ die Schachtel offen am Boden liegen und erhob sich. Benommen schaute sie sich im Raum um. Wie waren diese Sachen in dieses Zimmer gelangt, in Michaels Zimmer?

Sie erinnerte sich an Rockos Worte: »Er wird Sie verschlingen!«

O Gott.

Sie warf einen Blick auf ihre Armbanduhr. Acht Uhr. Stein hin oder her, jetzt stand Michael auf der Bühne. Sie würde nicht gestört werden.

Unsicher, wonach sie eigentlich suchte, ging sie als Erstes die Post durch, las die Absender. Es war sinnlos. Es waren Briefe aus allen Ecken des amerikanischen Kontinents und verschiedenen europäischen Ländern. Dann durchsuchte sie die Schreibtischschubladen und den Schrank. Sie wollte eine Antwort, eine Erklärung für diese geheimnisvollen Vorgänge. Sie entdeckte nichts Ungewöhnliches. Obwohl Michael hier lebte, war es bloß ein Hotelzimmer. Unpersönlich. Abgesehen von einem Foto seiner Familie fand sie keinerlei Hinweis darauf, dass Michael vor seiner Ankunft in Minneapolis schon existiert hatte.

Wo hatte er sich aufgehalten, bevor er nach Minneapolis gekommen war?

Auf der dunklen Landstraße hatte Lila Bedenken, dass sie vielleicht schon an der Blockhütte vorbeigefahren war. Sie fuhr langsam und spähte in den begrenzten Kreis hinaus, der durch die Scheinwerfer beleuchtet wurde. Mittlerweile schneite es, harte, kleine Flocken, die von der Windschutzscheibe abprallten.

Alex langweilte sich. »Wie lange noch?«

»Alex«, meinte Lila, »was meinst du, wie oft du mir die Frage schon gestellt hast?«

»Hm, eine Million mal?«

»Knapp.«

»Eine Gazillion?«

»Mindestens. Oh, da ist es!« Am Straßenrand sah Lila einen roten Briefkasten, genau von der Art, wie Taylor ihn beschrieben hatte. Sie bog in die Auffahrt ein und versuchte, den Namen auf dem Briefkasten zu lesen. Sah wie »Johnson« aus. Falsches Haus. Sie seufzte laut und zog erneut die Karte zu Rate.

»Sieht so aus, als wären wir dran vorbeigefahren!«

Alex stöhnte.

»Aber wir sind ganz in der Nähe«, beruhigte sie ihn. »Das hier ist Nummer 100, und wir brauchen 200. Auf der richtigen Straße sind wir. Wir müssen nur ein Stückchen zurückfahren.« Sie legte den Rückwärtsgang ein und steuerte auf den Seitenstreifen der Ausfahrt zu, um Platz zum Wenden zu bekommen. Der Wagen schlingerte ein bisschen, der hintere Teil neigte sich und das Auto saß fest.

»Mist!«

»Was ist passiert?«

»Wir stecken im Graben«, seufzte Lila. »Ich steig mal aus und guck nach. Alles in Ordnung mit dir?«

»Japp.«

Sie stieg aus und verschaffte sich einen Überblick. Ja, sie war in einen schneebedeckten Graben gefahren. Sie hatte keine Chance, das Auto allein wieder herauszubekommen.

»Alex, ich hole jemanden, der mir hilft, das Auto rauszuschieben«, erklärte sie. »Du sperrst die Türen ab und wartest hier.«

Alex nickte niedergeschlagen.

»Bin gleich wieder da.«

Die Scheinwerfer ließ sie an, teils für Alex, teils für sich selbst. Es war eine lange, dunkle Auffahrt, und als sie den Weg entlang stapfte, peitschte ihr der Wind wie mit kleinen Eisnadeln ins Gesicht. Sie hoffte, die Johnsons waren daheim, wer auch immer sie waren. Sie hoffte, es gab einen Mr Johnson. Einen kräftigen.

Kelly betrat Michaels Schlafzimmer, entschlossen, alles auseinanderzunehmen, um eine Antwort zu erhalten. Sie hatte den Raum schon halb durchquert.

Da erstarrte sie.

Jemand saß in dem Drehsessel, der zum Balkon gewandt war und blickte auf die Stadt hinunter.

Sie sah nur den Hinterkopf, einen roten Kragen und langes braunes Haar, das mit einem geflochtenen Lederband zusammengehalten wurde.

Diesen Pferdeschwanz hätte sie überall erkannt.

Es war Paul.

Triumphierend und begeistert von sich selbst kam Debbie Thompson von der Bühne runter. Sie schälte sich aus dem schweißnassen Kleid und reinigte sich mit dem warmen Seifenwasser, das Jane vorbereitet hatte. »Es klappt wirklich«, erklärte sie Jane und Bobbie. »Heute Abend springen die Funken über. Habt ihr es gesehen?«

»Sie waren großartig«, erwiderte Jane, die gar nicht zugeschaut hatte, da sie mit Ophelias Kostümen beschäftigt gewesen war. Dass Kelly sie so im Stich gelassen hatte, sah ihr gar nicht ähnlich. Jane hatte gerade wieder eine Träne an Ophelias nächstes Kostüm genäht. Und nun musste sie noch ein paar Blumen an der Perücke für die Wassertodszene befestigen.

»Setzen Sie sich«, sagte sie zu Debbie. »Wir müssen Ihr Gesicht herrichten.«

Aber Debbie war zu aufgeregt, um sich hinzusetzen. »Das ist er«, sagte sie und tanzte in ihrer winzigen Garderobe herum. »Das ist der, der mich lancieren wird.« Lachend umarmte sie sich selbst. Dann wirbelte sie zu Bobbie herum und blieb stehen. »Irgendwelche Nachrichten für mich? Hat jemand nach mir gefragt?«

»Heute Abend nicht«, erwiderte Bobbie.

»Kommen Sie«, sagte Jane. »Setzen Sie sich.«

Debbie nahm vor dem Spiegel Platz. »Seid ihr sicher, dass mich niemand besuchen wollte? Dass niemand hinter die Bühne gekommen ist?«

»Abgesehen von uns zweien war keiner da«, meinte Jane. »Halten Sie still!«

»Bis auf diesen einen Typen«, warf Bobbie ein, »der von heute Nachmittag.«

»Wo ist er hingegangen? Hat er eine Nachricht hinterlassen?«

»Glaub kaum, dass das Ihr Typ ist«, sagte Bobbie. »Er

hat sich nach Kelly erkundigt. Wir haben ihm gesagt, dass sie um acht Uhr da sein wird, und er hat gemeint, dann käme er wieder. Ist er aber nicht.«

»Und Kelly auch nicht«, erinnerte sie Jane.

»Mist«, sagte Debbie. »Ich habe jemanden erwartet. Vielleicht ist er unter den Zuschauern. Oh, der bringt mich nach oben, ich weiß es einfach!«

»Ganz bestimmt«, sagte Bobbie. Hinter Debbies Rücken verdrehte sie die Augen. Wenn Debbie nach oben wollte, dann würde Bobbie sie gern dorthin bringen. Direkt ins All. Direkt in den Weltraum.

Mit pochendem Herzen ging Kelly auf leisen Sohlen zur Tür. Doch dann hielt sie inne. Wieso still sein? Paul musste sie schon längst gehört haben. Musste gehört haben, wie sie die Tür aufgeschlossen hatte, wie sie Michaels Sachen durchgegangen war. Er wusste verdammt genau, dass sie da war. Was für eine Art Spielchen sollte das sein?

Warum rührte er sich nicht?

Eine lange Minute blieb sie wie angewurzelt stehen.

Im Raum herrschte eine unheimliche Stille.

Kelly räusperte sich. »Paul?«

Keine Antwort.

»Paul, bist du das?«

Wut und Neugierde besiegten ihre Furcht, und sie trat vor, ging durch den Raum und legte die Hand auf die Rückenlehne des Drehsessels.

»Paul? Was soll das Ganze?«

Sie drehte den Stuhl herum und starrte ihn an.

Paul starrte zurück, mit überraschter Miene, die Augen weit offen. Sein Hemd war blutgetränkt. Er war mausetot.

In seinem Herzen steckte Michaels silberner Brieföffner.

Die Johnsons waren nicht daheim. Lila klopfte, bis ihre Fingerknöchel wund waren, ehe sie es aufgab und durch den Schnee zurück zum Auto stapfte. Minütlich wurde die Schneedecke höher. Sie spürte, wie die Feuchtigkeit in ihre Stiefel drang. Für dieses Wetter war sie völlig verkehrt angezogen.

»Wir müssen zu Fuß gehen«, erklärte sie Alex. »Allzu weit kann's nicht sein.«

Sie gingen zur Hauptstraße zurück und liefen in die Richtung, aus der sie gekommen waren. Dieser Straßenabschnitt war verlassen und dunkel. Der Schnee bedeckte den Asphalt vollständig, nicht einmal die Reifenspuren, die ihr Auto vor zehn Minuten hinterlassen hatte, waren noch zu sehen. Alex stolperte. Seine Beine waren zu kurz, als dass er in den tiefen Schneeverwehungen mit Lila hätte Schritt halten können. Sie hielt ihn fest an der Hand und zog ihn gnadenlos weiter.

»Mir ist kalt«, klagte er.

»Komm weiter, Schatz, wir dürfen nicht stehen bleiben!«

Alex jammerte, er könne nicht mehr, aber Lila verschwendete keine Zeit damit, ihm gut zuzureden. Sie wusste, was ihnen hier draußen blühen konnte. Sie hatte nicht vor, am Rande irgendeiner abgelegenen Landstraße zu erfrieren. Nach allem, was Kelly und sie für Alex durchgemacht hatten, würde sie ihn bestimmt nicht von einem Blizzard holen lassen.

Sie entdeckte einen weiteren Briefkasten direkt vor ihrer Nase. Der musste es sein. Am Verlauf der Bäume erkannte sie den Weg zur Hütte. Nach einer Kurve erblickten sie die Lichter in den Fenstern. Müde, nass und frierend erreichten sie die Haustür.

»Ah!«, meinte Rocko, »unsere Gäste sind eingetroffen!«

Hinter ihm sah Lila Timothy vor einem lodernden Feuer stehen, ein Glas Wein in der Hand.

Endlich! Sie hatten es geschafft, sie waren im Warmen.

Als Kelly die Hotelhalle ereichte, war ihr erster Impuls, die Polizei anzurufen. Sie stürzte auf eine der Telefonzellen zu und lehnte sich keuchend an die Wand. Sie war in Panik geraten. Da sie zu große Angst gehabt hatte, um auf den Aufzug zu warten, war sie die Treppe hinuntergerannt. Elf Stockwerke. Zittrig fischte sie in ihrer Tasche nach einer Münze und holte stattdessen Michaels Glücksstein hervor.

Der hatte eindeutig versagt.

In ihrer Tasche fand sie etwas Kleingeld, zögerte aber, die Nummer zu wählen. Sie konnte anonym anrufen und dann verschwinden. Aber wohin? Sobald man die Leiche entdeckt hatte, wäre die Polizei allerorts und würde jeden verhören, der etwas mit Michael zu tun hatte. Und was sollte sie ihnen erzählen?

Sie wusste zu viel. Und zu wenig.

Sie würde wegen Kindesentführung verhaftet werden. Vielleicht sogar wegen Mordes. Alex würde zu Adam und Eleanor zurückgeschickt werden. Nein. Es gab nur eine Möglichkeit: Sie musste warten, bis Lila Alex zurückbrachte – sie wollten um elf zu Hause sein – und dann sofort die Stadt mit ihm verlassen. Sich versteckt halten, bis Darl wieder auf der Höhe war. Sollten die Behörden das ohne sie in den Griff bekommen. Sie war schließlich unschuldig. Vollkommen unschuldig. Sie wischte sich Tränen aus den Augen.

Noch immer zitternd, aber wieder gleichmäßig atmend, ging sie so unauffällig wie möglich durchs Foyer. Der Wind hatte an Stärke zugenommen. Die Fußgänger auf dem Bürgersteig senkten die Köpfe und hielten sich die

Krägen zu. Aber Kelly marschierte, als könne ihr das Wetter nichts anhaben. Sie dachte an den übel zugerichteten Leon. Sie dachte an Diane, deren Kehle man von einem Ohr zum anderen aufgeschlitzt hatte. Darl mit seinen verschwollenen Augen und dem genähten Schädel. James, bei dem jeder Knochen gebrochen war, am Fuße der Wasserfälle auf Felsen zerschellt. Tot.

War er das wirklich?

Kellys Schlüssel lagen in der Kostümwerkstatt auf dem Tisch, wo sie sie hingelegt hatte. Sie steckte sie in ihre Jeanstasche. Zitternd zog sie Schuhe und Strümpfe aus und trocknete ihre Füße mit einem Handtuch ab.

Sie schlich sich zum blauen Zimmer. Sie wollte niemandem über den Weg laufen. Nicht jetzt. Aber sie brauchte ihre Handtasche mit den gefälschten Pässen, und sie brauchte ihren Mantel und die pelzgefütterten Stiefel. Treppe und Gang waren leer. Möglichst geräuschlos öffnete sie die Tür zum blauen Raum und schloss sie, ohne aufzusehen genauso sorgfältig wieder hinter sich. Pech. Jemand war drinnen. Saß über einen Haufen Blätter gebeugt am Tisch. Er hob den Kopf, und Kelly hätte um ein Haar laut aufgeschrien.

»Darl!« Grenzenlose Erleichterung überkam sie.

»Kelly!« Darls Stimme war leise, nüchtern.

»Was …?«

»…tust du hier? Ich warte auf dich. Es war verdammt schwierig, dich zu finden.«

»Aber wie bist du hierher gekommen? Sam sagte, du seist absolut bettlägerig.« Sie starrte auf seine Beine. Er trug eine Kordhose. Keine Spur von einem Gipsverband.

»Nun, Sam übertreibt.«

»Aber warum? Wieso? Er sagte, deine Kopfverletzungen seien so schlimm, dass du außer Gefecht gesetzt seist. Aber sieh dich doch an!«

Darl lächelte. »Mir ging's nicht so schlecht, wie alle angenommen haben«, sagte er. Er erhob sich und kam auf sie zu. Bis darauf, dass er etwas hinkte, schien er völlig in Ordnung zu sein.

»Oh, Gott sei Dank!«, sagte Kelly. Darl breitete die Arme aus und sie drückte sich fest an ihn.

»Oh, Darl. Du wirst nicht glauben, was alles passiert ist!«

Timothy brachte Lila ein paar Pantoffeln, und sie wickelten Alex in Decken und setzten ihn vor den Kamin. Alex spielte hingerissen mit den Katzenjungen, die mit ihren unbeholfenen Beinchen über seinen Schoß kletterten und dabei von ihrer Mutter argwöhnisch beobachtet wurden.

»Na, ihr könnt heute Nacht gerne hierbleiben«, sagte Timothy, nachdem Lila ihm die Situation erklärt hatte. »Wir ziehen ihn morgen früh raus.«

»Ich muss Alex heute Abend wieder zurückbringen«, sagte Lila. »Ich habe versprochen, um elf bei Kelly zu sein. Alles, was ich brauche, ist ein kräftiger Schubs.«

Rocko spähte zum Fenster hinaus. »Du willst doch nicht etwa andeuten, dass du erwartest, ich würde bei diesem Wetter rausgehen und einen Wagen aus einem Graben schieben? Eigenhändig?«

»Doch«, versetzte Lila.

Timothy lachte.

Draußen fiel der Schnee immer dichter. Es war schön, das musste Lila zugeben. Wenn man im Warmen saß, war es schön. Vom Licht des Hüttenfeuers beleuchtet, wirkten die fallenden Schneeflocken gegen den dunklen Wald wie winzige Silberstreifen.

So schnell und ruhig wie möglich erklärte Kelly Darl die Sachlage. Sie wusste, es war unwahrscheinlich, dass während der Aufführung jemand den blauen Raum betrat, aber sie wollte kein Risiko eingehen. Und sie wollte unbedingt hier raus, ehe die Hölle ausbrach.

»Ich konnte nicht zur Polizei gehen. Aber jetzt, wo's dir besser geht, können wir es melden. Wegen deiner Eltern müssen wir uns keine Sorgen mehr machen.«

»Nein«, meinte Darl grimmig. »Allerdings nicht.« Er sah sie nüchtern an. »Hast du es nicht gehört? Hier!« Er reichte Kelly einen Zeitungsausschnitt.

Sie las ihn rasch durch. Adam und Eleanor Graytons Haus war vor drei Tagen durch eine Explosion zerstört worden und niedergebrannt, vermutlich Brandstiftung. Mrs Grayton wurde in ihrem Bett gefunden, Tod durch Rauchvergiftung. Ihr Mann erlitt Brustverbrennungen dritten Grades. Er wurde ins St. Boniface Hospital gebracht, um das Risiko einer Infektion auszuschließen; sein Zustand war stabil.

Er hatte wieder überlebt!

»Das Haus«, japste Kelly. »In Brand gesetzt?«

Auf der Suche nach Einzelheiten las sie den Artikel erneut. Das frühere Feuer wurde nicht erwähnt, auch kein Verdächtiger.

»Jesses«, hauchte sie. »Das ist ja, als wäre er zurückgekommen, um sein Werk zu vollenden!«

27

Auf der Bühne erschreckte Hamlet seine Mutter gerade zu Tode. Bestürzt beugten sich die Zuschauer auf ihren Sitzen vor, als Hamlet sein Schwert durch den Wandteppich in Gertrudes Kammer bohrte und damit den unglücklichen Lauscher tötete, der sich dort versteckt gehalten hatte. Der unsichtbare Leichnam fiel mit einem dumpfen Plumps zu Boden.

»*Ist es der König?*«, rief Hamlet. Er zog den Vorhang zurück. Die Zuschauer hielten den Atem an, obgleich sie wussten, dass er es nicht war. Alle hatten sie das Stück schon mal gesehen. Sie wussten, was geschehen würde.

Gertrude wich vor ihrem Sohn zurück, der komplett von Sinnen war. Sie bebte angesichts seines wilden Geredes. Er stieß sie aufs Bett und riss ihr das Medaillon vom Hals. Er hielt ihr zwei Bilder unter die Nase, eines von dem verstorbenen König, das andere von ihrem gegenwärtigen Mann: *»Seht hier, auf dies Gemälde, und auf dies, das nachgeahmte Gleichnis zweier Brüder.«*

Die Aufführung ging weiter. Im blauen Raum konnte man die Worte nicht hören. Nur der Rhythmus von Michaels zornig anschwellender Stimme durchdrang die Wände. Ein Grollen wie das Poltern eines weit entfernten Donners oder eines entfernten Konzertes, dachte Kelly. Sie verstand nicht, warum die Stimme sie so fesselte. Sie musste mit Darl von hier verschwinden. Sie sollte die Stiefel anziehen, die Darl ihr hinhielt, der sie drängte, sich anzuziehen. Sie sollte auf Darl hören.

Aber Darl redete wirres Zug. Immer wieder sprach er von dem Feuer. Von irgendeiner Brennflüssigkeit.

Sie konnte ihm nicht folgen. »Darl, für so was haben wir jetzt keine Zeit. Paul ist tot, verstehst du denn nicht? Er sitzt tot in einem Sessel, nur ein Stück weit die Straße runter. Jemand hat ihn erstochen. Der Killer könnte da draußen sein. Oder irgendwo hier drinnen – überall – in diesem Augenblick. Vermutlich dieselbe Person, die dich umzubringen versucht hat!«

»Wer, Chartrand? Das glaub ich nicht.«

»Leon? *Leon* hat dich umzubringen versucht?«

»Versucht, ja«, erwiderte Darl. »Und es beinahe auch geschafft!«

»Aber wieso?« Sie setzte sich. Ihr Körper wollte nicht mehr mitmachen. Das ergab keinen Sinn. Wieso sollte Leon …?

So gut geht's Darl wohl doch nicht, dachte Kelly, die allmählich wieder klar denken konnte. Er sah gut aus, aber durch seine Kopfverletzung schien er an Wahnvorstellungen zu leiden. »Darl, an wie viel erinnerst du dich?«, erkundigte sie sich sanft.

»Ich erinnere mich an alles. Chartrand hat seit Jahren versucht, mich umzubringen. Seit Jahren! Bei James hat er's geschafft, aber bei mir hat's nicht geklappt!«

Kelly spürte, wie ihr Tränen in die Augen traten. Armer Darl. »Setz dich!«, sagte sie und ergriff seine Hand.

Sie sprach sehr sanft, wie zu einem Kind. »Leon Chartrand war unser Freund, Darl. Erinnerst du dich nicht mehr? Er hat James geholfen. Mir auch. Jemand hat ihn auf dem Highway überfallen, genauso, wie du überfallen wurdest. Sie haben ihn mit irgendeinem stumpfen …«

»Montiereisen«, erwiderte Darl ungeduldig. »Schau, du kannst es genauso gut wissen. An dem Abend, an dem du mir erzählt hast, dass er sich immer noch mit James' Akten beschäftigt, hab ich ihm angeboten, ihn ins Reservat zu fahren, und auf halbem Weg kam es zum Kampf. Ich hab mit dem Montiereisen auf ihn eingeschlagen.«

»Was?«

»Er hat sich gewehrt, heftig gewehrt. Er hat es mir entrissen und mir damit beinahe den Schädel gespaltet!« Er legte eine Hand auf den Kopf. »Tut immer noch höllisch weh. Aber ich hab ihn erwischt. Er war dann ziemlich übel zugerichtet. Ich hab ihn mit Schnee zugedeckt und den Truck in den Graben gefahren, mit der Schnauze voraus, und dann bin ich so schnell gerannt, wie ich konnte, bis ich das Bewusstsein verloren habe.«

»Darl, du bist nirgendwo hingerannt«, sagte Kelly geduldig. »Dein Bein war gebrochen.«

Er schüttelte den Kopf.«Nein. Sobald ich aus dem Krankenhaus war, hab ich mir diesen Gipsverband gemacht. Ich dachte, dann würde dir Angel erzählen, dass ich sehr krank bin, und du würdest heimkommen.«

Sie starrte ihn mit großen Augen an.

»Denkst du etwa, ich weiß nicht, wie man einen Gips anlegt? Oder wie eine Gehirnverletzung aussieht? Die Ärzte im Krankenhaus wussten ganz genau, dass meinem Hirn nichts fehlte. Die haben mich ziemlich schnell rausgeworfen. Es war ganz einfach, Angel und Sam an der Nase herumzuführen. Bei meiner Heimkehr hab ich bloß ein bisschen Theater gespielt – und mich ein bisschen kostümiert.« Er grinste. »Ich hab alle davon überzeugt, dass ich halb tot bin. Und es hat geklappt. Angel war außer sich.« Er warf Kelly einen anklagenden Blick zu. »*Sie* hat sich Sorgen gemacht. Wenn Paul nicht dagegen gewesen wäre, wäre sie sogar bei mir eingezogen. Ich habe ihr erzählt, dass ich eine Privatpflegerin habe, damit sie mich in Ruhe ließ. Damit ich aus dem Haus konnte und …«

»Aber Darl …«

»Genug. Zieh deine Stiefel an«, sagte er. »Ich bin gekommen, um dich heimzuholen. Dich und Alex. Du hattest ihn lang genug.«

»Aber ich hätte ihn doch heimgebracht, Darl«, sagte sie sehr langsam, verwundert. »Wenn ich gewusst hätte, dass es dir gut geht.«

»Ja, wenn du gewusst hättest, dass ich okay bin, hättest du Alex nach Hause geschickt und dich mit deinem arabischen Prinzen davongemacht!«

»Wie bitte?«

»Du weißt, dass es stimmt. Schon in Winnipeg bist du mir entglitten. Du hattest Geheimnisse vor mir. Hast mir nie von James' Telefonanrufen erzählt. Als seine Sachen verschwanden, hast du dich an Chartrand gewandt! Dabei hättest du dich an mich wenden sollen!« Er schlug sich auf die Brust. »Du hättest zu mir kommen sollen. Zu mir!!!«

Kelly legte den Kopf in die Hände. Das konnte doch einfach nicht wahr sein ...

»Du hast James' Sachen genommen«, sagte sie leise, ohne aufzusehen. »Aus meinem Haus. Die Anrufe kamen von dir. Du hast mich glauben lassen ...«

»Das musste ich doch. Du hast dich so ... du hast dich von mir abgewandt. Du bist mit Männern ausgegangen. Hast wieder zu arbeiten begonnen. Hast mit allen geredet. Ich wollte nur, dass du zu Hause bleibst.« Zögernd legte er ihr die Hand auf die Schulter. »Ich wollte, dass alles wieder so ist wie früher. Wollte bloß, dass du ein bisschen langsamer machst. War das zu viel verlangt?«

Obgleich ihr die volle Tragweite des Gesagten noch nicht bewusst war, war ihr so viel klar: Die Schachtel mit James' Sachen, die sie unter Michaels Schreibtisch gefunden hatte, gehörte Darl. Er hatte mit ihr gespielt. Sie an sich selbst zweifeln lassen. Um sie zu verunsichern, sie unter Kontrolle zu haben. Ja, dieser Teil der Geschichte machte auf kranke Weise Sinn. Es hatte im Herbst begonnen, als sie sich nicht mehr so schwach gefühlt hatte, als sie ihn nicht mehr so gebraucht hatte. Und sie war darauf reingefallen. Darl kannte sie gut. Er wusste genau, welche Dinge er nehmen musste. Er wusste, dass sie glauben wollte, ihr Mann würde vielleicht zurückkehren.

Wie sehr hatte sie sich insgeheim mit ihrem dummen Herzen danach gesehnt, dass es wahr wäre. Schmerzlich ging ihr auf, dass sie es immer noch gehofft hatte, selbst heute noch …

Sie erhob sich rasch und schlug Darl so fest ins Gesicht, dass er vom Stuhl fiel.

Im Aufenthaltsraum, in dem er auf seinen nächsten Auftritt wartete, glaubte George Laugherty, von irgendwoher hinter den Kulissen einen erstickten Schrei zu hören. Und der riss ihn aus der Meditation, die er vor jede Aufführung einschob. Er wandte seine Aufmerksamkeit den Räumen hinter sich zu. Mit klirrendem Geisterkostüm trat er in den Gang hinaus und spähte auf und ab.

Nichts.

Er ging Richtung Garderoben. War das Debbie? Ihre Tür lag der Bühne am nächsten und sie war nur angelehnt. Er konnte sie nun deutlich hören. Sie lachte, viel zu laut, über irgendetwas. Mit seiner Konzentration war es dahin. Er eilte zurück in den Aufenthaltsraum, und da hörte er Michaels lauten Ausruf: *»Ein geflickter Lumpenkönig!«*

Verdammt! Er hatte seinen Einsatz verpasst.

Darl hatte sie locker unter Kontrolle gebracht. Nun drückte er sie fest an sich. »Du bleibst nun bei mir«, sagte er.

Im Gang konnte sie Geräusche hören. Taylors gesenkte, aufgeregte Stimme.

Wieder versuchte Kelly zu schreien, doch Darl hielt ihr den Mund zu. Er stieß sie auf die Couch, drückte ihr die Arme hinter den Rücken und legte sich auf sie. Mit einer Hand hielt er ihr den Mund zu, mit der anderen umschloss er ihren Hals. Er hielt sie locker, aber fest, jederzeit bereit zuzudrücken.

»Kommen die hier rein?«

Sie schüttelte den Kopf.

»*Schau* mich nicht so an!«, flüsterte er streng. »Alles, was ich getan hab, hab ich für dich getan. Dich hab ich verschont, weil ich dachte, wir wären eine Familie. Aber du wolltest ja nicht hören. Du hast dich nach außen gewandt. Zuerst bist du zu Chartrand gegangen, und dann bist du weggeflogen. Ich dachte, du hättest Angst, du würdest mich brauchen, aber dann, als ich dir gefolgt bin, als ich das erste Mal hier war, hab ich alles gesehen. Du hast dich amüsiert! Du hattest mich total vergessen. Du hast was mit diesem … diesem … Schauspieler!«

Kelly musste das Ganze erst mal verdauen. Darl war hier gewesen? In Minneapolis? Er musste hergeflogen sein … Leons Auto am Flughafen. Natürlich. Er hatte Leons Auto vom Klinikparkplatz gestohlen … Schließlich hatte sich außer Angel niemand um Darl gekümmert.

»Du warst so undankbar. So verständnislos. Ich hab mich um ein enges Verhältnis bemüht, aber du …« In einem scheinbaren Anflug von Hoffnungslosigkeit lockerte er etwas seinen Griff. »Es wurde alles unkontrollierbar«, sagte er verzweifelt. »Ich konnte das alles nicht im Zaum halten.«

Sie kämpfte sich unter ihm hervor. Er packte sie, und sie beschloss, keinen Widerstand mehr zu leisten. Körperlich war sie ihm nicht gewachsen. Sie versuchte, ihn einzulullen, indem sie sich neben ihn auf die Couch setzte und seine Hand hielt.

»Darl«, sagte sie. »Beruhige dich. Ich weiß, dass du wütend bist. Und es tut mir Leid. Aber ich wusste doch gar nicht, dass du in Minneapolis warst. Woher denn auch? Bist du mit Paul hergekommen?«

»Paul ist mir gefolgt. Heute Nachmittag war er hier im Theater und hat dich zu treffen versucht, bevor ich mit dir reden konnte.«

»Was ist passiert? Ich möcht's gern wissen.« Sie streichelte seine Hand.

»Neugieriger kleiner Paul.« Darl schüttelte traurig den Kopf. »Als du nicht heimgekommen bist, wurde er argwöhnisch. Ist bei mir eingebrochen, hat in meinem Keller rumgeschnüffelt und die Schachtel mit den Bändern gefunden, die ich ihm geklaut hatte. Hat die Bilder gefunden, alles. Er ist hierher gefahren, um dir das zu zeigen. Er und Chartrand, die mussten dir diese verdammten Bilder zeigen! Ich hätte sie verbrennen sollen!«

»Er hat mir nie irgendwas gezeigt«, sagte Kelly. Aber Paul hatte es versucht. Er hatte die Schachtel unter Michaels Schreibtisch versteckt.

»Er hat dich im Hotelzimmer deines Freundes gesucht, und ich bin ihm hinterher.«

»Du hast ihn umgebracht«, sagte sie leise. »Er hat versucht, mich zu warnen, und du hast ihn getötet.« Sie erinnerte sich an die Unordnung in Michaels Zimmer. In einem Wutanfall hatte Darl hastig nach dem Brieföffner gegriffen. Wozu war er fähig?

Wer war er?

»Ich hab's dir doch schon gesagt, schau mich nicht so an! Du hast doch selbst gesagt, dass er nix für Angel ist.«

Plötzlich hatte Kelly das Bild einer weinenden Angel vor Augen. Erst ihr Kind, nun der Mann. Das würde sie nie überleben. Der Gedanke an Angels Trauer machte Kelly wütend. Sie vergaß, dass sie Darl hatte einlullen wollen, und schlug mit beiden Fäusten auf ihn ein.

Ein Fehler.

Er hielt einen Gegenstand so nah vor ihre Augen, dass sie nur verschwommen etwas Metallisches wahrnahm. Sie riss den Kopf zurück. Eine lange, schmale Klinge, wie die eines Fischmessers, zeigte direkt auf ihre Kehle. Schlagartig fiel ihr Charlie Cook ein, wie er seinen Finger von einem Ohr zum anderen bewegt hatte.

»Du kommst mit mir. Jetzt. Mach die Tür auf und schau raus.«

Er packte sie am Ellbogen und schob sie an die Tür, das Messer an ihrem Hals.

»Aber meine Stiefel!«

»Mach die Tür auf!«

Vorsichtig trat sie auf den Gang hinaus. Doch als Darl ihr folgen wollte, drehte sie sich um und schlug die Tür gegen seinen Arm. Er ließ los, und sie rannte.

Sie rannte auf die Kulissen zu und sah die offene Tür von Debbies Garderobe. In Vorbereitung auf die Wassertodszene wusch Debbie sich die Schminke vom Gesicht. Ihr Kostüm hing an der Tür. Ein gutes Versteck. Kelly schlüpfte hinter das Kleid, versuchte, nicht zu atmen, versuchte, mucksmäuschenstill zu sein. Sie hörte Darl kommen. Auf der Bühne heckten Laertes und der König Hamlets Tod aus.

Dann hörte sie Debbie japsen: »Was zum Teufel tun Sie hier?«

Darl hatte ihre Garderobe betreten.

Kelly spähte durch die Türscharniere. Außer sich vor

Wut marschierte Darl auf den Schrank zu. Nur in Unterwäsche, raste Debbie in den Gang hinaus und lief in die der Bühne entgegengesetzten Richtung davon.

Darl riss den Schrank auf und durchstöberte auf der Suche nach seiner geflohenen Gefangenen die Kleider.

Kelly schnappte sich Ophelias Wassertodkostüm und stieg hinein. Über Jeans und T-Shirt ging es locker drüber. Sie setzte sich die Perücke auf.

Sie hatte keine Wahl. Rückwärts verließ sie die Garderobe und trat auf die Bühne.

In ihrem Rücken spürte sie das gleißende Licht der Scheinwerfer. Sie hörte das unglaublich leise Atmen von siebenhundert Zuschauern, die darauf warteten, dass Ophelia begann.

Sie beobachteten sie, warteten auf ihre nächste Bewegung. Sie wandte sich ihnen zu. Sie musste nichts sagen.

Sie musste nur so tun, als sei sie von Sinnen.

Und das erschien ihr in diesem Augenblick nicht weiter schwierig.

28

Während sie sich tranceartig über die Bühne bewegte, hörte Kelly hoch über sich Gertrude ihren Tod beschreiben:

Es neigt ein Weidenbaum sich übern Bach
Und zeigt im klaren Strom sein graues Laub.

Kelly war barfuß, stolperte verwirrt herum. Die Bühne schien sich verändert zu haben, enorm gewachsen zu sein. Die heißen Scheinwerferstrahlen durchdrangen alles, machten alles farblos. Zunächst stand sie nur da, erhobenen Hauptes, und beobachtete, wie Tausende von Staubkörnern vor ihrem Gesicht durch die dichte weiße Luft schwebten.

Dann tanzte sie, langsam, trauernd, stampfte mit den Füßen auf dem schwarzen Boden der leeren Bühne auf, drehte sich, bis ihr schwindlig wurde, pflückte Fantasieblumen, und der Rhythmus von Gertrudes Worten hallte in ihr wider:

Und nieder fielen
die rankenden Trophäen und sie selbst
ins weinende Gewässer. Ihre Kleider
verbreiteten sich weit und trugen sie
Sirenen gleich ein Weilchen noch empor

Sie fiel. Sie schwebte durch die Luft, die so dicht wie Wasser um sie herumwirbelte. Sie ging in die Knie, schlang die Arme um den Körper und brach zusammen, sank aus dem Blickfeld der Zuschauer, als das Licht abgeblendet wurde. Alles war Dunkelheit.

Kelly wusste, dass sie sich, nachdem Ophelia ertrunken war, bis zu ihrem Begräbnis im Hintergrund der Bühne in einer Nische verstecken musste. Sie musste sich auf die Bahre legen, die dort stand, und warten, bis sie wieder rausgetragen wurde, um dann in der Bühnenversenkung beerdigt zu werden. Einen anderen Abgang von der Bühne gab es nicht. Dann konnte sie fliehen, auch wenn sie sich nicht sicher war, wohin. Alles entwirrte sich zu schnell.

Auf der Bühne sprach Hamlet mit dem Totenschädel, dem armen Yorick. Diese Szene hatte Kelly noch nie gemocht, doch nun, da sie hier lag, musste sie zugeben, dass sie nicht ohne Kraft war. Hamlets Stimme war kräftig, jung, ehrfurchtsvoll, während er sich über das Schicksal des kräftigen Körpers wunderte, der nur noch Staub und Lehm war. Sie unterdrückte ein Schluchzen. Sie durfte die Beherrschung nicht verlieren.

Vier Diener kamen und hievten Ophelia auf ihre Schultern. Ihnen blieb keine Zeit für Überraschung, als sie Kellys Gesicht sahen; sie mussten der Prozession folgen. Die Beerdigungsgäste, wahre Profis, schienen damit spielend fertig zu werden. Nur Hamlet verhaspelte sich ein wenig. Als er *»Was? Die schöne Ophelia?«*, ausrief, schwang in seiner Stimme echte Bestürzung mit.

Die Diener ließen sie in das Grab hinab, und Gertrude streute Blütenblätter. Sie fielen Kelly aufs Gesicht, eines geriet in ihren Mund. Sie versuchte, es auszuspucken, kämpfte gegen eine Hysterie an, als Laertes in das Grab sprang. Sie schaffte es gerade noch, zur Seite zu rollen, damit er nicht auf ihr landete.

»Nun häuft den Staub auf Lebende und Tote«, rief Laertes, und dann verlor er das Gleichgewicht. Inzwischen hätte Ophelias Leichnam längst fort sein müssen, und er stolperte bei dem Versuch, nicht auf sie zu fallen. Er fluchte leise. Was zum Teufel ging hier vor?

Dann sprang Hamlet ins Grab, und er und Laertes begannen miteinander zu kämpfen. Kelly, die keine Übung darin hatte, fand nicht schnell genug den Ausgang. Als sie sich durch die Falltür drückte, trat Laertes ihr auf die Hand.

»Autsch!« Sie biss sich auf die Lippen, aber zu spät, es war heraus. Während sie durch den Tunnel zum Licht hinkroch, konnte sie nur beten, dass die Zuschauer es nicht gehört hatten.

In einen Bademantel gehüllt, sprach Debbie mit den Wachleuten, gestikulierte nervös, und Taylor marschierte haareraufend im Kreis herum. Kelly huschte rasch in den Waschraum und legte Kleid und Perücke ab. Sie musste hier raus, musste zu ihrem Wagen, zu Alex. Für Erklärungen blieb jetzt keine Zeit. Sie lauschte an der Tür.

»Er ist verschwunden«, sagte einer der Wachen. »Entweder hat er das Theater verlassen, oder er hat sich unter die Zuschauer gemischt.«

»Jesses«, meinte Taylor.

»Irgendein durchgeknallter Fan«, meinte der andere Wachmann. »Einer von diesen besessenen Typen. Ich habe ein Buch über diese Kerle gelesen.«

»Wir müssen die Polizei benachrichtigen«, sagte Taylor. »Aber noch nicht jetzt. Warten wir, bis das Stück zu Ende ist und sich das Theater geleert hat.«

»Wie lange dauert es noch?«

Taylor blickte auf seine Armbanduhr. »Zwanzig Minuten. Jesses, er war der Bühne so nahe. Wie konnte das passieren?«

»Der muss schon vor Beginn des Stückes reingekommen sein. Ich hab hier gestanden, seit der Vorhang hochging.«

»Nun, Gott sei Dank war Kelly zur Stelle. Wo zum Teufel steckt sie überhaupt?«

»Ich möchte meinen Mann anrufen«, sagte Debbie.

»Tu das«, erwiderte Taylor. »Ich mach mich auf die Suche nach Kelly. Jesses!«

Sie zerstreuten sich, und Kelly war allein. Ohne Schuhe und Handtasche rannte sie durch den dunklen Gang zum Hintereingang und auf den Parkplatz hinaus. Es war dunkel, der Sturm war einem dünnen Schneeregen gewichen, der die Straßen vereiste. Ein Dutzend junger Frauen, die einen Blick auf Michael zu erhaschen hofften, stürzten auf die Tür zu, als Kelly sie öffnete. Als sie sie sahen, zogen sie sich enttäuscht zurück. Zitternd vor Kälte und verzögertem Schock hüpfte sie barfuß durch den Schnee zum Auto. Sie versuchte, die schreckliche Angst aus ihren Gedanken zu verdrängen. Nicht jetzt. Sie musste fahren. Sie fischte die Schlüssel aus ihrer Tasche und ließ den Motor an. Wo war Lila? Ob sie schon zurück war? Sie raste durch die Straßen, und ihre nassen, halb erfrorenen Füße rutschten auf dem Gaspedal herum.

Er hatte es verpatzt.

Darl stand im Eingang eines Lebensmittelladens, vorm Schneeregen geschützt, und zündete sich eine Zigarette an, die er mit einer Hand vor dem Wind abschirmte.

Sie war fort.

Als er sich ihr so direkt genähert hatte, hatte er alles auf eine Karte gesetzt. Er hatte gewusst, dass es riskant war. Aber er hatte es versuchen müssen. Das Kind entglitt ihm allmählich.

Letztens, im Keller, da hätte Alex ihn beinahe verraten. Der Junge hatte versucht, mit der Taschenlampe direkt auf ihn zu leuchten. Als Kelly runterkam, hatte Darl sich in den Tunneln versteckt und gelauscht. Als er hörte, dass Alex zögerte, für ihn zu lügen, hatte er gewusst, dass er dem Jungen nicht mehr viel länger trauen konnte.

Er war wie James.

Also würde er gehen müssen, wie James.

Gestern Nachmittag hätte es beinahe geklappt, und zwar auf eine Art, die passende Erinnerungen hochsteigen ließ. Also *das* hätte Kelly wieder heimgebracht. Bei dem Gedanken, wie knapp es gewesen war, fluchte Darl. Wenn dieser Black nicht gewesen wäre.

Ja. Wenn Alex abgestürzt wäre. Man denke an die Schuldgefühle, die sie geplagt hätten. Sie wären ärger gewesen als bei James. Sie hätten ein Leben lang gehalten. Sie wäre für immer an Darl gekettet gewesen, so wie es immer hatte sein sollen.

Er blickte die Straße hinab, wo seit einer Weile zwei Polizeiwagen vor dem Theater standen. Ja, sie waren dumm. Sie scharten sich um die kleine blonde Debbie Thompson, als wäre sie der König auf dem Schachbrett. Ohne darauf zu kommen, dass es Kelly war, hinter der er her war. Sein Plan, Debbie in Michael Blacks Arme zu schicken, war nicht aufgegangen, doch jetzt erwies es sich als nützlich. Sie waren alle so damit beschäftigt, Debbies ausgeflippten Fan zu suchen, dass sie es nicht einmal merken würden, dass Kelly verschwunden war.

Er hatte Kelly panikartig zu ihrem Auto rennen sehen. Allein.

Eigentlich hatte er gehofft, sie verschonen zu können. Hatte geglaubt, sie sei anders, nicht wie Diane.

Nun hielten Polizeiautos vorm Fallon Hotel. Sie mussten Paul gefunden haben. Daran würden sie erst mal ein Weilchen zu knacken haben. Mit ein bisschen Glück würde Black verhaftet werden und mit seinem arabischen Bonzenarsch einige Zeit im Gefängnis sitzen.

Er wusste, was als Nächstes zu tun war. Heute Abend hatte er versagt, aber noch einmal würde ihm das nicht passieren.

Während des Wartens rauchte er drei Zigaretten, sog den Rauch tief in seine Lungen ein. Schließlich sah er, wie die Beamten zu ihren Fahrzeugen zurückkehrten. Er beobachtete sie durch seine getönten Brillengläser und lächelte. Sie wirkten so klein, wie die Bauern beim Schachspiel.

Aber er war ein Springer. Ein weißer Springer. Und Weiß zog zuerst.

29

Ehe sie anhielt, fuhr Kelly dreimal ums Haus herum. Sie glaubte nicht, dass Darl wusste, wo sie wohnte. Ansonsten wäre er direkt hierher gekommen, hätte das risikoreiche, öffentliche Theater gescheut. Aber möglich war alles. Sie parkte in der Auffahrt. Nirgends eine Menschenseele zu sehen. Die dunkle Straße war wie ausgestorben.

Eine Weile war sie damit beschäftigt, Klamotten aus den Schubladen zu zerren und in Koffer zu stopfen. Sie beeilte sich, versuchte, an alles zu denken, nichts zu vergessen. Sobald Alex da war, würden sie losfahren, ob nun alles gepackt war oder nicht. Wo blieb Alex? Es war schon fast halb zwölf. Lila war spät dran.

Zu weinen begann sie erst, als sie Alex' Raum betrat und die Zauberkiste sah, die er im Arcana entdeckt hatte. Sie hatte sie mitten im Raum zum Lüften offen stehen lassen. Wie hatte Alex sich darauf gefreut, sie mit Michael anzustreichen.

Michael. Seine schönen Hände, die sie berührten. Seine totale, unschuldige Leidenschaft. Sie hatte sich dem Glauben daran hingegeben wie irgendeine Närrin am Ende eines Liebesromans. Nein, was sie durchmachte, war eine Tragödie.

Wie hatte sie so *blind* sein können?

Schlagartig wurden ihr die nackten Tatsachen ihres Lebens bewusst. Es gab keine Hoffnung mehr, überhaupt keine. Darl würde es nie besser gehen. Selbst wenn er verhaftet würde, hinter Schloss und Riegel kam, wäre immer noch Adam hinter ihnen her. Sein Wort gegen ihres. Sie müssten still und leise verschwinden, im Schutz der Dunkelheit. Sie müssten alle Verbindungen kappen. Bei dem

Gedanken an die, die sie liebte, verspürte sie einen heftigen Schmerz. Selbst bei Maggie. Vor allem bei ihr. So vieles zwischen ihnen war noch offen. Aber es nützte nichts. Kelly würde untertauchen, und zwar mindestens für die nächsten zehn Jahre. Ein Leben der Anonymität, der Verkleidungen, der Autofahrten mitten in der Nacht.

Aber für Selbstmitleid blieb keine Zeit. Sie musste packen.

Als sie fertig war, lief sie im oberen Stockwerk zwischen den Fenstern hin und her und hielt Ausschau nach Alex – oder nach Darl. Mitternacht. Sie war nervös, ihr war schlecht. Wo war Lila? Was, wenn Darl Lila und Alex abgefangen hatte? Was, wenn er bei ihnen war, genau in diesem Augenblick? Oder unterwegs zur Hütte? Wenn es doch bloß irgendeine Möglichkeit gäbe, Lila zu erreichen. Sie sah zum hinteren Fenster hinaus. In der Straße hielt ein ihr unbekanntes Auto an und ein Mann stieg aus.

Darl. Sie erkannte die vertraute Gestalt, als er durch das Gartentor auf das Haus zuging. Durch welche Tür würde er versuchen, ins Haus zu kommen? Sie rannte zum Vorderfenster und öffnete es. Sie spähte hinaus. Wo war er?

Dann sah sie Alex. Er marschierte die Außentreppe zur Verandatür hinauf. Lila kam hinter ihm her und sah zu Kelly hinauf. Kelly gestikulierte wild in die Richtung des Hauses, wo Darl sich aufhalten musste. Lila winkte zurück, glücklich, Alex sicher heimgebracht zu haben; sie eilte in ihr Auto und hupte zweimal fröhlich zum Abschied. Kelly entdeckte Darl, der sich im Schatten der Hauswand bewegte. Er hatte Lila hupen gehört und steuerte nun auf die Veranda zu.

Kelly flitzte die Treppen runter, machte die Verandatür

auf und riss Alex herein. Sie schob den Riegel vor. In Sicherheit. Aber sie mussten leise sein! Sie hielt Alex die Hand vor den Mund.

»Alex!«, flüsterte sie. Dann ging plötzlich das Verandalicht an. Durch das Buntglasfenster strömte Licht herein, beleuchtete Eurydikes rubinrote Gewänder und warf farbige Flecken auf Wände und Boden. Sie zog Alex nach oben, außer Sicht.

Auf der Veranda konnte sie Darls Schritte vernehmen. Er rüttelte am Türgriff.

Alex hatte die Augen vor Verwunderung weit aufgerissen. Sein Atem kam stoßweise. Er versuchte den Mund freizubekommen. »Schatz!«, flüsterte sie. »Tu einfach, was ich sage. Du musst jetzt sehr, sehr leise sein. Verstehst du?«

Er nickte und hörte auf, sich zu winden. Sie nahm die Hand von seinem Mund.

»Ist es Dad?«, flüsterte er. »Hat Dad uns gefunden?« Seine Augen waren angstgeweitet. Er hielt sich selbst den Mund zu.

Wie viel wusste Alex?

»Ja«, antwortete sie. »Er ist draußen im Garten.«

Die Zeit der Lügen war vorüber.

»Alex«, sagte sie und kniete sich neben ihn. »Das musst du mir jetzt sagen. Hat dein Vater dir wehgetan?«

»Er will mir Hausarrest geben«, wimmerte Alex. »Wenn ich dir's sage, steckt er mich wieder in den Keller!«

Sie schüttelte ihn. »Alex«, sagte sie. »Ich habe dich von deinem Opa fortgeholt, weißt du noch? Ich hab dich aufgefangen, als du von dem Gerüst gefallen bist. Ich habe dich entdeckt, als du dich im Theater verlaufen hast. Bei mir kann dir nichts passieren. Nun erzähl mir, was hat dein Vater mit dir gemacht?«

»Ich kann nicht! Er bringt mich um. Er bringt *dich* um! Das hat er gesagt. Das hat er geschworen.« Sie hörten, wie am Haustürknauf gerüttelt wurde. Darl war ums Haus herum nach vorn gegangen. »Kelly, er kommt! Versteck dich!«

»Die Tür ist verriegelt«, beruhigte sie ihn. »Er kann nicht …«

»Er hat einen Schlüssel!«, jammerte Alex. »Als er mich in den Keller gesteckt hat, hat er mich gezwungen, ihm deine Schlüssel zu geben.«

»Wohin?«

In den Theaterkeller.

O nein.

»Komm«, flüsterte sie. Sie zog Alex in sein Zimmer. Wo sollte sie ihn verstecken? Noch immer stand die Zauberkiste aufgeklappt in der Zimmermitte. Sie hob Alex hoch und stellte ihn hinein. »Leg dich hin und sei mucksmäuschenstill!«

Alex gehorchte feierlich. Er zitterte. Kelly packte eine dünne blaue Decke und warf sie über ihn. Sie sah Alex an. In der Truhe wirkte er wie in einem Kindersarg. Voller Vertrauen starrte er sie an. Mit einem stummen Gebet klappte sie den Deckel zu.

Sie hörte, wie Darl die Haustür hinter sich schloss und absperrte. Er rannte die Treppe rauf, als sie auf den Gang trat, um ihn aufzuhalten. Sie sah seinen erregten Gesichtsausdruck und das Messer in seiner Hand.

»Wo ist er?«

»Darl – nein!«

»Was hast du da drinnen gemacht?« Er schob sich an ihr vorbei in Alex' Zimmer und streifte ihren Arm dabei mit der Klinge. Den Schmerz nahm sie kaum wahr.

»Nein!«

Grinsend drehte er sich zu ihr um. »Er ist hier, stimmt's?«

Darl ging zum Wandschrank, machte ihn auf und fuhr mit der Hand durch die Kleidungsstücke. Er zog die Vorhänge an Alex' Fenster auf und fasste dahinter. Er kniete sich hin und schaute unters Bett.

Kelly sah ihn eine Sekunde vor Darl. Den kleinen, nassen Kinderstiefel, der neben der Truhe lag. Er musste von Alex' Fuß gerutscht sein, als sie ihn hineingehoben hatte. Darl lächelte. Er hob den Stiefel auf.

»An den erinnere ich mich.« Er schüttelte ihn ein wenig, und Wassertropfen sprühten auf die Bodendielen. Dann warf er ihn beiseite. »So«, meinte er. »Er versteckt sich also.«

»Darl, er ist nicht hier«, sagte Kelly. Aber selbst in ihren eigenen Ohren klang sie falsch, flehend.

Auf Darls Gesicht breitete sich ein fieses Grinsen aus. Er sah auf die Truhe. Wie in einem Traum schaute Kelly zu, wie er in die Knie ging, um sie zu öffnen, eine Hand auf dem Deckel, in der anderen das Messer.

Sie stürzte sich auf ihn.

Aber sie war nicht stark genug. Mit einem Arm schleuderte er sie nach hinten an die Wand, dass es ihr den Atem verschlug. Sie lag da, in sich zusammengesackt und betäubt, nach Atem ringend, aber mit offenen Augen. Er hob den Deckel, siegesgewiss. Er langte in die Truhe und zog die blaue Decke heraus. Genervt warf er sie auf den Boden und trat so heftig gegen die Truhe, dass sie über den Boden schlitterte.

Er marschierte zum Wandschrank und durchsuchte ihn systematisch.

»Wo zum Teufel steckt er?«, wollte er wissen.

Aber Kelly konnte nicht antworten. Sie konnte nicht

atmen und nicht fassen, was sie gerade mitbekommen hatte.

Die Truhe war leer.

Darl zwang Kelly dazu, jeden Raum mit ihr abzugehen, wo er in jedem Schrank und in jeder Ritze nach Alex suchte und dabei vor sich hin brabbelte. Immer hing alles an ihm, beschwerte er sich, immer nur an ihm, alles wieder ins Lot zu bringen. Alle zu retten, die Situation zu retten. Ohne ihn würde alles außer Kontrolle geraten.

Als sie schließlich Kellys Schlafzimmer erreichten, hatten sie in jede Ecke des Hauses geschaut. Darl starrte wütend in den Schlafzimmerspiegel, als könne Alex sich hinter dem Glas verstecken.

»Na ja«, meinte er. »Dann muss ich mich halt zuerst mit dir befassen. Wenn er weiß, dass du tot bist, wird er schon raufgerannt kommen, wo auch immer er gerade steckt.« Er hob seine Stimme und rief: »Alex! Komm jetzt raus da! Keine weiteren Spielchen mehr mit Daddy!«

»Nein, Alex!«, schrie Kelly. »Bleib, wo immer du bist!«

Wieder spürte sie das Messer an ihrem Hals. Um Darl nicht noch mehr gegen sich aufzubringen, hörte sie zu schreien auf.

»Darl«, sagte sie. »Lass mich los! Bitte. Wirf nicht alles weg. So viel ist bereits verloren. Opfere nicht das einzig Gute, das noch geblieben ist. Das Einzige …«

»Halt die Klappe! Was weißt du schon von Opfern? James war das Opfer!«, sagte er mit tiefer, hohler Stimme. »Das wusstest du nicht? James war das Opfer.«

Er wandte sich wieder dem Spiegel zu. Er sprach zu seinem Spiegelbild, als sei es James. »Warst du doch, oder?«

Kelly sah auch ihr eigenes Spiegelbild. Das bleiche Gesicht. Weiße Kehle, wo doch das Messer so nah war. Die

Illusion, dass James sie in den Armen hielt, sie als Geisel nahm. Aber sie wusste, es war eine Illusion. Darl wusste es nicht. Er sprach zu seinem Spiegelbruder.

»Wie Adam immer gesagt hat, Jimmy, es steht schon in der Bibel. Du wurdest geboren, um mich vom Bösen zu erlösen. Abraham hat seinen Sohn verschont. Und warum? *Da sah Abraham einen Widder hinter sich in der Hecke mit seinen Hörnern hangen und ging hin und nahm den Widder und opferte ihn zum Brandopfer an seines Sohnes statt.*

Sie haben gesagt – sie haben versprochen –, wenn ich's nicht sage, dann nehmen sie dich stattdessen. Sobald ich mit der Schule anfing, haben sie mich in Ruhe gelassen. Solange du getan hast, was sie gesagt haben. Deswegen musste ich dich an der Kandare halten. Ich *musste*!«

Er richtete den Blick auf Kellys Spiegelbild. »Jimmy hat die Regeln nicht eingehalten«, sagte er traurig, als hätte sie dafür Verständnis. »Niemand durfte wissen, was sie mit mir getan haben. Was ich sie mit James tun ließ. Aber er hat's erzählt. Er ist zu Chartrand gegangen. Dann hat er's Diane erzählt. Dann hat er's dir erzählt, Kelly. Er hat dir von mir erzählt!«

»Nein, Darl, das hat er nicht!«, wagte sie zu flüstern. »Kein Wort.«

»Nein. Er war noch verschlagener. Er hat diese Bilder gezeichnet, die alles verrieten. Sobald Diane sie gesehen hat, wusste sie Bescheid. Sie hat mich ausgefragt. Sie ließ nicht locker. Ich hab ihr gesagt, sie soll Ruhe geben, aber sie hat nicht aufgehört. Die ganze Sache hat sie krank gemacht. Sie hat meinen Anblick nicht mehr ertragen. Das hab ich in ihrem Blick gesehen. Sie wollte mich verlassen, alles ausplaudern. Also hab ich sie zum Schweigen gebracht. Aber Jimmy hat das nicht gereicht. Er hat immer neue Bilder gezeichnet. Und sie Leon Chartrand gezeigt. Und er hat sie dir gezeigt. Allen hat er sie gezeigt. Immer und immer wieder. Schließlich ist Chartrand dahinter gekommen. Wenn du ihn doch bloß nicht dazu veranlasst hättest, noch mal diese verdammten Akten zu lesen! Er hat mich in sein Büro gebeten, hat gemeint, er hätte was gefunden, was wichtig sein könnte. Er hat sie mir gezeigt. Hat gefragt, was ich davon halte: *›Wer sind die zwei Kinder auf dem Bild? Was versuchte James mir zu sagen?‹* Ich hab erwidert, James hätte schon *genug* gesagt und das hätte ihn das Leben gekostet. Ich wollte nicht, dass Chartrand mich auch so weit brachte.«

Kelly lief es eiskalt über den Rücken. So sah also die Wahrheit aus. Die eine letzte Sache, die James nicht erzählen konnte, deren Erinnerung er nicht zulassen konnte.

Sie schloss die Augen, versuchte, die Bilder wegzuwischen. Aber alles, was sie sah, waren diese Zeichnungen. Diese Bilder, die nicht mal James korrekt hatte lesen können. Aber Darl hatte die vernichtende Wahrheit gesehen. Diane hatte sie gesehen. Und schließlich Leon, als es zu spät war. Die zwei kleinen Gestalten. Zwei.

Auf jedem Bild war die Angst eine doppelte Angst. Die beiden Kinder wanden sich gemeinsam. Litten zusammen, James und Darl.

Es war James überhaupt nicht besser gegangen. Schließlich hatte er sich auch an diese entsetzliche Sache wieder zu erinnern vermocht, und dann hatte er aufgehört, sich zu erinnern. Die Geschichten hörten auf. Kein Wunder, dass es ihm vor seinem Tod scheinbar viel besser ging. Er hatte die Tür wieder zugemacht. Sich geweigert, die Vergangenheit in sein Bewusstsein zu lassen.

Doch durch die Hand, die den Stift hielt, war die Vergangenheit durch James' Körper ans Tageslicht gekommen. So war Darl gezwungen gewesen zu handeln, gezwungen, das Ganze zu unterbinden.

Sie musste es wissen.

»Darl«, sagte sie. »Was ist an jenem Morgen zwischen dir und James abgelaufen?«

Ihre Blicke trafen sich im Spiegel.

»Keine weiteren Fragen!«, befahl er. »Das ist die letzte Frage, die ich von dir hören möchte.« Er stieß sie von sich weg, schubste sie auf das Bett.

Er warf sich auf sie, richtete das Messer auf ihr Herz. Die Lippen zu einem grimmigen Strich verzogen, starrte er sie an, das Gesicht nur wenige Zentimeter von ihrem entfernt.

Sie versuchte nicht zu fliehen. Jetzt, *genau jetzt*, bevor sie starb, wollte sie alles wissen. Was war am Morgen des 21. Juni geschehen? Was hatte James dort oben am Wasserfall gesagt? Hatten sie miteinander gekämpft? Hatte James leben wollen?

»Erzähl's mir, Darl«, sagte sie. »Erzähl mir, wie es geschah.«

»Du willst es wissen?«

»Das schuldest du mir«, erwiderte sie. Sie lag stocksteif da, ängstlich, aber sie wich seinem Blick nicht aus, sondern starrte ihn herausfordernd an. Er lockerte seinen Griff. Setzte sich neben sie, das Messer fest in der Hand.

»Ganz in der Früh«, sagte Darl, »hab ich das Haus angezündet und dann …«

»Darl!« Sie riss die Augen auf. »*Du* hast das Feuer gelegt?«

Er nickte.

»Aber James …«

»Jimmy hätte nie den Mumm dazu gehabt«, versetzte er. »Das weißt du genau.«

Kelly machte große Augen.

»Aber dann, bei unserer Ankunft im Lager, hab ich den Fehler gemacht, es ihm zu erzählen.«

»Was hat er dazu gesagt?«, fragte sie leise.

Darl lachte. »Der mitleidige kleine James? Er sagte, alles würde gut werden. Ich bringe unsere Eltern um – ich dachte ja, das hätte ich getan –, und er sagt, alles würde gut!« Er schüttelte den Kopf. »Er war solch ein gottverdammter …« Frustriert schlug er mit der Faust gegen das Kopfteil des Bettes.

»Darl, bitte! Was geschah dann?«

Er holte tief Luft. »Ich hab gedacht, sie sind tot! Glaub mir, ich wollte nicht ins Gefängnis. Jimmy hat gesagt, das müsste ich auch nicht. Er hat gesagt, er würde für mich vor Gericht aussagen. Ich würde nicht ins Gefängnis kommen, vielleicht …«, er schürzte angewidert die Lippen, »in ein Krankenhaus.« Er spuckte das Wort aus.

Kelly spürte, wie der alte Schmerz wieder von ihr Besitz ergriff, und jede Ader in ihr brannte.

»James war der Meinung, er hätte alles erzählt und es überlebt. Hah! Weißt du, was er gesagt hat? Er hat gesagt, du würdest ihn lieben, und Liebe sei stärker als der Tod. Aber ich hab gewusst, wenn ich es erzähle …«

»Wenn du es erzählst?«

»Dann würde ich sterben«, sagte Darl. »Dann sterbe ich. Aber James hat nicht damit aufgehört. Hat einfach nicht den Mund gehalten. Ich hatte das Gerede von der Liebe so satt, dass ich ihm den Ehering von der Kette riss. Na, und dann …« Er fing an zu weinen.

Sie berührte sein Gesicht. Das war eine sehr traurige Geschichte, diese Mordgeschichte. Und doch musste sie

sie hören. Mit einem merkwürdigen Gefühl innerer Ruhe wurde ihr klar, dass diese Geschichte sie endlich freimachen würde. Sie streichelte Darls Wange, lockte sie aus ihm heraus. Hungrig starrte sie auf seinen Mund, wartete auf die Wörter.

»Na, und dann … wir standen auf dem Grat. Hoch über den anderen. Und James … Er hörte einfach nicht auf zu reden, deshalb …«

»Deshalb hast du ihn gestoßen«, ergänzte sie.

»Ja.« Er legte seine Hand auf ihre, mit der sie sein Gesicht streichelte.

»Es war nicht leicht«, sagte er. »Er wollte nicht. Im Fallen hat er nach mir gegriffen. Hielt sich an meinem Hemd fest. Ich verlor das Gleichgewicht. Wir kamen beide ins Rutschen, und da habe ich … habe ich ihn einfach von mir fortgetreten.« Verwunderung trat in seine grünen Augen.

Sie lag da, blickte ihn an. Der Schmerz, der sie durchströmt hatte, löste sich auf. Er verließ sie endgültig.

30

Plötzlich richtete sich Darl auf. »Was war das?«

Kelly hatte nichts gehört, aber sie hoffte, dass es Alex war, der sich aus dem Haus schlich, falls wirklich etwas zu hören gewesen war. Noch immer hatte Darl das Messer in der Hand, doch seine Aufmerksamkeit richtete sich auf das Fenster. Dann hörte sie das Geräusch auch. Aber es kam nicht vom Schlafzimmerfenster. Jemand war draußen auf der Veranda. Jemand rüttelte am Türknauf, doch der Riegel hielt stand.

»Alex?«, rief Darl. Er trat ans Fenster.

Das war Kellys Chance. Sie rutschte an die Bettkante, stand auf und rannte.

Auf halbem Weg die Treppe runter, hörte sie, dass er ihr folgte. Als sie den Treppenabsatz erreichte, machte sie im Vorbeigehen alle Lichter aus und raste weiter ins Wohnzimmer. Sie schlüpfte hinter den Kamin und drückte sich an die Wand, versuchte, sich im Schatten unsichtbar zu machen. Der Schein der Verandalampe sorgte für die einzige Beleuchtung.

Von dieser Seite des Kamins gab es keine Fluchtmöglichkeit, außer, Darl machte einen Fehler und steuerte auf die Küche zu. Wenn er das tat, konnte sie es zur Haustür schaffen. Aber er kam ums Klavier herum, so dass ihr der Weg dorthin abgeschnitten war.

Kelly betete, dass er sich nach rechts wenden möge, und er wandte sich nach links.

Sie sah die dunkle Gestalt auf sich zu kommen.

»Ich muss, Kelly!«

Sie saß in der Falle.

Als er nicht mal mehr einen Meter von ihr entfernt war und sie sich auf einen Kampf um ihr Leben gefasst machte, hörten sie von oben ein lautes Krachen. Kelly und Darl wirbelten herum. Kelly sah, wie das Buntglasfenster zerbarst und eine Hand hindurchgriff, mitten durch Eurydikes Herz. Darl stürzte los. Wieder erschien die Hand, vergrößerte das Loch. Dann warf sich ein Mensch gegen das Fenster. Orpheus und Eurydike zersplitterten, und eine dunkle Gestalt flog in den Raum, landete inmitten der Glasscherben und rollte direkt in Darl hinein, der zu Boden geworfen wurde, das Messer noch immer in der Hand. Beide rangen einen Augenblick miteinander.

In der Dunkelheit konnte Kelly erkennen, dass Darl blind auf den Eindringling einstach. Ein hoher, gequälter

Schrei. Dann erhob sich der Angreifer und schaltete das Licht an.

Es war Angel.

Pauls Pistole in der Hand.

Sie feuerte.

Darl rollte sich herum und umklammerte seinen Bauch. Kelly drückte sich gegen die Wand und bedeckte ihr Gesicht mit den Händen. Sie wollte das nicht sehen. Aber sie schaute.

Darl stöhnte leise, sein drahtiger Körper in Fötusstellung zusammengerollt. Angel stand taumelnd da, die Pistole umklammert, die linke Gesichtsseite voller Stichwunden. Sie atmete schwer. Mit einem Mal herrschte eine unheimliche Stille.

Kelly trat vor. »Ange«, begann sie. Aber Angel hielt die Hand hoch, um sie zum Schweigen zu bringen.

»Paul hatte Recht«, sagte Angel zu Darl. »Du Scheißkerl. Als ich heimgekommen bin und entdeckt habe, dass er weg war, gehört habe, dass deine Eltern tot sind …«

»Tot?«, fragte Kelly. »Beide?«

»Mausetot«, sagte Angel. »Genau wie Paul.« Sie umklammerte die Pistole mit beiden Händen und richtete sie auf Darls Kopf.

Darl würgte und begann zu zittern.

»Ich hab mich ins Auto gesetzt und bin hierher gedüst. Beim Theater waren überall Bullen. Ein Notarztwagen. Sie haben Paul gerade in einen Leichensack gesteckt. Deswegen bin ich hierher gefahren. Ich hab euch durchs Fenster belauscht. Ich hab alles gehört, Darl! Die Kugel, die in deinen Eingeweiden steckt, ist für James«, sagte sie. »Und die …«

Darl öffnete die Augen. »Kelly«, sagte er, als sei er überrascht über ihren Anblick. Er klang verwirrt. »Was ist mit deinem Arm passiert?« Er deutete auf den langen Kratzer, den er ihr mit dem Messer verpasst hatte.

»Und die ist für Paul.« Angel zielte sorgfältig.

Darl sah auf. Nun wusste er genau, was geschah. Er sah es.

Ein paar Sekunden glaubte Kelly, sie könne einen flüchtigen Blick vom alten Darl erhaschen, ihrem Beschützer. Seine grünen Augen füllten sich mit Bedauern, dass er ihr diese letzte Sache nicht ersparen konnte.

Und dann feuerte Angel wieder.

»Zu viel Tod«, sagte Angel. Sie sprach zu Darl, der sich nicht mehr rührte. Seine Augen starrten, ohne etwas zu sehen. »Zu viel Blut.« Sie schaute auf ihre verwundete Schulter, taumelte, fand ihr Gleichgewicht aber wieder.

»Gut, dass er das gemacht hat«, sagte sie zu Kelly. Sie deutete auf die eigenen Stichwunden, ihren blutigen Arm.

Aus ihrem Gesicht war nach und nach alle Farbe gewichen, und nun war sie aschfahl. Sie war einer Ohnmacht nahe. Aber mit einem schwachen Lächeln wandte sie sich noch an Kelly und sagte: »Selbstverteidigung.« Dann fiel sie zu Boden.

31

Sam und Lila saßen mit Angel und Kelly an Kellys Küchentisch in Winnipeg. Es war bereits spät nachts. Die beiden Schwestern waren müde und ausgelaugt nach einer Woche, in der sie sich mit rechtlichen Dingen und den Beerdigungsformalitäten hatten befassen müssen. In der sie Alex hatten erklären müssen, dass sein Daddy sehr krank gewesen und nun gestorben sei.

Nun schlief Alex.

Kelly fragte sich, was Alex in seinem Versteck in der Truhe mitbekommen hatte. Nach der Schießerei, als sie nach oben lief und nach Alex rief, machte sie als Erstes die Truhe auf. Und da lag er, zusammengekauert in dem falschen Boden. Die Truhe hatte sich wahrlich als Zaubertruhe erwiesen. Sie wickelte ihn in die blaue Decke und trug ihn hinunter, über die bunten Glasscherben hinweg, wobei sie ihm mit der Hand die Augen abschirmte, um ihm den Anblick der beiden blutenden Gestalten auf dem Boden zu ersparen. Mit Alex im Arm stieg sie durch das zerbrochene Fenster. Und rannte, um Hilfe zu holen.

Kelly betrachtete ihre um den Tisch sitzenden Freunde: Sam und Lila, und Angel mit ihrer weißen Armschlinge, als würde auf ihrer Schulter ein weißer Flügel ruhen. Wie wenig kannte sie ihre eigene Schwester.

Sie musste an Lilas Worte am Halloweenabend denken. Ihre Vorhersage: Jemand, den du kennst und doch nicht kennst. Kelly hatte darüber gelacht, doch es hatte gestimmt. Hatte für alle gegolten. Für Paul, der sein Leben für sie aufs Spiel gesetzt und es verloren hatte. Für Alex, der sein Leiden so leicht vor ihr verheimlicht hatte. Für Darl, den sie zu kennen glaubte. Sie hatte keinen von ihnen gekannt. Sie hatte sie nicht wirklich gesehen.

Sie hatte immer nur zurückgeblickt. Nach James geschaut. So eifrig, dass sie nicht sehen konnte, was vor ihren Augen geschah.

Sie blickte auf ihre Hände, mit den Doppellinien, den zwei Ringen. Bald, das wusste sie, würde es Zeit, diese beiden Ringe abzulegen.

Sie entschuldigte sich, ging in Alex' Zimmer hinauf und beobachtete ihn im Schlaf. Er hatte die Decke weggestrampelt, und sie deckte ihn wieder zu. Sie dachte an James' Kindheits-Bilder, das krumme, böse Haus. Endlich hatte Kelly die Chance bekommen, das zu tun, was sie tun wollte, zurückzugehen, in dieses dunkle Haus zu greifen, in diese Hölle, und jemanden lebendig herauszuziehen.

Alle glaubten, Michael würde auftauchen. Lila war fest davon überzeugt. Sie erzählte Angel alles über ihn, und dann glaubte Angel es auch. Alex belauschte sie und er glaubte es auch.

Aber Kelly meinte es besser zu wissen. Sie wusste, was der kleinen Meerjungfrau widerfahren war. In der Welt des Prinzen konnte die arme Meerjungfrau nicht laufen. Um diese Welt betreten zu können, musste sie sich die Zunge herausschneiden lassen, und wenn sie auf festem Boden ging, war es, als würden ihr scharfe Messer in die Füße stechen. Der Prinz in der Geschichte war nicht dumm und heiratete eine andere.

Sie erinnerte sich, was Rocko einmal über Michael gesagt hatte: dass er zu einfach sei, zu genügsam mit seinem Leben, um Tragödien zu verstehen. »Und aus diesem Grund versteht er auch Hamlet nicht«, sagte Rocko.

Kelly ging davon aus, dass Michael auch ihre Geschichte nicht verstehen würde, ihre schreckliche Geschichte der Geheimnisse und des Todes. Wie würde er auf eine Leiche in seinem Hotelzimmer reagieren, oder Blut auf dem Teppich? Welche Gerüchte waren nun in Minneapolis über sie im Umlauf? Für Michael war diese Geschichte viel zu skandalös und kompliziert. Für ihn war es ja schon zu kompliziert, ein Auto zu fahren! Sie würde es ihm nie erzählen können.

Und so rief sie ihn nie zurück. Sie bat auch Lila, ihn nicht anzurufen. Er konnte leicht herausfinden, wo sie wohnte, aber sie wusste, dass er mit so viel Hässlichkeit nichts zu tun haben wollte, mit dem Tod. Er würde nicht kommen.

Nichtsdestotrotz stand sie am Montagmorgen am Fenster, am Montag war das Arcana geschlossen, wurde das Stück nicht aufgeführt. Zarte Schneeflocken fielen herab und legten sich auf die Zweige der jungen Pappeln.

James wollte leben, flüsterte sie. An diese Wahrheit klammerte sie sich. James hat gesagt, Liebe sei stärker als der Tod. Und vielleicht war das ja wirklich so. Wenn Angel durch Glas fliegen konnte, wenn James aus der anderen Welt zu ihr hatte kommen können, um sie zu warnen, dann war die Mauer zwischen einer Person und einer anderen so dünn wie eine Wasserhaut. Liebe könnte sie durchdringen, so wie ein Körper die Oberfläche eines Flusses durchbrechen konnte.

Wenn Michael so weit gegangen wäre, wenn er auf sie zukommen würde, genau in diesem Augenblick, durch den leichten Schneefall, dann würde sie es riskieren.

Sie würde ihm alles erzählen.

Danksagung

Während der langen Zeit, die ich an diesem Buch schrieb, erhielt ich vielerlei Hilfe. Ich danke Kevin Hunter, der den allerersten Entwurf durchlas; Zoya Niechoda, dass sie ihr Wissen über Theaterkostüme so großzügig mit mir teilte; Susan Rempel Letkemann für den Titel; Brian Janzen für seine Ermutigungen; Kathie Axtell für redaktionelle Vorschläge und Fahrstunden; meinen Kollegen und Schülern für ihre verschiedenen seltsamen Hamletinterpretationen (und dass sie den meinigen zuhörten); Anne Marie Resta für Fernkorrekturen und Besetzungsunterstützung spät nachts; und Melody Morrissette für ihre Geduld, ihr Verständnis und ihre unschätzbaren Ratschläge.

Die Strophe auf Seite 217 stammt aus dem anonymen Gedicht »Donal Óg« (Irland, circa 1650), das Lady Augusta Gregory aus dem Gälischen übersetzt hat.

Bedanken möchte ich mich auch bei Jennifer Glossop und Marilyn Morton für ihre Professionalität und ihr sorgfältiges Lektorat.

Ein besonderer Dank gilt Linda Holeman für die scharfsinnige und aufmerksame Lektüre der früheren Version und vor allem für das, was Schriftsteller am meisten benötigen – eine Freundin, die einen davon abhält, aufzugeben!